Holly Martin
Liebeszauber in Sandcastle Bay

 Montlake

Das Buch

Tori Graham liebt London. Sie ist jung, hübsch, Single aus Überzeugung und als Trickfilmerin erfolgreich. Außerdem braucht sie dringend Urlaub, und ein Besuch bei ihren Freundinnen in dem kleinen Küstenstädtchen Sandcastle Bay ist lange überfällig.

Kurz entschlossen mietet Tori sich ein Cottage mit herrlichem Meerblick bei dem attraktiven Farmer Aidan Jackson. Einer heißen Urlaubsromanze scheint nichts im Wege zu stehen – doch mit einer unverbindlichen Liebelei ist das so eine Sache, wenn das ganze Dorf schon Wetten über den Hochzeitstermin abschließt …

Die Autorin

Holly Martin hat Medienwissenschaften studiert, in einer Bank, im Hotelwesen und im pädagogischen Bereich gearbeitet. Aber damit war Schluss, als sie vor einigen Jahren ihren größten Traum zum Beruf machte: das Schreiben. Ihre gefühlvollen, amüsanten Romane und Kurzgeschichten begeistern Leser und Kritiker gleichermaßen. In deutscher Sprache sind bisher die Titel »Weihnachtsküsse in White Cliff Bay« und »Winterträume in White Cliff Bay« erschienen.

Die Autorin lebt in der englischen Grafschaft Bedfordshire.

Holly Martin

Liebeszauber
in
Sandcastle Bay

Roman

Aus dem Englischen von
Jeannette Bauroth

 Montlake

Die englische Ausgabe erschien 2018 unter dem Titel
»The Holiday Cottage by the Sea« bei Bookouture, London.

Deutsche Erstveröffentlichung bei
Montlake, Amazon Media EU S.à r.l.
38, avenue John F. Kennedy, L-1855 Luxembourg
Mai 2020
Copyright © der Originalausgabe 2018
By Holly Martin
All rights reserved.
Copyright © der deutschsprachigen Ausgabe 2020
By Jeannette Bauroth

Die Übersetzung dieses Buches wurde durch Amazon Crossing ermöglicht.

Umschlaggestaltung: bürosüd⁰ München, www.buerosued.de
Umschlagmotiv: © Caroline von Tuempling / Getty; © Ozerov Alexander /
Shutterstock; © Mettus / Shutterstock; © Ranta Images / Shutterstock;
© Mr.Teerapong Kunkaeo / Shutterstock; © ian woolcock / Shutterstock;
© Vibrant Image Studio / Shutterstock; © Lorena Tempera / Shutterstock;
©Banana Republic images / Shutterstock; © Nata-Art / Shutterstock
Lektorat und Korrektorat: VLG Verlag & Agentur, Haar bei München,
www.vlg.de
Gedruckt durch:
Amazon Distribution GmbH, Amazonstraße 1, 04347 Leipzig /
Canon Deutschland Business Services GmbH, Ferdinand-Jühlke-Str. 7,
99095 Erfurt /
CPI books GmbH, Birkstraße 10, 25917 Leck

ISBN 978-2-49670-080-0

www.montlake.de

Für die wunderbaren, inspirierenden Autoren bei Book Camp.
Danke für eure Unterstützung. Ihr seid toll.

Kapitel 1

Während Tori Graham ihren Weg über die engen Küstensträßchen hoch über dem Meer navigierte, fiel ihr Blick zum ersten Mal auf die indigoblaue Wasserfläche, die durch die Bäume glitzerte und funkelte, und sie spürte, wie ein Teil der Anspannung in ihrem Nacken abfiel.

Sie hatte diese Pause bitter nötig. Nachdem sie während der vergangenen anderthalb Jahre beinahe täglich in einem abgedunkelten Studio eingesperrt gewesen war, musste sie die Sonne auf ihrem Gesicht spüren, den Wind in den Haaren und mal mit jemand anderem sprechen als nur mit Knetfiguren oder ihren Kollegen, mit denen sie gemeinsam an dem letzten Zeitrafferanimationsfilm gearbeitet hatte. Zum Ende der Dreharbeiten hatten sie alle winzige, zusammengekniffene Maulwurfsaugen gehabt, weil sie monatelang kein Tageslicht mehr erblickt hatten. Sie hatte so viel Zeit im Studio verbracht, dass es beinahe zu ihrem Zuhause geworden war, allerdings war das deutlich besser gewesen, als die Abende allein in ihrer Wohnung zu verbringen.

Auch davon brauchte sie eine Pause. Sogar wenn Fernseher und Radio eingeschaltet waren, war es in ihrer Wohnung viel zu ruhig gewesen. Sie hatte ihre Freundin Melody Rosewood niemals als laut und störend empfunden, doch seitdem sie aus ihrer gemeinsamen Londoner Wohnung ausgezogen war, fehlte ihr das Lachen, die alltäglichen Gespräche oder ihr Geschirrgeklapper in der Küche.

Melody hatte ihr diesen längst überfälligen Besuch in Sandcastle Bay vorgeschlagen und der Zeitpunkt hätte nicht besser sein können. Tori vermisste ihre Freundin und freute sich darauf, Zeit mit Melody, ihrer Schwester Isla und ihrem bezaubernden Neffen Elliot zu verbringen.

Melody hatte für Tori den Kontakt mit Emily Breakwater hergestellt, deren Familie eine Obstplantage gehörte. Als Gegenleistung für die Mithilfe bei der Ernte würde sie gratis im Blossom Cottage wohnen dürfen. Es handelte sich dabei um ein idyllisch wirkendes, puderrosafarbenes Häuschen mit Schilfdach und Blick auf das Meer. Es würde der perfekte Sommerurlaub werden.

Tori fuhr mit ihrem kleinen himmelblauen VW Käfer-Cabrio um eine Kurve und trat auf die Bremse, denn mitten auf der Straße befand sich der Hintern eines Schafs. Genau genommen waren es sogar mehrere Schafhintern. Die Straße war, so weit der Blick reichte, voll mit wolligen weißen Schafen, die es anscheinend überhaupt nicht eilig hatten, sich zu bewegen, und die es auch nicht zu beunruhigen schien, dass sie beinahe unter den Rädern von Toris Auto zu Schafgehacktem geworden wären. Zu allem Überfluss schien nicht mal ein Hirte bei ihnen zu sein, nur ein räudiger alter Schäferhund, der tief und fest am Straßenrand schlief.

Die Schafe bewegten sich langsam um das Auto herum, sodass Tori eingeschlossen wurde. Sie stand auf und spähte über die Windschutzscheibe, ob sie vielleicht irgendwo jemanden entdecken konnte, der für diese Herde zuständig war.

Zu ihrem Glück kam ein Paar in mittleren Jahren und in grellgelben Stretchleggings auf sie zu. Die beiden schoben ihre

Räder über den Grasstreifen am Straßenrand. Die Frau lief vor ihrem Mann, der hinter ihr schnaufte und pustete.

»Entschuldigen Sie, wissen Sie vielleicht, was hier los ist?« Tori deutete auf die Schafe, obwohl das eigentlich unnötig war.

Die Frau hielt nicht mal an. »Es ist Samstag«, flötete sie und ging vorbei.

Verwirrt starrte Tori sie an. Sie hatte das gesagt, als ob es sich dabei um die erschöpfendste Antwort der Welt handelte. Tori wartete auf eine weitere Erklärung, doch da kam nichts mehr.

»Was bedeutet das?«

Der Mann hielt ihre Frage wohl für einen guten Grund, um anzuhalten. »Jeder hier weiß, dass man samstags besser über die westliche Straße fährt«, erklärte er, zuckte mit den Schultern und blickte seiner Frau hinterher, die auf dem Rücken ihrer Neonweste den Namen »Mindy« eingestickt hatte. Tori fragte sich unwillkürlich, ob der Mann vielleicht Mork hieß. Da Mindy sich nicht umsah, schob sich »Mork« schnell ein Toffee aus seiner Tasche in den Mund.

»Aber wer ist denn für die Schafe verantwortlich?«, fragte Tori.

»Das ist Trevor, und der macht vermutlich gerade Mittagspause. Warten Sie eine Stunde oder zwei, bis dahin hat er sie sicher weitergeführt«, schlug Mork vor und keuchte immer noch.

»Eine Stunde oder zwei?«, wiederholte Tori ungläubig. Das würde ihre sorgfältig gemachten Pläne völlig über den Haufen werfen. In London gab es das nicht, dass eine Straße für ein bis zwei Stunden einfach unpassierbar war. Dort ging alles schnell, und falls nicht, hupten die Fahrer so lange, bis jemand sich um die Verkehrssituation kümmerte. Sie ahnte, dass es sie hier nicht weiterbringen würde, wenn sie zu hupen anfinge. »Was soll ich denn eine oder zwei Stunden lang machen?«

»Ich schlage vor, dass Sie selbst auch zu Mittag essen. Im Cherry on Top gibt es ein leckereres Schinkensandwich. Das beste im ganzen Dorf, mit viel brauner Soße«, berichtete Mork verträumt.

»Und woher weißt du das?« Mindy hatte sich plötzlich umgedreht, und ihr Mann schluckte rasch sein Toffee hinunter, obwohl er es noch gar nicht fertig gekaut hatte. Prompt musste er husten und räusperte sich.

»Das habe ich gehört, Schatz!«, rief er seiner Frau hinterher. »Mindy und ich sind Veganer«, erklärte er Tori. »Und ich mache gerade eine Diät, daher also keine leckeren, äh, schrecklichen Schinkensandwiches für mich. Aber ich bin sicher, Ihnen werden sie schmecken. Einfach nur den Hügel hinunter; es stehen blaue Sonnenschirme davor, direkt am Sunshine Beach, das können Sie eigentlich nicht verfehlen.«

Bedrückt lief er seiner Frau hinterher und Tori lächelte angesichts des ähnlichen Schriftzugs auf seinem Oberteil. Mark. Mark und Mindy. Da war sie ziemlich nahe dran gewesen. Der arme Mark, er sah aus, als würde er für ein Schinkensandwich sterben.

Tori blickte wieder den Hügel hinab. Das Cherry on Top war das Café von Emily. Die hatte sie gebeten, gegen drei dort vorbeizukommen, damit sie Tori den Schlüssel fürs Blossom Cottage geben konnte. Tori hatte ursprünglich geplant, zuerst ein wenig in dem winzigen Küstendorf herumzufahren, ein Gefühl für den Ort zu bekommen und sich mit Melody und Isla zu treffen, falls die beiden Zeit hätten, aber diesen Plan konnte sie auch ändern. Ein Blick auf die Schafe genügte, um ihr zu zeigen, dass ihr kaum eine andere Wahl blieb.

Sie schnappte sich ihre Tasche und verriegelte das Auto, obwohl ein möglicher Dieb wohl ebenfalls nicht besonders weit gekommen wäre.

Dann begann sie ihre Wanderung den Hügel hinunter. Der Hütehund musterte sie, und Tori bildete sich ein, dass er angesichts ihrer Lage grinste.

Sie fischte ihr Handy aus der Tasche und schrieb Melody und Isla eine Nachricht – dass sie ein wenig früher als erwartet in Sandcastle Bay eingetroffen war, sie erklärte die Situation mit den Schafen und informierte die beiden, dass sie im Cherry on Top warten würde, falls sie Zeit hätten.

Das smaragdgrüne Blätterdach über ihr spendete eine Weile Schatten, doch als sie um eine Kurve ging und die Bäume sich lichteten, erblickte sie zum ersten Mal das winzige Dorf Sandcastle Bay.

Die meisten Häuser entlang des Hügels waren in einem wunderschönen Blassgelb gestrichen und ihre Schieferdächer glänzten im Sonnenschein geradezu blau. Einige waren rund oder hatten Türmchen, wodurch sie wie kleine Sandburgen auf dem Hügel wirkten. Sie erblickte eine Ladenreihe, die auf den Sunshine Beach hinausging, und eine große Grünanlage, in der bunte Wimpel sanft in der Meeresbrise flatterten. Am Fuß des Hügels schien sich ein Café zu befinden, vermutlich das Cherry on Top, denn es entsprach Marks Beschreibung bis hin zu den marineblauen und türkisfarbenen Sonnenschirmen davor.

Es wirkte wie auf einer Postkarte.

Tori lehnte sich gerade nach hinten an einen Gartenzaun, um diesen idyllischen Anblick zu fotografieren, als sie plötzlich ein merkwürdiges Geräusch hinter sich hörte. Es klang wie ein quietschendes Kinderspielzeug. Sie blickte über den hellblauen Lattenzaun in den Garten und entdeckte etwas Schwarzes und Rotes. In diesem Moment stürzte jedoch der größte Truthahn, den sie je gesehen hatte, aus dem Gartentor, flatterte wie wild mit den Flügeln und kam mit heftig wackelndem Kehllappen unter dem Schnabel auf Tori zugerannt.

Rasch machte sie einen Schritt nach hinten, rutschte dabei auf etwas Schleimigen aus und landete auf den Knien darin. Wahrscheinlich handelte es sich dabei um Schafkacke. Allerdings blieb ihr keine Zeit, lange darüber nachzudenken, denn der Truthahn hatte sie immer noch ins Visier genommen.

Schnell rappelte sie sich auf und rannte den Hügel hinunter. Ihre Flip-Flops schlugen ihr gegen die Füße. Zu ihrer Überraschung verfolgte der Truthahn sie immer noch laut kollernd. Was würde passieren, wenn er sie erwischte? War schon mal jemand von einem wütenden Truthahn in Stücke gerissen worden? Vermutlich würde sie es bald herausfinden, denn der dumme Vogel holte unerklärlicherweise bei jedem ihrer Schritte auf.

KAPITEL 2

Tori hielt auf das Cherry on Top zu und hoffte, dort gäbe es eine Art Türsteher, der sie vor dem Truthahn würde schützen können, obwohl das in einem Dorf der Größe von Sandcastle Bay höchst unwahrscheinlich war.

Der Truthahn war ihr dicht auf den Fersen, als sie durchs Gartentor schlitterte und dabei einen ihrer Flip-Flops verlor. Sie stürzte durch die Eingangstür des Cafés, schlug sie hinter sich zu und keuchte von der größten körperlichen Anstrengung seit Monaten.

Die Gespräche der Gäste verstummten und alle drehten sich zu ihr um. Die Besucher des gut gefüllten Cafés waren zum Großteil über siebzig, doch in der Ecke saß ein junger, dunkelhaariger Mann. Er war etwa in ihrem Alter und schien über ihren Auftritt amüsiert. Vermutlich wirkte sie auch wie eine Irre. Aus ihrem Pferdeschwanz hatten sich Strähnen gelöst, sodass die wirren roten Locken ihr auf die Schultern hingen. An den Knien hatte sie grünliche Schafkotflecken. Glücklicherweise waren ihre geliebten Jeansshorts davon verschont geblieben, aber sogar ihr rosafarbenes Top mit den aufgedruckten Muscheln hatte irgendwelche Flecken abbekommen, allerdings war das für Tori vollkommen normal. Wie sie mit nur einem Schuh so dastand, machte sie vermutlich keinen besonders guten ersten Eindruck auf die Dorfbewohner. Sie konnte nicht mal genügend Luft holen, um ihren überhasteten Auftritt zu erklären.

»Geht es dir gut?« Eine blonde Frau, die ganz offensichtlich im Café arbeitete, kam auf sie zu und wischte sich beim Gehen die Hände an der Schürze ab. Auf ihrer Nase prangten niedliche Sommersprossen und ihre Haut war leicht gebräunt – vermutlich von den Tagen am Strand. Sie war etwa Mitte dreißig und Tori fragte sich, ob das wohl Emily war, mit der sie wegen ihres Aufenthalts im Blossom Cottage telefoniert hatte.

»Truthahn«, brachte Tori hervor, gestikulierte hinter sich und der junge Mann in der Ecke prustete los.

Die Frau drehte sich empört zu ihm um. »Jamie, kannst du nicht irgendwas dagegen tun, dass Dobby dauernd entwischt? Er macht meinen Gästen Angst.«

Jamie lachte. »So wie ich das sehe, bringt er dir Gäste.« Er wandte sich an Tori. »Tut mir leid. Er ist wirklich absolut harmlos. Er mag einfach Menschen, und wenn die vor ihm wegrennen, hält er das für ein Spiel und jagt ihnen nach. Er ist mit drei Hunden aufgewachsen, daher hält er sich selbst für einen. Ich hab ihn sogar schon mit den anderen Hunden bellen hören – oder zumindest hat er es versucht. Ich kümmere mich darum, dass er wieder zurückfindet.«

Er stand auf, stürzte den Rest seines Kaffees hinunter und zog sich eine Baseballkappe über die schwarzen, lockigen Haare. Er war groß, breitschultrig und auf eine raue, spitzbübische Art niedlich. Als er an ihr vorbeiging, zwinkerte er ihr zu.

Die Frau mit der Schürze verdrehte die Augen und um sie herum nahmen die Gäste ihre Gespräche wieder auf. »Tut mir leid wegen meines Bruders und seines blöden Truthahns. Geht es dir gut? Du hast dich nicht verletzt, oder?«

Toris Puls normalisierte sich allmählich wieder und sie blickte an sich hinab. »Ich hab einen Schuh verloren.«

In diesem Moment kam Jamie wieder herein und hielt ihr den fehlenden Flip-Flop wie ein Friedensangebot entgegen. Froh nahm Tori ihn an und schlüpfte hinein, bevor Jamie wieder nach draußen verschwand.

»Ich hole dir ein paar Tücher, damit du dir die Flecken von den Knien reiben kannst«, sagte die Frau und griff nach einer Packung Feuchttücher hinter der Theke. »Das sind die reinsten Wunderdinger; ich nehme sie überallhin mit.«

Tori zog sich eins heraus und schrubbte damit über ihre Knie. Überrascht stellte sie fest, dass sich der grüne Matsch damit problemlos entfernen ließ.

»Kann ich dir einen Kaffee oder etwas zu essen anbieten? Aufs Haus, als Entschuldigung für das traumatische Erlebnis.« Die Frau lächelte und Tori erwiderte ihr Lächeln. Inzwischen konnte sie der Angelegenheit auch etwas Lustiges abgewinnen. Nicht jeder wurde von einem übereifrigen Truthahn verfolgt.

»Ein Chai Latte wäre toll.«

Die Frau wirkte bestürzt. Tori musste sich ein Lächeln verkneifen. Sie war definitiv nicht mehr in London.

»Wie wär's mit einem Kamillentee?«

Das ließ die Frau wieder strahlen. »Den haben wir.«

»Und ist Emily da?«

»Ich bin Emily.« Sie hielt einen Moment inne. »Bist du Tori?«

Tori nickte, und zu ihrer Überraschung schlang Emily die Arme um sie und drückte sie fest. Tori war eigentlich niemand, der gerne andere Menschen anfasste. Sie umarmte ihre Freunde und Familie, aber normalerweise keine Fremden. Doch aus irgendeinem Grund genoss sie diese Umarmung. Sie hatte mit Emily telefoniert und einige Mails ausgetauscht und wusste, dass Emily freundlich und gesprächig war, daher hatte sie das Gefühl, sie bereits zu kennen. Tori legte Emily die Arme auf den Rücken und erwiderte die Geste.

»Oh, ich freue mich so, dich kennenzulernen«, sagte Emily und machte einen Schritt zurück. »Wir brauchen jedes Jahr jemanden, der uns bei der Obsternte hilft, aber niemand wollte sich bisher für zwei ganze Wochen bereit erklären. Die Leute haben in der Regel andere Verpflichtungen. Und es ist auch schwierig, die richtigen Leute für diese Arbeit zu finden. Die meisten, die nach Sandcastle Bay kommen, wollen hier ihren Urlaub erleben und nicht wirklich von frühmorgens bis spätabends oder nachts Obst ernten. Aber Melody meinte, du wärst perfekt.«

Tori nickte. »Ich freue mich darauf. Ich war aufgrund meiner Arbeit während der vergangenen anderthalb Jahre immer drinnen und muss dringend ein wenig Zeit an der frischen Luft verbringen. Aus Sonnenbaden mache ich mir nichts. So lange kann ich nicht still liegen, da wird mir langweilig, und Wandern oder Radfahren macht mir keinen Spaß, daher ist das die ideale Beschäftigung für ein paar Wochen draußen. Die Arbeit macht mir nichts aus, ich beschäftige mich gern, und außerdem kann ich so Zeit mit Melody verbringen. Sie fehlt mir, seit sie hierhergezogen ist.«

»Melody vergöttert dich, das sieht man sofort, und ich verstehe allmählich auch, warum.« Emily musterte sie von Kopf bis Fuß. »Himmel, mein Bruder wird sich in dich verlieben.«

»Wer, Jamie?«, fragte Tori überrascht. Er war zwar niedlich, aber nicht wirklich ihr Typ. Genau genommen war kein Mann ihr Typ. Seit drei Jahren hatte sie keine Beziehung mehr gehabt, und eigentlich gefiel ihr das so. Luc hatte ihr das Herz gebrochen. Auch das Beziehungsende mit Matthew war äußerst schmerzhaft gewesen. Auf eine Wiederholung legte sie daher keinen Wert.

»Nein, Parker. Ihm gehört die Heartberry Farm. Er hat eine Schwäche für Rothaarige.«

»Ich hab kein Interesse an einer Liebesbeziehung«, erklärte Tori. Das war eine Untertreibung. Den Großteil ihres Lebens war sie sogar aktiv davor geflüchtet. Sie hatte Mauern um sich herum errichtet und Menschen zurückgestoßen. Das funktionierte hervorragend. Keine Gefahr, verletzt zu werden. Die beiden Male, als sie jemanden an sich herangelassen hatte, waren unschöne Erfahrungen gewesen, daher hatte sie inzwischen eine Beziehung für sich komplett ausgeschlossen.

»Er auch nicht. Aber das heißt nicht, dass ihr nicht ein wenig Spaß miteinander haben könnt, solange du hier bist.«

Tori blinzelte und lachte. »Schlägst du mir etwa einen One-Night-Stand mit deinem Bruder vor?«

»Nein, ich sage nur, genieß deine Zeit mit ihm. Er flirtet gern, also genieß wenigstens das. Er ist einer meiner absoluten Lieblingsmenschen. Verrate Jamie und Leo nicht, dass ich das gesagt habe, aber ich bete ihn an. Amüsier dich ein wenig mit ihm, er kann das gut gebrauchen, weil er viel zu viel arbeitet. Und laut Melody ist das bei dir genauso.«

Das konnte Tori nicht leugnen. Wenn sie sich in die Arbeit stürzte, musste sie schließlich nicht allein zu Hause hocken.

»Setz dich, ich hole deinen Tee«, sagte Emily, sah sich nach einem Tisch um und deutete dann auf einen in der Ecke.

Tori nickte und ging hinüber, doch bevor sie ihn erreicht hatte, öffnete sich die Tür und Melody und Isla Rosewood kamen herein.

Melody kam zu ihr herübergeeilt, zog Tori in eine feste Umarmung und quiekte vor Freude.

Lächelnd legte Tori die Arme um Melody. Sie hatte ihre beste Freundin wirklich vermisst.

Obwohl sie sich einige Male mit Melody auf halbem Weg zwischen Cornwall und London getroffen hatte, machten sich Schuldgefühle in ihr breit. Sie sahen sich nicht so oft, wie sie es sich nach dem Wegzug ihrer Freundin aus London gewünscht hatte. Aber da Sandcastle Bay so weit entfernt von London und Tori die Chefanimatorin des Films gewesen war, hatte sie einfach nicht die Zeit für die lange Reise hierher finden können. Sie dachte an das letzte Jahr seit Melodys Umzug. Melody hatte eine solch schwere Zeit durchgemacht, als ihr Bruder Matthew bei einem Autounfall ums Leben gekommen war. Der Gedanke an Matthews Tod tat schrecklich weh. Ein Besuch in Sandcastle Bay wäre auf jeden Fall nicht leicht geworden, denn hier war Matthews Heimat gewesen. Tori hatte eigentlich vorgehabt, Matthew hier schon vor Melodys Umzug zu besuchen, aber irgendwas kam immer dazwischen. Oder vielleicht hatte sie zugelassen, dass immer etwas dazwischenkam, und dann war es irgendwann zu spät gewesen – Matthew war nicht mehr da. Und jetzt kam sie unter völlig anderen Umständen hierher und konnte nicht leugnen, dass es wehtat.

»Ich freue mich so, dich zu sehen«, sagte Melody und rückte ein wenig von ihr ab, um sie zu betrachten.

»Ich freue mich auch.«

Tori musterte ihre beste Freundin. Ihr Teint schimmerte rosig und ihre Augen leuchteten vor Glück. Sie war erst seit weniger als einem Jahr hier, aber es schien ihr sehr gutzutun.

»Du siehst wirklich toll aus«, stellte Tori fest.

»Ich bin hier glücklich. Wirklich. Auch wenn ich niemals dich oder London verlassen wollte, aber jetzt ist hier mein Zuhause. Ich kann mir gar nicht vorstellen, jemals wieder von hier fortzugehen.«

»Wer hätte gedacht, dass unsere Melody tief im Herzen so ein Landei ist«, bemerkte Isla und umarmte Tori ebenfalls.

Tori hatte Isla wahnsinnig gern. Sie war einige Jahre älter als Melody und Tori, und obwohl die Ältere-Schwestern-Mentalität eine Menge Ratschläge über Jungs und Küssen und Sex bedeutet hatte, als sie Teenager waren, besaß Isla gleichzeitig einen verrückten Sinn für Humor und eine Albernheit, die Tori bewunderte.

Sie setzten sich an einen Tisch.

»Ich kann gar nicht glauben, dass du hier in Sandcastle Bay bist«, stellte Melody fest. »Es ist so weit weg und schrecklich schlecht zu erreichen.«

»Es ist tatsächlich weit weg, aber das ist keine Entschuldigung«, gab Tori zu. »Ich hätte dich schon viel früher besuchen sollen. Es tut mir leid, dass es so lange gedauert hat.«

Melody winkte angesichts ihrer versuchten Entschuldigung ab. »Das muss dir nicht leidtun. Du hast einen Film gemacht, das ist eine große Sache, besonders bei Animationsfilmen. Wir sind unheimlich stolz auf das, was du erreicht hast.«

»Wir wissen, wie viel Arbeit so etwas erfordert«, pflichtete Isla ihr bei. »Ich wette, du warst Tag und Nacht im Studio.«

»So hat es sich jedenfalls angefühlt, aber ich hätte trotzdem angestrengter versuchen sollen, hierherzukommen.«

»Und wir hätten genauso gut nach London hochfahren können, also trifft uns genauso viel Schuld. Jetzt bist du ja hier, das ist alles, was zählt«, entschied Melody, und Tori war sehr froh, dass sie nicht nachtragend war.

»Du hattest familiäre Verpflichtungen«, sagte Tori mit einem Seitenblick auf Isla. Matthews Tod hatte auf ihrer aller Leben Auswirkungen gehabt, aber Islas Leben musste sich am meisten verändert haben, denn sie kümmerte sich jetzt um seinen Sohn. Tori wollte sich danach erkundigen, aber es erschien ihr unsensibel, es so zu formulieren. »Wie war der Umzug hierher? Das kann nicht einfach gewesen sein.«

»Es ist hier so völlig anders. In Sandcastle Bay gibt es gar nichts«, erklärte Melody mit einem breiten Lächeln. Allerdings sah sie definitiv nicht so aus, als ob sie in ihrer neuen Heimat litte. »Wenn man ein Stadtmädchen ist wie ich, fehlt einem alles, was man an London liebt. Die Coffeeshops, die tollen

Restaurants, die Unterhaltung, die Shows, die Straßenkünstler, die Tatsache, dass jeder Tag anders ist. Hier ist es so still und nie passiert etwas. Der Kontrast ist wirklich stark. Ich habe keine Ahnung, was Matthew hier so gut gefallen hat.«

Die Erwähnung seines Namens war ein weiterer kleiner Schlag in die Magengrube. Es tat mehr weh, als es sollte, denn Tori fand, sie hatte kein Recht, um ihn zu trauern. Obwohl sie eigentlich schon lange gute Freunde gewesen waren, bevor sich irgendetwas zwischen ihnen abgespielt hatte. Lange, bevor sie ihn fortgeschoben hatte. Zwei Mal. Am schlimmsten war, dass weder Melody noch Isla wussten, was zwischen ihnen gewesen war. Oder dass Tori auch deshalb ihren Besuch in Sandcastle Bay immer wieder hinausgeschoben hatte, weil hier Matthews Zuhause gewesen war und es ihr wehtat, an ihn erinnert zu werden und an das, was sie hätte haben können, wäre sie nur mutig genug gewesen, es sich zu nehmen.

»Ich liebe Elliot sehr, und ich bedauere keine Sekunde lang, dass ich zugestimmt habe, als Matthew mich fragte, ob ich sein Vormund werden würde, falls ihm irgendwas zustößt«, erklärte Isla. »Elliot hat mein Leben verändert, zum Besseren. Aber der Umzug hierher war schwer. Ich liebe Sandcastle Bay, hier gibt es so viel Gemeinschaftssinn, jeder kümmert sich um den anderen, und das mag ich. Aber damit geht auch Neugier einher, und jeder glaubt, er hat das Recht, sich in deine Angelegenheiten einzumischen. Und mir fehlt mein Job in London. Schon als Kind wollte ich Schaufensterdekorateurin werden. Nachdem ich ›Mannequin‹ gesehen hatte, wollte ich selbst auch solche Meisterwerke in Schaufenstern kreieren, und das tue ich … das habe ich getan. Ich habe hart für meine Position als Leitende Schauwerbegestalterin in einem der größten Kaufhäuser der Welt gearbeitet. Ich habe die Welt bereist, um andere zu unterschiedlichen Fenstern oder speziellen Themen zu beraten, und das fehlt mir sehr. In dem kleinen Laden in Sandcastle Bay gibt es kaum Bedarf für eine Schaufensterdekorateurin. Aber finanziell geht es mir momentan ganz gut. Matthews Lebensversicherung wurde ausgezahlt, und das hat mir weitergeholfen, aber dieses Geld wird nicht ewig reichen. Und auch wenn ich während des vergangenen Jahres damit zufrieden war, einfach nur für Elliot da zu sein, werde ich irgendwann einen Job brauchen. Aber hier gibt es keine Stellen, die Geschäfte haben Mühe, sich über Wasser zu halten, und meine Fähigkeiten sind nicht unbedingt universell einsetzbar.«

»Könntest du dir vorstellen, zurück nach London zu ziehen und Elliot mitzunehmen?«, fragte Tori.

Sofort schüttelte Isla den Kopf. »Ihm gefällt es hier, und ich finde es schön, dass ich jeden Tag mit ihm zum Sunshine Beach gehen und ihm dort beim Spielen zusehen kann. Mir fehlt mein altes Leben, aber dorthin gibt es kein Zurück, nicht mit einem kleinen Kind. Das frühe Aufstehen, die langen Abende, die vielen Reisen. Und was für ein Leben würde er in der Innenstadt von London im Vergleich zu hier führen? Mir fehlt London unglaublich, aber ich kann es durch euch erleben.«

»Du bist unglaublich, wirklich«, staunte Tori. »Du hattest diesen wunderbaren Job, dieses tolle Leben in London, diesen scheinbar tollen Freund – der sich allerdings als Arsch herausgestellt hat –, und all das hast du für Elliot aufgegeben. Gut, ich weiß, dass du keine andere Wahl hattest und es nicht bereust, aber ich bewundere dich sehr für das, was du getan hast. Euch beide. Ich weiß, wäre ich Elliots Patentante gewesen, hätte ich genauso gehandelt, aber London zu verlassen wäre für mich unglaublich schwierig. Ich liebe meinen Job, und ich mag, wo ich wohne. All das würde mir wahnsinnig fehlen. Mir gefällt, dass ich zu jeder Tages- und Nachtzeit etwas zu essen bekommen kann, und zwar nicht nur Burger, sondern nepalesisches, portugiesisches, französisches, australisches oder isländisches Essen, falls mir der Sinn danach steht. Ich liebe die Theater und die Museen, und mir würde auch das temporeiche Leben fehlen, in dem kein Tag so ist wie der andere. Ich würde die Straßenkünstler vermissen und die Märkte und Restaurants und die Geschäfte. Allerdings hat auch dieser Ort hier einen gewissen Reiz, und ich kann sehen, warum du hier glücklich bist. Und ich nehme an, dass ich meinen Job als Freiberuflerin von überall ausüben könnte, selbst wenn ich London verließe. Aber ich kann mir nicht vorstellen, einen Beruf aufzugeben, den ich liebe. Es würde sich anfühlen, als verlöre ich einen Teil meiner Identität.«

Isla nickte zustimmend. »Genauso fühlt es sich an. Jemand hat mich neulich Elliots Mummy genannt, und ich dachte mir, ist das jetzt alles, was ich bin? Der Name Isla Rosewood war in London bei jedem Kaufhausmanager und allen Schauwerbegestaltern bekannt. Hier bin ich Matthews Schwester oder Elliots Mummy oder ›die arme Frau‹.«

Tori nahm Islas Hand. Sie hatte durch Matthews Tod viel mehr als nur ihren Bruder verloren.

»Wie geht es Elliot?«, erkundigte sich Tori.

»Der blüht bei Isla regelrecht auf«, verkündete Melody stolz.

»Ich habe die Fotos von ihm gesehen, er wirkt so glücklich«, meinte Tori. »Ich kann mir niemand Besseren vorstellen, um ihn großzuziehen.« Plötzlich bekam sie Panik, dass ihre Worte Melody gegenüber beleidigend sein könnten. Tori hatte sie nie gefragt, ob es ihr etwas ausgemacht hatte, dass Isla als Elliots Vormund bestimmt worden war und nicht sie. Sie wandte sich an Melody. »Ich wollte damit nicht andeuten, dass du das nicht auch toll gemacht hättest, sondern nur, dass …«

»Oh Gott, ich bin längst noch nicht bereit für Kinder. Matthew wusste das. Isla ist definitiv am besten für diese Aufgabe geeignet, sie ist die Älteste und darum ist es absolut logisch, dass Elliot bei ihr lebt. Sie hat sich ihr ganzes Leben lang Kinder gewünscht, wohingegen ich mir mehr aus Hunden mache. Eines Tages möchte ich auch Kinder, aber jetzt noch nicht. Ich liebe Elliot, ich verbringe gern Zeit mit ihm und habe Spaß daran, mich um ihn zu kümmern, aber mir gefällt auch meine Unabhängigkeit. Es liegt ein großer Unterschied darin, die lustige Tante zu sein oder ein Elternteil. Isla ist eine tolle Mutter für Elliot. Die Beste, die er je hatte.«

Tori wusste, dass dieser Seitenhieb Sadie galt, Elliots leiblicher Mutter, die Matthew verlassen hatte, als Elliot erst ein Jahr alt gewesen war. Soweit Tori wusste, hatte seither niemand mehr etwas von ihr gehört. Es hieß, sie sei nach Australien ausgewandert, und keiner wusste genau, wo sie sich aufhielt.

»Und wie bewältigt er die Trauer?«

»Er war damals erst vier. Wie erklärt man einem Vierjährigen, dass sein Vater nicht mehr wiederkommen wird?« Islas Stimme brach. »Er weiß, dass schon seine Mutter ihn verlassen hat, aber ich habe keine Ahnung, wie Matthew mit dem Thema umgegangen ist. Als ich ihm damals sagte, dass Matthew gestorben ist, hat er genickt und mich gefragt, ob wir zum Abendessen Lasagne und Knoblauchbrot essen können.«

»Anschließend hat er immer wieder gefragt, wann sein Daddy nach Hause kommt. Es war herzzerreißend.«

»Er hat gefragt, ob wir Daddy ein paar Sandwiches mit in den Sarg legen können, falls er Hunger bekommt«, fügte Isla hinzu. »Meistens scheint es ihm gut zu gehen, und er benimmt sich wie ein normaler, glücklicher und aufgeweckter Junge. Ich glaube nicht, dass er wirklich versteht, was passiert ist. Er sagt, dass er Daddy vermisst, und dann geht er in den Garten und spielt mit seinen Dinosauriern, als wäre alles in Ordnung. Manchmal ist er ein bisschen anhänglich, besonders abends vor dem Schlafengehen. Eine Zeit lang hatte er einen unsichtbaren Freund, allerdings scheint es den nicht mehr zu geben.

Offensichtlich ist das ziemlich normal, aber damals hat es mir einen ganz schönen Schrecken eingejagt.«

»Das kann ich mir vorstellen.« Tori schüttelte den Kopf. Isla und Melody hatten während des vergangenen Jahres eine solch schwere Zeit durchgemacht. Sie hatten nicht nur ihre eigene Trauer über den Verlust ihres Bruders bewältigen, sondern auch Elliot helfen müssen, mit der Situation zurechtzukommen.

Emily kam mit Toris Tee und einem Marmeladendonut zu ihnen herüber. »Kann ich euch beiden auch etwas bringen?«

Isla und Melody schüttelten die Köpfe. »Nein, danke, ich muss gleich wieder los«, erklärte Isla.

»Ich auch«, gab Melody zu.

Emily nickte und ging.

Tori nahm einen Schluck von ihrem Tee. »Wo ist Elliot denn jetzt?«

»Bei Mum«, antwortete Melody mit angespannter Stimme.

Tori verzog das Gesicht, weil sie wusste, dass die Beziehung zwischen Melody, Isla und ihrer Mum seit Jahren belastet war, vor allem, seit ihr Dad nicht mehr da war. Als Toris Vater ihre Mutter verlassen hatte, hatte diese mehrere Jahre damit verbracht, zu weinen, sich von der Welt abzuschotten und sich in Selbstmitleid zu suhlen. Als der Vater von Melody und Isla sich von seiner Frau getrennt hatte, hatte ihre Mum damit reagiert, auf alle und jeden wütend zu sein, ihre Kinder eingeschlossen. Nach der Anfangsphase, in der sie ebenfalls wütend auf ihren Dad gewesen waren, hielten Melody, Isla und Matthew jedoch weiterhin ihre Beziehung zu ihm aufrecht, und das hatte ihrer Mum nicht gefallen. Seit Matthews Tod hatte sich ihre Trauer wieder als Wut manifestiert, und obwohl sie nach Sandcastle Bay gezogen war, um Isla mit Elliot zu helfen, sorgte sie dafür, dass jeder, der bereit war, ihr zuzuhören, auch erfuhr, was für ein Opfer sie damit brachte.

»Und wie läuft es so mit eurer Mum?«

»Schwierig«, erwiderte Melody. »Isla kann ihr nichts recht machen.«

»Sie findet, sie sollte Elliots Vormund sein«, erklärte Isla. »Obwohl sie jedes Mal, wenn er bei ihr ist, einfach nur auf der Couch oder einem Terrassenstuhl sitzt und ihm beim Spielen zusieht. Sie würde sich gar nicht um ein weiteres Kind kümmern wollen, nicht nach all den Jahren. Und ihre Gabe, an allem etwas Schlechtes zu finden, würde sie zu einem schrecklichen Vormund machen, obwohl sie selbst das nicht so sieht. Ich weiß ihre Hilfe zu schätzen und Elliot hat sie sehr gern. Wenn sie sauer ist, kichert Elliot immer und behauptet, dass sie ihre Meckerhose anhat, was sie tatsächlich zum Lachen bringt. Aber ich versuche die Zeit, die ich ihn bei ihr lasse, auf ein Mindestmaß zu begrenzen.«

»Wenn du einen Babysitter während der Zeit brauchst, die ich hier bin, helfe ich gern aus.«

»Das ist lieb, danke. Wie geht es dir so?«

»Ja, bitte sag mir, dass du es während des vergangenen Jahres zumindest gelegentlich aus dem Haus geschafft hast«, bat Melody.

Tori dachte darüber nach, wie sie diese Frage beantworten sollte, denn wenn sie die Wahrheit sagte, würden sich die beiden Sorgen machen und sich schuldig fühlen, und das wollte sie nicht. Die traurige Wahrheit war, dass ihr Leben lange Zeit so eng mit dem Leben der Rosewoods verwoben gewesen war, dass sie nicht die geringste Ahnung hatte, wie sie ohne sie existieren sollte. Sie konnte sich nicht an eine Zeit erinnern, in der es Melody, Isla und Matthew nicht in ihrem Leben gegeben hatte. Sie war mit ihnen aufgewachsen, hatte jeden Tag bei ihnen zu Hause gespielt und in London gegenüber von ihnen gewohnt. Melody und Matthew waren ihre besten Freunde gewesen, und obwohl Isla ein wenig älter war, verbrachte auch sie viel Zeit mit ihnen. Nachdem Toris Vater ihre Familie verlassen hatte, hatte

Tori beinahe ihre gesamte Zeit bei den Rosewoods verbracht, da ihre Mum vor lauter Traurigkeit über die Scheidung alle von sich weggestoßen hatte, Tori eingeschlossen.

Und dann war da noch ihre Freundschaft mit Matthew gewesen. Von ihm bekam sie mit dreizehn ihren ersten Kuss, bei einem Flaschendrehen mit herrlichem Ergebnis. Vermutlich hatte sie sich damals ein wenig in ihn verliebt. Obwohl nach diesem Kuss nichts weiter zwischen ihnen passiert war, blieben sie während der darauffolgenden Jahre enge Freunde und verbrachten viel Zeit zu zweit. Sie hatte ihn vergöttert. Jahre später, einige Tage, bevor er für ein Jahr das Land verließ, war er auch der erste Mann, mit dem sie geschlafen hatte. Sie war sich nicht ganz sicher, wie es dazu gekommen war. Sie waren kein Paar, doch das Gespräch darüber, wie sehr sie ihn vermissen würde, führte zu einem Kuss, und dieser Kuss hatte angedauert, bis sie beide nackt auf dem Sofa lagen. Damals war deutlich geworden, dass es seit Jahren unterdrückte Gefühle zwischen ihnen gab. Anschließend war er gegangen, und obwohl sie in Kontakt blieben, waren sie sich niemals wieder so nahe gewesen – erst kurz vor Matthews Tod. Vermutlich, weil sie ihm erklärt hatte, dass sie nicht an einer Beziehung interessiert war. Sie hatte ihn damals genauso weggestoßen wie einige Jahre später.

Nach Matthews Weggang war sie auch weiterhin eng mit Melody befreundet geblieben. Sie studierten gemeinsam. Dabei knüpften sie zwar mit Kommilitonen auch andere Freundschaften, aber wie es vielfach so ist, nachdem die meisten von denen allmählich aus der Gegend oder sogar ins Ausland wegzogen, verliefen die Kontakte im Sande. Als sowohl Melody als auch Tori eine Stelle in London antraten, schien es nur logisch, dass sie sich eine Wohnung teilten. Sie verbrachten die Abende gemeinsam zu Hause, schauten DVDs und trafen sich ein- bis zweimal pro Woche mit Matthew und Isla. Nach Matthews Wegzug nach Sandcastle Bay hatte Tori ihn schrecklich vermisst, aber ihr waren immer noch Melody und Isla geblieben. Doch als auch die beiden nach Matthews Tod nach Sandcastle Bay umzogen, wurde Tori bewusst, wie schrecklich allein sie war. Bei der Arbeit hatte sie gute Freunde, aber mit denen hatte sie nie etwas nach Feierabend unternommen, sondern hatte nur verwirrte Blicke geerntet, als sie es vorschlug. Am Ende arbeitete sie besonders lang und sogar an den Wochenenden, um ihre Einsamkeit zu überspielen, obwohl sie wusste, dass es zum Teil auch daher rührte, dass sie versuchte, den Schuldgefühlen und der Trauer wegen Matthews Tod zu entfliehen.

In diesem Moment erkannte sie, dass ihre Freundinnen immer noch auf eine Antwort warteten.

»Ich habe angefangen, Skateboard zu fahren«, behauptete Tori. Es stimmte, auch wenn die beiden nicht erfahren mussten, dass sie höchstens ein- bis zweimal dort gewesen war. »Und ich bin in einen Pilateskurs gegangen.« Wobei sie dort keine Freunde gefunden hatte. Sie kannte nicht mal die Namen der anderen Kursteilnehmer. Die kamen aus sportlichen Gründen zum Pilates, nicht zum Plauschen. Sie seufzte. »Ich habe euch beide schrecklich vermisst.«

»Oh nein, jetzt fühle ich mich furchtbar, dass ich fortgegangen bin«, sagte Melody. »Du hast mir auch gefehlt. Es war, als hätte ich mir einen Arm abgeschnitten und ihn zurückgelassen.«

»Du brauchst dich deshalb nicht schlecht zu fühlen. Die Familie kommt an erster Stelle«, versicherte ihr Tori.

»Du gehörst zu meiner Familie«, entgegnete Melody. »Ich hab dich sehr lieb. Als wir Kinder waren, hätte ich dich am liebsten gegen Matthew eingetauscht, damit du bei mir wohnst statt mein blöder Bruder. Die ersten paar Monate hier war ich völlig am Ende, und das lag zum Großteil daran, dass ich dich zurücklassen musste.«

Tori wusste, dass das stimmte. Während der ersten drei oder vier Monate nach Melodys Wegzug hatten sie praktisch jeden Abend telefoniert. Die meisten dieser Telefonate bestanden daraus, dass Melody weinte und Tori gleich mit. Matthews Tod hatte sie beide schwer getroffen. Die Gespräche mit ihm fehlten ihr schrecklich. Doch dass sie auch Melody an Sandcastle Bay verlor, tat ebenfalls fürchterlich weh. Sie wusste, dass ein Teil ihrer Trauer um Matthew sich auch darin äußerte.

»Irgendwie müssen wir das hinkriegen«, fuhr Melody fort. »Ich muss dich häufiger besuchen, und vielleicht kannst du auch öfter herkommen, aber ich werde auf keinen Fall auf dich verzichten.«

»Das gilt für mich genauso«, stimmte Tori ihr zu. »Dafür bist du mir viel zu wichtig. Ich muss mich definitiv mehr bemühen, dich häufiger zu besuchen.«

»Du weißt schon, dass wir dieses Problem ganz einfach lösen könnten, wenn du einfach nach Sandcastle Bay ziehen würdest«, schlug Isla scherzhaft vor. »Du hast es selbst gesagt, du kannst von überall aus arbeiten.«

Tori lächelte und blickte durchs Fenster hinaus auf den goldfarbenen Strand. Könnte sie das wirklich? Sie liebte London, aber es gab dort nichts mehr, was sie hielt.

»Ich muss leider los, ich habe Elliot versprochen, dass wir heute Nachmittag bei einem Sandburgenwettbewerb mitmachen«, erklärte Isla und stand auf. »Sollen wir uns heute Abend im Pub treffen? Es heißt The Mermaid. Wir haben uns noch so viel zu erzählen!«

»Gegen sieben?«, schlug Tori vor.

Isla nickte und gab Tori einen Kuss auf die Wange – einen richtigen, warmen Kuss, keinen leeren Luftkuss, bevor sie ging.

Tori drehte sich zu Melody um, die sich über den Tisch gebeugt hatte und in Toris Donut biss. Tori zuckte nicht mal mit der Wimper – als sie noch zusammengewohnt hatten, hatten sie sich immer gegenseitig das Essen geklaut.

»Ist es wirklich in Ordnung für dich, dass du jetzt hier wohnst? Ich weiß, dass du vor Isla niemals etwas anderes behaupteten würdest.«

»Als sie mich einige Wochen nach Matthews Tod anrief und bat, hierherzukommen, wusste ich nicht, was ich tun sollte. Mein Leben war in London. Ich weiß, dass sie Angst hatte, sie würde sich nicht gut genug um Elliot kümmern, und die war definitiv unbegründet, aber ich weiß auch, dass sie sich mit dieser neuen, riesigen Verantwortung allein fühlte. Auf keinen Fall konnte ich sie damit im Stich lassen. Ursprünglich hatte ich vor, für ein oder zwei Jahre herzukommen und nach London zurückzugehen, sobald sie sich sicherer fühlte, aber das hat sich praktisch direkt nach meiner Ankunft hier geändert. Sandcastle Bay geht einem unter die Haut. Mir gefällt es hier.«

»Und sie kommt mit Elliot zurecht? Das ist wirklich keine leichte Aufgabe. Mutter zu sein ist schon schwer genug, aber plötzlich zur Mutter eines Vierjährigen zu werden, ist noch mal eine ganz besondere Herausforderung.«

Melody lächelte. »Inzwischen ist er fünf. Wir haben letzten Monat seinen Geburtstag gefeiert. Aber Isla ist zum Muttersein geboren; es war mein Ernst, als ich sagte, sie ist am besten dafür geeignet. Sie wollte immer schon Kinder und hat Daniel ständig danach gefragt, aber er hat sie immer wieder vertröstet.«

Beim Gedanken an Daniel machte Tori ein finsteres Gesicht. Er hatte wie ein netter Kerl gewirkt, und sie war davon ausgegangen, dass er Isla liebte. Isla war sich jedenfalls sicher gewesen, dass sie zusammen alt werden würden – Ehe, Kinder, das volle Programm. Doch nach dem Unfall hatte er kein Interesse daran gehabt, Elliot aufzuziehen. Er stellte Isla sogar vor die Wahl – Elliot oder er. Für diese Entscheidung hatte sie natürlich nicht mal eine halbe Sekunde gebraucht.

»Das Leben als alleinerziehende Mutter ist nicht einfach, aber ihr gefällt es«, fuhr Melody fort. »Ich weiß, dass sie ihren Job geliebt hat, aber hier ist sie wirklich glücklich, auf eine ganz andere Art als in London.«

Melody griff über den Tisch nach einer Serviette und blieb damit am Henkel der Teetasse hängen, die daraufhin umfiel. Schnell stellte Tori sie wieder auf, bevor allzu viel Tee auf dem Tisch verschüttet war, und lachte, während sie und Melody rasch den Schaden beseitigten.

»Einige Dinge verändern sich nie«, stellte Tori fest.

»Ist das Tomatenketchup auf deinem Oberteil?«, fragte Melody demonstrativ.

Tori lachte. »Vermutlich.«

Melody schüttelte liebevoll den Kopf. »Ich muss gleich zurück in den Laden.«

»Wie läuft es denn so in der hektischen Welt der Schmuckproduktion?«

»Gut, wirklich gut. Ich verdiene zwar nur ungefähr die Hälfte von dem, was ich mit einem eigenen Geschäft in London verdienen würde, allerdings sind die Lebenshaltungskosten hier auch niedriger und alle sind deutlich freundlicher. Das Leben verläuft hier ganz klar langsamer und entspannter, und das gefällt mir sehr. Ich habe das irgendwie gebraucht.«

Tori nickte. Das verstand sie völlig; hier hatte auch sie das Gefühl, endlich Luft zu bekommen.

»Du musst mich unbedingt mal im Laden besuchen.«

»Das mache ich auf jeden Fall.«

»Der ganze Starfish Court ist einen Besuch wert. Dort gibt es diesen herrlichen Schokoladenladen, wo sie Schokolade von Hand herstellen, und dann Läden mit Töpferwaren und Glas. Mir gegenüber liegt das Stormy Skies, deren Skulpturen sind unglaublich. Ich könnte mich stundenlang dort umsehen.«

Bildete sich Tori das nur ein oder wurde Melody ein wenig rot, als sie über Stormy Skies sprach?

»Klaus macht diese wunderbaren Stücke aus Treibholz und Jamie diese Meisterwerke aus Ton. Ich habe noch nie zuvor etwas Vergleichbares gesehen. Was er mit seinen Händen macht, grenzt an Magie.«

Da steckte definitiv mehr dahinter, als Melody zugab.

»Ist dieser Jamie der Bruder von Emily?«

»Ja, hast du ihn kennengelernt?«

»Nur kurz. Er wirkt nett«, warf Tori ihren Köder aus.

»Das ist er«, bestätigte Melody und lächelte übers ganze Gesicht. Dann räusperte sie sich und tat so, als ob sie den bereits makellosen Tisch säuberte. Da sie ganz offensichtlich bemerkte, dass Tori mehr aus ihrem Gespräch herauslas, als ihr lieb war, stand sie auf. »Ich sollte besser zurück in den Laden. Wir sehen uns heute Abend.«

»Ja, ich freue mich darauf.«

Melody umarmte sie noch einmal fest und eilte dann davon. Tori lehnte sich lächelnd auf ihrem Stuhl zurück.

»Sie wird ihn heiraten«, ertönte da eine Stimme vom Nachbartisch. Tori blickte hinüber zu der älteren Dame mit grellgrünen Haaren, die ›Fifty Shades of Grey‹ in den Händen hielt, obwohl das Gespräch an Toris Tisch sie deutlich mehr zu interessieren schien als das Buch.

»Jamie?«, vergewisserte sich Tori.

»Ja, die beiden werden heiraten. Ich habe es gesehen.«

Die Frau musterte Tori von Kopf bis Fuß, von den Flip-Flops über ihr Outfit bis hin zu ihren Haaren. Tori fragte sich, ob sie die Prüfung wohl bestand.

»Aidan Jackson«, sagte die Frau mit Nachdruck.

»Wie bitte?«, fragte Tori verwirrt.

»Den wirst du heiraten.«

Kapitel 3

Tori starrte die Fremde einen Augenblick lang an. »Ich glaube, Sie verwechseln mich. Ich heirate niemanden.«

»Noch nicht, aber das wirst du«, widersprach die Frau.

Emily kam herüber und verdrehte die Augen über das Gespräch, allerdings drückte ihr Lächeln Zuneigung aus. »Das ist Agatha. Sie verfügt über die Gabe, vorauszusagen, wer wen heiraten wird«, erklärte sie, während sie die leere Tasse der Frau abräumte und durch eine volle Tasse Kaffee ersetzte. Dann beugte sie sich vor, um die schmutzigen Servietten von Toris Tisch zu nehmen, und flüsterte, sodass nur Tori sie hören konnte: »Es handelt sich aber um eine nicht besonders akkurate Gabe.«

»Manche nennen es eine Gabe, andere einen Fluch«, verkündete Agatha in einem geheimnisvollen Ton.

»Wen hast du denn Tori als Ehemann vorhergesagt, Agatha?«, fragte Emily, die ganz offensichtlich Agathas Worte kein bisschen ernst nahm.

»Aidan.«

Emily lachte und das Telefon hinter der Theke klingelte. »Nun ja, Aidan und eine Ehe sind keine wirklich gute Kombination.«

»Das liegt daran, dass diese letzte Frau eine Schlampe war«, behauptete Agatha äußerst direkt. »Jeder konnte sehen, dass sie die absolut Falsche für ihn war. Aber Tori ist seine Seelenverwandte.«

Emily zwinkerte Tori grinsend zu und eilte hinter die Theke zurück, um den Anruf anzunehmen.

Tori beschloss, auf die skurrilen Prophezeiungen der verrückten alten Frau einzugehen.

»Ich werde also Aidan Jackson heiraten?«, wiederholte sie und nahm einen Schluck von ihrem Tee.

»Ja. Fünf Kinder.«

Tori verschluckte sich.

»Bist du wegen des Heartberry-Love-Festivals hier, meine Liebe?«, fragte Agatha und steckte ihr Buch zurück in die Tasche. Ganz offensichtlich fand sie es interessanter, Tori zu foltern. »Und du kannst mich ruhig duzen. Das machen alle hier.«

»Nein, ich weiß gar nicht, was das ist.«

Agatha wirkte überrascht. »Du bist Ende Mai nach Sandcastle Bay gekommen und weißt nichts vom Heartberry-Love-Festival?«

Tori schüttelte den Kopf.

»Bei diesem Fest feiern wir die Ernte der berühmten Heartberrys. Du weißt, was Heartberrys sind?«

Tori überlegte, ob sie lügen sollte und die Frage bejahen, aber sie wusste, dass sie irgendwann erwischt würde. Ihr Schweigen hatte sie sowieso längst verraten.

»Die Heartberry ist eine seltene herzförmige rote Beere, die jedem Glück bringt, der sie isst. Die Menschen kommen aus aller Welt, um ihre Ernte zu feiern und die Beeren zu kosten, damit sie genauso glücklich verliebt sein können wie die Menschen in Sandcastle Bay.«

Die reizende Vorstellung einer magischen Liebesbeere brachte Tori zum Schmunzeln.

»Heißt das, dass die Menschen in Sandcastle Bay glücklicher sind als anderswo?«, fragte sie.

»Glücklich verliebt. Wir haben die niedrigste Scheidungsrate im ganzen Land«, verkündete Agatha stolz.

Das war wohl kaum ein realistischer Vergleich. Natürlich war die Scheidungsrate in London oder Manchester höher – in Städten war sie meist höher als auf dem Land.

»Glaub mir, die Heartberry ist magisch«, fuhr Agatha fort. Offensichtlich war ihr Toris zweifelnde Miene aufgefallen.

»Was passiert denn bei diesem Love-Festival?«

»Eine Menge, aber eins der größten Ereignisse ist das Bootsrennen. Alle lokalen Geschäfte bauen ihr eigenes Boot. Nun ja, ich würde sie nicht unbedingt als Boote bezeichnen. Manche haben Flügel und riesige Räder und dienen eher zur Unterhaltung, aber alle sind dafür konstruiert, auf dem Wasser zu schwimmen. Selbstverständlich fallen die meisten davon beim ersten Kontakt mit etwas Nassem auseinander, aber das gehört dazu. Die Boote versuchen, es bis zu der kleinen Insel im Fluss Star zu schaffen. Auch die Dorfbewohner aus Meadow Bay auf der anderen Seite des Flusses machen mit. Wer es schafft, darf vom berühmten Heartberry-Kuchen essen oder sich ein Stück mit einem lieben Menschen teilen. Es finden noch viele andere Veranstaltungen statt, aber das ist die Hauptattraktion. Anschließend gibt es ein Feuerwerk und es wird getanzt.«

»Klingt lustig.«

»Das ist es. Außerdem ist es die Zeit im Jahr, zu der manche Menschen Geschenke oder Liebesbeweise von ihren heimlichen Bewunderern erhalten.«

»Oh, wie eine Art zweiter Valentinstag?«

»Ja, aber dieser hier ist in den Augen der Bewohner von Sandcastle Bay viel bedeutsamer.«

»Ich werde mir das auf jeden Fall ansehen.«

»Bring Aidan mit.«

Tori lächelte.

In diesem Moment wurde die Eingangstür aufgestoßen und das von draußen hereinfallende Licht wurde vorübergehend von dem großen Mann blockiert, der hereinkam. Wegen des Gegenlichts konnte Tori zwar nur seine Silhouette erkennen, trotzdem konnte sie den Blick nicht abwenden. Er trug eine Schiebermütze und Gummistiefel und wirkte damit auf eine raue Art sexy ... oder vielleicht war er selbst einfach umwerfend. Er hatte ein blassblaues Hemd an, das sich an all den richtigen Stellen dehnte, die Ärmel waren aufgerollt und es hing ihm lose über eine dunkelblaue Jeans, die sich an seine breiten Oberschenkel schmiegte. Unter der Mütze quollen dunkle Locken hervor, doch es war sein Gesicht, das ihre Aufmerksamkeit auf sich zog. Sie hatte das Gefühl, ihn zu kennen, ihn schon irgendwo einmal getroffen zu haben. Seine sanften Augen waren grau, und er hatte ein wunderschönes Lächeln, mit dem er Emily bedachte, ehe er Tori zuwinkte. Sofort stand sie auf. Er hatte sie ebenfalls wiedererkannt. Sie sah, wie sein Blick auf sie fiel, als sie ihm zurückwinkte, und erkannte peinlich berührt, dass er gar nicht ihr, sondern Agatha zugewunken hatte.

»Parker!«, rief Emily ihn zu sich hinüber, und er nahm den Blick von Tori wahr, während seine Schwester mit ihm sprach. »Ich bin froh, dass du hier bist. Das ist Tori, sie wird dir während der nächsten beiden Wochen auf der Farm helfen. Falls du jetzt Zeit hast, könntest du sie zum Blossom Cottage bringen, damit sie sich einrichten kann.«

Er sah wieder hinüber zu Tori und ein Lächeln lief über sein ganzes Gesicht. Dadurch fühlte sie sich ein bisschen weniger befangen wegen des Missverständnisses mit dem Winken.

Rasch ging er auf sie zu, und für einen wundervollen Moment sah es beinahe so aus, als wollte er sie umarmen. Sie öffnete die Arme, doch er entschloss sich stattdessen zu einem

Händeschütteln. Schnell ließ sie die Arme sinken und tat so, als hätte sie sich lediglich gedehnt, als sie seine Hand nahm, doch hinter ihr schnaubte Agatha belustigt. Offenbar war ihr Toris übereifrige Umarmungsabsicht aufgefallen, eventuell sogar Parker ebenfalls. Seine Haut war rau, aber warm, und sie wusste, dass sie seine Hand länger als allgemein üblich festhielt, aber sie hatte irgendwie Probleme, ihn loszulassen.

»Schön, dich kennenzulernen.« Sein Blick fiel kurz auf ihre immer noch verschränkten Hände, doch der warmherzige Ausdruck in seinen Augen blieb. »Ich freue mich sehr, dass du da bist.«

»Wirklich?«, fragte Tori und schalt sich sofort innerlich. Natürlich meinte er die Hilfe beim Obstpflücken. Nicht sie persönlich.

»Wir haben eine Menge Obst zu ernten«, half er ihr über ihre Verlegenheit hinweg.

Sie nickte. »Ich freue mich darauf.«

Was war denn bloß los mit ihr? Sie benahm sich ja wie ein Schulmädchen mit einem Schwarm. Normalerweise benahm sie sich Männern gegenüber nicht so. Zum einen war sie einfach nicht an einer Beziehung interessiert, daher waren Männer für sie in der Regel immer entweder Kollegen oder Freunde, nichts anderes. Der Großteil ihres Teams bestand aus Männern, und ja, einige davon waren ziemlich süß, aber sie betrachtete sie auf dieselbe distanzierte Weise wie einen Kuchen: lecker, aber letztendlich schlecht für einen, und daher verzichtete man am besten darauf. Warum reagierte sie also jetzt so auf Parker? Gut, er war vermutlich der attraktivste Mann, den sie seit Langem gesehen hatte. Oder sogar überhaupt jemals. Aber zwischen ihnen würde nichts passieren. Warum zum Teufel schüttelte sie ihm also immer noch die Hand?

Endlich schaffte sie es, ihren Griff zu lösen, und für einen kurzen Augenblick bildete sie sich ein, ein Lächeln um seinen Mund zucken zu sehen.

»Wir können jetzt sofort los, wenn du möchtest«, schlug Parker vor.

»Möchtest du denn nicht erst etwas essen?«, fragte Tori, um einige Minuten herauszuschlagen, in denen sie sich sammeln konnte, bevor sie mit diesem Mann irgendwohin ging.

»Ich habe bereits gegessen, ich bin nur hergekommen, um mit Emily zu sprechen, aber das kann warten.« Er deutete auf die Tür.

Tori zögerte, doch dann wickelte sie ihren Donut in eine Serviette und nahm ihre Tasche. Agatha streckte beide Daumen hoch und zwinkerte ihr übertrieben zu. Zuerst versuchte sie, Tori mit Aidan Jackson zu verkuppeln, wer auch immer das war, und jetzt mit Parker. Sie blickte hinüber zu Emily, doch auch die zwinkerte. Vielleicht sollte sie sich einen imaginären Freund zulegen, damit die Dorfbewohner aufhörten, sie verkuppeln zu wollen. Melody hatte definitiv nicht erwähnt, wie erpicht die Leute hier darauf waren, andere verheiraten zu wollen. Sie fragte sich, ob man Melody damals hier genauso begrüßt hatte.

Als sie zur Theke ging, um den Tee und den Donut zu bezahlen, winkte Emily ab.

»Viel Spaß«, wünschte sie ihr und grinste breit.

Tori wandte sich zur Tür, die Parker bereits für sie aufhielt, und er folgte ihr nach draußen.

Ein staubiger blauer Jeep stand vor dem Café und er öffnete ihr die Beifahrertür. »Ich versichere dir, dass er innen sauberer ist.«

»Ist schon in Ordnung. In Melodys Auto liegen ständig irgendwelche Verpackungen von McDonald's oder KFC herum. Wenn man einmal mit ihr mitgefahren ist, kann man alles aushalten«, erwiderte Tori.

Sie glitt auf den Sitz und musste zugeben, dass der Innenraum tatsächlich sauberer war.

Parker ging um das Auto herum und stieg ebenfalls ein. Sobald er die Tür hinter sich geschlossen hatte, wurde Tori von seinem Duft umhüllt. Er war salzig und würzig wie die Meeresluft, gepaart mit dem sauberen Geruch nach Äpfeln und Ingwer. Himmlisch.

Schnell riss sie den Blick von ihm los, wickelte ihren Donut aus und biss hinein. Wenn sie schon in Versuchung kam, sich etwas zu nehmen, was schlecht für sie war, dann sollte es lieber der Donut sein. Die Auswirkungen davon wären nicht so lang anhaltend oder niederschmetternd.

Parker ließ den Motor an und fuhr los. Er folgte der Küstenstraße, sodass Tori einen herrlichen Blick auf das Meer hatte, auf dem sich die Sonne glitzernd in den Wellen brach. Am Strand spielten Kinder, und Hunde jagten Bällen hinterher, während sich die Eltern in Liegestühlen entspannten und versuchten, den Stress der Welt zu vergessen. Es war Samstag, das erste Wochenende der Maiferien, daher machten die Leute ganz offensichtlich das Beste aus der Zeit, bevor die Kinder eine Woche später wieder zur Schule mussten.

»Ist es dein erster Besuch in Sandcastle Bay?«, erkundigte sich Parker.

»Ja, meine Freundin Melody und ihre Schwester Isla wohnen zwar hier, aber ich bin noch nie zu ihnen gekommen, seit beide vor ungefähr einem Jahr hergezogen sind.«

»Nach allem, was ich gehört habe, steht ihr beiden, du und Melody, euch sehr nah.«

Tori lächelte. Natürlich hatte Melody über sie gesprochen.

»Wir sind schon beste Freundinnen, solange ich mich erinnern kann. Sie war immer für mich da. Unsere Mütter waren befreundet, daher sind wir gemeinsam aufgewachsen. Wir waren zusammen auf der Schule, auf dem College und der Universität und haben dann in London zusammengewohnt. Ich liebe sie, sie ist wie eine Schwester für mich. Als Matthew starb und sie hierhergezogen ist, um Isla mit Elliot zu helfen, hat sie eine riesige Lücke in meinem Leben hinterlassen.«

Parker warf ihr einen Moment lang einen traurigen Blick zu und konzentrierte sich dann wieder auf die Straße.

»Du denkst gerade, wenn wir so eng befreundet sind, warum bin ich dann nicht früher hergekommen? Ich weiß, ich denke genauso. Ich wohne in East London, und auch wenn Google Maps ganz optimistisch behauptet, dass die Fahrzeit weniger als sechs Stunden beträgt, sind es in Wahrheit eher sieben oder acht, erst recht an einem Freitagabend, wenn alle übers Wochenende aus London wegfahren. Ich habe an einem riesigen Projekt gearbeitet, dessen Fertigstellung länger als ein Jahr gedauert hat, und irgendwie war nie genügend Zeit. Ich weiß, ich hätte sie mir trotzdem nehmen sollen, aber … Es war das erste Mal, dass ich ein Projekt geleitet habe, und ich wollte beweisen, dass ich es kann.«

Sie seufzte. Vermutlich war das nur eine Ausrede. Es hatte viele Momente gegeben, in denen ihr bewusst gewesen war, dass sie die Arbeit als Vorwand nutzte, um nicht herzukommen. Sandcastle Bay würde sie immer an Matthew erinnern und an das Leben, das sie hätte führen können, wenn sie bereit gewesen wäre, das Risiko einzugehen. Matthew war einer der Gründe gewesen, warum sie einen Besuch so lange nach seinem Tod aufgeschoben hatte, obwohl niemand das wusste.

»Das habe ich nicht gedacht«, widersprach Parker. »Sondern nur, dass Matthews Tod solche weitreichenden Konsequenzen hatte. Alle seine Freunde und Familienmitglieder waren betroffen und sind es immer noch. Nicht nur emotional, sondern auch in praktischer Hinsicht. Melody hat ihr erfolgreiches Schmuckgeschäft in London aufgegeben und hier einen winzigen Schmuckladen eröffnet. Und obwohl ich weiß, dass sie damit zurechtkommt, verdient sie doch nicht annähernd so viel wie in London. Sie hat dich zurückgelassen und ich weiß, dass sie dich wie verrückt vermisst, und wie es aussieht, beruht das auf Gegenseitigkeit. Isla hat Mühe, Arbeit zu finden und sich gleichzeitig um Elliot zu kümmern. Und dass sie über Nacht zur Mutter eines Vierjährigen wurde, muss auch ein total lebensveränderndes Ereignis gewesen sein. Ein unbedachter Moment hat das Leben so vieler Menschen auf immer verändert. Deins eingeschlossen.«

Tori schluckte, nickte zustimmend und blickte dann einen Moment lang aus dem Fenster. Es war das erste Mal, dass sie mit jemandem wirklich über Matthews Tod sprach. Er hatte tatsächlich Auswirkungen auf ihr Leben gehabt, und Parker ahnte nicht mal das Ausmaß.

»Tut mir leid, das ist ein ziemlich schweres Gespräch für zwei Leute, die sich gerade erst kennengelernt haben. So, da du zum ersten Mal in Sandcastle Bay bist, kommt hier eine kurze Beschreibung. Das hier ist der Sunshine Beach, unser Hauptstrand. Zum Dorf gehören noch einige kleinere abgeschiedene Buchten, aber die meisten Leute kommen hierher.«

Tori unterdrückte ihre Emotionen, wie sie es immer tat, und lauschte seinem kleinen Vortrag.

»Unsere Einwohnerzahl liegt knapp unter zweitausend und die Dorfhalle ist das merkwürdig aussehende Gebäude dort drüben mit dem rot-goldenen Glockenturm darauf. Sie sieht klein aus, aber es passen alle Bewohner rein und dann bleibt sogar noch Platz zum Tanzen. Das Dorf bereitet sich gerade auf das Heartberry-Festival am kommenden Wochenende vor, was die Lichterketten überall und die Wimpel im Park erklärt.« Parker zeigte darauf. »Wir haben einen Pub, The Mermaid, fünf Cafés, glaube ich, und zwei richtige Restaurants. Hier gibt es keinen McDonald's oder KFC. Wir haben nicht mal einen Starbucks. Dafür gibt es einen winzigen Supermarkt, aber die meisten

Leute lassen sich ihre Einkäufe liefern, da die Läden hier eher auf Touristen als auf praktische Dinge ausgelegt sind. Sogar die Post verkauft mehr Eimer und Schaufeln als Briefmarken, könnte ich mir vorstellen. Das große weiße Haus dort oben auf dem Hügel ist mein Zuhause und das Land zwischen dem Zaun und dem Haus gehört zur Heartberry Farm. Von dem kleinen rosafarbenen Cottage dort drüben rechts, wo du wohnen wirst, bis zum Anstieg des Hügels auf der linken Seite und dann hinunter zum Fluss auf der anderen Seite.«

»Wow«, sagte Tori angesichts dieser riesigen Ausmaße. »Du bist ein ziemlicher Mogul.«

Parker lachte. »Na ja, ich nehme an, wenn ich es verkaufen würde, bekäme ich ein bis zwei Millionen dafür, aber ich habe ganz sicher nicht so viel Geld auf dem Konto. Das meiste davon sind Obstfelder, einiges ist Brachland. Auf dieser Seite des Ortes wachsen die Erdbeeren und Himbeeren, aber ich züchte auch Äpfel und Brombeeren. Die Heartberry-Büsche stehen unten beim Fluss und bei der Orchard Cove, die wir von hier aus nicht sehen können. Was kann ich dir noch erzählen? Hier kennt jeder jeden, und wenn man niest, wissen es spätestens mittags alle Dorfbewohner. Falls du also keinen Wert darauf legst, dass über dich geredet wird – und für mich gilt das ganz sicher –, dann halte dich lieber bedeckt, zumindest in der Öffentlichkeit. Das halbe Dorf weiß bereits, dass wir zusammen zur Farm gefahren sind, und wird die Geschichte ausgeschmückt haben, sodass wir laut der Gerüchteküche inzwischen sicher längst praktisch verlobt sind oder zumindest eine wilde Affäre miteinander haben.«

Tori lachte. »Im Ernst?«

Parker nickte. »Das hat aber nicht nur Nachteile. Alle kümmern sich umeinander. Hast du einmal ein Problem, wird das halbe Dorf bei dir auf der Matte stehen, um dir zu helfen. Mir gefällt es hier, aber ich nehme an, es ist ein krasser Unterschied zu London. Wie ist dein erster Eindruck?«

»Nun ja, ich war gezwungen, mein Auto auf einer Straße voller Schafe stehen zu lassen, ich wurde von einem irren Truthahn, der sich für einen Hund hält, einen Hügel hinuntergejagt, und eine verrückte alte Frau mit grünen Haaren hat mir meinen zukünftigen Ehemann vorausgesagt.«

Parker lachte. »Diese verrückte alte Frau ist meine Tante.«

Mist.

»Ich meine natürlich nicht verrückt. Sie scheint sehr liebenswert zu sein, auch wenn sie ein wenig danebenliegt.«

»Schon gut, du musst nicht diplomatisch sein. Agatha ist absolut durchgeknallt. Solange ich denken kann, sagt sie jedem Dorfbewohner und jedem Besucher den zukünftigen Ehepartner voraus. Sie hatte einen Zufallstreffer, als sie die Heirat meiner Eltern vorhergesehen hat, und seither hat sie nicht mehr damit aufgehört. Wenn man sie allerdings nach den Vorhersagen fragt, bei denen sie sich geirrt hat, antwortet sie immer, dass sie lediglich sieht, wen diese Personen eigentlich heiraten sollten, und sie nichts dafür kann, wenn sich jemand falsch entscheidet.«

Tori lachte. »Das ist eine gute Vorbehaltsklausel.«

»Also, wen hat sie dir als Ehemann vorhergesagt?«

»Einen Kerl namens Aidan Jackson.«

Parker lachte lauthals.

»Was, ist er grässlich? Sammelt er Briefmarken? Ich wette, er kämmt sich die Haare quer über den Kopf und trägt Patchworkwesten und spielt Tin Whistle. Hat er Mundgeruch und Warzen im ganzen Gesicht? Ich wette, er hält sich eine Vogelspinne namens Prinzessin als Haustier.«

»Nein, nichts davon. Hat Emily dir ein wenig über mich erzählt, als ihr über deinen Besuch hier gesprochen habt?«

Das war ein merkwürdiger Themenwechsel. Vielleicht war Aidan tatsächlich schrecklich. Oder Parker kannte ihn und nahm es ihr übel, dass sie seinen Freund beleidigt hatte.

»Nein, nicht wirklich. Wir haben über das Obsternten gesprochen, über das Cottage und Sandcastle Bay. Ehrlich gesagt, ich kannte nicht mal deinen Namen, bis Emily ihn vorhin im Café erwähnt hat.«

»Parker.«

»Ja, das stimmt.« Verwirrt runzelte Tori die Stirn. Hatte sie sich verhört?

Parker hielt neben einem wunderschönen, niedlichen Cottage, das puderrosa gestrichen war, mit goldfarbenem Reetdach und Blumen, die neben der lilafarbenen Haustür emporrankten. Im Garten daneben befand sich sogar ein kleiner Wasserfall. Es sah aus wie auf einer Postkarte, und Tori konnte es kaum erwarten, sich innen umzusehen.

»Willkommen im Blossom Cottage«, sagte Parker.

»Es ist wunderschön.«

»Und bevor wir hineingehen, sollte ich mich vermutlich erst einmal richtig vorstellen.«

Verwirrt drehte sich Tori zu ihm um.

»Mein Name ist Aidan Jackson. Schön, dich kennenzulernen.«

Kapitel 4

Verwirrt starrte Tori ihn an. Endlich fand sie ihre Sprache wieder.

»Aber du heißt Parker.«

»Das ist ein Spitzname. Als Kind habe ich allen erzählt, ich wäre Spiderman, und darauf bestanden, dass man mich Peter Parker nennt. Ich habe mich damals vorgestellt wie James Bond: ›Mein Name ist Parker, Peter Parker.‹ Und der Name ist irgendwie hängen geblieben, jedenfalls bei Emily. Alle anderen nennen mich Aidan.«

»Aber, aber … Wie kannst du denn Aidan Jackson sein? Sie ist deine Schwester und heißt Emily Breakwater und … Sie ist verheiratet, oder?«

Er nickte. »Mit Stanley Breakwater. Sie haben eine Tochter namens Marigold.«

Wie peinlich. Kein Wunder, dass Agatha sich so über die Verbindung zwischen ihnen gefreut hatte, zumindest von Toris Seite aus. Aidan war bisher ausschließlich höflich gewesen.

Aidan wandte sich ihr grinsend zu. »Falls wir heiraten, solltest du einige Dinge über mich wissen. Ich mag keine Spinnen, diese ekligen kleinen Viecher, habe also definitiv keine Vogelspinne namens Prinzessin als Haustier. Ich spiele keine

Tin Whistle, aber ich kann das eine oder andere Lied auf der Gitarre und meine Triangelfähigkeiten sind unerreicht. Als ich das letzte Mal beim Zahnarzt war, habe ich als Belohnung für meine guten Zähne einen Sticker bekommen. Na gut, eigentlich war ich mit Marigold dort, und sie hat einen Sticker gekriegt und dann gefragt, warum sie mir keinen gegeben haben, daher fühlte sich der Zahnarzt dazu verpflichtet. Darauf stand ›gewinnendes Lächeln‹, also habe ich hoffentlich keinen Mundgeruch. Ich sammle keine Briefmarken, allerdings steht in meiner Garage eine Sammlung alter Farbbüchsen, die ich schon ewig entsorgen will. Was sonst noch? Ich koche ein echt gutes Curry. Meine Lasagne ist auch ziemlich lecker und meine Bohnen auf Toast sind besser als irgendwo sonst. Genau genommen halte ich mich für einen recht guten Koch, und am liebsten mache ich Puddings und Desserts. Ich bin nicht besonders ordentlich, kein Morgenmensch und ich singe unter der Dusche, allerdings vermutlich sehr falsch.«

Tori konnte sich angesichts dieser kurzen Zusammenfassung ein Lächeln nicht verkneifen. »Wie schön, dass wir das alles geklärt haben. Falls wir heiraten, sind das definitiv wichtige Informationen.«

»Und was ist mit dir, Tori Graham, was muss ich über dich wissen?«

Bei der Aussicht auf irgendeine Art von Beziehung mit diesem Mann stieg Angst in ihr auf, gekoppelt mit einem wunderbaren Funken Begeisterung, was ihr gar nicht gefiel.

»Ich halte nichts von Beziehungen«, platzte sie heraus und bereute es sofort. Aidan alberte lediglich mit ihr herum, und sie hatte das spaßige Geplänkel mit ihren albernen Ängsten auf einen Schlag ruiniert.

Er lehnte sich ein wenig zurück, bis er sich nicht mehr in ihrem persönlichen Nahraum befand, und betrachtete sie mit sanftem Blick.

»Ich führe dich herum«, bot er an und schickte sich an, auszusteigen.

»Nein, warte. Es tut mir leid. Ich bin nicht völlig irre, das schwöre ich. Es ist nur, dass …«

»Du Schwierigkeiten damit hast, Menschen an dich heranzulassen. Das ist in Ordnung, ich verstehe das. Glaub mir, ich verstehe es. Ich habe genauso wenig Interesse an irgendeiner Beziehung mit jemandem. Keine Witze mehr übers Heiraten, und näher als das hier …«, er deutete auf den Abstand zwischen ihnen, »komme ich dir nicht, darauf gebe ich dir mein Wort.«

Tori nickte erleichtert, doch dass sie gleichzeitig Enttäuschung spürte, verwirrte sie.

»Aber das heißt nicht, dass du mir nicht ein wenig über dich erzählen kannst«, fuhr Aidan fort. »Stichpunkte reichen.«

Tori war froh, dass sie ihn nicht völlig abgeschreckt zu haben schien. »Hm, ich bin sehr organisiert. Ich plane alles genau durch. Eine Berufskrankheit, weil ich alles am Storyboard durchgehe, bevor wir etwas drehen.«

»Ah ja, Emily hat erzählt, dass du Animatorin bist. Du machst also Zeichentrickfilme?«

»Ich arbeite hauptsächlich mit Ton und Knetmasse, aber ich habe auch Erfahrung mit Zeichentrickfilmen.«

»Das klingt spaßig.«

»Das ist es auch. Ich liebe meine Arbeit.«

Er blickte sie einen Moment lang an. »Ich hätte dazu eine ganze Menge Fragen.«

»Ach ja?« Das überraschte sie.

»Natürlich, ich besitze eine Obstplantage. Auch wenn mir das gefällt, aber die Arbeit ist ziemlich stumpfsinnig. Ich kümmere mich um das Obst und ernte es. Aber deine Arbeit klingt faszinierend. Ich habe bisher noch nie jemanden kennengelernt, der Animationsfilme macht. Allerdings hatten wir uns ja auf die

Stichpunktversion geeinigt, deshalb horche ich dich später aus. Was sollte ich sonst noch über dich wissen?«

»Ich kann nicht kochen. Überhaupt nicht. Ich ernähre mich hauptsächlich von Dosensuppen, Käsetoast und Schinkensandwiches. Melody hat früher immer für uns gekocht. Im Falle unserer Heirat bekämst du also keine Frau, die dich umsorgen kann.«

Er lachte. »Ich bin zweiunddreißig, alt und hässlich genug, um mich selbst zu versorgen. Außerdem liebe ich ein gutes Schinkensandwich.«

»Ich mache auch einen ausgezeichneten Käsekuchen, egal in welcher Geschmacksrichtung: Schokolade, Himbeere, Marshmallow, was du willst, aber es ist wirklich das Einzige, was ich richtig gut kann.«

»Dann würden wir mit meinen Bohnen auf Toast und dem Curry und deinen Schinkensandwiches und dem Käsekuchen niemals Hunger leiden.«

Das entlockte ihr ein Lächeln.

»Was machst du in deiner Freizeit?«, erkundigte er sich.

»Davon habe ich nicht besonders viel, aber ich besitze ein Skateboard, und manchmal krame ich es hervor und benutze es. In der Nähe meines Hauses gibt es einen Skateboardpark und obwohl ich keine Tricks oder so beherrsche, kann ich mich zumindest darauf halten.«

»Wow, du überraschst mich wirklich. Wie um alles in der Welt bist du denn auf dieses Hobby gekommen?«

»Keine Ahnung. Matthew war in unserer Kindheit mein bester Freund, er hat es geliebt und ich wollte immer genauso gut sein wie er. Meine Eltern haben mir ein Board gekauft, ich habe mir selbst das Fahren beigebracht und bin irgendwie nie rausgewachsen. Die Kinder im Park halten mich für eine coole alte Lady.«

Aidan lachte. »Du bist nicht alt. Es sei denn, du bist in Wirklichkeit fünfundachtzig, und man sieht es dir einfach nicht an.«

»Ich bin einunddreißig, aber die Kinder sind alle ungefähr zwölf, daher muss ich auf sie geradezu uralt wirken.«

»Das stimmt. Ich habe neulich Marigold gefragt, für wie alt sie mich hält, und sie hat ›eintausendeins‹ geantwortet. Ganz offensichtlich bin ich nicht so gut gealtert, wie ich gehofft habe.«

»Ich finde, du siehst gut aus«, erwiderte Tori, ohne nachzudenken, und wurde prompt rot. Dummerweise kamen aus ihrem Mund häufig Worte, die ihr Gehirn nicht erlaubt hatte.

»Danke.« Er grinste über das Kompliment, beschloss aber offenbar, nicht weiter darauf einzugehen. »Was machst du sonst noch so in deiner Freizeit? Bungee-Jumping vielleicht?«

Sie zögerte mit der Antwort, weil sie nicht wollte, dass er sie für einen totalen Nerd hielt, aber schließlich war sie nicht hier, um ihn zu beeindrucken oder eine Beziehung mit ihm anzufangen. Was machte es also schon, was er von ihr dachte? Außerdem schien sie bereits Bonuspunkte für das Skateboarden gesammelt zu haben.

»Ich mache gern Origami.«

Er strahlte. »Oh, das haben wir gemeinsam.«

»Du machst Origami?« Das erschien ihr so unwahrscheinlich. Sie konnte sich diesen großen, sanften Farmbesitzer nicht wirklich vorstellen, wie er vorsichtig zarte Papierfiguren faltete.

»Zu Schulzeiten habe ich mal einen zwölfwöchigen Kurs absolviert«, gab Aidan zu. »Das war ein Angebot nach der Schule. Ich wollte eigentlich dem Klub für Computerspiele beitreten, aber der war voll, und bei Sport oder Theater war ich nie besonders gut, daher habe ich mich widerwillig für Origami eingeschrieben. Es hat mir wahnsinnig gut gefallen. Ich muss sagen, dass ich seither nicht mehr wirklich damit weitergemacht habe, aber ich kann immer noch eine tolle Papierblume und einen Schwan falten. Manchmal tue ich das unbewusst, wenn ich über etwas nachdenke. Es hilft mir, dabei meine Hände zu beschäftigen. Ich mache das auch gern, wenn ich gestresst bin. Man kann sich nämlich nicht übermäßig Sorgen machen, wenn man sich auf das Papier konzentrieren muss.«

»Genau!« Tori war begeistert, dass jemand das verstand. »Ich finde es so entspannend, weil die kniffligeren Figuren meine gesamte Aufmerksamkeit erfordern.«

»Siehst du, unsere Ehe wird das reinste Kinderspiel. Liebe wird völlig überschätzt. Wir brauchen nichts weiter als unsere gemeinsamen Vorlieben für Schinkensandwiches und Origami. Komm mit, ich führe dich herum.«

Er stieg aus, bevor Tori Zeit hatte, diesen Satz zu verdauen. Sie wusste, dass Liebe nichts für sie war, doch es klang, als hielte Aidan sie für komplett unmöglich. Wobei das nicht ihr Problem war. Sie war für zwei Wochen hier und anschließend würde sie zurück nach London gehen. Daher stieg sie ebenfalls aus und folgte ihm den Pfad hinauf, an dem links und rechts Blumen wuchsen. Aidan zog einen großen Schlüssel hervor und schloss damit die lila gestrichene Tür auf.

Sie war so niedrig, dass er sich bücken musste, als er hindurchging. Oder er war so groß, und nach einem weiteren Blick auf den malerischen Garten, in dem Blumen aus Töpfen und Rabatten quollen, folgte sie ihm ins Cottage.

Obwohl sie nicht genau wusste, was sie von ihrem Zuhause für die nächsten beiden Wochen erwartet hatte, war es nicht das, was sie im Inneren vorfand. Nach der Fassade hatte Tori fast mit einer Menge Chintz und vielleicht antiken Möbeln gerechnet, doch die Einrichtung war ziemlich modern und wirkte warm und gemütlich.

Auf einer Seite befand sich ein großer königsblauer Kaminofen mit einer dicken Holzbohle darüber, auf der einige Kerzen standen. Das Sofa hatte eine wunderschöne blassblaue

Farbe und pinkfarbene Kissen und wirkte gemütlich und bequem. Der Fußboden bestand aus Parkett, offensichtlich der Originalbodenbelag, und vor dem Kamin lag ein weißes Fell. Ein schmiedeeiserner Couchtisch stand in der Mitte des Raumes und darauf lagen einige Zeitschriften. Durch einen Türbogen konnte sie weiß lackierte Küchenschränke sehen.

»Also, ich zeige dir jetzt das Offensichtliche«, erklärte Aidan. »Das hier ist das Wohnzimmer.«

Tori lachte. »Tatsächlich. Und lass mich raten, dort ist die Küche.«

»Du verdirbst mir hier ein bisschen meine Fremdenführermasche.«

Tori kicherte. »Tut mir leid, mach weiter.«

»Hier entlang geht es zur Küche. Und wenn du mir folgen würdest, zeige ich dir das Obergeschoss.«

In der Ecke des Wohnzimmers befand sich eine kleine Wendeltreppe, die durch ein Loch in der Decke nach oben verschwand. Aidan musste sich hindurchquetschen; die Stufen ächzten und stöhnten unter seinem Gewicht. Tori wartete, bis er oben festen Boden betreten hatte, bevor sie ihm folgte, da sie der alten Treppe nicht zutraute, dass sie das Gewicht von zwei Personen aushielt.

Oben betrat sie ein weißes Schlafzimmer mit roten Vorhängen vor einem winzigen Fenster und einem großen weißen Bett, das beinahe den kompletten Platz einnahm. Darüber befand sich ein großes Dachfenster, das dem Raum eine helle, luftige Note verlieh.

»Was ist denn das hier für ein Zimmer?«, fragte Tori unschuldig.

Er lächelte. »Das Schlafzimmer.«

»Aha, ja, jetzt erkenne ich es.«

»Das Bad ist dort drüben. Gib dem Wasser in der Dusche fünf Minuten zum Warmwerden.«

»Bist du sicher, dass du mir nicht auch die Dusche zeigen willst?«

»Ich glaube, die findest du allein. Zusätzliche Decken und Bettzeug findest du im Polsterhocker. Das Fenster klemmt ein bisschen, du musst fest drücken, wenn du es öffnen willst.«

Er bedeutete ihr, vor ihm die Treppe hinabzugehen, also tat sie das vorsichtig; einige der Stufen waren sehr schmal. Sie betrat das Wohnzimmer und grinste, als sie sah, wie er versuchte, sich seinen Weg über die winzigen Stufen zurückzuschlängeln, und sich dabei beinahe den Kopf stieß.

»Ich gehe davon aus, dass wir nicht hier wohnen würden, sollten wir heiraten, oder?«, fragte Tori. Das Cottage war winzig und bezaubernd, aber jemand von Aidans Größe konnte unmöglich hier leben.

»Nein, wir würden auf der Farm wohnen. Ich passe nicht mal in das Bad hier, was auch der Grund dafür ist, warum es nicht Teil der Führung war.«

Er ging in die Küche und sie folgte ihm.

Der hochmoderne Gasherd glänzte im Sonnenschein, der durch die Fenster fiel. Daneben stand ein kleiner Holztisch mit Bänken zu beiden Seiten. Doch es war der herrliche Ausblick aufs Meer am Ende des Gartens, der ihre Aufmerksamkeit auf sich zog. Es schien unendlich.

»Das hier ist der Generator. Normalerweise läuft er ständig, aber falls er aus irgendwelchen Gründen nicht funktionieren sollte, ruf mich an, dann komme ich her und schalte ihn wieder ein. Aber selbst bei Stromausfall hast du immer noch Gas für den Ofen, Holz für den Kamin, und auch Kerzen erfordern keine Elektrizität«, fuhr er fort.

Tori musterte die Kerzen, die überall herumstanden. Momentan brannten sie nicht, aber ganz zweifellos wurden sie häufig benutzt.

»Unter dem Waschbecken findest du Ersatzkerzen.« Aidan schien ihre Gedanken zu lesen.

»Wie oft gibt der Generator denn den Geist auf?«

Er verzog das Gesicht. »Häufiger, als mir lieb ist.«

Tori blickte erneut zum Fenster hinaus. Gut, das Haus war also nicht perfekt, aber die Aussicht machte das mehr als wett.

»Hundefutter steht hier im Schrank«, erklärte Aidan und deutete auf eine große Tür.

Verwirrt runzelte Tori die Stirn. »Ich habe keinen Hund.«

Aidan rieb sich verlegen über den Nacken. »Er ist sozusagen eine Beigabe zum Cottage.«

»Wer?«

»Beast. Er ist eine Art Gordon-Setter-Mischling. Er ist ziemlich groß, daher braucht er jeden Morgen und jeden Abend eine Schüssel Futter. Du kannst es ihm draußen hinstellen, wenn du ihn nicht im Haus haben willst.«

»Was meinst du damit, er ist eine Beigabe? Wem gehört er denn?«

»Niemandem. Er ist vor ein paar Jahren einfach hier aufgetaucht.«

»Also ist er ein Streuner?«

»So in etwa. Er wohnt praktisch hier.«

»Warum hast du ihn denn nicht in ein Tierheim gebracht, wo sich jemand ordentlich um ihn kümmern oder ihm ein neues Zuhause vermitteln kann?«

»Ich bekomme ihn nicht zu fassen. Er hat kein Halsband, und er ist zu stark, um ihn lange festzuhalten. Wenn ich hinter ihm herjage, ist das für ihn wie ein Spiel. Die Leute vom Tierheim sind hergekommen, haben ihn nach einigen Stunden endlich eingefangen und ein paar Tage später ist er ihnen entwischt. Das hat er drei Mal gemacht. Dort vermisst er seine Freundin zu sehr.«

»Er hat eine Freundin?«

Aidan nickte. »Beauty.«

»Natürlich.« Tori lachte.

»Obwohl der Name eher ironisch gemeint ist, sie sieht ziemlich räudig aus. Aber sie ist noch viel scheuer als Beast und lässt niemanden in ihre Nähe. Er führt sich auf wie ihr Beschützer. Auf jeden Fall haben wir ihn an der Backe.«

»Aber wenn du ihn fütterst, ist er doch erst recht motiviert, immer wieder hier aufzutauchen.«

»Wahrscheinlich, aber ich kann den Gedanken nicht ertragen, dass er hungern muss.«

»Und wo schläft er?«

»Äh, na ja, ich habe einen Radiator in den Schuppen gestellt. Er ist mit einem Zeitschalter für die Nächte versehen und ich habe dort auch eine Matratze und Decken hingelegt, damit er es gemütlich hat. Und ich habe eine Hundeklappe installiert, damit es nachts warm bleibt und er kommen und gehen kann, wie er will.«

»Kein Wunder, dass er immer wieder herkommt, wenn du ihn so gut behandelst«, stellte Tori fest.

»Einige Besucher haben ihn im Cottage vor dem Feuer schlafen lassen, aber das musst du nicht tun, wenn du keine Hunde magst.«

»Ich habe kein Problem mit Hunden, ich wusste nur nicht, dass meine Aufgabe hier neben dem Obstpflücken auch aus Hundesitten besteht.«

»Es ist nicht nötig, dass du ihn betreust, das verspreche ich. Stell ihm einfach morgens und abends eine Schüssel mit Futter und eine mit Wasser hin. Beast geht allein spazieren und kommt abends zum Schlafen her.«

»Und wenn ich das vergesse?«

»Dann wird dich Beast vermutlich daran erinnern.«

Tori seufzte. »Gibt es sonst noch Tiere, von denen ich wissen sollte?«

»Nein, eigentlich nicht.«

»Was bedeutet ›eigentlich?‹ Das klingt nicht nach einem klaren Nein.«

»Na ja, manchmal kommt Dobby auf einen Besuch vorbei. Er und Beast scheinen sich angefreundet zu haben, und Jamie kann Dobby nicht am Entwischen hindern.«

»Der Truthahn?«

»Ja.«

»Der mich den Hügel hinuntergejagt hat?«

»Ja, aber er ist sehr freundlich. Vermutlich wird er überhaupt nicht hier auftauchen, daher brauchst du dir auch keine Sorgen zu machen.«

Tori blickte erneut zum Fenster hinaus.

»Tut mir leid. Ich weiß, das ist nicht ideal und das Cottage kommt mit einigen kleinen Makeln, aber …«

»Schon in Ordnung. Ich werde den Hund füttern, mir keine Sorgen wegen des Truthahns machen, das Fenster im Schlafzimmer fest aufdrücken, wenn ich es öffnen will, fünf Minuten warten, bis das Duschwasser warm ist, und dich anrufen, falls der Generator den Geist aufgibt. Kein Problem. Ich werde tagsüber sowieso beim Obstpflücken draußen sein, daher …«

Er machte ein langes Gesicht. »Hat Emily dir nichts gesagt?«

»Was gesagt?«

»Wir pflücken das Obst nachts.«

»Was?«

»Man pflückt die Beeren am besten nachts, wenn es kalt ist. Dadurch bleiben sie saftiger.«

Tori starrte ihn an. »Aber ich habe mich nur deshalb zum Obstpflücken gemeldet, weil ich zur Abwechslung mal Zeit draußen verbringen wollte.«

»Das wirst du auch, aber eben nachts. Es ist ja immer nur für ein paar Stunden, daher wirst du tagsüber ausreichend Zeit haben, die Sonne und das Meer zu genießen, Skateboard zu fahren oder dich mit Melody und Isla zu treffen. Es tut mir leid, Emily leitet diese Information normalerweise immer zuverlässig weiter. Sie muss es vergessen haben.«

Er hatte recht. Der Hauptgrund ihres Aufenthaltes hier war es, Zeit mit Melody und Isla zu verbringen, und wenn sie nachts Obst erntete, blieb ihr tagsüber dafür viel mehr Zeit.

»Ist schon in Ordnung.«

»Du sagst das häufig, auch wenn es gar nicht stimmt«, stellte Aidan fest.

»Nein, wirklich. Ich habe dem Obstpflücken zugestimmt und ich wollte Zeit mit meinen Freundinnen verbringen. Es passt also sogar besser als mein ursprünglicher Plan.«

»Okay, gut. Wir fangen erst Montagnacht an, daher hast du den Rest des Wochenendes frei, um dich umzuschauen, dich mit Melody und Isla zu treffen und einige der Einheimischen kennenzulernen. Wenn du mir deinen Autoschlüssel gibst, hole ich den Wagen her, sobald die Straße frei ist. Im Küchenschrank steht Milch, und frisches Brot und Eier findest du im Kühlschrank, dazu auch ein Glas unserer berühmten Heartberry-Marmelade. Emily hat dir außerdem einige Plätzchen gebacken, die findest du dort in der Dose. Brauchst du sonst noch etwas?«

Er schien es plötzlich eilig zu haben, vermutlich, damit er weg war, bevor sie noch weitere kleine Probleme am Haus oder weitere Tiere bemerkte, um die sie sich kümmern sollte.

Kopfschüttelnd kramte Tori in ihrer Tasche und reichte ihm den Autoschlüssel.

»Wie wär's, wenn du morgen Abend zur Farm hinaufkommst, ich koche dir etwas, als Entschuldigung für …« Er machte eine Handbewegung, die das Cottage umfasste und all die Dinge, die sie nicht gewusst hatte, als sie dem Aufenthalt hier zustimmte.

Sie versuchte, eine passende Erwiderung zu finden, um sich vor etwas zu drücken, das verdächtig nach einem Date klang, aber ihr fiel auf die Schnelle keine gute Entschuldigung ein.

»Passt dir sieben Uhr?«, fragte Aidan, während er langsam auf die Haustür zuging. Frustriert stellte Tori fest, dass sie nickte. »Gut, dann sehen wir uns morgen, falls wir uns nicht vorher über den Weg laufen. Falls du irgendwas brauchst, egal was, meine Nummer hängt dort am Kühlschrank.«

Er winkte ihr kurz zu und verließ dann das Cottage.

Sie blickte sich um. Das winzige, gemütliche Haus zauberte ein Lächeln auf ihr Gesicht, und das wurde sogar noch breiter, als sie wieder zum Fenster hinaussah. In Gedanken sah sie sich bereits jeden Morgen zum Frühstück auf der Veranda sitzen.

Ihr Blick wanderte zum Kühlschrank, an dessen Tür Aidan mit Klebstreifen einen blauen Haftnotizzettel befestigt hatte, auf den seine Telefonnummer gekritzelt war. Ihr Herz setzte einen Moment lang aus, und dass es sich so verräterisch benahm, gefiel Tori gar nicht. Keine Beziehungen, keine Männer war schon viel zu lange ihr Mantra gewesen, und trotzdem schien es, als hätte sie für den kommenden Abend eine Art Verabredung.

KAPITEL 5

»Du hast eine Verabredung?« Emily quiekte beinahe.

Aidan nahm seine Mütze ab, strich sich durch die Haare und versuchte, einer Antwort auszuweichen.

»Mit Tori?«, quiekte Emily erneut.

»Ich hab's ja gleich gesagt, ich hab euch gesagt, die beiden würden heiraten!«, rief Agatha aus ihrer Ecke im Café.

»Es ist keine Verabredung«, beharrte Aidan, obwohl er nicht genau wusste, wie er es sonst bezeichnen sollte und warum er Emily überhaupt davon erzählt hatte.

»Es klingt aber danach«, bestätigte sein Bruder Leo grinsend, als er seine Kaffeetasse an die Theke zurückbrachte. Leo war genauso groß wie er, mit den gleichen widerspenstigen dunklen Haaren, doch obwohl er groß und muskulös war, wirkte Aidan deutlich breiter und vermutlich auch stärker. In ihrer Kindheit hatte es den einen oder anderen Kampf zwischen ihnen gegeben und Aidan hatte jedes Mal gewonnen. Nun ja, beinahe jedes Mal. Er fragte sich, ob er inzwischen wohl zu alt für solche Kämpfe war, denn er hätte nichts lieber getan, als seinem Bruder dieses Grinsen aus dem Gesicht zu wischen.

Leo grinste ihn auch weiterhin an, als wüsste er genau, was im Kopf seines Bruders vorging, und es ihm egal wäre. Genau das war typisch für Leo, er scheute keine Risiken. Bevor ihn eine Beinverletzung in den vorzeitigen Ruhestand gezwungen hatte, war er Feuerwehrmann gewesen. Jetzt verschaffte er sich seinen Kick durch seine eigene Firma für Feuerwerkskörper.

»Sie hat rote Haare«, erklärte Emily vielsagend, und Leo nickte, als verstünde er und als hätte die Farbe von Toris Haaren irgendetwas damit zu tun. Aidan war in seinem gesamten Leben nur ein einziges Mal mit einer Rothaarigen zusammen gewesen, und das hatte in einem totalen Desaster geendet, daher hatte er keine Ahnung, wie Toris Haarfarbe erklären sollte, warum er sie eingeladen hatte.

»Ist sie heiß?«, erkundigte sich Leo.

»Leo Jackson!«, empörte sich Emily, die Hände in die Hüften gestützt. »Ob eine Frau heiß ist oder nicht hat nichts mit Kompatibilität oder Chemie oder Persönlichkeit zu tun. Glücklicherweise hat Aidan ein wenig mehr Klasse, wenn es um Frauen geht.«

»Also, ist sie heiß?«, wiederholte Leo und ignorierte seine Schwester.

Aidan antwortete nicht, denn Tori war wunderschön – die wunderbaren, großen grünen Augen, die süße kleine Nase, die Sommersprossen und das atemberaubende Lächeln. Doch Emily hatte recht, an Tori war noch mehr dran. Sie war ein bisschen verschroben. Wie viele Frauen mochten schon Skateboarden oder Origami? Sie war anders, und das gefiel ihm an ihr. Er hatte ihr Geplänkel genossen, und ihm gefiel, wie ungezwungen man mit ihr reden konnte. Doch das erklärte immer noch nicht die Verabredung. Nein, es war *keine* Verabredung!

»Ich hatte einfach ein schlechtes Gewissen wegen des Cottages. Ihr wisst, dass es dort jede Woche neue Probleme gibt, und dann ist da noch Beast und vermutlich wird auch Dobby regelmäßig auftauchen. Und als ich ihr erklärt habe, dass wir die Beeren nachts ernten und damit ihre Vorstellung von langen

Sommertagen auf dem Feld den Bach runterging, hatte ich das Gefühl, ich müsste sie irgendwie zum Bleiben überreden und ihr zeigen, dass ihr Ausflug nach Sandcastle Bay nicht der absolute Horrortrip wird.«

»Gehört es auch zum Willkommenspaket, mit ihr zu schlafen?«, fragte Leo, beugte sich vor und stahl sich ein frisch gebackenes Plätzchen von dem Blech, das Emily gerade aus dem Ofen gezogen hatte. Emily schlug nach seiner Hand, doch Leo biss schnell in das Plätzchen, bevor sie es ihm wegnehmen konnte.

»Nein«, antwortete Aidan.

»Aber du hattest nicht das Bedürfnis, Jim zu dir nach Hause einzuladen, unseren Erntehelfer vom letzten Jahr«, gab Emily zu bedenken.

»Nein«, bestätigte Aidan.

»Oder Stefan im Jahr zuvor«, ergänzte Leo mit vollem Mund.

»Sie ist gut mit Melody und Isla befreundet. Die wären beide sauer auf mich, wenn ich ihrer Freundin nicht das Gefühl gäbe, willkommen zu sein. Und damit wären sie auch sauer auf euch. Und du willst doch nicht wirklich, dass Isla böse auf dich ist, oder?«, wandte sich Aidan an Leo und erfreute sich daran, dass Leo das Plätzchen hinunterschlucken musste, obwohl er es noch gar nicht fertig gekaut hatte.

Leo hustete. »Nein, das will ich definitiv nicht.«

Aidan grinste und freute sich, dass es ihm gelungen war, den Spieß umzudrehen. Leo wirkte immer recht selbstbewusst und großspurig, aber es gab einen Menschen, für den er eine Schwäche hatte, und das war seine gute Freundin Isla. Warum er dahingehend noch nichts unternommen hatte, wusste Aidan jedoch nicht.

»Wir reden hier über ein Abendessen mit einer Mitarbeiterin, mehr nicht. Es ist keine Verabredung und kein Vorgeplänkel für etwas anderes. Nur ein Essen«, behauptete Aidan und war sich nicht sicher, ob er damit sich oder seine Familie überzeugen wollte. Er schielte hinüber zu Agatha, die über die aktuelle Entwicklung der Ereignisse völlig aus dem Häuschen war. »Und was um Himmels willen hat dich geritten, Tori vorherzusagen, dass sie und ich heiraten werden?«

»Dass es so ist«, antwortete Agatha gelassen.

Aidan widerstand dem Drang, die Augen zu verdrehen.

»Und weil du jemand Netten brauchst, jemanden mit ein bisschen Feuer, der dich fordert und dich aus dieser Trübsal holt, die du neuerdings zu blasen scheinst. Ich finde, Tori wäre perfekt für dich.«

»Sie ist nur für zwei Wochen hier und wird den Großteil ihrer Zeit mit Obstpflücken und ihre Freizeit mit Melody und Isla verbringen. Das wird sich wohl kaum zur Romanze des Jahrhunderts entwickeln«, widersprach Aidan.

Agatha stand auf und kam zu ihnen herüber. Sie wirkte lieb und unschuldig, doch jeder, der sie kannte, wusste, wie sehr der Eindruck trog.

»Wollen wir es ein wenig interessanter machen?«, fragte sie und stahl sich ebenfalls ein Plätzchen vom Blech.

»Oha!«, machte Emily, und Aidan bemerkte, dass sie nicht nach Agathas Hand schlug so wie vorher bei Leo.

»Was schwebt dir denn vor?«, erkundigte er sich, obwohl er genau wusste, dass ihm seine Mum die Ohren lang ziehen würde, wenn sie erführe, dass er Agatha zum Wetten animierte.

»Ich wette fünfzig Pfund, dass du Tori innerhalb eines Jahres zum Altar führst.«

Aidan lachte. Tori war zwar lieb und süß und es funkte definitiv zwischen ihnen, sodass er sich keine Sorgen machte, dass sie sich beim morgigen Abendessen nicht verstehen würden. Aber sie war nicht mal im Entferntesten an einer Beziehung interessiert, und für ihn galt dasselbe. Im besten Fall hätten sie vielleicht ein wenig Spaß miteinander während der kommenden zwei Wochen, und das wäre vorbei, sobald sie nach London zurückkehrte. Es bestand keinerlei Gefahr, dass sich irgendetwas Ernsthaftes daraus entwickeln würde, und heiraten würde er definitiv nie mehr.

Er streckte Agatha die Hand entgegen. »Abgemacht.«

* * *

Tori wanderte am Strand entlang zum Mermaid. Sie winkte zu Mark und Mindy hinüber, als die in ihrer unverwechselbaren Kleidung vorbeijoggten, und sah dann den Kindern beim Spielen am Strand zu. Sie entdeckte Melodys Mum und Elliot dort, obwohl die beiden sie nicht sahen. Elliot wirkte trotz der Ereignisse des vergangenen Jahres glücklich. Sandcastle Bay war ein idyllisches kleines Paradies und der perfekte Ort, um ein Kind aufzuziehen. Ihre Gedanken wanderten zu Isla und Melody und dem neuen Leben, das sich die beiden hier aufgebaut hatten. Es war eine große Veränderung für sie gewesen, aber nach dem Gespräch mit Melody war sich Tori sicher, dass die beiden hier glücklich waren und es die richtige Entscheidung gewesen war.

Im Pub war es ziemlich laut und voll. Vermutlich setzten sich die Besucher zu gleichen Teilen aus Einheimischen und Touristen zusammen, die sich von ihrem Tag berichteten. Einen Moment lang sah sie sich nach Melody und Isla um und entdeckte sie dann, als Melody ihr zuwinkte.

Beide Frauen standen auf, um Tori zu umarmen. Anschließend setzten sie sich zu dritt an den Tisch.

»Wie war es beim Sandburgenwettbewerb?«, erkundigte sich Tori und nahm einen Schluck von dem trüben Cider, der für sie bereitstand.

»Großartig, wir haben gewonnen, allerdings ist optische Präsentation ja auch mehr oder weniger mein Ding«, antwortete Isla.

Tori lachte. »Ich habe nichts anderes erwartet.«

Sie blickte hinüber zu Melody und wollte sich unbedingt nach Jamie erkundigen, aber Melody hatte am Nachmittag bei diesem Thema peinlich berührt reagiert, daher war sich Tori nicht sicher, ob sie es wirklich anschneiden sollte. Früher hatten sie sich einmal alles erzählt, allerdings war sie auch nicht gerade offenherzig mit Informationen darüber gewesen, was zwischen ihr und Matthew vorgefallen war.

»Wie lief der restliche Nachmittag bei dir im Laden?«, fragte sie stattdessen und war überrascht, als sie Melody wieder erröten sah.

»Gut«, erwiderte Melody rasch, dann huschte ein Lächeln über ihr Gesicht.

Tori blickte hinüber zu Isla und sah, dass diese angesichts von Melodys Reaktion grinste. »Hattest du Kunden?«

Aha, Isla hatte also auch gemerkt, dass da was im Busch war.

»Ja, einige Touristen, und Mr Davis kam vorbei, um ein Geschenk für seine Frau zu kaufen«, antwortete Melody ungezwungen, als ob ihre Freundinnen tatsächlich daran interessiert wären.

»Sonst noch jemand?«, hakte Isla nach.

Melody lächelte.

»Klaus hat mich zu Stormy Skies eingeladen, damit ich mir einige Skulpturen ansehe, die er und Jamie gemacht haben. Na ja, ich glaube, Klaus wollte vor allem, dass ich mir Jamies neues Werk ansehe, das sehr gelungen ist. Es heißt ›Liebe‹ und ist eine Skulptur, die sich wie von einem Hurrikan verweht um ein Herz windet, und sie ist einfach wunderschön«, schwärmte Melody.

Tori blickte zwischen den beiden hin und her. »Okay, was ist hier los?«

»Melody ist verliebt«, verriet Isla mit all dem Feingefühl und der Diplomatie einer großen Schwester.

Überrascht blickte Tori ihre Freundin an. Während ihrer Telefonate hatte Melody nie auch nur angedeutet, dass sie mit jemandem zusammen war. Lief da mehr mit Jamie als nur eine kleine Schwärmerei?

»Ach Quatsch, ich bin nicht verliebt«, widersprach Melody kichernd. »Ich mag einfach nur Jamies Skulpturen. Er ist so talentiert. Ich kann Kunst auch ohne Hintergedanken mögen.«

Tori bemerkte die Röte in Melodys Wangen und dass sie sehr schnell sprach, wie immer, wenn sie erpicht darauf war, das Thema zu wechseln.

Isla grinste und Melody bemerkte es.

»Du kannst aufhören, so zu grinsen. Du hast selbst einen kleinen Schwarm, von dem ich allen erzählen könnte«, sagte sie.

»Ach, ich bitte dich, zwischen mir und Leo Jackson wird nichts passieren«, erklärte Isla, und der Name beschwor bei Tori eine Erinnerung herauf. Sie konnte sich jedoch nicht mehr erinnern, woher sie ihn kannte. »Er ist Elliots Patenonkel, daher ist es nur natürlich, dass er Zeit bei uns verbringt. Leo vergöttert den Jungen, und es ist schön, jemanden zu haben, mit dem man reden und sich ein bisschen kabbeln kann. Mehr wird niemals daraus werden. Außerdem weißt du genau, dass ich Männern vorübergehend abgeschworen habe.«

»Bravo!«, sagte Tori und hob ihr Glas, um solidarisch mit Isla anzustoßen.

Isla seufzte. »Eigentlich ist es deprimierend, dass wir beide so schlimme Erfahrungen mit der Liebe gemacht haben, dass wir niemals wieder riskieren wollen, uns mit jemandem einzulassen.«

»Das heißt, dass du nichts von Daniel gehört hast?«

Isla schüttelte den Kopf. »Ich weiß, ich sollte dankbar dafür sein, dass ich noch mal davongekommen bin. Er hat mich fallengelassen, sobald ich ihm erzählt habe, dass ich Elliots Vormundschaft übernehme, nur wenige Tage nach dem Tod meines Bruders. Ich verstehe ja, dass es nicht zu seinen obersten Prioritäten gehörte, das Kind eines anderen aufzuziehen, aber ich dachte, wir wären für immer zusammen, in guten wie in schlechten Zeiten. Ich weiß auch, dass wir nicht verheiratet waren, aber wir hatten übers Heiraten gesprochen und wollten eines Tages Kinder haben. Ich fühle mich betrogen, als ob ich den Mann gar nicht richtig kannte, mit dem ich zweieinhalb Jahre zusammen war. Es erscheint mir im Nachhinein als die reinste Zeitverschwendung. Er wollte niemals eine ernsthafte Beziehung, er hat mich nie wirklich geliebt – wie hätte er die Sache sonst so schnell beenden können? Also ja, ich bin derzeit nicht gerade der größte Fan von Männern.«

»Ich kann immer noch nicht fassen, dass er dir das angetan hat«, sagte Tori. »Ich habe Daniel immer für einen von den Guten gehalten.«

»Ich auch. Früher war ich stolz auf meine Menschenkenntnis, aber inzwischen habe ich daran ernsthafte Zweifel«, bestätigte Isla.

»Bist du auch immer noch gegen Männer?«, wollte Melody von Tori wissen.

»Ich und Beziehungen sind keine gute Kombination.«

»Ich habe nicht die geringste Ahnung, warum ihr beide so gegen die Liebe seid. Ich wünsche mir nichts mehr, als mich mit einem wunderbaren Mann, der mich liebt, häuslich niederzulassen, eine Familie mit ihm zu gründen und gemeinsam mit ihm alt und grau zu werden. Ich weiß, dass Luc dir mit seiner Fremdgeherei das Herz gebrochen hat, wir waren dabei und haben gesehen, wie sehr dich das getroffen hat. Du hattest solche Angst, jemandem in einer Beziehung zu vertrauen, nachdem das Ende ihrer Ehe deine Mum in eine solche Krise gestürzt hat. Und Luc wusste das und hat dich trotzdem im Stich gelassen. Ich verstehe, warum du dich davor fürchtest, eine neue Beziehung einzugehen. Ich will auf keinen Fall, dass du das noch einmal durchmachen musst. Aber nur weil ihr beide Beziehungen hattet, die böse geendet haben, bedeutet das nicht, dass ihr nie wieder mit einem Mann glücklich sein könnt«, meinte Melody.

»Männer sind Mistkerle«, behauptete Isla mit Nachdruck.

»Was ist ein Mistkerl?«, ertönte in diesem Moment eine kindliche Stimme hinter Tori. Als sie sich umdrehte, erblickte sie die erstaunlich blauen Augen und die blonden Haare von Matthews fünfjährigem Sohn Elliot. Mit großen Augen blickte er Tori an. Sie hatte ihn einige Male getroffen, als er noch kleiner war. Ob er sich wohl noch an sie erinnerte, auch wenn er damals eigentlich ein Baby gewesen war? Kaum zu glauben, wie sehr er sich in der Zwischenzeit verändert hatte. Natürlich hatte sie während des vergangenen Jahres Fotos von ihm gesehen, und er sah Matthew von Tag zu Tag ähnlicher. Elliot war sein Ebenbild, und Tori war noch nicht wirklich darauf vorbereitet, sich von Angesicht zu Angesicht mit dieser jüngeren, niedlicheren, kecken Version ihres Freundes auseinanderzusetzen.

Sie zwang sich weiterzulächeln und sah zu dem großen Mann auf, der Elliots Hand hielt.

Er hatte dunkle, lockige Haare und indigoblaue Augen und war ganz eindeutig Aidans Bruder – die Ähnlichkeit war verblüffend. Er besaß die gleiche raue sexuelle Anziehungskraft wie sein Bruder, die Art, die einem den Atem stocken ließ. Doch während Aidan entspannt und sanft war, wirkte er ein wenig kantiger.

Sie blickte hinüber zu Isla, die ganz rote Wangen bekommen hatte und ihn anstarrte wie einen köstlichen Schokoladenkuchen mit Karamell und Marshmallows und allem, was gut schmeckte, aber von dem man wusste, dass es einem nicht guttat. Angesichts von Islas Reaktion, und weil Tori auch Jamie bereits kennengelernt hatte, musste das hier Leo Jackson sein.

Isla gewann ihre Fassung zurück und streckte die Arme nach Elliot aus. Sofort kletterte er auf ihren Schoß, und sie überschüttete ihn mit Küssen.

»Wie geht's meinem Lieblingsjungen?«

Grinsend kuschelte sich Elliot fester an sie. »Was ist ein Mistkerl?«

Tori war amüsiert; ganz offensichtlich ließ er sich nicht von dem Thema abbringen.

»Das ist ein nicht besonders nettes Wort für böse Männer.«

»Oh. Leo ist aber kein Mistkerl, oder?«, fragte Elliot und spielte mit dem Kristalltropfen um Islas Hals.

Isla sah zu Leo auf, der immer noch dastand und die beiden schweigend beobachtete. Sie grinste. »Nein, er ist definitiv kein Mistkerl.«

»Gut zu wissen«, antwortete Leo und setzte sich zwischen Tori und Isla an den Tisch. Dann wandte er sich an Tori. »Ich bin Leo Jackson und du musst Tori Graham sein. Ich habe schon viel über dich gehört.«

»Ach ja?« Was konnte er denn über sie gehört haben? Sie war doch praktisch gerade erst angekommen.

»Nun ja, die beiden hier sprechen über dich. Sie erzählen jedem, wie stolz sie darauf sind, dass du Animationen für all diese großen Filme machst. Und Matthew hat mir früher immer ein Ohr über dich abgekaut.«

Das war wie ein Schlag in die Magengrube. Natürlich hatte Tori gewusst, dass sie in Sandcastle Bay auf Leute treffen würde, die Matthew gekannt hatten, aber sie hatte nicht damit gerechnet, dass die über ihn sprechen würden, schon gar nicht mit ihr. In den Augen der Leute war sie lediglich die Freundin seiner Schwestern. Und dann fiel ihr wieder ein, woher sie

Leo Jacksons Namen kannte. In ihren vielen Gesprächen mit Matthew war er häufig gefallen. Er war Elliots Patenonkel. Leo war nicht nur ein flüchtiger Bekannter von Matthew, das hier war Matthews bester Freund gewesen.

»Matthew hat viel über Tori geredet?«, erkundigte sich Melody verwirrt.

»Leo hat das heute Morgen erwähnt, als ich erzählt habe, dass du herkommst. Er sagt, du und Matthew, ihr wart zusammen?«, warf Isla ein und drückte Elliot einen weiteren Kuss auf den Kopf. »Ich habe ihm erklärt, dass er sich irrt.«

»Wie warst du denn mit Matthew zusammen?«, wollte Melody wissen. »Er hat hier unten gelebt und wir in London.«

»Wir waren nicht zusammen«, widersprach Tori schnell.

Sie kannten beide die Geschichte mit dem Kuss für Matthew beim Flaschendrehen, als sie dreizehn gewesen war. Damals war es ein ganz heißes Thema an der Schule gewesen. Sie hatte ihnen jedoch niemals von ihrer Teenagerschwärmerei für ihn erzählt und auch nicht von der wunderbaren Nacht, die sie bei ihrem ersten Mal miteinander verbracht hatten. Sich an den Bruder der Freundin ranzumachen galt allgemein als verpönt, und da sie als Teenager auch keine Beziehung miteinander gehabt hatten, hatte es Toris Meinung nach auch nichts zu erzählen gegeben.

»Du warst mit meinem Dad zusammen?«, fragte Elliot, der ganz offensichtlich nicht verstand, was das bedeutete. Tori war sich selbst nicht ganz sicher, was genau »zusammen sein« umfasste, nicht, wenn es um sie und Matthew ging.

»Nein, waren wir nicht«, versuchte Tori es erneut.

Leo betrachtete sie forschend. »Tut mir leid, da muss ich etwas falsch verstanden haben. Wahrscheinlich hat er jemand anderen gemeint. Ehrlich gesagt, es gab eine Menge Frauen in Matthews Leben.«

Du liebe Zeit, ihr Herz musste heute aber wirklich einiges aushalten. Genau das hatte sie jetzt noch hören wollen.

»Das klingt ganz nach Matthew«, stimmte Melody ihm zu.

Ach ja? War das Matthews wahre Natur gewesen, und Tori hatte diese Seite an ihm nur niemals zu Gesicht bekommen?

»Und wie ich gehört habe, hat Dobby dich ins Herz geschlossen«, fuhr Leo fort, und Tori war dankbar für den Themenwechsel.

Isla lachte. »Dieser verdammte Truthahn.«

»Ja, das war eine ganz besondere Willkommensfeier«, erwiderte Tori und versuchte, alle Gedanken an ihre Gefühle für Matthew aus ihrem Kopf zu verbannen. Was machte es schon, wenn er Hunderte Freundinnen gehabt hatte? Sie hatten nie eine wirkliche Beziehung miteinander gehabt. Eine schöne gemeinsame Nacht, als sie achtzehn waren, und einige Jahre später hatten sie ein paar Monate lang intime Telefongespräche geführt. Und dann gab es da noch das eine Wochenende, einige Monate vor seinem Tod, als sie das Schlafzimmer so gut wie gar nicht verlassen hatten. Dennoch war es keine Beziehung gewesen. Sie hatte sich geweigert, ihm das zu geben, und jetzt war es dafür zu spät.

»Und wie ich höre, wirst du meinen Bruder heiraten«, verkündete Leo.

Melody verschluckte sich an ihrem Cider. »Jamie?«, quiekte sie beunruhigt und Tori grinste über diese vielsagende Reaktion.

»Nein, Aidan«, korrigierte Leo und blickte Tori schmunzelnd an. »Agatha hat es vorhergesehen und die beiden haben morgen Abend eine heiße Verabredung.«

»Wow, Tori, du verschwendest keine Zeit«, sagte Melody lachend.

»Jeder hier im Ort weiß, wenn Agatha eine Ehe voraussagt, muss es stimmen«, kommentierte Isla trocken.

»Ich habe keine heiße Verabredung. Es ist ein Abendessen, nichts weiter. Wir werden vermutlich übers Obstpflücken reden und über andere langweilige Themen, die nichts mit Verabredungen zu tun haben. Daran ist überhaupt nichts sexy.«

»Ja, genau darüber werdet ihr sprechen«, pflichtete Leo ihr sarkastisch bei. »Wie ich höre, stimmt zwischen euch beiden die Chemie überhaupt nicht.«

»Hat Aidan das gesagt?« Tori wusste nicht, warum sie das kränkte. Es war schließlich egal, ob Aidan sie auf diese Weise mochte. Sie war hier, um Zeit mit Melody und Isla zu verbringen und um Beeren zu pflücken.

Leos Mund verzog sich zu einem sexy Lächeln. »Eher das Gegenteil.«

»Oh.«

Tori lächelte und runzelte dann die Stirn. Sie wollte nicht, dass Aidan nette Dinge über sie sagte. Zwischen ihnen würde nichts passieren, und sie wollte sich nicht in die unangenehme Situation bringen, dass Aidan womöglich etwas in dieser Richtung von ihr erwartete.

»Bist du mit Aidan zusammen?«, fragte Elliot, der dem Gespräch interessiert lauschte, auch wenn er kaum die Hälfte davon verstand.

»Nein«, widersprach Tori resolut, damit alle verstanden, dass es nicht dazu kommen würde.

»Noch nicht«, erwiderte Leo.

»Niemals«, konterte Tori.

Leo grinste, als ob er darüber anders dachte. »Null Chemie? Das ist ein Problem.«

»Da war durchaus jede Menge Chemie zwischen uns, die stimmte!«, blaffte ihn Tori an. »Was allerdings nicht heißt, dass einer von uns irgendetwas in Richtung Beziehung unternimmt.«

»Du kommst nach Sandcastle Bay, was so ziemlich die Liebeshauptstadt von Großbritannien ist, gerade rechtzeitig für das große Love-Festival, um Seite an Seite mit einem Mann zu arbeiten, der Single und nach allgemeiner Auffassung eine ›sexy Sahneschnitte‹ ist. Obendrein stimmt zwischen euch die Chemie, und du glaubst tatsächlich, dass nichts passieren wird?«, fragte Leo.

»Ich verfüge über eine Menge Willenskraft.«

»Genau wie Aidan, wenn er etwas will«, entgegnete Leo. »Ich wette fünfzig Pfund, dass du was mit Aidan hattest, wenn du in zwei Wochen nach London zurückkehrst.«

»Das wird nicht passieren, das kann ich dir versichern«, erwiderte Tori. Sie streckte Leo ihre Hand hin. »Die Wette gilt.«

Melody schüttelte lachend den Kopf. »Du hast dir die falsche Person zum Wetten ausgesucht, Leo. Tori ist aufs Gewinnen versessen.«

»Das werden wir ja sehen«, meinte Leo. Er wandte sich wieder an Isla. »Ich dachte, Elliot könnte heute bei mir übernachten. Ich weiß, dass ihr Damen euch eine Menge zu erzählen habt, und ich bin sicher, dass dabei einige Gläser Wein und Cider fließen werden. Auf diese Weise kannst du so lange wegbleiben, wie du möchtest, und musst dir keine Gedanken über morgen früh machen.«

»Ich dachte, Mum wollte für ein paar Stunden auf ihn aufpassen«, antwortete Isla.

»Deine Mum hat offenbar Kopfschmerzen«, erklärte Leo trocken und Isla verdrehte die Augen. Sie wandte ihre Aufmerksamkeit Elliot zu, und es war offensichtlich, dass sie vor dem Jungen nichts Schlechtes über seine Großmutter sagen wollte. »Möchtest du heute bei Leo übernachten?«

Elliot strahlte übers ganze Gesicht. »Darf ich? Bei Leo zu übernachten macht immer so viel Spaß. Wir sehen uns Filme an und essen Popcorn und er erzählt mir die tollsten Geschichten und macht das allerbeste Frühstück.«

Lächelnd küsste Isla Elliot den Kopf. »Ein gutes Frühstück macht er wirklich.«

Tori bekam große Augen.

Oh.

Leo zögerte keine Sekunde. »Ich kann das Gästezimmer zurechtmachen, und du kannst heute dort schlafen, wenn ihr hier fertig seid. Dann musst du nicht den langen Weg bis zu deinem Haus auf dem Hügel zurücklegen. Und dann mache ich euch beiden morgen früh Frühstück.«

Er sagte das so unschuldig, als böte er nichts weiter an als ein Zimmer zum Übernachten und eine Mahlzeit, aber Tori bekam den Eindruck, dass noch viel mehr dahintersteckte.

Sie blickte hinüber zu Melody, die grinsend die Augen verdrehte. Die beiden konnten niemandem etwas vormachen.

»Das wäre nett«, antwortete Isla vage und beschäftigte sich damit, mit Elliots Fingern zu spielen. Elliot kicherte, als sie ihre Hand wie eine Spinne an seinem Arm hinaufwandern ließ. »Dieser Anstieg ist eine echte Herausforderung, besonders spätabends.«

»Gut, dann sehen wir uns später. Meine Damen, ich lasse euch jetzt allein. Komm mit, Zwerg, du kannst mir helfen, ein paar Schokoladenbrownies zu backen.«

Elliot hob die Arme und Leo packte ihn, hob ihn hoch und warf ihn sich über die Schulter. Er verließ den Pub mit einem kopfüberhängenden, lachenden und wild winkenden Elliot auf dem Rücken.

Tori erwiderte Elliots Winken und wartete, bis Leo fort war, bevor sie sich zu Isla umdrehte. »So, da läuft also etwas zwischen dir und Leo?«

Isla wirkte beunruhigt. »Natürlich nicht. Wie um Himmels willen kommst du denn darauf?«

»Du übernachtest bei ihm.«

»Das ist rein freundschaftlich«, beharrte Isla, wobei sich ihre Wangen röteten.

»Und wie viele Schlafzimmer hat Leos Haus?«

Isla lachte. »Vier sogar. Zwei Gästezimmer und Elliot hat sein eigenes Zimmer, dekoriert mit Raketen und Planeten und Sternen und Außerirdischen. Und Leos Zimmer. Sein Gästezimmer ist sehr schön, ich habe dort schon einige Male geschlafen. Zwischen uns ist nur Freundschaft, sonst nichts.«

Tori blickte hinüber zu Melody. »Glaubst du ihr diesen Wir-sind-nur-Freunde-Quatsch?«

Lachend schüttelte Melody den Kopf. »Nein, aber mir gegenüber behauptet sie das Gleiche. Dass nie etwas zwischen ihnen passiert ist. Und da ich keine Beweise fürs Gegenteil habe, müssen wir ihr wohl oder übel glauben.«

»Leo Jackson hatte schon mehr Freundinnen als du warme Mahlzeiten«, erklärte Isla. »Er ist nicht der Typ, der sich mit einer Frau häuslich niederlässt, und selbst wenn etwas zwischen uns wäre, würde nie etwas Ernstes daraus werden. Falls ich mit jemandem eine Beziehung eingehe, müsste es um Elliots willen mit jemandem sein, der verlässlich ist und immer für mich da, egal was passiert.«

»Leo würde alles für Elliot tun«, gab Melody zu bedenken. »Wie du eben sagtest, er hat sogar ein Zimmer für ihn einge-richtet, damit Elliot sein eigenes Reich hat.«

»Ich weiß, er geht toll mit ihm um. Er ist der lustige Onkel, macht Ausflüge mit ihm, lässt ihn lange aufbleiben und Kuchen essen, und dann bringt er ihn zurück. Was nicht heißt, dass Leo auch wirklich sein Vater sein, mich heiraten und uns zu einer richtigen Familie machen will. Dazwischen liegen Welten.«

»Vielleicht ja doch, aber du gibst ihm gar keine Chance dazu«, widersprach Melody und lächelte über den verzweifelten Versuch ihrer Freundin, alle glücklich verliebt und verheiratet zu sehen. »Du behauptest, er hätte jede Woche eine andere

Freundin, aber davon habe ich bisher nichts bemerkt. Ich weiß, anfangs, als wir hierhergezogen waren, hatte er ab und zu eine andere Frau dabei, und ja, er hat den Ruf eines Casanovas, aber seit Monaten ist er allein unterwegs. Vielleicht bedeutet das ja, dass er seine Rolle als Elliots Patenonkel sehr ernst nimmt und versucht, ein gutes Vorbild für ihn zu sein. Oder vielleicht hat er in dir die Person gefunden, mit der er zusammen sein möchte und braucht niemand anderen mehr.«

Isla winkte ab. »Kannst du dir ernsthaft Leo Jackson vor dem Altar vorstellen, noch dazu mit mir? Dass er ein Kind großzieht, das nicht sein eigenes ist? Das ist eine riesige Verpflichtung. Versteht mich nicht falsch, es ist nicht so, dass ich ihn nicht will, mir gefällt der Mann definitiv, aber ich kann mir einfach nicht vorstellen, dass er mehr als nur ein bisschen Spaß von mir will.«

»Na ja, Agatha hat vorausgesagt, dass ihr beiden heiratet, also muss es stimmen«, warf Melody ein und sie lachten alle.

»Und was ist mit dir und Aidan?«, wollte Isla wissen und wechselte damit geschickt das Thema.

»Es gibt kein ›Aidan und ich‹«, antwortete Tori.

Ihre beiden Freundinnen ließen keinen Zweifel daran, dass sie ihr nicht glaubten. Seufzend konzentrierte sich Tori auf das Kondenswasser an der Seite ihres Glases. Es wäre sinnlos gewesen, so zu tun, als hätte er keine Wirkung auf sie gehabt. Ihre Freundinnen hätten das sofort durchschaut.

»Okay, er ist der attraktivste Mann mit dem größten Sex-Appeal, den ich je getroffen habe, und die Chemie zwischen uns stimmte. Es hat einfach gefunkt, und dabei waren wir nur kurz zusammen, und ja, ich habe mir vorgestellt, wie Aidan Jackson schmutzige und wilde Dinge mit mir tut, seit er mich allein im Blossom Cottage zurückgelassen hat. So etwas habe ich schon seit Jahren nicht mehr gefühlt.« Melody machte ein Geräusch, doch Tori sprach weiter. »Und ja, ich würde nichts lieber tun, als mit der Zunge von seinem Hals abwärts …«

»Um Himmels willen, hör sofort auf zu reden«, zischte Melody, und als Tori aufblickte, bemerkte sie, dass sowohl Melody als auch Isla panisch über Toris Schulter blickten.

Tori kniff die Augen zusammen. Er konnte unmöglich hinter ihr stehen, so unfair war das Leben nicht. Allerdings spürte sie seine Gegenwart, und das Leben hatte ihr bereits bewiesen, dass es spektakulär ungerecht sein konnte, warum sollte das also jetzt anders sein? Sie musste ihren Satz jetzt ganz schonungslos beenden, damit es nicht zu Missverständnissen käme.

Sie schluckte. »Bis zu seinem … Knie zu lecken. Aber die Chancen, dass etwas zwischen uns passiert, stehen bei null. Ich will das nicht und er genauso wenig.«

Sie schlug die Augen auf und trank den Rest ihres Ciders aus, sodass sie sich nicht gleich zu ihm umdrehen konnte. Doch ganz offensichtlich wollte er nicht lange warten. Zwischen ihr und Melody erschienen plötzlich seine muskulösen Oberschenkel.

»Ich habe euch Damen einen Drink gebracht«, ertönte Aidans tiefe Stimme über ihr. Sie beobachtete, wie seine großen Hände drei Gläser Cider in die Mitte des Tisches stellten, bevor sie den Mut aufbrachte, zu ihm aufzusehen. Zu ihrer Überraschung zwinkerte er ihr zu. »Du hast eine Schwäche für mein Knie, Tori Graham?«

Ihr Mund war trocken, daher nahm sie einen weiteren großen Schluck Cider und sah wieder zu ihm auf. »Ich wette, du hast sehr schöne Knie.«

Er grinste. »Wenn du willst, zeige ich sie dir morgen Abend.«

»Ich möchte deine Knie nicht sehen«, antwortete Tori ein wenig zu schnell. Er spielte mit ihr, und sie wollte mithalten. »Ich würde viel lieber deine Ellbogen sehen.«

Sein Lächeln wurde breiter.

Ellbogen? War das ihr dürftiger Versuch eines Flirts? Sie wollte nicht mal mit ihm flirten, aber falls sie es doch tat, musste ihr etwas Besseres einfallen. Verzweifelt versuchte sie, mit etwas Klugem und Witzigem aufzuwarten.

»Ich mag Ellbogen.«

Sie sah hinüber zu Melody und Isla, die sie schockiert anstarrten. Melodys Blick flehte Tori an, die Situation irgendwie zu retten, doch Tori fiel nichts ein.

Sie blickte erneut zu Aidan. Zumindest würde er es jetzt nicht mehr bei ihr versuchen. Sie hatte ihn definitiv abgeschreckt. Problem gelöst.

Zu ihrer Überraschung knöpfte er seine Hemdmanschetten auf und rollte langsam die Ärmel bis über die Ellbogen hoch. Seine Unterarme waren glatt, gebräunt und so riesig, dass Tori der Drang übermannte, sie zu streicheln.

Er streckte ihr seine Ellbogen hin, drehte sie, als ob er sie präsentieren wollte, und sie konnte nicht anders, sie lachte lauthals über die lächerliche Situation.

»Na, wie findest du sie? Auf einer Skala von eins bis zehn?«, fragte Aidan.

Tori lachte. Dann betrachtete sie wieder die Ellbogen. »Sechs.«

»Sechs?!«, wiederholte Aidan ungläubig.

Tori zuckte mit den Schultern. »Ich habe schon bessere gesehen. Na gut, dann sechseinhalb.«

»Wow. Das trifft mich. Du willst sie also nicht ablecken?«

Tori konnte kaum glauben, dass sie dieses Gespräch führten. Sie verzog das Gesicht. »Nein! Die sehen aus wie Schinkenspeckchips, ganz verknubbelt und komisch.«

»Na, jetzt hast du es mir aber gegeben. Genießt euren Drink, meine Damen.«

Er drehte sich um und ging, und Tori sah ihm hinterher, bevor sie sich wieder Melody und Isla zuwandte. Beide starrten sie an.

»Was zum Teufel ist hier gerade passiert?«, wollte Tori wissen.

»Da bin ich mir nicht ganz sicher«, gab Isla zu. »So etwas habe ich noch nie gesehen.«

»Ihr beiden habt definitiv eine Verbindung«, stellte Melody fest.

»Die ich vermutlich gerade im Keim erstickt habe. Ich habe darüber geredet, dass ich ihn ablecken will, und über meinen Ellbogenfetisch. Ausgerechnet Ellbogen! An Ellbogen ist so gar nichts sexy. Vermutlich rennt er so schnell er kann aus dem Pub und verbarrikadiert sich zu Hause.«

Plötzlich landete etwas mitten auf ihrem Tisch und sie zuckten alle erschrocken zusammen. Tori erkannte eine Packung mit Schinkenspeckchips. Sie wirbelte herum und erblickte Aidan an der Tür.

»Morgen Abend um sieben. Ich werde meine Knie zur Schau stellen.«

Sie grinste, und er ging. Gott, dieser Mann bedeutete definitiv Schwierigkeiten.

KAPITEL 6

Als Aidan den Hügel hinaufstieg, dorthin, wo Tori ihr Auto zurückgelassen hatte, sah er Jamie mit seinen Hunden und Dobby spazieren gehen. Jamie winkte und Aidan schlenderte zu ihm hinüber.

»Hast du schon deine neue Erntehilfe kennengelernt?«, erkundigte sich Jamie, während Aidan Jamies schwarzem Labrador Harry über den Kopf streichelte.

»Ja.«

»Sie hat mir leidgetan, die Arme. Nur wenige Minuten nach ihrer Ankunft im Dorf hat Dobby sie schon den Hügel hinabgejagt. Ich wusste nicht, wer sie ist, bis Emily es mir später erzählt hat. Ich hoffe, Dobby hat sie nicht verschreckt«, meinte Jamie.

»Sie wirkt zäh. Ich denke, es ist mehr als ein geistesgestörter Truthahn nötig, um sie zu verscheuchen.«

»Hey, Dobby ist nicht geistesgestört«, empörte sich Jamie.

»Er hält sich für einen Hund, das klingt nicht gerade nach geistiger Gesundheit.«

Jamie blickte hinüber zu Dobby, der Ron, Jamies Collie, am Straßenrand folgte und immer dann das Bein hob, wenn Ron es tat.

»Vielleicht ein wenig verwirrt, aber nicht geistesgestört.«

»Nun ja, zu meinem Glück hat sich Tori davon nicht abschrecken lassen«, erwiderte Aidan.

Jamie blieb stehen, um ein Foto von den Zuckerwattewolken zu schießen, während die Sonne allmählich über den Himmel wanderte. Er machte immer Bilder und heftete sie dann in seinem Studio an die Wand, um sich von ihnen inspirieren zu lassen. Er liebte die Natur, und eine Menge seiner Skulpturen waren durch das beeinflusst, was er um sich herum sah. Alles mit interessanter Struktur oder ungewöhnlichen Farben landete am Ende immer irgendwie in seinen Arbeiten.

Jamie wandte sich wieder zu Aidan um. »Wie ist sie so?«

Wie sollte er das beantworten?

»Sie wirkt nett«, antwortete er vage. Nett war eigentlich viel zu nichtssagend, um Tori Graham zu beschreiben. Außergewöhnlich wäre viel treffender gewesen. Er lächelte. Sie hatten sich gerade über Ellbogen unterhalten. Das ganze Gespräch hatte ihn zum Lachen gebracht; sie war so skurril, und das gefiel ihm. Sie hatte recht, da gab es eine Verbindung zwischen ihnen, und obwohl sie beide Bedenken hatten, sich auf eine Beziehung einzulassen, konnte er nicht anders, er musste einfach mit ihr flirten. Sie mochte ihn ebenfalls, so viel war klar. Selbst falls nichts zwischen ihnen passieren würde, freute er sich wirklich darauf, sich am kommenden Abend wieder mit ihr zu unterhalten und sie besser kennenzulernen. Bei einem guten Essen und einigen Gläsern Wein würde sie sich hoffentlich genügend entspannen können, um sich in seiner Gegenwart zu amüsieren und sich nicht mehr so viele Sorgen über das zu machen, was sie sagte.

Er bemerkte, dass Jamie ihn anstarrte. »Oh, diesen Blick kenne ich.«

»Da war kein Blick.«

Sein jüngerer Bruder war so aufmerksam, dass es keinen Zweck gehabt hätte, irgendwas zu leugnen. Stattdessen entschied sich Aidan für einen Themenwechsel. Agatha überlegte bereits, welchen Hut sie zu ihrer Trauung tragen sollte, da musste er nicht noch Öl ins Feuer gießen.

»Wie laufen die Vorbereitungen für das Love-Festival? Hast du schon dein Boot für das Rennen gebaut?«, erkundigte sich Aidan.

»Ich arbeite daran«, gab Jamie zu.

Da Jamie ein sehr talentierter Künstler war, der sich hauptsächlich auf Skulpturen spezialisiert hatte, erwartete Aidan etwas Spektakuläres. Ob das Boot allerdings auch schwimmen würde, musste sich erst noch zeigen. Besonders praktisch veranlagt war er nämlich nicht.

»Was ist mit dir?«, fragte Jamie, als Hermine, sein Windhund, herübergesprungen kam, weil sie gerade erst bemerkt hatte, dass Aidan da war.

Aidan kraulte Hermine hinter den Ohren. »Ich habe die Grundform. Jetzt kommen noch rote und lilafarbene Ballons dazu, sie stellen die Beeren dar und helfen hoffentlich auch beim Auftrieb.«

»Gute Idee, obwohl es so klingt, als bräuchtest du eine Menge Ballons, wenn das dein Hauptauftrieb sein soll.«

»Das Boot besteht aus Holz. Woraus hast du deins gemacht, aus Ton?«

»Nein. Nun ja, einige Teile sind aus Fimo, aber die haben eine rein dekorative Funktion. Ich musste Klaus davon abhalten, eine lebensgroße Galionsfigur aus Ton zu machen. Er schien mir nicht zu glauben, dass das Gewicht das Boot vermutlich zum Sinken bringen würde.«

Aidan lächelte. Klaus war der andere Künstler in Jamies Studio und alles, was er schuf, war sehr überspitzt dargestellt.

Eine lebensgroße Galionsfigur war für Klaus noch ziemlich bescheiden. Aidan fragte sich, was er wohl sonst noch so plante.

»Leo veranstaltet natürlich ein Feuerwerk«, fuhr Jamie fort. »Offenbar ist sein ganzes Gefährt mit Pyrotechnik versehen. Aber von ihm war auch nichts anderes zu erwarten.«

»Leos Boot wird mit jedem Jahr extravaganter. Ich glaube, die meisten Dorfbewohner kommen nur, um zu sehen, was ihm wohl als Nächstes einfällt.«

»Er zieht gern eine Show ab, weil er weiß, dass er damit Frauen beeindrucken kann.«

»Ich glaube, inzwischen gibt es nur noch eine Frau, die er beeindrucken will«, gab Aidan zu bedenken.

Jamie lachte. »Ich weiß, aber es sieht ihm so gar nicht ähnlich, dass er sich da mit dem ersten Schritt zurückhält. Es sei denn, er hat es bei ihr versucht und sie hat ihn abblitzen lassen.«

»Das kann ich mir nicht vorstellen. Hast du gemerkt, wie sie ihn ansieht?«

»Ja. Sie haben eine merkwürdige Beziehung. Beide vergöttern einander, aber keiner scheint daran interessiert, irgendetwas in dieser Richtung zu unternehmen«, stellte Jamie fest. »Nun ja, es wird beim diesjährigen Festival eine Menge enttäuschter Frauen geben, wenn Leo seinen Kuchen mit Isla teilt.«

»Ich weiß nicht, ob es soweit kommt«, widersprach Aidan. Das Dorf hatte eine Menge Traditionen rund um das Thema Liebe. Man sagte, wenn ein Mann es schaffte, bis zur Insel in der Flussmitte zu segeln und ein Stück des berühmten Heartberry-Kuchens zu gewinnen, das er dann mit einer Frau teilte, war das seine Art, ihr seine Liebe zu gestehen. Wenn sie den Kuchen gemeinsam aßen, würden sie glücklich verheiratet sein. Die Anzahl der Heartberrys in dem Kuchenstück zeigte dabei die Anzahl der Kinder an, die sie miteinander haben würden. Es war alles sehr symbolisch und nach Aidans Meinung ein Haufen Blödsinn. Er beteiligte sich trotzdem daran, weil er die Heartberrys anbaute und Traditionen den Dorfbewohnern sehr wichtig waren, aber er wusste, dass es unmöglich stimmen konnte. »Leo hat noch nie seinen Kuchen mit jemandem geteilt oder einer Frau irgendeinen anderen Liebesbeweis erbracht. Ich kann mir nicht vorstellen, dass sich das dieses Jahr ändert.«

»Leo liebt einfach Emilys Kuchen. Ich glaube nicht, dass es irgendwas damit zu tun hat, dass er sich nicht verliebt. Er hält genauso viel von dem Festivalmythos wie du. Also, wirst du dieses Jahr dein Kuchenstück mit Tori teilen?«

Aidan lachte. »Du hast viel mehr mit ihr gemeinsam als ich. Sie ist auch eine Art Bildhauerin.«

Jamies Augen leuchteten. »Wirklich?«

Aidan runzelte die Stirn, als ihn ein Stich Eifersucht durchzuckte. Warum wollte er Tori seinem Bruder aufschwatzen?

»Mehr oder weniger, sie macht Animationen für Filme und arbeitet mit Ton und Knetmasse. Sie hat an einigen großen Animationsfilmen mitgewirkt. Ich habe sie gegoogelt und sie steckt hinter diesen kurzen Fernsehfilmen, ›Amazing Animals‹.«

»Oh, die waren wirklich toll. Animation ist echt cool. Daran würde ich mich auch gern mal versuchen. Aber mein Beschützerinstinkt gegenüber meinen Skulpturen wäre viel zu groß, ich könnte sie niemals herumschieben oder zerstören. Ich muss mich unbedingt mit ihr über ihre Arbeit unterhalten.«

Als sich Aidans Stirnrunzeln vertiefte, lachte Jamie.

»Ich will mich mit ihr unterhalten, Aidan, und ihr nicht meine Zunge in den Hals stecken und mit ihr ins Bett gehen.«

Aidan lächelte und sah zu, wie Jamie eine Rose zwischen Brombeergestrüpp und Dornen fotografierte. »Und was ist mit dir, gibt es jemanden, mit dem du dieses Jahr deinen Kuchen teilen willst?«

Er sah, wie Jamie die Hände in die Taschen schob und seine Aufmerksamkeit auf die grasbewachsene Böschung lenkte.

»Nein.«

Wenn es um Frauen ging, fehlte Jamie jegliches Selbstbewusstsein. Was Leo im Übermaß besaß, ging Jamie völlig ab. Er hatte sich in Polly Lucas verliebt, die seine Gefühle jedoch nicht erwiderte, und das hatte ihm das Herz gebrochen. Davon abgesehen war es ihm bisher noch mit niemandem ernst gewesen. Seine Beziehungen waren immer schon vorbei gewesen, bevor sie überhaupt richtig begonnen hatten. Die Frauen hielten ihn für zu nett, und Aidan tat sein kleiner Bruder leid. Während Aidan definitiv nicht mehr auf der Suche nach Liebe war und Leo auch ohne sehr glücklich zu sein schien, indem er von einer Frau zur nächsten flatterte, wollte Jamie genau das: eine Ehefrau, Kinder, ein Happy End. Und Aidan war traurig darüber, dass die Frauen im Dorf sich nie die Zeit genommen hatten, um Jamie richtig kennenzulernen. Er glaubte, dass Jamie eine Schwäche für Melody hatte, aber falls es so war und sie seine Gefühle erwiderte, hatte das keiner von beiden öffentlich gemacht. Stattdessen hatten sie sich für sehnsüchtige Blicke entschieden, während der andere nicht hinsah. Was ganz offensichtlich wunderbar funktionierte, dachte Aidan sarkastisch.

Sie erreichten Jamies Hütte und verabschiedeten sich, ehe Aidan weiter den Hügel hinauf zu Toris Auto ging, das inzwischen glücklicherweise nicht mehr von Schafen umringt war.

Das Auto war niedlich, genau wie seine Besitzerin. Ein kleines blaues Cabrio war das perfekte Auto für Tori Graham. Er stieg ein und musste sofort den Sitz zurückstellen, damit ihm nicht die Knie unters Kinn gepresst wurden. Auch die Spiegel musste er neu einstellen, damit er nicht nur seinen Bauchnabel darin sah. Dann blickte er sich um. Das Auto war makellos sauber, nicht mal ein Süßigkeitenpapier lag auf dem Boden. Doch auf dem Beifahrersitz lagen ein kleines Notizbuch und ein grüner Stift. Neugierig nahm er es in die Hand und blätterte es durch. Es war eine Art Tagebuch, und da er ihre Privatsphäre nicht verletzen wollte, legte er es beinahe sofort wieder hin.

Doch da fiel ihm auf, dass es keine privaten Gedanken, sondern eher eine endlose To-do-Liste, einige Skizzen von Figuren, die sie vermutlich animiert hatte, verschiedene Termine für Treffen sowie Protokolle dieser Treffen enthielt. Das Buch verriet ihm nichts Neues über Tori – dass sie sehr organisiert war, hatte sie ihm selbst schon erzählt.

Er wollte es gerade wieder auf den Sitz legen, als die letzte Seite aufklappte. Lächelnd stellte er fest, dass sie sogar für ihre Zeit in Sandcastle Bay eine To-do-Liste geschrieben hatte. »Melody und Isla besuchen« stand ganz oben, obwohl sie dafür wohl kaum eine Erinnerung brauchte. Sein Lächeln wurde breiter, als er darunter »Obst ernten« las, und wiederum darunter »ENTSPANNEN« in Großbuchstaben, als ob sie das leichter erreichen könnte, wenn es auf ihrer Liste stand. Der nächste Punkt war »Matthews Grab besuchen«. Sein Blick wanderte hinunter zum letzten Eintrag auf der Liste. Stirnrunzelnd erkannte er, dass die Handschrift sich vom Rest unterschied, und dann erkannte er sie. In derselben grünen Farbe, aber in Agathas krakeliger Handschrift, stand dort: »Aidan Jackson heiraten«.

Aidan lachte lauthals auf. Ganz offensichtlich war Agatha hier gewesen, hatte das Tagebuch gesehen und keine Skrupel gehabt, darin zu lesen und sogar etwas hineinzuschreiben.

Er wusste, dass Agatha alles in ihrer Macht Stehende tun würde, um sie beide innerhalb des nächsten Jahres zu verheiraten, erst recht jetzt, wo es um Geld ging. Dieser kleine Eintrag war mit Sicherheit erst der Anfang.

KAPITEL 7

Tori schloss später am Abend mit einem breiten Lächeln im Gesicht ihr Cottage auf. Der Abend mit Melody und Isla war wunderbar gewesen. Sie hatten gelacht und gekichert, als wären sie nie getrennt gewesen. Sie hatten über alles Mögliche gesprochen, angefangen von Aidan und Leo, darüber, wie es Elliot ging und dass Islas Mum nicht glaubte, dass Isla ihn gut genug großzog, was absolut verrückt war. Jeder konnte sehen, dass Isla ihn anbetete und wie glücklich er war. Sie hatten auch über Matthew gesprochen, über die schönen Erinnerungen, die sie an ihn hatten, und es hatte ihr sehr gutgetan, nach all der Zeit wieder über ihn zu reden. Sie hatten bis spät in die Nacht an ihrem Tisch gesessen und die Besitzer des Pubs kamen schließlich herüber, um sie zum Gehen zu überreden. Tori war klar geworden, dass sie ihre Freundinnen unheimlich vermisst hatte. Sie musste wirklich häufiger herkommen, um Zeit mit ihnen zu verbringen. Wenn sie freitags am späten Nachmittag herfuhr, konnte sie sonntags wieder nach London zurück, oder sie konnte sogar bis nach Newquay fliegen und dann vielleicht den Rest der Strecke mit dem Bus oder Zug zurücklegen. Es war definitiv leichter machbar, als sie geglaubt hatte.

Sie schloss die Tür des Cottages hinter sich, wodurch das kleine Haus vorübergehend in Dunkelheit getaucht wurde, und tastete nach dem Lichtschalter. Neben der Tür fand sie allerdings nichts – der Schalter musste woanders sein.

Verdammt. Sie hätte wirklich tagsüber nachschauen sollen, statt ihn jetzt im Dunkeln suchen zu müssen.

Tori kramte in ihrer Tasche nach ihrem Handy, damit sie wenigstens ein bisschen Licht machen konnte, da hörte sie plötzlich von oben ein lautes Geräusch.

Sie erstarrte.

Es folgten schwere Schritte, und jeder davon war von einer Art Kratzen begleitet. Plötzlich kamen die Schritte von der Treppe und dort liefen sie schnell nach unten.

Tori riss die Haustür auf und rannte zurück nach draußen. Die Schritte waren dicht hinter ihr, daher knallte sie die Tür zu. Ein lautes Krachen ertönte, als ihr Verfolger dagegen rannte. Sie hörte noch ein lautes Stöhnen und dann nichts mehr.

Schwer atmend und mit wild klopfendem Herzen rannte sie zur anderen Seite des Tores, doch wer auch immer sich im Haus befand, folgte ihr nicht nach draußen.

Da sie das Handy immer noch fest umklammert hielt, überlegte sie, die Polizei anzurufen, doch dann fiel ihr wieder ein, dass Melody ihr erzählt hatte, dass das örtliche Revier nur zwei Tage in der Woche von neun bis fünf besetzt war und sich außerdem einige Meilen vom Dorf entfernt befand.

Sie würde Aidan anrufen. Sein Haus war vermutlich ganz in der Nähe, und schließlich war es sein Cottage, in das gerade eingebrochen wurde. Dann sollte er auch verdammt noch mal herkommen und etwas dagegen tun.

Sie wählte seine Nummer und war dankbar dafür, dass sie diese in weiser Voraussicht bereits in ihrem Handy eingespeichert hatte.

Es dauerte einige Sekunden, bis er abnahm, und dann klang er schläfrig.

»Hallo?«

Offensichtlich hatte sie ihn geweckt.

»Jemand ist im Haus«, zischte sie.

»Was?«

»Im Blossom Cottage. Jemand ist eingebrochen.«

Sofort klang er deutlich wacher. »Wo bist du?«

»Vor dem Tor. Ich glaube, er ist womöglich bewusstlos. Als er mich verfolgt hat, habe ich ihm die Tür vor der Nase zugeknallt, und seither habe ich keinen Mucks mehr gehört.«

»Geh nicht mehr hinein. Ein paar hundert Meter die Straße entlang ist ein Pfad. Warte dort, ich bin in ein paar Sekunden bei dir.«

Das Gespräch wurde beendet und Tori sah sich misstrauisch nach dem Pfad um, den Aidan ihr beschrieben hatte. Überall lauerten Schatten. Alles wirkte plötzlich düster und still, und Tori verspürte nicht die geringste Lust, im Dunkeln dorthin zu gehen. Sandcastle Bay wirkte wie ein stiller, friedlicher Zufluchtsort, und doch war sie noch keinen ganzen Tag hier, und schon war jemand in ihr Haus eingebrochen. Derjenige war in ihrem Schlafzimmer gewesen. Was um Himmels willen hatte er dort gemacht? Sich vielleicht durch ihre Unterwäsche gewühlt?

Beim Gedanken daran, dass irgendein Perverser bewusstlos auf der anderen Seite der Tür lag, erschauderte sie. Vermutlich war der Pfad letztendlich doch viel sicherer, falls der Perverse aufwachte und sie wieder verfolgte.

Schnell eilte sie den Weg hinauf und blickte dabei ständig über ihre Schulter, um sich zu vergewissern, dass sie nicht verfolgt wurde. Sie fand den Pfad und stolperte dort über den unebenen Boden und durch matschige Pfützen. Sie konnte nicht das Geringste sehen. Als sie ihr Handy einschaltete, um sich wenigstens ein bisschen Licht zu verschaffen, tauchte plötzlich ein Schatten aus dem Dunkel auf.

»Arghhh!«, machte Tori, schwang die Fäuste und trat um sich. Ihr Handy fiel dabei zu Boden.

»Uff«, ertönte da Aidans Stimme, als sie ihn an die Brust schlug. »Ich bin es doch, du dumme Nuss.«

»Oh Gott, das tut mir leid, du hast mich erschreckt«, flüsterte Tori in die Dunkelheit.

Sie sah, wie sich der Schatten bückte und ihr Handy aufhob. Er reichte es ihr, und im Licht des Displays konnte sie erkennen, dass Aidan Jackson lediglich eine Jeans und Stiefel trug. Kein Shirt. Für einen Moment verdrängte das alle anderen Gedanken aus ihrem Kopf und sie drehte subtil das Handy, damit sie seinen Oberkörper in all seiner Pracht bewundern konnte.

»Konntest du ihn gut erkennen?«, erkundigte sich Aidan.

»Hm? Nein, es war stockfinster«, wisperte Tori und versuchte, sich auf das Gespräch zu konzentrieren. »Ich habe nur gehört, wie er hinter mir herrannte. Aber er klang groß und schwer.«

»Warum flüstern wir?«, flüsterte Aidan.

Tori richtete sich auf und erkannte, wie lächerlich das war. »Keine Ahnung. Kannst du zum Cottage gehen und dich darum kümmern?«

Aidan nickte, nahm ihre Hand und gemeinsam gingen sie den Weg zum Cottage zurück. Ihr gefiel das Gefühl von ihrer Hand in seiner, warm und sicher. Als sie die Bäume hinter sich ließen, erleuchtete der Mond Aidans halb nackten Körper.

»Okay, warte hier«, sagte Aidan, als sie das Tor erreichten.

Völlig unbewaffnet schritt er auf die Tür zu. Allerdings war es auch unwahrscheinlich, dass derjenige, der sich auf der anderen Seite der Tür befand, größer oder stärker war als Aidan – der Mann war ein Riese. Da sie jedoch plötzlich Angst um seine Sicherheit bekam, schnappte sie sich einen dicken Ast vom Holzstapel in der Nähe des Tores und folgte ihm. Dabei schwang sie den Ast in der Luft, als zöge sie in die Schlacht.

Er öffnete die Tür, trat in die Dunkelheit und sofort ertönten Kampfgeräusche, gefolgt von Aidans Fluchen und Murmeln. Als sie ein lautes Pochen hörte, rannte sie schreiend und wild den Ast schwenkend ins Cottage.

Plötzlich wurde das Wohnzimmer von Licht durchflutet, und nachdem sich ihre Augen daran gewöhnt hatten, erkannte sie Aidan neben der Küchentür stehen, die Hand auf einem Lichtschalter. Neben ihm stand ein großer, flauschiger schwarzer Hund, der mit dem Schwanz wedelte und übertrieben zufrieden mit sich wirkte.

Tori senkte den Ast.

»Ich denke, hier haben wir deinen Eindringling.« Aidan deutete auf den Monsterhund neben ihm. »Tori, das ist Beast. Beast, das ist für die nächsten beiden Wochen deine neue Vermieterin.«

Oh Gott, es war lediglich der Hund gewesen. Sie hatte Aidan wegen eines Hundes aus dem Bett geholt.

Sie sah ihn forschend an, um herauszufinden, ob er sauer war, doch das ließ sich nicht feststellen, und außerdem war sie immer noch von seiner breiten Brust abgelenkt.

Daher beschloss sie, dass Angriff die beste Verteidigung war. »Wie zum Teufel ist er hier reingekommen?«

Aidan wirkte plötzlich verlegen und rieb sich über den Nacken. »Das Küchenfenster schließt nicht richtig.«

»Es hätte also tatsächlich jemand hier einbrechen können?«

»Na ja, theoretisch schon, aber so etwas kommt hier in der Gegend nicht vor.«

»Was dich aber nicht davon abgehalten hat, nur in Jeans herzurennen, um meinen geheimnisvollen Einbrecher zu stellen.«

»Du solltest dankbar sein, dass ich mir die Zeit für die Jeans genommen habe. Bis vor ein paar Minuten lag ich nackt im Bett. Du klangst verängstigt, daher wollte ich sichergehen, dass es dir gut geht. Ich habe nicht wirklich an einen Einbrecher geglaubt.«

Ungläubig starrte Tori ihn an. Er war genauso besorgt gewesen wie sie.

Beast bellte und wedelte so heftig mit dem Schwanz, dass sein ganzer Körper erzitterte. Tori spürte, wie ihre Anspannung nachließ. Er war wirklich sehr niedlich, wenn man wollige Hunde mochte. Als Beast merkte, dass er einen neuen Fan gewonnen hatte, kam er herübergelaufen und warf sich vor ihr auf den Rücken, damit sie ihm den Bauch kraulen konnte.

Tori kniete sich hin. »Du großer Tollpatsch, du hast uns ganz schön erschreckt. Und was wolltest du in meinem Schlafzimmer?«

Beast kuschelte sich an ihre Hand.

Sie hob den Blick zu Aidan. »Tut mir leid, dass ich dich aufgeweckt habe.«

Er lächelte. Ganz offensichtlich konnte er allmählich die humoristische Seite der Situation sehen. »Du wolltest doch nur noch mal einen Blick auf meine Ellbogen werfen.« Er präsentierte sie erneut, drehte sie so, dass das Licht darauf fiel, und Tori musste lachen. »Kann ich noch irgendwas für dich tun, bevor ich zurück nach Hause gehe? Soll ich vielleicht unter dem Bett nach Spinnen sehen?«

»Hey, ich bin doch keine Jungfer in Nöten«, protestierte Tori.

»Das habe ich gemerkt, so wie du mit dem Ast in der Hand hier hereingestürmt bist.«

»Ich wollte nicht, dass dir was passiert.«

Überrascht blickte er sie an. »Du wolltest mich verteidigen?«

Tori schwieg und konzentrierte sich wieder auf Beast. Sie wollte nicht erklären müssen, dass der Gedanke, Aidan könnte verletzt werden, ihr Angst gemacht hatte, denn das war eigentlich verrückt.

»Vielleicht sollte ich mich doch rasch mal oben umsehen, bevor ich gehe.«

Tori stand auf und nickte. Sie sah zu, wie er die Treppe hinaufging, und nachdem sie Beast einen bösen Blick zugeworfen hatte, weil er ein solches Chaos heraufbeschworen hatte, folgte sie Aidan.

Ihr Schlafzimmer fühlte sich mit ihm darin viel kleiner an, und obwohl sie nur für kurze Zeit blieb, hatte sie ausgepackt und sich häuslich eingerichtet. Es fühlte sich ein wenig komisch an, dass er hier war. Zu intim.

Er nahm einige Laubblätter vom Bett, wo Beast offensichtlich geschlafen hatte, als Tori nach Hause kam. Doch abgesehen von einigen Grashalmen und den Blättern war die Decke nicht schmutzig.

»Tut mir leid«, erklärte Aidan und wischte über die Decke.

»Eigentlich ist es ziemlich absurd, dass der Hund noch vor mir in dem Bett geschlafen hat.«

Aidan lächelte. »Stimmt, du solltest wenigstens dein eigenes Bett einweihen dürfen.«

Tori blickte zwischen dem Bett und Aidan mit seinem halb nackten Prachtkörper hin und her. Als ihm die Doppelbedeutung seiner Worte bewusst wurde, räusperte er sich verlegen.

»Nun, ich bin sicher, du willst jetzt wirklich ins Bett«, sagte er und klopfte aufmunternd auf das Laken. Seine Augen wurden groß, als er merkte, was er da gerade gesagt hatte.

Tori beschloss, ihn ein bisschen aufzuziehen. »Funktioniert das so bei Jungfern in Nöten, du kommst her, rettest mich und zum Dank springe ich mit dir ins Bett?«

Jetzt wurden seine Augen sogar noch größer. »Nein, nein, ich meine, du willst bestimmt schlafen. Allein. Ich wollte sagen …«

Sie grinste. »Du kommst hier runter, zeigst mir deine Ellbogen und denkst, damit wäre ich Wachs in deinen Händen.«

Als ihm bewusst wurde, dass sie lediglich mit ihm spielte, lachte er lauthals. »Na ja, eigentlich nicht, da du ihnen ja nur eine sechseinhalb gegeben hast. Würden meine Ellbogen besser aussehen, könnten wir jetzt schon wilden, leidenschaftlichen Sex haben. Stattdessen sollte ich meine Ellbogen lieber wieder mit nach Hause nehmen.«

»Da stimme ich dir zu. Zieh dir beim nächsten Mal doch einfach Ellbogenschützer über, dann muss ich nicht an Speckchips denken, wenn wir Sex haben.«

Er trat so dicht vor sie hin, dass sie seinen wunderbaren Meeresduft riechen konnte. »Tori Graham, wenn wir beide Sex haben würden, würdest du dabei ganz sicher nicht an Speckchips denken.«

Sie lachte. »Oh, du bist dir deiner Sache so sicher. Das ist kein besonders attraktiver Wesenszug.«

Das war gelogen. Sein Selbstbewusstsein war definitiv sexy.

Er lachte. »Ich freue mich auf unser Essen morgen Abend.«

»Wir treffen uns nur zum Abendessen. Komm nicht auf irgendwelche merkwürdigen Gedanken.«

»Zum Beispiel, dass du mich vom Hals bis hinunter zu meinem … Knie ableckst? Warum sollte ich so was denken?«

»Daran wirst du mich regelmäßig erinnern, sehe ich das richtig?«, fragte Tori.

»Absolut. Sogar, wenn wir verheiratet sind.«

Sie lachte. »Dazu wird es nicht kommen. Und das ändert sich auch nicht, wenn du deine Ellbogen vor meiner Nase herumschwenkst.«

»Das ist lediglich Teil meines Balzrituals. So wie ein Pfau seine Federn spreizt, führe ich dir meine Ellbogen vor.«

»Und, funktioniert es?«

Er schenkte ihr ein atemberaubendes Lächeln. »Sag du es mir.«

Amüsiert wandte sie den Blick ab. Es funktionierte nur allzu gut. Er und seine breite Brust, sein Lächeln, sein himmlischer Duft, seine sanften Augen, dieses ganze Gespräch, sogar seine verdammten Ellbogen. Das ganze Paket war sexy und liebenswert. Erst vor wenigen Stunden hatte er ihr versprochen, dass nichts zwischen ihnen passieren werde, und jetzt schienen sie einige Schritte übersprungen zu haben, bis hin zum schonungslosen Flirten. Sie fand es gleichermaßen aufregend und beängstigend.

»Ich sollte gehen«, stellte Aidan fest und stieg die Treppe hinunter. Tori folgte ihm und bemerkte, dass Beast es sich auf der Couch bequem gemacht hatte.

Plötzlich wollte sie gar nicht mehr, dass Aidan ging. Nicht, weil sie mit ihm ins Bett wollte, sondern weil sie seine Anwesenheit genoss. Er brachte sie zum Lächeln und das gefiel ihr.

Ihr Blick fiel auf die Origami-Erdbeere, die sie am Nachmittag gefaltet hatte. »Ich habe dir etwas gebastelt«, sagte sie und bereute es sofort. Was, wenn er das albern fand? Doch es stimmte, dass sie beim Falten an ihn gedacht hatte.

Überrascht drehte er sich zu ihr um. »Als Belohnung für meinen heldenhaften Einsatz? Gesellschaftlich akzeptiert ist dafür eigentlich nur Sex.«

Lachend nahm sie die Erdbeere in die Hand. Sie war ziemlich stolz darauf, denn sie hatte sogar kleine grüne Blätter und schwarze Punkte als Samen hinzugefügt. Auch die Form war perfekt.

»Ich hatte es zwar eine ganze Weile nicht mehr gemacht, aber du hast mich inspiriert, es mal wieder mit Origami zu versuchen.«

Sie reichte ihm die Papiererdbeere und er hielt sie vorsichtig in der Hand, betrachtete sie, drehte sie um und bewunderte all die verschiedenen Kniffe.

»Es ist zwar kein Sex, aber …«, begann Tori.

»Die ist fantastisch, vielen Dank.«

»Ich wollte dir eigentlich eine Heartberry falten, aber ich war mir nicht ganz sicher, wie die aussehen. Beim Googeln habe ich festgestellt, dass sie wirklich winzigen Herzen ähneln, und ich dachte, wenn ich dir ein Herz bastele, kommst du vielleicht auf falsche Gedanken«, plapperte Tori weiter und versuchte, ihr lahmes Geschenk ein bisschen aufzuwerten.

»Dass du insgeheim auf meine Ellbogen stehst? Das ist kein besonders großes Geheimnis.«

Tori lachte. »Geh heim und nimm deine Ellbogen mit.«

Aidan ging zur Tür und drehte sich dann noch einmal zu ihr um. Seine Silhouette vor dem Mondlicht war ein herrlicher Anblick. »Süße Träume, Tori Graham.«

Sie fand das so liebenswert, dass sie lächeln musste, doch dann begann er, wieder auf seine Ellbogen zu deuten, als wollte er, dass sie von denen träumte, und sie lachte.

»Geh, du musst dir deine Energie für morgen Abend aufsparen.«

»Ach ja?«

»Ja, ich will diese tollen Bohnen auf Toast probieren und vermeiden, dass du den Toast verbrennst, weil du zu müde bist.«

Er lachte. »Ich verspreche dir, du wirst nicht enttäuscht sein.«

Ihr Herz pochte heftig. Ganz offensichtlich sprach er nicht mehr über Bohnen.

»Da bin ich mir sicher«, bestätigte sie, weil sie das Geplänkel genoss.

Grinsend ging er zum Tor hinaus, drehte sich noch einmal um und winkte ihr zu, bevor er in der Dunkelheit den Weg hoch verschwand. Sie schloss die Tür und setzte sich neben den schnarchenden Beast aufs Sofa.

Ihr Herz klopfte immer noch wie zum Zerspringen. Ein großer Teil von ihr wollte diese Sache zwischen Aidan und ihr gleich im Keim ersticken, aber vielleicht lag es an der entspannten, glücklichen Atmosphäre von Sandcastle Bay, oder möglicherweise an ihm, doch sie fühlte sich bei ihm sicher. Selbst wenn es zwischen ihnen niemals über harmloses Flirten hinausgehen würde, konnte sie zumindest das genießen.

KAPITEL 8

Tori saß vor dem Cherry on Top, blickte aufs Meer hinaus und wartete auf Melody. Irgendetwas an diesem Ort ließ sie ständig lächeln. Es fühlte sich an, als befände sich London mit dem schnellen, hektischen Leben dort in einer ganz anderen Welt. Hier war es friedlich und still und alle Leute schienen so freundlich. Am Morgen war sie bei der kleinen Post vorbeigegangen, um Milch zu kaufen, und die Inhaberin, Mary Nightingale, hatte ihr einige Leckerli für Beast mitgegeben. Sie hatte Trevor kennengelernt, den Besitzer der vielen Schafe, der sich bei ihr für die verstopfte Straße entschuldigte und ihr einen Apfelkuchen brachte, den seine Frau für sie gebacken hatte. Tori konnte verstehen, warum sich Isla und Melody hier so schnell heimisch gefühlt hatten. Sie wusste nicht, ob sie jemals in einem Ort wie Sandcastle Bay hätte wohnen können, aber es war definitiv reizvoll.

Sie beobachtete, wie Mark und Mindy in ihrer auffälligen Kleidung wieder am Strand entlangjoggten; Mindy war ihrem armen Ehemann dabei weit voraus. Mark blickte im Vorbeilaufen sehnsüchtig zum Cherry on Top herüber und blieb stehen. Er blickte Mindy hinterher, der das noch nicht aufgefallen war, rieb sich übers Bein und stöhnte etwas von einem Krampf. Tori unterdrückte ein Lachen. Mindy kam zurückgejoggt, um ihm zu helfen, doch er winkte ab. Er würde eine Weile hier sitzen bleiben und sie dann wieder einholen, erklärte er ihr. Nach ein wenig Überzeugungsarbeit nahm Mindy ihr Joggen wieder auf, und sobald sie weit genug entfernt war, eilte Mark zum Pub herüber. Sein Beinkrampf schien ihn dabei nicht zu behindern. Tori schmunzelte in sich hinein. In Sandcastle Bay wohnten einige echte Originale.

Aus einem Radio in der Nähe erklangen die Nachrichten, die von einem Hurrikan vor der amerikanischen Küste berichteten. Man erwartete, dass er seinen Kurs ändern und über den Atlantik auf die Britischen Inseln zusteuern werde. Es war kaum vorstellbar, dass dieser ruhige, friedliche Zufluchtsort das Opfer eines Hurrikans werden sollte.

Tori bemerkte eine Bewegung am Ufer, blickte hinüber und sah Leo Jackson. Er strahlte dieses gewisse Selbstbewusstsein aus, das deutlich machte, dass es ihn nicht kümmerte, was die Leute von ihm hielten. Sie bekam den Eindruck, dass er sauer auf die Welt war, doch das entsprach nicht dem Leo, den sie am Vorabend kennengelernt hatte. Dieser Leo hatte Elliot vergöttert und Isla eingeladen, bei ihm zu übernachten, damit sie nicht noch spätabends den Hügel hinaufmusste. Als er sie entdeckte, lächelte er. Tori ging davon aus, dass er einfach weiter ins Café gehen werde, daher war sie überrascht, als er sich neben sie auf die Mauer setzte.

»Ich bin froh, dass ich dich allein erwische«, begann Leo. »Ich wollte mit dir reden.«

Was konnte er denn mit ihr zu besprechen haben? Er blickte hinaus aufs Meer, als wäre es ihm peinlich, das Thema bei ihr anzuschneiden. »Über Isla?«, fragte sie.

Er runzelte die Stirn. »Nein, definitiv nicht.«

Nein, natürlich nicht. Falls tatsächlich etwas zwischen ihnen vorging und sie es streng geheim hielten, würde er sich ganz sicher nicht von jemandem Rat holen, den er gerade erst kennengelernt hatte.

»Dann geht es um Aidan?«

»Es geht um Matthew.«

»Oh.«

Seine Worte vertrieben das Lächeln aus ihrem Gesicht. Sie hatte hier gesessen, die Aussicht genossen, sich von der entspannten Atmosphäre des Orts durchdringen lassen, und jetzt spürte sie, wie die Anspannung zurück in ihren Körper kroch.

»Er hatte nicht viele Frauen. Ich habe das gestern nur gesagt, weil ich dich vorher offenbar unabsichtlich mit hineingezogen hatte. Matthew hat viel über dich gesprochen. In den drei bis vier Monaten vor seinem Tod warst du mehr oder weniger sein einziges Gesprächsthema. Er war nicht mit anderen zusammen. Ich wollte nur, dass du das weißt.«

Tori starrte ihn an und wurde von Gefühlen übermannt, als all die vergrabenen Emotionen für Matthew wieder an die Oberfläche gespült wurden.

»Ich habe kein Recht, dass mir das etwas bedeutet, aber es ist so«, erwiderte sie.

»Warum hast du kein Recht dazu?«, wollte Leo wissen.

»Ich habe ihn weggestoßen. Unmittelbar vor seinem Tod habe ich ihm erklärt, dass ich keine Beziehung mit ihm will.« Sie hielt inne. »Und das nicht zum ersten Mal.«

Sie blickte Leo an, doch der saß geduldig da und wartete, ob sie weiterreden wollte. Er würde sie nicht dazu drängen. Sie hatte bisher noch nie mit jemandem über Matthew gesprochen, und jetzt stiegen all diese unterdrückten Gefühle an die Oberfläche.

»Als Kinder waren wir beste Freunde. Ich, Melody und Matthew und meistens auch Isla haben immer viel Zeit miteinander verbracht, in der Schule und auch außerhalb. Er war der erste Junge, den ich geküsst habe, und später auch mein erster Mann. Ich weiß nicht, warum das damals passierte, wir waren gar nicht zusammen. Aber eines Abends ist es einfach dazu gekommen. Ich hatte Angst vor jeder Art von Beziehung. Als mein Vater damals meine Mum verließ, hat es sie zerstört, und das wollte ich auf keinen Fall auch durchmachen. Außerdem wollte er sowieso ein Jahr im Ausland verbringen, aus dem dann schließlich drei wurden. Am Morgen, nachdem wir uns geliebt hatten, fragte er mich, was das jetzt für uns bedeutete, und ich habe ihm gesagt, ich sei nicht daran interessiert, dass wir etwas miteinander anfingen und ich lieber nur mit ihm befreundet sein wollte. Ich glaube, das hat ihm wehgetan, auch wenn er mir das niemals gesagt hat.

Dann ging er nach Amerika und später nach Australien, und ich dachte immer, dass es so am besten war. Ich wollte ihn nicht als meinen Freund verlieren. Wir blieben über die Jahre in Kontakt, aber wir standen uns nicht mehr so nah wie als Jugendliche. Ich weiß nicht, ob es an der Entfernung lag. Als er schließlich nach Großbritannien zurückkam, ging er hier in der Nähe auf die Uni und nach einem kurzen Aufenthalt in London bekam er hier eine Stelle. Vielleicht lag es daran, dass ich nach einer so wunderbaren Nacht einen Keil zwischen uns getrieben hatte.«

Tori blickte aufs Meer hinaus und dachte an das erste Mal, als sie in Matthews Armen gelegen hatte.

»Und Isla und Melody haben nichts davon gewusst?«

»Nein. Ich weiß nicht, ob ihnen aufgefallen ist, dass sich zwischen uns etwas verändert hat, aber er war drei Jahre im Ausland, da war es nur natürlich, dass nicht mehr alles so war wie zuvor.«

»Und einige Jahre später seid ihr wieder zusammengekommen?«

»So was in der Art. Eines Abends, ungefähr vier Monate vor seinem Tod, rief er an, um mit Melody zu sprechen, doch sie war nicht zu Hause. Dafür quatschten wir beide dann stundenlang am Telefon. Am nächsten Abend rief er wieder an und am Abend darauf ebenfalls. Es war genau wie früher. Ungefähr zwei Monate lang haben wir jeden Tag miteinander gesprochen. Es war ziemlich eindeutig, dass da mehr als nur Freundschaft dahintersteckte. Eines Abends meinte er, er wünschte, er wäre bei mir, damit er mich küssen könnte, und mir ging es ebenso. Das Wochenende darauf hat er mich besucht. Das Schlimmste daran war, dass er Isla erzählt hat, er müsse beruflich verreisen, damit er sie bitten konnte, herzukommen und auf Elliot aufzupassen. Sie hat die Gelegenheit sofort beim Schopf ergriffen, weil sie so gern mit dem Kleinen zusammen war. Auch Melody ist mitgefahren. Matthew und ich haben das gesamte Wochenende im Bett verbracht. Danach haben wir zwei- bis dreimal am Tag miteinander geredet, und es war deutlich, dass er wollte, dass aus uns mehr wurde. Er sprach ständig davon, dass ich herkommen sollte. Ich hatte beruflich viel zu tun und habe ihn daher immer wieder vertröstet, aber in Wahrheit hatte ich einfach Angst davor, wieder eine Beziehung einzugehen. Die eine, die ich einmal gehabt hatte, war sehr unschön zu Ende gegangen, und der Gedanke, mich wieder auf jemanden einzulassen, noch dazu auf meinen besten Freund, hat mich in Panik versetzt. Er wusste das ebenfalls und hat mich deshalb zur Rede gestellt. Wir hatten einen Riesenkrach und ich habe Schluss gemacht. Anschließend habe ich es sofort bereut und während der Tage danach immer wieder überlegt, ob ich das Richtige tat oder nicht. Fünf Tage nach unserem Streit war er tot.«

Sie schluckte die schmerzhafte Trauer und die Schuldgefühle hinunter, die ihr schwer auf der Seele lagen, doch sie fühlte sich auch ein wenig erleichtert, weil sie endlich einmal darüber gesprochen hatte.

»Und Isla und Melody wissen gar nichts davon?«

Tori schüttelte den Kopf.

»In Wahrheit hatten wir keine Beziehung, von der wir ihnen hätten erzählen können. Ein One-Night-Stand, als ich achtzehn war, und ein wundervolles Wochenende und einige Monate mit flirtenden Anrufen.«

»Na gut, ihr hattet keine klassische Beziehung mit Verabredungen und regelmäßig gemeinsam verbrachter Zeit, aber ihr habt jeden Tag mehr miteinander gesprochen als die meisten glücklich verheirateten Paare. Ich weiß, dass er wollte, dass du ihn hier besuchst, du aber Angst hattest. Das hat er verstanden. Ich weiß also ein wenig über eure Beinahebeziehung Bescheid. Was auch immer zwischen euch war, ich weiß, es war mehr als nur Freundschaft. Er hat dich absolut vergöttert, dich vermutlich sogar geliebt, also tue das nicht einfach ab.«

Sie schluckte. Tränen brannten ihr in den Augen. Leo war der Einzige, der das, was sie mit Matthew gehabt hatte, anerkannte. Niemand wusste von ihnen, und bei Matthews Tod hatte sie nicht das Gefühl gehabt, so um ihn trauern zu dürfen, wie sie es gewollt hätte, zumindest nicht in der Öffentlichkeit. Melody war seine Schwester, und sie war vor Trauer völlig aufgelöst. Tori war für sie da gewesen und hatte ihre Trauer nicht mit ihrem eigenen Kummer verschlimmern wollen. Matthews Mum hatte bestimmt, dass die Beerdigung nur im kleinsten Kreis stattfinden sollte, daher war Tori nicht dort gewesen. Sein Grab zu besuchen gehörte zu den Dingen, die sie während ihres Aufenthaltes hier nachholen wollte, obwohl sie sich davor fürchtete. Sie hatte das Gefühl, ihn irgendwie im Stich gelassen zu haben.

»Er wollte mehr, als ich zu geben bereit war, und das werde ich immer bereuen«, gab Tori leise zu. »Wir waren so lange befreundet, und ich hatte Angst, das zu verlieren, wieder einer Beziehung zu vertrauen. Ich wusste, dass ich ihn liebte. Am schlimmsten ist, dass er gestorben ist, ohne jemals zu erfahren, was ich für ihn empfunden habe, und dass er mich bei seinem Tod vermutlich sogar gehasst hat.«

Sie schwiegen eine Weile, während sie einfach auf der Mauer saßen und auf die Wellen hinausblickten.

»Da gibt es eine E-Mail«, sagte Leo leise.

Tori drehte sich zu ihm um.

»Isla hatte mich gebeten, seine Sachen durchzusehen, seine E-Mails, seinen Computer, und mich um alles zu kümmern, was getan werden musste. Sie bat mich, seinen Kollegen und anderen Kontakten zu schreiben und sie darüber zu informieren, was passiert war. In seinen Entwürfen lag eine E-Mail an dich, die er drei Tage vor seinem Tod geschrieben hatte. Ich habe sie gelesen, um zu sehen, ob irgendwas Wichtiges drinstand, und …« Er verstummte.

»Und?«

»Das war der Fall, aber ich habe es nicht über mich gebracht, sie dir zu schicken. Ich kannte dich nicht, obwohl ich wusste, wie viel du ihm bedeutet hast. Als ich dich unauffällig gegenüber Isla erwähnt und mich nach deiner Beziehung zu Matthew erkundigt habe, hat sie mir erklärt, dass ihr lediglich befreundet wart. Ich wusste nicht genau, was ich tun sollte. Menschen verfassen oft E-Mails, ohne sie jemals wirklich abschicken zu wollen, einfach nur, um sich mal alles von der Seele zu schreiben. Ich dachte mir, es muss einen Grund geben, warum er sie nicht abgeschickt hat, und auch nicht in den folgenden Tagen vor seinem Tod. Ich habe mich gefragt, ob er womöglich noch daran feilen, nach den richtigen Worten suchen wollte, oder ob er vielleicht gar nie vorgehabt hat, sie dir zu schicken. Ich wollte Matthew nicht hintergehen. Aber jetzt denke ich, du solltest sie lesen.«

»Du hast sie noch?«

»Ja, ich glaube schon. Ich habe sie mir zur Sicherheit damals an meine eigene E-Mail-Adresse weitergeleitet. Aber das ist ungefähr ein Jahr her. Ich muss sie erst mal heraussuchen. Gib mir einen Tag oder so.«

Sie nickte und fragte sich, was Matthew ihr nach ihrem Streit wohl hatte sagen wollen. Mein Gott, was wäre, wenn es etwas Furchtbares war? Sie glaubte nicht, dass sie damit umgehen könnte.

»Du solltest nicht die ganze Verantwortung dafür übernehmen, dass aus eurer Beziehung nie richtig etwas geworden ist. Ihr wart beide beruflich stark eingespannt und Fernbeziehungen funktionieren nur selten. Wer sagt denn, dass es mit euch geklappt hätte, wenn er noch leben würde? Wenn mich Matthews Tod eines gelehrt hat, dann dass wir kein Leben voller Reue führen sollen. Sei glücklich mit dem, was ihr hattet – eine wunderbare, sehr enge Freundschaft. Und vielleicht lernst du daraus ja auch etwas für die Zukunft.«

»Was soll ich denn daraus lernen?«

Seufzend blickte Leo hinaus aufs Meer. »Ich bin nicht gerade in einer Position, um dir Rat in Liebesdingen zu geben. Mein Leben ist in dieser Hinsicht ein wenig chaotisch. Aber manchmal muss man einfach ein Risiko eingehen, weil die Belohnung wundervoll sein kann. Wenn du die für gut genug hältst, dann solltest du dich nicht von deinen Ängsten aufhalten lassen. Wenn es nicht funktioniert, hast du es zumindest versucht, statt ewig zu bereuen, dass du dich nicht getraut hast.«

Tori nickte. »Das stimmt, aber häufig ist es schwerer, als es aussieht.«

»Ich weiß. Es ist leicht, immer den sicheren Weg zu nehmen, auf dem man vermutlich nicht verletzt wird, aber das Leben ist kurz, und wir wissen nicht, was hinter der nächsten Ecke auf uns wartet. Innerhalb von Sekunden kann sich alles ändern. Und egal, wie vorsichtig du bist, für wie sicher du dein Leben hältst, am Ende wird man doch immer auf die eine oder andere Weise verletzt.« Leo grinste. »Der andere Weg ist viel spannender, daher solltest du ab und zu ruhig mal ein Risiko eingehen.«

Tori lächelte. Er hatte definitiv recht. Sie hatte ihr Herz zu sehr beschützt, und in nur einem einzigen schrecklichen Moment hatte sie Matthew verloren, und kurz darauf auch noch Melody, als die nach Sandcastle Bay gezogen war. Letztendlich war sie also doch verletzt worden; vielleicht war es an der Zeit, dass sie sich ein wenig amüsierte.

Leo blickte den Strand entlang und stand auf. »Melody kommt. Ich lasse euch allein.«

»Danke, dass du mit mir gesprochen hast.«

Er nickte, und Tori sah ihm hinterher, als er ging.

»Leo.«

Er drehte sich noch einmal zu ihr um.

»Dich hat er auch sehr gern gehabt. Bei jedem unserer Gespräche fiel dein Name. Es war ganz deutlich, wie sehr er dich mochte.«

Einen Moment lang blickte er sie an, dann nickte er und ging.

Einige Sekunden später war Melody bei ihr und zog Tori in eine herzliche Umarmung. »Hey. Habe ich dich gerade mit Leo sprechen sehen?«

»Ja, aber es ging um nichts Wichtiges, nur Banales: das Wetter, Sandcastle Bay, nichts Besonderes«, behauptete Tori vage und fühlte sich sehr unwohl dabei, ihre beste Freundin zu belügen. Sie wusste nicht, warum sie glaubte, Melody nicht die Wahrheit sagen zu können. Als sie und Matthew ihre … Beziehung begonnen hatten, waren sie lediglich zwei Freunde gewesen, die einander gerade wiederfanden. Sie hatte Melody von seinem Anruf erzählt und dass sie sich ein wenig unterhalten hatten, und Melody hatte sich ganz offensichtlich nichts dabei gedacht. Damals gab es auch nichts weiter dazu zu sagen. Als er am nächsten Abend erneut angerufen hatte, um diesmal mit Tori zu sprechen, hatte sie ihrer Freundin trotzdem nichts davon erzählt, und dann wurde es zu diesem köstlichen, wunderbaren Geheimnis zwischen Matthew und ihr.

Je mehr Zeit verging, desto schwieriger wurde es, Melody einzuweihen, denn wie sollte sie ihrer Freundin beibringen, dass sie seit vier Monaten täglich mit ihrem Bruder flirtete und sprach oder dass sie das Wochenende heimlich miteinander verbracht hatten, während Melody und Isla auf Elliot aufpassten? Sie hatte deshalb ein schlechtes Gewissen gehabt, aber Matthew hatte seine Schwestern bewusst belogen, damit er das Wochenende mit Tori verbringen konnte, und sie wollte ihn nicht hintergehen, indem sie Melody die Wahrheit erzählte. Nach seinem Tod wurde es beinahe unmöglich, den beiden alles zu beichten. Sie wollte nicht, dass die beiden glaubten, Tori wollte wegen ihrer Beziehung zu Matthew irgendwelche Ansprüche erheben, und die Lüge wegen des Wochenendes lastete schwer auf ihrem Gewissen. Warum sollte sie ihnen wegen einer Beziehung, die nie richtig zustande gekommen war, wehtun? Melody schien ihr zu glauben, wodurch Tori sich nur noch schuldiger gefühlt hatte. Melody hakte sie unter und gemeinsam betraten sie das Café.

Es war ziemlich voll, wieder überwiegend mit älteren Paaren. In einer Ecke saß Mark und aß etwas, das verdächtig nach einem Schinkensandwich aussah. Sie winkte ihm zu, und er errötete schuldbewusst, während er die Speisekarte unauffällig vor seinen Teller schob, damit sie nicht sah, was er aß. Doch dafür war es schon ein wenig zu spät. Melody ging auf die Ecke zu, in der ein leerer Tisch stand, und Tori folgte ihr.

»Ich glaube, ich nehme die Waffeln«, verkündete Melody freudig. »Emily macht die unglaublich lecker, und dann kann man entweder einen herzhaften oder einen süßen Belag dazu wählen. Mit Käse und Pilzen sind sie köstlich, aber auch mit Banane und Toffee. Vielleicht nehme ich beides.«

Tori freute sich darüber, dass etwas so Einfaches wie ein leckeres Mittagessen ihre Freundin so glücklich machen konnte. »Das klingt gut. Soll ich bestellen? Ich lade dich ein.«

»Oh nein, lass mich bezahlen. Du bist den ganzen Weg hierhergekommen, um uns zu besuchen, da will ich dir wenigstens das Mittagessen bezahlen.«

»Na gut, dann kaufe ich aber den Pudding«, beharrte Tori. Melody lächelte. »Abgemacht.«

Emily kam herüber, um ihre Bestellung aufzunehmen, und nachdem sie alles notiert hatte, stupste sie Tori an. »Also, du hast heute Abend eine heiße Verabredung mit meinem Bruder, nicht?«

»Das ist keine Verabredung, nur ein Abendessen«, versuchte Tori zu erklären, obwohl sie wusste, dass es sinnlos war. »Und warum hast du mir gestern nicht gesagt, dass der Aidan Jackson, den mir deine Tante als Ehemann vorhergesagt hat, der Bruder ist, für den ich arbeiten werde?«

»Ich habe Aidan dir gegenüber in unseren E-Mails erwähnt, da bin ich mir sicher. Ich dachte, du wüsstest das.«

»Nein, seinen Namen hast du nie genannt, sondern ihn immer nur als deinen Bruder bezeichnet. Damals habe ich mir nicht viel dabei gedacht. Und gestern hast du ihn Parker gerufen.«

»Oh, stimmt.« Emily lachte. »Tut mir leid. Aber wie ich höre, versteht ihr euch gut, insofern hatte Agatha vielleicht doch recht.«

Tori schüttelte lachend den Kopf. »Dazu wird es niemals kommen.«

»Wir werden sehen«, orakelte Emily und verschwand wieder hinter dem Tresen.

Tori drehte sich zu Melody um. »Was hat es nur mit diesem Dorf und dieser Besessenheit, alle unter die Haube zu bringen, auf sich?«

»Ich vermute, das liegt an dieser albernen Legende um die Heartberrys. Angeblich verlieben sich alle glücklich, die davon essen. Sie veranstalten jährlich dieses Heartberry-Festival, das im Prinzip ein großes Fest der Liebe ist. Vermutlich müssen sie der Welt etwas beweisen. Je mehr verliebte Paare, desto besser. Nimm es nicht persönlich, sie versuchen, jeden zu verkuppeln.«

»Mit wem wollen sie denn dich zusammenbringen?«, fragte Tori und beobachtete, wie Melody rot wurde.

»Mit dem anderen Jackson-Bruder.«

»Mit Jamie?« Das hatte sich Tori schon gedacht. »Er scheint nett zu sein.«

»Das ist er auch. Dass Agatha vor aller Welt verkündet hat, dass er und ich heiraten würden, hat natürlich dazu geführt, dass er sich ein wenig von mir fernhält. Was peinlich sein kann, denn sein Studio befindet sich direkt gegenüber von meinem Laden. Ich kann ihm buchstäblich beim Arbeiten zusehen, wenn ich zum Fenster hinausblicke. Er hat mich einige Male dabei erwischt, wie ich ihn beobachtet habe, aber auch ich habe ihn dabei ertappt. Besonders viel spricht er nicht mit mir, er lächelt mich an, und ab und zu winkt er herüber. Ich habe einige Male versucht, ihn anzusprechen, aber ich weiß nie so recht, was ich sagen soll.«

Tori war an diesem Morgen ein wenig im Starfish Court herumgegangen, einer kleinen Gasse direkt neben dem Strand, in der sich Handwerksläden befanden, darunter Melodys Schmuckladen, eine Töpferwerkstatt, ein Geschäft, das handgemachte Schokolade verkaufte, Jamies Kunststudio und einige andere. Das Gässchen war eine der Attraktionen von Sandcastle Bay. Melody hatte zu dieser Zeit gerade einen Kunden bedient, daher war Tori nicht in den Laden gegangen, aber sie hatte bemerkt, wie Jamie in Melodys Laden hinübergestarrt hatte. Vielleicht musste man die beiden ein wenig anschubsen, jedoch schüttelte Tori bei diesem Gedanken den Kopf. Sie mochte es nicht, wenn sich die Dorfbewohner in ihr Liebesleben einmischten, warum sollte sie das dann bei Melody tun?

In diesem Moment öffnete sich die Tür und Agatha kam herein. Tori hätte sie beinahe nicht erkannt, denn ihre Haare waren jetzt zuckerwattepink gefärbt.

Agatha ging hinüber zur Theke, um mit Emily zu plaudern und ihre Bestellung aufzugeben, und dann kam sie geradewegs auf ihren Tisch zu und ließ sich auf einen Stuhl fallen.

»Mir gefällt deine Haarfarbe, Agatha«, sagte Melody.

»Danke. Ich habe mir gedacht, Rosa ist die Farbe der Liebe. Vielleicht lasse ich mir vor dem Festival noch ein wenig Rot hineinfärben.«

»Hast du denn eigentlich eine Verabredung für das Fest?«, fragte Melody, und Tori gefiel, dass sie diesmal den Spieß umgedreht hatte.

»Nun ja, ich hoffe, dass der sexy Stefano vom Italiener mich fragt. Jedes Mal, wenn ich vorbeigehe, wirft er mir bedeutsame Blicke zu. In unserem Alter könnten das natürlich auch einfach Hinweise auf grauen Star oder ein Glaukom sein, aber wir werden sehen«, verkündete Agatha.

Die Tür des Cafés öffnete sich erneut, und diesmal kam Jamie herein, mit einer hübschen jungen Blondine in einem pinkfarbenen, geblümten Kleid. Sie lachten und plauderten, und Tori fragte sich, wie wohl Melody darauf reagieren würde, ihn mit einer anderen Frau zu sehen.

Sie blickte zu ihr hinüber. Obwohl Melody Jamie sehnsüchtig beobachtete, schien sie wegen der anderen Frau nicht allzu beunruhigt zu sein.

Tori fiel auf, dass einige der älteren Gäste verstummt waren und manche den beiden sogar böse Blicke zuwarfen, die hauptsächlich der jungen Frau galten, nicht Jamie.

»Das ist Rosie«, flüsterte Agatha. »Sie und ihre Frau Eva sind gerade erst nach Sandcastle Bay gezogen. Sie haben eine kleine Tochter, Merry. Aber niemand ist besonders erfreut über ihre Anwesenheit.«

Schockiert starrte Tori sie an. »Weil sie lesbisch sind?«

Kaum zu glauben, dass es im einundzwanzigsten Jahrhundert immer noch Menschen mit homophoben Ansichten geben sollte, aber gleich ein ganzes Dorf? Das überraschte sie wirklich.

Agatha wirkte entsetzt. »Nein, natürlich nicht, für wie rückschrittlich hältst du uns denn? Wir haben mehrere homosexuelle Einwohner hier, das stört niemanden. Nein, es liegt daran, dass sie im Starfish Court ein Tattoostudio eröffnet haben. Rosie ist eine wunderbare Tätowiererin und ihre Frau macht Körperpiercings. Viele Leute glauben, dass Sandcastle Bay und ganz besonders der Starfish Court nicht der richtige Ort für ein Tattoostudio sind. Der Starfish Court steht seit Jahren für Kunst, Skulpturen, Gemälde und Schmuck, er soll eine Art Kulturzentrum sein. Tattoos jedoch entsprechen nicht jedermanns Vorstellung von Kultur. Die jungen Leute im Dorf finden es toll. Die Alten sind zu festgefahren in ihrem Denken.«

»Aber Tattoos sind eine Kunstform«, protestierte Tori.

»Ich weiß, ich finde das Tattoostudio wunderbar. Das Dorf braucht ein wenig frisches Blut. Die Leute müssen aufwachen und mit der Zeit gehen. Ich werde jedenfalls dahingehend etwas unternehmen«, verkündete Agatha.

»Du lässt dir also ein Tattoo stechen?«, neckte Tori sie.

Agatha nickte. »Ganz genau. Rosie! Rosie, meine Liebe, komm mal hier rüber.« Überrascht riss Tori die Augen auf. Agatha war gut und gerne Mitte achtzig. Wollte sie sich wirklich tätowieren lassen?

Lächelnd kam Rosie auf Agatha zu und ließ Jamie an der Theke stehen.

»Rosie, ich hätte gern eine Tätowierung«, verkündete Agatha so laut, dass jeder im Café sie hören konnte. »Ich wollte schon immer eine, aber irgendwie hat es nie gepasst.«

»Oh, das ist toll«, antwortete Rosie. »An was hast du denn gedacht?«

So weit hatte Agatha ganz offensichtlich noch nicht vorausgedacht. Sie wandte sich an Tori, ob sie nicht einige Vorschläge hätte.

»Ich wollte immer gern einen Drachen haben«, gab Tori zu. »Wie wäre es mit deinem Lieblingstier?«

»Also, abgemacht, Tori und ich kommen am Montag vorbei und lassen uns tätowieren. Sie kriegt einen Drachen und ich eine Giraffe.«

Schockiert riss Tori die Augen auf und Melody kicherte.

»Moment, ich weiß gar nicht genau, ob ich etwas Dauerhaftes möchte. Dann kann ich meine Meinung nicht mehr ändern, falls es mir nicht gefällt. Und ich bin mir nicht sicher, ob ich etwas haben möchte, das immer sichtbar ist.«

»Aber natürlich willst du das«, widersprach Agatha. »Welchen Sinn hätte es sonst, wenn es niemand sehen kann?«

»Viele Menschen tragen ihre Tattoos versteckt«, warf Rosie ein. »Für die ist es etwas Privates, das nur sie oder ihre Partner sehen sollen. Wenn du dir wegen etwas Dauerhaftem nicht sicher bist, könnte ich dir ein Henna-Tattoo machen, das wäscht sich nach einigen Wochen ab. Dann kannst du dich erst mal daran gewöhnen, bevor du dich für etwas Permanentes entscheidest.«

»Das ist eigentlich eine gute Idee«, räumte Tori ein.

»Und vielleicht an einer etwas verdeckten Stelle«, schlug Melody vor. »Dann sieht es niemand sonst, falls es dir wirklich nicht gefällt. Vielleicht auf dem Rücken?«

»Das geht«, bestätigte Rosie.

»Lass es mich für dich aussuchen«, bat Agatha aufgeregt. Sie schien sich sehr für den Gedanken zu erwärmen. »Wenn es sich sowieso abwäscht, kannst du doch auch mich entscheiden lassen. Ich nehme auch garantiert etwas, das perfekt zu dir passt.«

Melody schüttelte unauffällig den Kopf, doch Tori wurde von Emilys Assistentin abgelenkt, die mit einem Tablett herüberkam und ihre Bestellungen auf dem Tisch ablud, ehe sie zurück hinter die Theke eilte.

Tori nahm ihren Kamillentee und spielte auf Zeit. Traute sie Agatha wirklich zu, für sie etwas Geschmackvolles auszuwählen? Obwohl, wenn es auf ihrem Rücken versteckt war und sowieso innerhalb weniger Wochen verschwinden würde, war es eigentlich egal. Und wenn es Agatha glücklich machte, warum nicht? Wenn Tori sich wirklich mal ein wenig Spaß gönnen wollte, war etwas Kleines wie ein vorübergehendes Tattoo ein guter Anfang.

»Klar, du kannst es gern für mich aussuchen«, sagte sie.

Melody machte ein entsetztes Gesicht, doch Tori zuckte nur mit den Schultern. Wie schlimm konnte es schon werden?

Agatha klatschte begeistert in die Hände. »Ich habe schon das perfekte Design für dich im Kopf. Ich werde es aufzeichnen und am Montag mitbringen.«

»Prima. Vielleicht lasse ich mir sogar den Bauchnabel piercen«, erwiderte Tori.

»Ich lasse mich eventuell auch piercen. Diese Nasenstecker haben mir schon immer gefallen, die sehen so exotisch aus«, antwortete Agatha.

»Oh, das kann meine Frau machen.« Rosie wirkte sehr erfreut über die neuen Kunden, auch wenn sie aus unerwarteter Richtung kamen. »Ich mache mich besser auf den Rückweg, sie wird sich schon fragen, wo ihr Mittagessen bleibt. Wir sehen uns am Montag. Kommt einfach jederzeit vorbei.«

Rosie ging zurück zur Theke und nahm eine braune Papiertüte von Emily entgegen, bevor sie ihnen und Jamie zum Abschied zuwinkte.

Auch Jamie bekam eine braune Papiertüte von Emily und wollte gerade gehen, als Agatha ihn herüberrief.

»Jamie! Komm her und iss mit uns!«, rief Agatha quer durchs Café.

»Ich sollte besser zurück ins Studio gehen«, erwiderte Jamie und blickte hinüber zu Melody, deren Gesicht inzwischen unterschiedliche Rottöne angenommen hatte.

»Blödsinn, dieser junge Klaus kann sich doch eine Weile um alles kümmern. Du wirst doch wohl ein bisschen Zeit für deine liebe alte Tante übrig haben! Vielleicht bin ich nächste Woche schon tot, und dann wird es dir leidtun, dass du nicht gemeinsam mit mir gegessen hast.«

Jamie grinste und kam dann zu ihnen herüber. Sofort wurde Agatha aktiv, zog einen Stuhl von einem Nachbartisch heran und stellte ihn neben Melody. Verlegen setzte sich Jamie auf den freien Platz.

Dann räusperte er sich. »Hi, Melody.«

»Hi«, erwiderte Melody, lächelte ihn an und konzentrierte sich dann peinlich berührt auf ihr Essen. Sie schaufelte sich ein wenig von der Käsewaffel auf ihre Gabel, doch bevor sie sich den Bissen in den Mund stecken konnte, fiel er auf den Tisch, was allerdings besser war, als auf ihrem Oberteil zu landen, denn das passierte Melody normalerweise.

Jamie reichte ihr eine Serviette und sie wurde feuerrot. Er öffnete seine Papiertüte und packte sehr langsam sein Essen aus.

Schweigen senkte sich über ihre kleine Ecke des Cafés und Tori blickte verzweifelt hinüber zu Agatha. Die verdrehte die Augen.

Jamie wandte sich an Tori. »So, hast du dich schon eingerichtet? Wie ich höre, hattest du letzte Nacht einen Eindringling.«

Agatha schnappte nach Luft. »Jemand ist ins Blossom Cottage eingebrochen?«

»Nein, Beast ist aufgetaucht, um sie zu begrüßen«, erklärte Jamie lachend. »Wie es aussieht, hatte er gehofft, die Nacht in Toris Bett verbringen zu können.«

Tori wunderte sich, wie locker er mit ihr und Rosie plaudern konnte, während es ihm scheinbar unmöglich war, mit Melody zu reden.

»Er hat die Nacht nicht in meinem Bett verbracht. Da ziehe ich die Grenze, aber er hat auf dem Sofa übernachtet. Als ich heute Morgen aufgestanden bin, war er fort. Vermutlich, um eine andere arme, nichts Böses ahnende Seele zu erschrecken, aber vermutlich wird er heute Abend zum Fressen zurückkommen.«

»Oh, dieser verflixte Hund!«, schimpfte Agatha. »Ich verstehe nicht, wie Aidan eine professionelle Urlaubsvermietung für das Cottage aufziehen will, wenn dort ein Streuner wohnt. Das ist ja wohl kaum ein gutes Verkaufsargument.«

»Aber was bleibt ihm schon anderes übrig?«, gab Tori zu bedenken. »Er hat das Tierheim angerufen, damit sie ihn holen, und Beast ist drei Mal von dort geflüchtet. Blossom Cottage ist sein Zuhause.«

»Aidan fördert das noch. Du weißt, dass er eine Matratze und einen Heizstrahler in den Schuppen gestellt hat, damit der Hund einen Aufenthaltsort hat, falls er nicht ins Haus kann.«

»Ich finde das sehr liebenswert von ihm«, erwiderte Tori, bevor sie sich bremsen konnte, und Agathas Augen strahlten.

»Du findest ihn liebenswert? Oh, das ist wunderbar, er gefällt dir. Ihr beiden wärt das perfekte Paar.«

»Nein, ich finde es lediglich liebenswert, dass er das getan hat, nicht …«

»Ich wusste es!«, verkündete Agatha und hüpfte vor lauter Begeisterung beinahe vom Stuhl.

»Da gibt es nichts, weswegen du dich so freuen müsstest, wir kennen uns kaum«, wiegelte Tori ab.

»Aber heute Abend habt ihr eine heiße Verabredung«, goss Jamie grinsend Öl ins Feuer.

»Oh ja, das stimmt«, pflichtete Agatha ihm bei. Sie wühlte in ihrer Handtasche herum und zog eine Handvoll Kondome heraus. Jamie verschluckte sich an seinem Sandwich und Melody unterdrückte ein Kichern, während Tori entsetzt dreinblickte. Es handelte sich um fünf Kondome mit Erdbeer- und drei mit Schokoladengeschmack, die aussahen, als läge ihr Haltbarkeitsdatum weit in der Vergangenheit. »Nimm die zur Sicherheit mit.«

»Agatha, warum hast du Kondome in deiner Handtasche?«, wollte Jamie wissen.

»Na ja, man weiß schließlich nie, oder? Vielleicht gehe ich eines Tages zu Stefano, um Spaghetti bolognese zu essen, und er beschließt, mich gleich dort auf dem Fußboden des Restaurants oder auf einem seiner makellos weiß gedeckten Tische zu nehmen. Ich meine, nur weil das bisher noch nicht passiert ist, heißt es nicht, dass es nie passieren wird. Ich bin gern vorbereitet.«

»Ich möchte nicht deine Chancen ruinieren, indem ich alle deine Kondome nehme«, sagte Tori und schob die Tütchen wieder über den Tisch zurück zu Agatha.

»Ach, da brauchst du dir keine Sorgen zu machen, ich habe Unmengen davon hier drin.« Agatha spähte in ihre überdimensionale Handtasche. »Vermutlich ungefähr fünfzig Stück. Ich habe auch welche mit Minzgeschmack, aber die prickeln so. Nimm sie mit und mach dir eine schöne Zeit.«

Melody schnaubte vor unterdrücktem Lachen, und Tori merkte plötzlich, dass alle Gespräche im Café verstummt waren, weil sich die Gäste sehr dafür interessierten, was an ihrem Tisch gesprochen wurde. Sie sah, dass einige von ihnen herüberblickten und schob entschlossen die Kondome weiter von sich weg.

»Es ist keine Verabredung, Agatha, ganz egal, wie sehr du dir das auch wünschst. Es ist ein Abendessen, und er wird mir vermutlich dabei erklären wollen, wie die Obsternte vor sich geht«, behauptete Tori. Obwohl sie sehr genau wusste, dass sie nach ihrem Geplänkel vom Vortag über das Stadium hinaus waren, wo sie sich lediglich über die Arbeit unterhielten.

»Pff, über die Obsternte. Was muss man übers Beerenpflücken schon lernen? Man pflückt die Beeren von der Pflanze, das ist kein Hexenwerk. Und laut meiner Quellen willst du ihn von oben bis unten ablecken, daher bin ich fest davon überzeugt, dass du die hier unbedingt brauchen wirst.« Erneut schob Agatha ihr die Kondome zu.

»Welche Quellen?«, wollte Tori wissen. Aidan hatte seiner Tante bestimmt nichts davon erzählt.

»Mary Nightingale von der Post saß gestern Abend im Pub an deinem Nachbartisch. Sie meinte, es wäre ein sehr informativer Abend gewesen.«

Entsetzt starrte Tori Agatha an und ging im Kopf noch mal alles durch, was sie gesagt hatte. Sogar nachdem Aidan den Pub verlassen hatte, hatten sie noch über ihn gesprochen. Was davon hatte seinen Weg zu Agatha gefunden?

»Ich leugne ja nicht, dass ich deinen Neffen attraktiv finde«, gab Tori peinlich berührt zu. »Aber es wird nichts passieren.«

Daraufhin schob Agatha die Kondome noch näher zu Tori hinüber. »Nimm sie, nur für alle Fälle. Man weiß nie, wann einen die Stimmung überfällt, in einem dieser wilden, leidenschaftlichen, spontanen Momente.«

Seufzend beschloss Tori, dass es einfacher war, die Kondome zu nehmen und diskret das Thema zu wechseln, als noch weiter darüber zu diskutieren.

Sie stopfte sie in ihre Tasche.

Jamie lachte. »Acht Kondome. Wie es aussieht, hat Aidan eine wilde Nacht vor sich.«

»Ich habe ›Fifty Shades of Grey‹ gelesen«, sagte Agatha und wühlte erneut in ihrer Handtasche herum. »Dieses Bondage klingt nach einer Menge Spaß. Warum versuchst du es nicht mal damit?«

Agatha holte ein Paar rote Plüschhandschellen, eine Augenbinde und etwas Langes, Schwarzes und Glitzerndes hervor, das aussah wie ein Vibrator, allerdings standen davon einige Teile ab, daher war sich Tori nicht ganz sicher. Glücklicherweise befand sich das Teil noch in seiner Verpackung, und Tori fürchtete sich viel zu sehr davor, zu fragen, worum es sich dabei handelte.

Jamies Gelächter stieg um eine Oktave, und sogar Melody versuchte nicht länger, ihre Belustigung zu verbergen. Ihre Schultern zitterten und Tränen liefen ihr über die Wangen, so sehr schüttelte sie sich vor Lachen.

»Was zum Teufel ist das?«, fragte Jamie und nahm das schwarze Ding in die Hand.

»Ein Vibrator, mein Lieber«, erwiderte Agatha und Jamie ließ ihn auf den Tisch fallen und brach dann erneut in Gelächter aus. Melody legte den Kopf auf ihren verschränkten Armen ab und schnappte lachend nach Luft.

»Das nehme ich nicht mit«, sagte Tori mit Nachdruck und sah sich im Café um. Plötzlich interessierten sich alle brennend dafür, was an ihrem Tisch vor sich ging. Alle anderen Gespräche waren verstummt und einige Gäste lachten ungeniert über ihre Unterhaltung.

»Hör mal, du und ich, wir wissen doch beide, wer diese Diskussion gewinnen wird. Steck die Sachen einfach in deine Tasche. Ich verlange ja nicht, dass du das alles heute Abend beim ersten Date hervorholst, aber beim zweiten könntest du ja versuchen, deinem Sexleben ein bisschen mehr Schwung zu verleihen.«

Im verzweifelten Versuch, dieses Gespräch ein für alle Mal zu beenden, stopfte Tori die Sachen in ihre Tasche.

»Du wirst noch bereuen, dass du die weggegeben hast, wenn Stefano erst mal über dich herfällt«, behauptete sie.

»Ach, das ist kein Problem. Mary Nightingale führt in ihrer Freizeit einen Versandhandel für Sexspielzeuge und ich bekomme dort Rabatt. Schau dich doch auch einmal bei ihr um.« Mit perfektem Timing zog Agatha den Katalog heraus. »Du weißt nie, worauf Aidan so stehen könnte.«

Tori rieb sich über die Stirn. »Du wirst sehr enttäuscht sein, wenn wir uns das nächste Mal sehen und ich dir berichten muss, dass außer einem Gespräch und einem Abendessen nichts stattgefunden hat.«

»Nun ja, das kommt darauf an, worum sich das Gespräch dreht«, erwiderte Agatha und wackelte mit den Augenbrauen.

»Um Beeren und das Pflücken von Beeren, würde ich vermuten«, antwortete Tori und blickte in drei ungläubige Gesichter am Tisch.

Sie seufzte. Okay, sie glaubte es selbst nicht.

KAPITEL 9

Aidan öffnete zum zehnten Mal den Backofen und überprüfte die Hähnchenrouladen. Er hatte für Tori mal etwas anderes als sein übliches Curry oder eine Lasagne machen wollen, obwohl er sich allmählich wünschte, er wäre zur Sicherheit bei Altbewährtem geblieben. Doch er hatte sie beeindrucken wollen, dabei wusste er nicht mal genau, warum. Keiner von ihnen beiden war scharf darauf, etwas anzufangen. Beide versuchten sie, ihre Herzen zu schützen, und trotzdem schienen sie auf etwas zuzusteuern, das offenbar keiner von ihnen aufhalten wollte. Er hob die Alufolie auf dem Kartoffelgratin an, und als er sich davon überzeugt hatte, dass es nicht völlig ausgetrocknet war, schloss er die Backofentür wieder.

Als er die Kerzen auf dem Tisch betrachtete, fragte er sich, ob das wohl zu viel für einen angeblich nicht romantischen Abend war. Allerdings blieb ihm keine Zeit mehr, um darüber nachzudenken, denn er sah Tori draußen auf sein Haus zukommen. Sie trug ein hübsches gelbes Kleid mit glänzenden goldenen Pailletten und die untergehende Sonne brach sich in ihrem wunderschönen roten Haar. Sie hatte etwas … Magisches an sich.

Ihm gefiel nicht, wie heftig sein Herz bei ihrem Anblick pochte. Verabredungen, Beziehungen und Frauen widersprachen allesamt seinen selbst auferlegten Regeln, doch er freute sich zu sehr auf den Abend, um sie an diesem Tag zu befolgen.

Er öffnete die Hintertür und lehnte sich gegen den Türrahmen. Bei seinem Anblick leuchtete ihr Gesicht auf, und das brachte seine Gefühle in Aufruhr, wie er es lange nicht mehr erlebt hatte.

Als sie näherkam, wanderte ihr Blick zu seinen Armen hinab. »Du trägst die Ellbogen wieder offen.«

Lachend sah er auf seine hochgerollten Hemdsärmel.

»Nun ja, ich dachte mir, das hält dich vielleicht davon ab, sofort über mich herzufallen, nachdem du das Haus betreten hast. Es ist schließlich nur ein Abendessen, richtig?«, erwiderte er frotzelnd, obwohl er sich nicht ganz sicher war, ob er sich damit nicht selbst an diese Tatsache erinnern wollte.

»Da brauchst du dir keine Sorgen zu machen, ich habe eine superstarke Willenskraft und werde mich vorbildlich benehmen. Ich wusste nicht, ob ich etwas mitbringen …«

Plötzlich stolperte Tori auf der Schwelle und stürzte nach vorne. Er schaffte es, sie aufzufangen, bevor sie auf dem Boden landete, doch ihre Handtasche und deren gesamter Inhalt verstreuten sich über den Küchenboden.

»Du liebe Zeit, geht es dir gut?«, fragte Aidan und half ihr wieder auf die Füße.

»Ja, alles in Ordnung«, bestätigte Tori ein wenig atemlos. »Dank deiner blitzschnellen Reflexe.«

»Ha, kein Problem! Obwohl ich dachte, du hättest gesagt, du würdest dich vorbildlich benehmen und dass nichts passieren würde. Jetzt bist du noch nicht mal fünf Minuten lang hier und wirfst dich mir schon in die Arme.«

Tori lachte. »Das muss an deinem animalischen Magnetismus liegen – der ist mein Kryptonit. Ganz offensichtlich kann ich einfach nicht die Hände von dir lassen.«

»Verständlich«, erwiderte Aidan und Tori lachte erneut. »Hier, lass mich dir helfen, deine Sachen aufzuheben.« Er beobachtete, wie Tori entsetzt die Augen aufriss.

»Oh Gott nein, bitte nicht«, antwortete Tori.

Er blickte hinab auf den Küchenboden und entdeckte ein Kondom. Mehrere Kondome, genauer gesagt. Der knallbunten Verpackung nach zu urteilen welche mit Geschmack. Dann fiel sein Blick auf etwas anderes. *Shit!* Da lagen außerdem ein Paar rosafarbene Handschellen, eine Augenbinde und etwas, das verdächtig nach einem Vibrator aussah. Was für eine Art Abendessen hatte Tori denn für ihre erste Nicht-Verabredung geplant?

Er räusperte sich. »Nun … als du gesagt hast, du wusstest nicht, ob du etwas mitbringen kannst, dachte ich eher an das Übliche. Eine Flasche Wein oder eine Schachtel Pralinen. Keinen … Vibrator.«

»Das gehört mir nicht.« Tori ließ sich auf die Knie fallen und stopfte hastig alles zurück in ihre Tasche. »Diese Agatha und ihre Einmischung! Sie hat darauf bestanden, dass ich das hier für heute Abend einpacke. Es gehört alles ihr. Ich habe versucht, ihr zu erklären, dass wir nur gemeinsam essen und ich selbst im Fall einer Verabredung ganz sicher keinen Vibrator brauchen würde, aber letztendlich war es einfacher, die Sachen einfach anzunehmen, statt mit ihr zu diskutieren. Du weißt ja, wie sie ist. Jeder im Café hat unser Gespräch mit angehört, daher denkt vermutlich das halbe Dorf, dass ich für eine Nacht voller Sex und Verführung hergekommen bin. Ich wollte meine Tasche ausleeren, bevor ich herkomme, aber das habe ich vergessen.«

Erleichtert brach Aidan in Lachen aus. »Sie gibt nicht so einfach auf, oder? Dafür müssen wir uns an ihr rächen.«

Tori blickte zu ihm auf. »Was schwebt dir da vor?«

»Keine Ahnung, das können wir heute Abend besprechen. Obwohl es ganz egal ist, was wir tun, sie wird sich trotzdem immer wieder einmischen.«

Sein Blick fiel auf ihr Notizbuch, das auf der letzten benutzten Seite aufgeklappt auf dem Boden lag. Darauf befand sich eine unglaublich detaillierte Bleistiftzeichnung von ihm. Er kniete sich hin, um das Buch aufzuheben, doch Tori schnappte es ihm weg, bevor er überhaupt danach greifen konnte, und es verschwand in ihrer Tasche, zusammen mit ihrem Bondage-Kram.

Er wusste nicht, ob er die Zeichnung ansprechen sollte, doch sie schien darüber noch peinlicher berührt als über die Sexspielzeuge, daher beschloss er, es für den Augenblick dabei zu belassen. Stattdessen hob er ihren Schlüssel und ihre Geldbörse auf und reichte sie ihr wortlos.

»Dort drüben stehen einige Krabbenchips, die du knabbern kannst, während ich das Essen fertig mache. Und ein wenig Heartberry-Chutney zum Dippen. Kann ich dir etwas zu trinken anbieten? Ich habe Wein oder Bier.«

»Ein Bier wäre super«, erklärte Tori, zog den Reißverschluss ihrer Tasche fest zu und hängte sie über die Stuhllehne.

Er holte eine Flasche aus dem Kühlschrank, hebelte den Kronkorken ab und reichte sie ihr. Sie nahm einen großen Schluck, und er lächelte, weil sie ihn wieder einmal überrascht hatte. Mit ihrem hübschen Kleid und den roten Locken, die ihr auf den Rücken fielen, hatte er sie eher für den Typ Frau gehalten, der ein Glas Wein bevorzugte. Ganz offensichtlich sollte er seine Vorurteile überdenken.

»So, ich dachte mir, für unser ›Keine Verabredung, nur Essen‹ heute Abend sollten wir uns besser an neutrale Gesprächsthemen halten. Also, erzähl mir mehr über die Heartberry Farm«, bat Tori.

Er starrte sie einen Moment lang an. Wenn sie wirklich glaubte, er werde den ganzen Abend über Beeren und die Ernte reden, dann musste sie das noch einmal überdenken. Er wollte mehr über sie erfahren, jede noch so kleine Einzelheit. Doch für den Augenblick würde er mitspielen, damit sie sich wohlfühlte und den Abend genoss, bevor er einige der persönlichen Themen anschnitt, über die er mit ihr sprechen wollte.

»Die Farm befindet sich schon seit mehreren Generationen in Besitz meiner Familie. Sie ist eine von drei Plantagen weltweit, die Heartberry-Büsche anbauen, und die einzige in Europa. Wir züchten außerdem auch Äpfel, Erdbeeren, Brombeeren und Himbeeren, aber die Heartberry ist das Wichtigste, jedenfalls nach Ansicht der Dorfbewohner.«

»Und die Heartberrys verfügen über Zauberkräfte?«, frotzelte sie, während sie sich einen Krabbenchip in den Mund steckte.

Lächelnd ging er hinüber zum Ofen. »Lass die Dorfbewohner bloß nicht hören, wie du dich über die Heartberrys lustig machst. Die nehmen ihre Traditionen sehr ernst.«

»Sie glauben wirklich, die Beeren hätten Zauberkräfte?«

»Viele von ihnen, ja, besonders die ältere Generation.«

»Und du?«

Er schaufelte ihnen Hühnchen auf die Teller und gab das Kartoffelgratin dazu, während er über seine Antwort nachdachte. Er glaubte nicht, dass der Verzehr bestimmter Beeren Auswirkungen auf das Leben von Menschen haben konnte. Von der ihnen zugeschriebenen Macht der Beeren war er niemals überzeugt gewesen, und vermutlich hatte er inzwischen sogar noch mehr Grund, an dieser Legende zu zweifeln.

Er brachte die Teller zum Tisch. Tori setzte sich und er nahm ihr gegenüber Platz. Dann goss er ihnen zwei Gläser Wasser aus der Karaffe ein, die er zuvor auf den Tisch gestellt hatte.

»Ich und Imogen haben vor zwei Jahren den Heartberrykuchen beim Love-Festival gegessen, kurz bevor wir heiraten wollten. Sie hat mich buchstäblich am Altar stehen lassen, in meinem besten Anzug, umgeben von all unseren Freunden und unseren Familien, und ich habe sie nie wiedergesehen. Also nein, ich glaube nicht wirklich an ewig währende Liebe und ganz sicher nicht an die Macht der Heartberrys.«

Ihre Miene wurde ernst. »Das tut mir sehr leid. So was ist absolut unverzeihlich. Und sie hat sich nicht bei dir gemeldet, um dir alles zu erklären?«

»Sie hat mir eine SMS geschickt, dass es ihr leidtut.« In der Nachricht hatte noch mehr gestanden, aber ihm lag nichts daran, jetzt die Einzelheiten zu enthüllen. »Zu diesem Zeitpunkt war ich nicht an einer Erklärung interessiert. Wenn sie die Art von Mensch war, die so etwas tun konnte, dann war ich wohl noch einmal mit einem blauen Auge davongekommen.«

»Und es gab keinerlei Vorzeichen, dass so etwas passieren würde?«

Er nahm einen Bissen von dem Hühnchen. Der Käse zerging ihm auf der Zunge, und in Kombination mit dem Knoblauch und den Kräutern war der Geschmack perfekt. Vielleicht war es doch gut, ab und zu mal die Komfortzone zu verlassen. Er schluckte. »Im Nachhinein wurde mir klar, dass ich es gewusst hatte. Irgendetwas stimmte nicht. Imogen wurde immer gestresster, je näher die Hochzeit rückte. Und das war nicht nur die ganz normale Nervosität, ob alles glatt gehen würde, es war Nervosität über das Heiraten an sich, darüber, für den Rest ihres Lebens mit mir verheiratet zu sein. Und wenn man den Gerüchten glauben darf, die mir nach ihrem Weggang aus dem Dorf zu Ohren kamen, hat sie auch mit jemand anderem geschlafen.«

»Oh nein, das ist ja noch schlimmer. Es tut mir sehr leid, dass du das durchmachen musstest.« Sie nahm einen großen Schluck von ihrem Bier und stellte dann die Flasche vorsichtig auf den Tisch. »Mein Ex ist auch fremdgegangen, ich weiß, wie sich ein solcher Verrat anfühlt.«

Er musterte sie und fragte sich, ob er nachhaken sollte oder nicht. »Ist das der Grund dafür, warum du nicht an einer Beziehung interessiert bist?«

Sie wandte ihre Aufmerksamkeit ihrem Hühnchen zu, und er nahm an, dass sie ihm nicht mehr antworten würde.

»Dafür gibt es viele Gründe. Luc war vermutlich einer davon.«

Er wartete geduldig, ob da noch etwas käme, ob sie überhaupt darüber reden wollte. Als sie das bemerkte, nahm sie seufzend einen Krabbenchip in die Hand, drehte ihn hin und her und steckte ihn sich dann in den Mund.

»Mein Dad hat uns verlassen, als ich zehn war. Eines Tages hat er einfach beschlossen, dass er unsere Familie nicht mehr wollte und dass die Frau, mit der er sich traf, viel eher seinen Vorstellungen entsprach. Ich würde gern sagen, dass es davor Streitereien gegeben hatte, dass die Trennung meiner Eltern abzusehen war, aber das stimmt nicht. Sie waren glücklich miteinander, haben zusammen gelacht, sich geküsst und miteinander geschmust. Wir waren eine glückliche kleine Familie. Wie sich später herausstellte, hatte mein Vater eine Freundin und einen Sohn, der nur wenige Monate jünger war als ich. Während Moms Schwangerschaft hat er mit einer anderen geschlafen. Ich glaube, das konnte ihm meine Mutter nicht vergeben. Er war beruflich immer viel unterwegs, doch wir haben erfahren, dass er an diesen Tagen immer bei ihr war, bei seiner anderen Familie gewohnt hat. Und am Ende hat er sich für die statt für uns entschieden. Seit er uns verlassen hat, habe ich ihn nicht wiedergesehen. Ich weiß nicht, ob er versucht hat, mit mir in Kontakt zu treten, und meine Mum hat es unterbunden oder ob er einfach einen Strich unter all die Jahre mit uns gezogen und ein neues Leben angefangen hat. Es ist letztendlich auch egal. Da habe ich gelernt, dass man Männern nicht vertrauen kann. Meine Mum war am Boden zerstört. Ihr Herz war gebrochen;

solchen Kummer kannte ich bis dahin gar nicht. Jahrelang hat sie nur dagesessen und geschluchzt. Es hat mir unwahrscheinlich wehgetan, dass ich nichts für sie tun konnte. Doch als ich größer wurde und erkannte, dass sie diesen Schmerz niemals überwinden würde, habe ich mir geschworen, niemals einen Mann so nah an mich heranzulassen, dass er mir derart wehtun könnte. In diese Lage wollte ich mich nicht begeben.«

Das leuchtete ihm ein. Tori war Beziehungen gegenüber nicht nur wegen eines blöden Exfreundes misstrauisch, die Ursachen lagen viel tiefer.

»Aber mit Luc hattest du eine Beziehung?«

Sie nickte. »Ich wollte nie eine, mit niemandem. Aber Luc war … charmant und aufmerksam und hat einfach kein Nein akzeptiert. Damit hat er mich mürbe gemacht, bis ich einer Verabredung zugestimmt habe. Wir hatten Spaß miteinander und konnten uns gut unterhalten. Eine Verabredung führte zur nächsten und kurz darauf waren wir zusammen. Ich war sehr vorsichtig damit, mich in ihn zu verlieben, weil ich mich niemals so verletzlich und verwundbar machen wollte, wie meine Mum es gewesen war. Er wusste über mein Problem Bescheid und hat mir versichert, dass ich ihm vertrauen kann. Und eines Tages habe ich erkannt, dass ich mich trotz aller Vorsätze in ihn verliebt hatte. Es war meine erste Beziehung, und ich wusste ohne jeden Zweifel, dass sie ganz anders sein würde als die meiner Mutter. Ich wusste, dass Luc mir niemals wehtun würde. Wie sich herausstellte, war er jedoch genau wie mein Dad. Er hatte schon seit einem halben Jahr Sex mit einer anderen, bevor wir Schluss machten. Das hat mir wirklich wehgetan. Ich hatte so lange gezögert, ihm mein Herz zu schenken, und als ich es schließlich doch tat, hat er es mit Füßen getreten.«

Aidan holte zwei neue Bier aus dem Kühlschrank. »Und seitdem hat es für dich niemanden mehr gegeben?«

Sie zögerte kurz. »Nein.«

Die kurze Pause überzeugte ihn davon, dass es da sehr wohl noch jemanden gegeben haben musste.

Sie öffnete ihre Flasche. »Ich hatte irgendwie was mit Matthew.«

Das überraschte ihn. Matthew war hierhergezogen, als seine Freundin mit Elliot schwanger gewesen war. Nach Elliots Geburt hatte die Beziehung nicht mehr lange gehalten und Sadie hatte ihn verlassen. Anschließend hatte Matthew keine Freundinnen mehr gehabt und Sandcastle Bay nicht sehr oft verlassen. Aidan hätte sich garantiert daran erinnert, wenn Tori hergekommen wäre, um ihn zu besuchen.

Sie schien die Überraschung in seinem Blick zu bemerken.

»Wir sind gemeinsam aufgewachsen. Als mein Vater fortging und meine Mum zusammenbrach, habe ich viel Zeit im Haus von Melody und Matthew verbracht. Sie waren meine besten Freunde. Er war der erste Junge, den ich geküsst habe, und mein erster Mann, obwohl wir damals nicht zusammen waren. Über die Jahre sind wir in Kontakt geblieben und einige Jahre später standen wir uns sehr nah. Wir haben jeden Tag miteinander telefoniert und daraus wurde mehr als Freundschaft. Als er mich an einem Wochenende besuchte, haben wir miteinander geschlafen. Er wollte, dass ich ihn hier besuche, aber ich hatte Angst davor. Ich wollte mich nicht wieder verletzen lassen und ihn nicht als Freund verlieren. Dabei habe ich ihn geliebt. Ich weiß, das klingt verrückt, weil wir nicht auf traditionelle Weise zusammen waren, aber irgendwann hatten wir einen Riesenstreit, weil ich nicht bereit war, mich zu binden, und …«

Traurig starrte sie in ihr Bier.

»Und dann starb er bei dem Autounfall?«

Sie nickte.

Er stieß den Atem aus. »Das tut mir sehr leid. Ich wusste nicht, dass du eine Verbindung zu Matthew hattest, abgesehen davon, dass er der Bruder deiner Freundin war.«

»Melody und Isla wissen nichts davon. Ich habe es ihnen nie erzählt, auch deshalb nicht, weil es schien, als gäbe es nichts zu erzählen. Matthew und ich hatten diese ungewöhnliche Beziehung, die hauptsächlich aus Telefonaten bestand, und er hat die beiden belogen, was das Wochenende anging, an dem er mich besucht hat. Ich wollte keinen Ärger zwischen ihnen schüren, indem ich ihnen die Wahrheit sagte. Und dann wurde daraus dieses wunderbare Geheimnis zwischen Matthew und mir. Nach seinem Tod schien irgendwie auch nie die richtige Zeit dafür, unsere Geschichte zu erzählen. Aber ja, wir hatten etwas miteinander. Ich bin nicht sicher, wie man es genau bezeichnen kann, aber da war etwas. Ich habe zugelassen, dass ich mich in ihn verliebte. Ich habe mich dagegen gesperrt, dass sich zwischen uns etwas entwickelte, um mich vor Schmerz zu schützen, und als ich ihn dann doch verloren habe, hat es mehr wehgetan, als ich es mir je hätte vorstellen können. Und jetzt glaube ich, dass Liebe einfach viel zu schmerzhaft ist und man sie um jeden Preis vermeiden sollte. Man kann Männern einfach nicht trauen.«

Ihre Worte bestürzten Aidan.

»Ich verstehe deine Vorsicht. Aber dass man Männern nicht vertrauen kann, ist eine sehr große Verallgemeinerung.« Er wusste nicht genau, warum er ihre Meinung ändern wollte; es war für sie beide besser, wenn nichts zwischen ihnen passierte.

»Ich hatte keine besonders guten Erfahrungen. Mein Dad hat uns verlassen, Melodys Dad hat die Familie verlassen. Luc hat mich betrogen und sogar Matthew hat mich verlassen, wenn auch nicht freiwillig. Sind deine Eltern noch zusammen?«

»Mein Dad ist tot, also nein.«

Sie schluckte. »Das tut mir leid.«

»Das ist schon lange her. Mum hat wieder geheiratet und ist sehr glücklich. Sie wohnt inzwischen in Schottland. Aber ich kenne auch mehrere Frauen, die eine Beziehung beendet haben. Matthews Ex zum Beispiel oder meine. Auch Frauen sind nicht perfekt.«

»Nein, das sind wir nicht. Daher denke ich auch, dass man Beziehungen aller Art vermeiden sollte. Irgendjemand wird immer verletzt.«

»Da stimme ich dir zu.«

Es entstand ein Schweigen und Aidan verspürte Enttäuschung über ihre Entscheidung. Auch Tori wirkte enttäuscht. Sie hatten miteinander geflirtet und beide gewusst, dass dieser Flirt vermutlich weiter führen würde, und jetzt schien es, als hätten sie sich das gegenseitig ausgeredet.

Er beobachtete, wie sie ihr Hühnchen aß und sorgfältig jeden Bissen kaute.

»So, und nun erzähl mir doch mal mehr über diese Traditionen, von denen die Dorfbewohner so überzeugt sind«, forderte ihn Tori auf. Sie schien sich zu einem Lächeln zu zwingen, als sie versuchte, das Thema zu wechseln.

Er schob seine Gefühle beiseite und versuchte, eine Antwort zu formulieren, doch er konnte sich nicht konzentrieren. Sie versuchte, das Gespräch freundlich und professionell zu halten und die Sache nicht weiter gehen zu lassen, wenn ganz klar war, dass keiner von ihnen es wollte. Zwischen ihnen gab es eine Verbindung, wie er sie noch nie zuvor mit jemandem verspürt hatte, und das wollte er ergründen, selbst wenn es nirgendwo hinführen würde.

Dabei war das verrückt. Sie stammten aus völlig verschiedenen Welten. Sie wohnte in London, führte vermutlich ein hektisches und aufregendes gesellschaftliches Leben mit glamourösen Partys in der Filmszene. Er besaß eine Obstplantage und hatte ihr nichts zu bieten. Das Ganze war zum Scheitern verurteilt. Auch während seiner Verlobung mit Imogen hatte er sich Sorgen gemacht, dass er ihr nicht genug bieten konnte, um ihr Interesse an ihm aufrecht zu halten, und genauso war es auch gekommen. Sie hatte immer darüber geklagt, dass es in Sandcastle Bay keine guten Geschäfte und Nachtklubs gab. Sie wollte mehr als ein Leben in einem kleinen Kaff und nicht nur den Rest ihres Lebens mit einem langweiligen Obstfarmer verbringen. Er hatte gehört, dass sie inzwischen nach Los Angeles gezogen war und dort für Filmrollen vorsprach. Ganz sicher würde auch die Sache mit Tori nirgendwohin führen. Doch aus irgendeinem Grund konnte er nicht davon lassen. Er fühlte sich von ihr angezogen wie die Motte vom Licht. Er wusste, dass es böse enden würde, doch er konnte nichts dagegen tun.

»Moment, haben wir gerade beschlossen, dass nichts zwischen uns passieren wird?«, fragte er.

Sie schluckte. »Ich dachte, darüber wären wir uns schon gestern nach unserem ersten Treffen einig gewesen. Im Auto. Du hast gesagt, dass du nichts zwischen uns forcieren würdest.«

»Aber seither ist einiges geschehen. Zum Beispiel hast du dich in meine Ellbogen verliebt.«

Sie lachte.

»Hör zu, es muss ja nicht zu … irgendwas werden. Aber wir könnten …« Er verstummte. Was schlug er da vor? Er hielt nicht wirklich viel von lockeren Beziehungen. Wenn er mit jemandem zusammen war, war es unmöglich, nicht emotional verstrickt zu werden, und er wollte sich ganz sicher nicht gefühlsmäßig an Tori binden und dann zusehen, wie sie in einigen Wochen wieder fortgehen würde. Seit Imogen ihn abserviert hatte, vermied er Beziehungen aller Art. Er hielt sein Herz unter Verschluss und damit kam er bestens zurecht. Doch aus irgendeinem Grund wollte er für Tori seinen selbst geschaffenen Kokon verlassen, in dem er sich sicher fühlte und nicht verletzt würde. Mehr als alles andere wollte er erkunden, was zwischen ihnen passieren würde, wenn sie beide ihre Schutzmauern einrissen. Hier ging es nicht nur um sexuelle Anziehung – die Gefühle reichten viel tiefer.

»In zwei Wochen bin ich wieder fort«, rief ihm Tori leise in Erinnerung.

»Ich weiß.«

»Schlägst du also trotzdem vor, dass wir eine Art Affäre haben?«

Er musterte sie, und trotz ihrer vorherigen Proteste gegen jede Art von Beziehung schien sie der Idee plötzlich gar nicht mehr so abgeneigt.

Er beugte sich über den Tisch, nahm ihre Hand und strich mit dem Daumen sacht über ihr Handgelenk. Sie entzog es ihm nicht, und er spürte, wie sich ihr Puls unter seiner sanften Berührung beschleunigte.

»Ich sage ja nur … lassen wir uns alle Möglichkeiten offen.«

Einen Moment lang dachte sie darüber nach, schmunzelte dann und hob ihre Bierflasche. »Auf … die Möglichkeiten.«

Grinsend stieß er mit ihr an. »Auf all die wunderbaren, herrlichen Möglichkeiten.«

Sie lächelte und aß weiter, die Hand immer noch in seiner.

KAPITEL 10

Sie betrachtete seine Finger, die mit ihren verschränkt waren, und fragte sich, warum sie sich nicht mehr an dieser wunderbaren Entwicklung der Ereignisse störte. Obwohl sie ihr Angst einjagte, genoss sie diese Verbindung, und irgendwie wollte sie auch sehen, was zwischen ihnen geschehen würde. Ihre Neugier überwog bei Weitem das Gefühl, sich davor verstecken zu wollen.

Sie würde sich für Spaß entscheiden. Zum ersten Mal in ihrem Leben wollte sie ein Risiko eingehen.

Das Abendessen war längst beendet und sie plauderten bis spät in die Nacht. Keiner von ihnen schien wild darauf, diese Vertrautheit zwischen ihnen zu zerstören. Sie versuchte, sich daran zu erinnern, ob sie mit Luc jemals beim Abendessen Händchen gehalten hatte. Eigentlich nicht. Sie war nicht besonders vorschnell mit Berührungen, und Luc war es auch nicht gewesen, doch ihr gefiel, wie Aidan zärtlich mit dem Daumen über ihren Handrücken strich. Es war eine herzliche und auch irgendwie wunderbar intime Geste. Aidan brachte sie zum Lachen, und sie hatten sich unendlich viel zu sagen, als wären sie alte Freunde, die sich jetzt über die Jahre, in denen sie sich nicht gesehen hatten, auf den aktuellen Stand brachten.

Er stand auf und löste damit ihre Hand aus seiner. Sofort fühlte sich ihre Hand kalt an. Aidan stellte ihre Teller zur Seite und servierte den Nachtisch, eine Art Sahnedessert mit Quark, Baiser und einer Beerenmischung.

»Oh, jetzt darf ich wohl die begehrten Heartberrys kosten?« Tori deutete auf die Fruchtmischung, die er in die Schüsseln gab.

»Nein, erst morgen Abend. Wir dürfen die Beeren erst nach Vollmond im Mai pflücken.«

»Was, im Ernst?«

»Angeblich bringt nur das die optimale Qualität.«

Er stellte die beiden Schüsseln auf den Tisch vor sich und betrachtete die Erdbeeren und Himbeeren auf dem Baiser.

»Gehört das zu den Dorftraditionen?«, fragte Tori, als sich Aidan ihr gegenübersetzte und wieder ihre Hand nahm. Angesichts dieser schlichten Geste stockte ihr der Atem.

»Ja, und die hat es in sich. Es dauert ungefähr zwei bis drei Wochen, um das Feld abzuernten, aber wir müssen vor dem nächsten Vollmond damit fertig sein, weil um diese Zeit herum die Heartberry-Felder immer überflutet werden.«

»Hat das mit dem Wetter zu tun? Ich habe gehört, dass in Amerika gerade ein Hurrikan tobt, der über den Atlantik zu uns herüberzieht.«

»Nein, das dürfte eigentlich keine Auswirkungen auf uns haben. Wir bekommen normalerweise durch das Wetter zu dieser Jahreszeit keine Überschwemmungen. Manchmal im Winter, aber dann sind die Beeren ja längst geerntet. Nein, die Juni-Überschwemmung ist den Gezeiten unterworfen und man kann sie auf den Tag genau voraussagen. Sie dauert nur ein bis zwei Tage, aber alle an den Sträuchern verbliebenen Früchte sind verdorben, wenn sie nicht zuvor geerntet werden.«

»Aber warum beginnt ihr denn dann nicht früher mit der Ernte? Die Dorfbewohner wollen doch sicher nicht, dass die Beeren nutzlos verkommen.«

»Es gehört zur Tradition, dass sie nach dem Vollmond im Mai gepflückt werden. Die Einheimischen glauben, dass der Mondschein den Beeren ihre speziellen Liebeskräfte verleiht, und eine frühere Ernte würde bedeuten, dass ihre Wirkung im Bereich Liebe und Glück weniger ausgeprägt wäre.«

Tori lachte. »Das ist doch lächerlich.«

»Ich weiß. Aber in einem Jahr habe ich mich hinausgeschlichen, um schon vor dem Vollmond einige Körbe voll zu ernten. Wir hatten in diesem Jahr viel Obst und ich wollte deshalb schon rechtzeitig anfangen. Jede einzelne Beere war viel saurer als sonst und ich musste den Großteil dieser früher gepflückten Beeren wegwerfen. Sie waren einfach noch nicht reif. Und obwohl ich sie im Dunkeln geerntet hatte, wussten die Dorfbewohner Bescheid und haben mir noch wochenlang später damit in den Ohren gelegen.«

»Okay, wenn du also nicht vor dem Vollmond anfangen kannst, warum setzt du dann die Heartberry-Büsche nicht um, damit das Feld nicht überflutet wird?«

»Das Salzwasser tränkt den Boden für die Ernte des Folgejahres. Die Heartberrys gedeihen unter diesen Bedingungen am besten, daher wachsen sie nur an sehr wenigen Stellen weltweit. Es ist ja auch nicht wirklich ein großes Problem – mit ein bisschen Hilfe vom jeweiligen Bewohner des Blossom Cottage ernten wir normalerweise alles rechtzeitig. Es ist einfach nur ein wenig frustrierend, dass die Traditionen des Dorfes so viele Beschränkungen beinhalten, besonders dass wir die Beeren nur nachts ernten dürfen.«

»Gehört das auch zu den Traditionen?«

»Ja, aber dieser muss ich zustimmen. Aus irgendeinem Grund schmecken die bei Nacht gepflückten Beeren wirklich besser.«

»Aber für das Pflücken von Erdbeeren und Himbeeren gibt es keine Vorschriften, oder?«

»Nein, da kann ich machen, was ich möchte. Den Dorfbewohnern geht es nur um die Heartberrys. Bei den Erdbeeren und Himbeeren lassen wir die Leute auch selbst pflücken. Die Heartberrys darf niemand anrühren. Die müssen ja auf besondere Weise geerntet werden.«

Lächelnd schüttelte Tori den Kopf. Wo war sie da nur hingeraten, mit all diesen merkwürdigen Traditionen?

»Falls die Beeren von einer Jungfrau gepflückt werden müssen, haben wir Pech.«

Aidan lachte laut auf. »Zum Glück nicht.«

»Und wie sieht es mit dem Opfern von Ziegen aus? Damit könnte ich mich auch nicht anfreunden.«

»Keinerlei Tieropfer. Wir sind schließlich keine Barbaren.«

»Okay.«

»Wir opfern einfach immer den jeweiligen Bewohner vom Blossom Cottage am Ende seines Aufenthaltes. Aber es dient dem Wohl der Beeren, insofern hast du sicher kein Problem damit, oder?«

»Natürlich nicht. Solange es schnell geht.«

»Wir verbrennen sie auf dem Scheiterhaufen, es ist also ein schneller Tod.«

Tori lachte. »Also, verrate mir, was morgen Abend von mir erwartet wird. Muss ich nackt tanzen?«

Aidan zögerte, doch dann lächelte er breit. »Ja, genau. Das ist Tradition.«

Tori schmunzelte. Ihr gefiel dieser verschmitzte Zug an ihm. »Gilt das auch für dich?«

»Oh nein, nur die Frauen tanzen nackt. Niemand will das von mir sehen, da würden sogar die Beeren sauer werden.«

Das bezweifelte Tori.

»Ich werde also nackt herumtanzen, während du die Beeren pflückst.«

»Genau«, bestätigte Aidan langsam. »Genau das werde ich machen, Beeren pflücken und überhaupt nicht darauf achten, was du in dieser Zeit tust.«

Tori lachte.

»Nein, es gibt keine merkwürdigen Vorschriften beim Beerenpflücken, du musst einfach nur vorsichtig sein. Lock die Beeren vom Stängel. Die werden sehr leicht zerquetscht, weil sie so klein sind, und wir wollen schließlich nicht deswegen die halbe Ernte verlieren.«

»Okay, du kannst mir morgen zeigen, wie ich das machen muss. Stören dich diese Vorschriften?«

Aidan schüttelte den Kopf. »Die Heartberry Farm gehört den Dorfbewohnern im Prinzip genauso wie mir. Sie befindet sich seit Hunderten von Jahren im Besitz meiner Familie. Wieso sollte ich da anfangen, mit den Traditionen zu brechen?«

»War das schon immer dein Berufswunsch, Obstplantagenbesitzer?«

Aidan setzte sich aufrecht hin. »Ich weiß, das wirkt in deinen Augen vermutlich nicht wie ein besonderer Job, aber …«

»Nein, das habe ich nicht gemeint. Es ist absolut in Ordnung, ein Obstplantagenbesitzer zu sein. Ich stelle mir das wunderbar friedlich vor, und wenn es dich glücklich macht, ist das doch toll. Es ist nur, weil du erwähnt hast, dass du gerne Koch geworden wärst, und ich habe mich gefragt, ob das womöglich dein Traum war. Und weil du die Farm geerbt hast, hast du dich vielleicht verpflichtet gefühlt, dich darum zu kümmern, statt deinem eigenen Traum zu folgen.«

Seine Miene wurde sanft. »Das hast du dir aus meinem gestrigen Geplapper gemerkt?«

»Du hast gesagt, du wolltest Desserts und Puddings machen.«

134

Er lächelte. »Das stimmt. In meiner Jugend habe ich das Kochen geliebt. Ich habe mir immer vorstellt, ich würde das mal beruflich machen. Allerdings war mir auch immer bewusst, dass die Farm an mich oder meine Geschwister weitergereicht würde, und da ich der Älteste bin, lag die Wahrscheinlichkeit hoch, dass ich sie einmal erbe. Mein Dad starb, als ich noch ziemlich klein war, und meine Mum, meine Geschwister und ich haben sie eine Zeit lang gemeinsam geleitet. Sobald ich alt genug war, habe ich sie übernommen. Leo und Emily wollten sie nie, und obwohl ich glaube, dass Jamie sie auch gern gehabt hätte, war er schon immer so talentiert, was Skulpturen und Kunstwerke anging, dass es mir wichtig war, ihm die Freiheit zu lassen, sich in dieser Richtung zu verwirklichen. Mir hat es nichts ausgemacht, daher habe ich sie gern übernommen. Im Laufe der Jahre habe ich mir selbst verschiedene Desserts beigebracht, aber dabei blieb es dann auch. Ich konnte ja kaum ein eigenes Geschäft für Pudding und Kuchen eröffnen, wenn ich gleichzeitig die Farm bewirtschaften musste. Es ist schon in Ordnung. Wie du gesagt hast, die Arbeit ist sehr friedlich und nicht allzu stressig. Mir gefällt sie, auch wenn es sich nicht um meinen Traumjob handelt, und ich könnte die Farm niemals verkaufen. Damit wäre die Zukunft der Heartberrys nicht mehr gesichert. Sie bringen dem Dorf eine Menge Tourismus und Geld ein, und das möchte ich nicht aufs Spiel setzen.«

Tori dachte einen Moment lang darüber nach, wie sehr er betont hatte, dass die Beeren dem Dorf Geld einbrachten. Ihre Gedanken wanderten zum Blossom Cottage und dass es dort einiges gab, was repariert oder ausgetauscht werden musste. Aidan wirkte nicht faul. Womöglich hatte er einfach nicht das Geld dafür?

»Bringt es dir eine Menge Geld ein?«

Als Aidan nicht antwortete, stellte sie fest, dass die Frage viel zu persönlich gewesen war.

»Tut mir leid, das hätte ich nicht fragen sollen, es ist nur so, dass …«

»Nein, ist schon okay. Und die Antwort lautet Nein, es bringt mir nicht wirklich viel ein. Vermutlich verdiene ich im Jahr mehr mit der Vermietung vom Blossom Cottage als Ferienwohnung als mit den Heartberrys, und schon das ist nicht besonders viel. Genau genommen könnte ich viel mehr verdienen, wenn ich das Feld einfach umpflügen und stattdessen Erdbeeren, Trauben oder ein anderes Obst darauf anbauen würde. Die meisten Heartberrys werden hier in der Gegend verkauft, nicht nur in unserem Dorf, sondern auch in den umliegenden Gemeinden. Jedes Café, jeder Pub und jedes Restaurant in Sandcastle Bay kauft sie, um daraus Kuchen, Plätzchen und verschiedene Desserts zu machen. Etwa zwanzig Prozent meiner Ernte friere ich ein und verkaufe sie ins übrige Großbritannien, und ungefähr weitere zehn Prozent ins Ausland. Aber die Frachtkosten sind hoch, daher verdiene ich damit auch nicht besonders viel. Außerhalb der Dörfer hier sind meine Kunden überwiegend Hotels und Nobelrestaurants, die die Beeren als eine Art extravagante Dekoration oder für Hochzeiten verwenden, wenn die Leute von der Legende der Beeren gehört haben und eine Portion Extraglück und -romantik für ihre Hochzeit haben wollen. Aber die Frucht an sich ist ziemlich unbekannt. Die meisten Menschen wissen nichts darüber, daher gibt es auch keinen sonderlich großen Bedarf.«

»Machst du denn Werbung dafür?«, wollte Tori wissen und war überrascht, als Aidan den Kopf schüttelte. »Wirklich? Gar keine?«

»Ich verkaufe beinahe meine ganze Ernte lokal.«

»Könntest du denn noch mehr anbauen?«

Er nickte. »Ja, bei Bedarf. Aber den gibt es nicht.«

»Aber den gäbe es vielleicht, wenn du Werbung machen würdest. Sogar wenn du die Beeren nicht verkaufen kannst, dann vielleicht aber das Endprodukt. Machst du hier denn keine Marmelade oder Kuchen daraus?«

»Nein, das übernehmen alles Emily und einige Leute aus dem Ort.«

»Aber damit hättest du dir deinen Traum erfüllt. Du könntest Kuchen, Torten und Desserts aus den Beeren machen, die du hier anbaust, und sie unter der Marke Heartberry Farm verkaufen. Dabei könntest du einfache Dinge, aber auch ausgefallenere Obstdesserts anbieten. Ich weiß natürlich, dass das nicht so einfach ist. Du bräuchtest eine entsprechende Küche, wenn du die Sachen hier zubereiten willst, und ich nehme an, jemand von der Lebensmittelaufsicht müsste sie abnehmen. Da kenne ich mich nicht so gut aus. Vermutlich müsstest du auch einen Lebensmittelhygieneschein erhalten oder so, aber das sollte nicht allzu schwierig sein. Du hast gesagt, du hast dir im Laufe der Jahre selbst verschiedene Desserts beigebracht, damit könntest du anfangen. Kuchen, Plätzchen und Torten innerhalb Großbritanniens zu verkaufen wäre viel lukrativer als nur der Verkauf der Beeren. Ich bin sicher, Emily würde dir dabei helfen.«

Er lächelte, und sie konnte sehen, dass er über ihre Idee nachdachte. »Das würde sie bestimmt.«

»Wir müssen dich einfach nur als eine neue Marke positionieren. Werbung würde uns dabei helfen.«

»Richtige Werbung kann ich mir nicht leisten, schon gar nicht im Fernsehen.«

»Musst du ja auch nicht, du könntest ein dreißigsekündiges Video drehen und es auf Facebook, Twitter und Instagram einstellen. Sogar auf YouTube. Wenn du etwas Besonderes oder Lustiges machst, werden die Leute es auch bereitwillig teilen.«

»Ich habe nicht die geringste Ahnung, wie man so etwas macht.«

»Aber genau das ist mein täglich Brot«, erklärte Tori begeistert. »Wenn ich nicht gerade an Animationsfilmen arbeite, übernehme ich solche Aufträge als Freiberuflerin. Manchmal kommen Kunden ohne jede Idee zu uns, sie wissen nur, dass sie Werbung brauchen. Wir stellen die Idee, und sobald der Kunde sie abgesegnet hat, produzieren wir. Ich könnte dir etwas machen.«

Überrascht starrte er sie an und runzelte dann die Stirn. »Aber ich kann dir nicht viel zahlen. Ich weiß nicht genau, wie viel so etwas kostet, aber vermutlich liegt es weit über meinem Budget.«

»Ich mache das gratis. Ich liebe solche Sachen. Die letzten anderthalb Jahre habe ich an einem Animationsfilm gearbeitet, und so sehr mir das auch gefällt, die Entfaltungsmöglichkeiten sind sehr beschränkt. Seit ich damit fertig bin, möchte ich wieder mehr freiberufliche Aufträge übernehmen. Die sind kreativ und ich kann viel stärker meine eigenen Ideen einbringen. Ich habe meine Knetmasse dabei. Lass uns darüber sprechen, was du dir vorstellst, und dann denke ich mir ein paar Sachen aus. Der Entwurf und das Modellieren der Figuren kann eine Weile dauern, denn der richtige Charakter kann ein wenig knifflig sein, aber ich denke, bis nächste Woche müssten wir filmbereit sein. Meinen Green Screen habe ich auch dabei, daher kann ich später in der Post-Production noch einen beliebigen Hintergrund einfügen. Oder wir verzichten komplett auf den Hintergrund und lassen ihn weiß – manchmal funktionieren die einfachsten Sachen am besten.«

Tori zog ihr Notizbuch aus der Tasche und kritzelte einige Ideen hinein. Die Herausforderung, etwas von Anfang bis Ende zu erschaffen, erfüllte sie mit Begeisterung. Es war schon viel zu lange her, seit sie so etwas zuletzt getan hatte.

»Ich könnte eine sprechende Heartberry entwerfen, dann könntest du die als Logo oder Maskottchen verwenden. Oh,

Merchandising ist eine weitere gute Einkommensquelle. Wenn sich die Werbung als erfolgreich erweist, könntest du Kaffeetassen, T-Shirts oder sogar knuddelige Heartberry-Figuren herstellen lassen und sie verkaufen. Kinder lieben so etwas. Die Möglichkeiten sind endlos: Handyhüllen, Sofakissen, Mousepads, Notizbücher, Taschen, und all das hilft dabei, deine Marke und deine Firma weiter bekannt zu machen. Ich denke mir während der nächsten paar Tage etwas aus, und dann können wir es besprechen. Aber ich finde definitiv, dass wir eine Art Logo wie die sprechende Heartberry brauchen, etwas, damit alle deine potenziellen Kunden die Frucht mit dir assoziieren. Es muss etwas Niedliches sein, das im Gedächtnis haften bleibt. Ich bringe dir ein paar Entwürfe vorbei, und du kannst dir aussuchen, was dir am besten gefällt.«

Sie begann, eine Heartberry-Figur mit übergroßen Schuhen und großen, niedlichen Augen in ihr Buch zu skizzieren. Sie sah aus wie ein laufendes Herz. Tori musste erst mal die Beeren sehen, damit sie die Figur naturnaher gestalten konnte. Sie hatte bereits nach Heartberry gegoogelt, aber das war kein Vergleich mit der echten Frucht. Die war sehr wichtig; ihr Modell musste am Ende glänzend und saftig aussehen. Sie lehnte sich zurück, betrachtete die Skizze eine Weile und wünschte plötzlich, sie hätte ihre Buntstifte zur Hand. Glücklicherweise hatte sie die mit nach Sandcastle Bay gebracht, aber momentan befanden sie sich im Blossom Cottage. Sie begann eine zweite Zeichnung mit einer anderen Beerenfigur, bevor ihr wieder einfiel, wo sie sich befand.

Als sie aufsah, bemerkte sie Aidans Lächeln. »Tut mir leid, ich habe mich hinreißen lassen. Wenn man den ganzen Tag mit Knetfiguren zu tun hat, vergisst man manchmal, wie man sich in Gesellschaft benimmt. Es gehört nicht gerade zu den guten Umgangsformen, sich zum Abendessen einladen zu lassen und dann den ganzen Abend über ins Notizbuch zu kritzeln.«

Zögerlich steckte sie es in ihre Tasche.

»Ich habe noch nie jemanden gesehen, der so leidenschaftlich für seine Arbeit brennt. Das ist ein wunderbarer Anblick«, erklärte Aidan.

»Macht dir deine Arbeit denn keinen Spaß?«

»Doch. Obst zu züchten ist ein einfaches und friedliches Leben, auch wenn ich nicht behaupten kann, dass ich es so liebe, wie es bei dir und deinem Job offensichtlich der Fall ist. Erzähl mir mehr darüber.«

»Ich liebe meine Arbeit wirklich. Als Kind habe ich immer die Sendung mit dem Knetmännchen Morph angeschaut, und mir hat gefallen, wie es einfach nach Belieben seine Form ändern konnte. Als ich später herausfand, dass das alles mit Knetmasse und Stop-Motion-Animation gemacht wurde, wusste ich, was ich später mal werden wollte. Im College und auf der Universität habe ich Kurzfilme über Tiere gedreht, die zwar nur wenige Minuten lang waren, aber für deren Produktion wir mehrere Wochen und Monate gebraucht haben. Niemand durfte mein Zimmer im Studentenwohnheim betreten, weil sich da immer eine Knetfigur in Aktion befand – oder zumindest in so viel Aktion, wie da ist, wenn wir sie für die Aufnahmen immer nur wenige Millimeter bewegen. Aber diese Kurzfilme fanden später ihren Weg zu jemandem, der für einen wichtigen Fernsehsender arbeitete, und aus meiner Idee wurde die Serie ›Amazing Animals‹, die vor ein paar Jahren ausgestrahlt wurde. Meine Arbeit im Fernsehen zu sehen und diesen Durchbruch zu schaffen war fantastisch. Anschließend wurde ich für eine Menge Werbefilme für große und kleine Unternehmen engagiert. Ich war in Kalifornien und habe dort sogar für einige Wochen in einem Studio direkt in Hollywood gearbeitet, beinahe unmittelbar nach der Uni. Ich hatte Aufträge in Paris, in Deutschland, und in einigen Monaten fliege ich für einen Job nach New York. Gerade habe ich die anderthalbjährige Arbeit an einem Zeitraffer-Animationsfilm beendet, der vermutlich Ende des Jahres im Kino laufen wird, und das hat mir großen Spaß gemacht. Aber ein Projekt von Anfang bis Ende zu betreuen, die Idee zu entwickeln, daraus Entwürfe und dann die Knetmodelle zu machen, sie zu filmen und den Film dann zu schneiden, das macht mir großen Spaß. Daher wäre die Arbeit an deinem Werbefilm für mich so etwas wie ein Traum, der wahr wird.«

Er sah sie während ihres ganzen Monologs an und hörte aufmerksam zu. Mit ihm konnte man so gut reden.

Als sie fertig war, lehnte er sich in seinem Stuhl zurück. »Nun, die Werbung und das Merchandising klingen nach einem tollen Plan, aber ich werde dich bezahlen. Ich kann dich unmöglich umsonst arbeiten lassen.«

»Ich schwöre dir, das ist für mich eine Art spannendes Hobby. Es fühlt sich gar nicht wie Arbeit an. Du kannst mich in Heartberry-Kuchen oder Gratiserdbeeren bezahlen.«

»Über die genauen Bedingungen können wir später noch verhandeln, aber es klingt gut und ich würde sehr gerne gemeinsam mit dir daran arbeiten. Ehrlich gesagt, ich könnte momentan wirklich etwas Hilfe gebrauchen. Ich mache gutes Geld mit dem Verkauf der Beeren, aber es reicht eigentlich nicht. Ich habe zwar keine finanziellen Nöte, aber … es kommen immer irgendwelche unerwarteten Ausgaben. Letztes Jahr hat mich das neue Dach fürs Blossom Cottage um zwanzigtausend Pfund zurückgeworfen, für solche Sachen habe ich einfach nicht genügend Rücklagen.«

»Ich werde dir helfen. Werbung in den sozialen Medien kann eigentlich nie schaden. Wir überlegen uns was.«

Er lächelte sie an. »Danke.«

Sie konzentrierte sich einige Minuten lang auf ihr Dessert, kostete von den süßen Beeren und dem knusprigen Baiser, während ihre Gedanken vor Ideen nur so sprudelten.

Dann wurde ihr bewusst, dass Aidan sie lächelnd betrachtete.

»Du denkst immer noch über die Werbung nach, nicht wahr?«

»Tut mir leid. War das so offensichtlich?«

»Dass du in Gedanken ganz woanders bist? Ja, ein bisschen. In deinen Augen leuchtet so viel Begeisterung und Glück. Ich bezweifle, dass ich diese Reaktion ausgelöst habe.«

»Oh, vielleicht doch. Du weißt ja schon, dass ich eine Schwäche für deine Knie und Ellbogen habe.«

Er lachte. »Wusste ich es doch, dass du meine Ellbogen magst. Dieses ganze Gerede darüber, dass sie nur sechseinhalb Punkte auf einer Skala bis zehn erreichen, war Blödsinn.«

»Du hast mich erwischt. Es sind die aufregendsten Ellbogen, die ich je gesehen habe.«

Er lachte noch lauter. »Du bist definitiv anders, Tori Graham.«

Sie schluckte ein Stück Baiser hinunter. War das etwas Schlimmes? Fand er dieses ganze Gerede über seine Ellbogen befremdlich?

»Hey, anders ist etwas Gutes«, sagte Aidan leise. »Ich habe heute Abend mit dir geredet, wirklich geredet, und du bist eine tolle Zuhörerin. Zu vielen Frauen hier in der Gegend habe ich nichts Interessantes zu sagen. Und ehrlich gesagt, das beruht bei einigen von ihnen auf Gegenseitigkeit. Es gibt eine Gruppe Frauen, die treffen sich jede Woche und gehen die Promizeitschriften durch – wer mit wem zusammen ist, was sie anhaben. Ich weiß, dass in Sandcastle Bay nicht wirklich viel passiert, aber warum das Leben von Promis so interessant sein soll, werde ich nie verstehen. Du bist anders als sie. Und das gefällt mir wirklich sehr an dir.«

Sie lächelte und freute sich über seine Worte.

Als die Uhr über dem Kamin schlug, sah Tori auf und stellte fest, dass es bereits ein Uhr morgens war.

»Oh Gott, ich habe gar nicht gemerkt, dass es schon so spät ist. Tut mir sehr leid. Ich wette, du hast morgen haufenweise Arbeit, und jetzt wirst du müde sein. Du hättest mich längst rauswerfen und nicht die halbe Nacht reden lassen sollen.«

»Der heutige Abend war einer der schönsten seit Langem«, widersprach Aidan. »Ich hatte nicht die geringste Absicht, dich rauszuwerfen.«

»Mir hat der Abend auch gefallen. Schade, dass er vorbei ist.«

Es entstand eine Pause, in der sie sich ansahen. Plötzlich veränderte sich die Stimmung zwischen ihnen. Sie hatte noch nie zuvor bei der ersten Verabredung mit jemandem geschlafen. Um so viel Vertrauen aufzubauen, dauerte es eine Weile, aber ein großer Teil von ihr wünschte sich plötzlich, dass Aidan sie bat, die Nacht mit ihm zu verbringen.

Immer noch blickten sie sich an, und Tori hatte das Gefühl, dass sie beide dasselbe dachten. Doch er sagte nichts, und ihr wurde bewusst, dass er es auch nicht tun würde.

»Ich sollte vermutlich gehen.«

Er stand auf. »Ich bringe dich nach Hause.«

Enttäuschung durchzuckte sie, aber schließlich hatten sie die ganze Zeit über darauf bestanden, dass es sich lediglich um ein Abendessen handelte. Sie hatte ihm keinerlei Hinweise darauf gegeben, dass sie zu mehr bereit war. Er benahm sich wie der perfekte Gentleman. Wenn in dieser Nacht etwas passieren sollte, dann musste sie den ersten Schritt machen, und das würde auf keinen Fall geschehen. Was, wenn er ihr eine Abfuhr erteilte? Er mochte sie, schien sich zu ihr hingezogen zu fühlen, aber das bedeutete nicht, dass er mit ihr ins Bett springen wollte. Gott, warum dachte sie überhaupt darüber nach? So war sie doch normalerweise gar nicht, wenn es um Männer ging. Selbst mit Luc hatte immer er beim Sex die Initiative ergriffen. Es war schön, aber nie leidenschaftlich gewesen, nicht so wie in

143

den Filmen, die sie früher mit Melody angeschaut hatte, wo die Paare sich in verzweifeltem Sehnen nacheinander die Kleidung vom Leib rissen. Luc hatte sich nie verzweifelt nach ihr gesehnt. Sie hatte sich seine Hände nie so dringend auf ihrem Körper gewünscht, wie sie es jetzt bei Aidan tat.

Auch sie stand auf. Aidan reichte ihr ihre Tasche, und er stand dabei so dicht vor ihr, dass sie seinen wunderbaren Duft riechen konnte. Er ragte über ihr auf und aus irgendeinem Grund fand sie seine Größe und seine Kraft aufregend.

Sein Blick wanderte für einen kurzen Moment zu ihren Lippen, bevor er einen Schritt zurücktrat.

»Oh, ich habe dir ja etwas besorgt«, fiel Aidan da ein.

Er ging zur Seite und kam mit einem Strauß Blumen zurück. Bei näherem Hinsehen erkannte sie, dass sie vollständig aus Papier gemacht waren. Sie hatten alle unterschiedliche Stile, Formen und Größen und sahen schöner aus als jeder echte Blumenstrauß.

»Oh, Origamiblumen, wie schön.«

Es war eine solch liebevolle Geste, und sie wusste, dass es stundenlang gedauert haben musste, diesen Strauß zu falten.

»Ich weiß, der heutige Abend war keine Verabredung, aber ich wollte gern …«

»Die sind wunderschön, vielen Dank.«

»Was hast du morgen vor?«, wollte er wissen, während er ihr die Tür aufhielt. Der Abend kam jetzt wirklich zu einem Ende.

»Ich gehe mit deiner Tante ins Tattoostudio. Ich glaube, sie lässt sich eine Giraffe stechen.«

Sie ging nach draußen, ihren Blumenstrauß fest in der Hand.

»Machst du Witze? Obwohl, warum hinterfrage ich das überhaupt? Bei Agatha überrascht mich gar nichts mehr. Lässt du dir auch eine Tätowierung machen?«

»Ich glaube nicht, dass ich für etwas Dauerhaftes schon bereit bin, aber Agatha hat mich zu einem Henna-Tattoo überredet. Nach ein paar Wochen ist das wieder verschwunden.«

»Du bist ein ganz schlechter Einfluss auf meine Tante«, sagte Aidan und schloss die Tür hinter ihnen.

»Ich würde sagen, es ist eher umgekehrt. Vergessen wir nicht, dass sie diejenige war, die mir einen Vibrator in die Hand gedrückt und mich damit zu einer Verabredung mit ihrem Neffen geschickt hat.«

Aidan lachte. »Sie ist schon eine Marke. Wir müssen uns immer noch überlegen, wie wir uns für ihre Einmischung an ihr rächen.«

»Ach, ich bin sicher, da fällt uns etwas ein.«

Aidan nahm ihre Hand und sie blickte zu ihm auf. »Ich will nicht, dass du stürzt, hier gibt es ziemlich viele Schlaglöcher und es ist dunkel.«

»Das stimmt, wer sollte dir sonst mit den vielen Beeren beim Ernten helfen?«

»Genau, und beim Nackttanzen!«

Sie schmunzelte. »Dabei auch.«

»Du willst dich morgen Nachmittag bestimmt ein bisschen hinlegen«, sagte Aidan.

Lachend sah sie zu ihm auf. »Ich glaube, einen Mittagsschlaf habe ich zuletzt als Kleinkind gemacht.«

»Vertrau mir, du wirst garantiert einen brauchen. Wir arbeiten von Mitternacht bis morgens um vier.«

»Legst du dich hin?«

»Ich liebe Mittagsschlaf. Normalerweise habe ich kaum Gelegenheit dazu, aber zu dieser Jahreszeit ist es praktisch ein Muss. Ich kann nicht den ganzen Tag und dann auch noch die ganze Nacht über arbeiten. Mittagsschlaf ist was Tolles, du solltest es mal ausprobieren.« Er hielt kurz inne. »Noch besser ist er zu zweit.«

Ihre Wangen brannten, und sie war dankbar, dass die Dunkelheit das verbarg. Schlug er vor, dass sie sich gemeinsam mit ihm hinlegte? Gütiger Himmel, diese Flirterei war das reinste Minenfeld. Bei Luc hatte sie sich um so etwas überhaupt keine Gedanken machen müssen, schließlich hatte er sie umworben. Sie war nicht verrückt danach gewesen, etwas mit ihm anzufangen, er hingegen hatte das als Herausforderung gesehen. Bei Aidan wollte sie es selbst, und mit diesen Gefühlen kannte sie sich nicht aus, genauso wenig damit, was zum Umwerben dazugehörte. Sollte sie sich morgen mit ihm hinlegen? Es sei denn, er hatte das damit gar nicht andeuten wollen und es war nur eine allgemeine Bemerkung gewesen. Dann schlich sich ein anderer entsetzlicher Gedanke in ihren Kopf. Was, wenn er das mit allen Erntehelferinnen tat, die im Blossom Cottage wohnten? Dass er mit ihnen flirtete, sich mit ihnen hinlegte, mit ihnen schlief?

»Machst du mit allen deinen Erntehelferinnen Mittagsschlaf?«, platzte Tori heraus.

Aidan lachte. »Letztes Jahr hat mir ein sechzigjähriger, bärtiger Mann namens Jim mit den Heartberrys geholfen. Jim war definitiv nicht mein Typ.«

»War der Bart zu kratzig für dich?«

»So was in der Art, ja. Und im Jahr davor war es ein Schweizer namens Stefan. Ich war ganz sicher nicht sein Typ. Nach der ersten Woche kam sein Freund her und … ihre sexuellen Abenteuer waren im ganzen Dorf Gesprächsstoff. Entweder hatten die beiden sehr viel Sex im Freien oder ihnen gefiel es, erwischt zu werden. Im Jahr zuvor war es eine nette Frau namens Annie.«

»Hast du mit ihr Mittagsschlaf gemacht?«

»Sie war ein großer Fan von Nickerchen. Ein paar Mal habe ich sie im Blossom Cottage im Sessel schlafend vorgefunden. Allerdings haben wir uns nicht zusammen hingelegt. Sie war neunundsechzig. Das Alter weiß ich deshalb genau, weil sie hier ihren Geburtstag gefeiert hat und nicht wollte, dass jemand denkt, sie wäre siebzig. Sie war mir ein winziges bisschen zu alt. Und ich habe nicht vorgeschlagen, dass wir uns gemeinsam hinlegen, ich habe lediglich gesagt, dass ein Mittagsschlaf zu zweit immer schöner ist.«

»Ach so.«

Eine Weile gingen sie schweigend nebeneinander her, umgeben von der Dunkelheit.

»Es sei denn, du möchtest das«, meldete sich Aidan zu Wort.

Sie schluckte.

»Was möchte ich?« Sie brauchte erst Bestätigung, wozu sie hier ihre Zustimmung gab, bevor sie sich womöglich wieder lächerlich machte.

Aidan antwortete nicht sofort, sondern erst nach einem Moment.

»Dich mit mir hinlegen.«

Oh Gott. Plötzlich wünschte sie sich das mehr als alles andere auf der Welt. Aber meinte er mit »hinlegen« wirklich, dass sie einfach nur im selben Bett schlafen würden, oder war es eine Anspielung auf Sex? Sollte sie im Schlafanzug auftauchen oder in Leder gekleidet und mit einer Kollektion an Sexspielzeugen? Bei dieser Vorstellung musste sie amüsiert schnauben. Beim Sex war sie bisher nie besonders experimentierfreudig gewesen, und das wollte sie auch nicht ändern. Klar, es gefiel ihr, wenn es mehr als nur nett war, aber auf verrückte Sachen hatte sie eigentlich keine Lust. Aber was, wenn Aidan darauf stand? Den Vibrator hatte er sofort erkannt. Sie war eindeutig nicht auf eine neue Beziehung vorbereitet. Die ganze Sache machte ihr einfach Angst – flirten, Mittagsschläfchen, küssen und wieder Sex haben. Sie hatte Angst davor, wieder Liebeskummer zu riskieren, trotz ihrer allerbesten Vorsätze, es nicht wieder dazu kommen zu lassen. Dabei wurde sie das Gefühl nicht los, dass etwas zwischen ihr und Aidan … mehr werden würde. Und das wollte sie eigentlich nicht.

Sie bemerkte, dass sie viel zu lange für ihre Antwort brauchte, weil ihr alberner Kopf alles tausend Mal durchdachte. Sie öffnete den Mund, allerdings wusste sie immer noch nicht, was sie sagen wollte. Aidan kam ihr zuvor.

»Ignorier mein Angebot. Das war vollkommen unangemessen. Sich mit jemandem gemeinsam hinlegen, das macht man nur mit besonderen Menschen. Nicht mit jemandem, zu dem man nicht mal eine Beziehung hat.«

»Es gibt Regeln dafür, mit wem man sich hinlegt?«

»Aber ja, das sind die unterschiedlichen Stadien einer Beziehung. Es ist wie beim Obst, da gibt es die vier Stadien des Beerenwachstums. Man hat die Knospenphase, wo alles wundervoll und aufregend ist – das ist das Händchenhalten, das sind die flirtenden Gespräche, die liebevollen Blicke, die Phase einer Beziehung, in der man den Ellbogen des anderen bewundert. Dann wird aus der Knospe eine hübsche, duftende Blüte. Das ist die Phase von Küssen und leidenschaftlichem Sex, und einige Paare gehen nie darüber hinaus. Mit den Beeren ist es genauso. Manchmal produziert die Blüte nie eine Frucht, sie verwelkt einfach und stirbt ab.«

»Und in welcher Phase findet der Mittagsschlaf statt? In Phase zwei?«

»Nein, noch nicht. Phase drei ist das schwierige Stadium, wo die Blüte zu einer Beere wird. Die Beere ist eine Weile lang klein und hart und manche werden auch nicht größer. In dieser Phase versuchen die Paare, dass ihre Beziehung funktioniert, über den Sex und das Küssen hinaus, um zu sehen, ob sie etwas haben, wofür es sich zu kämpfen lohnt. Einige von ihnen haben das nicht. Manchmal ist die Beere voll entwickelt, aber sie schmeckt bitter. Das sind die Paare, die es beinahe schaffen, die fast bis zum Altar kommen, aber dann taucht einer von ihnen nicht

148

auf. Und in Phase vier ist die Beere erntereif, eine große, dicke, saftige Beere, die in jederlei Hinsicht perfekt ist. Das sind die Beziehungen, die anhalten, die mit einem Happy End. Aber ehrlich gesagt, ich bin mir nicht sicher, ob es die überhaupt gibt.«

»Ja, ich auch nicht. Also, an welcher Stelle kommt der Mittagsschlaf dazu?«

»In Phase vier, denke ich. In der Phase des perfekten Glücks.«

Tori dachte darüber nach und fand dann, dass er recht hatte. Mit jemandem im Bett zu kuscheln war viel intimer als Sex. Kein Wunder, dass die Vorstellung ihr Angst gemacht hatte. Sie wusste, es hatte eine tiefergehende Bedeutung.

Sie erreichten das Cottage und Aidan brachte sie bis zur Tür.

»Geh hinein, ich warte hier, bis du das Licht eingeschaltet hast«, sagte er.

Sie schloss auf und ließ die Tür offen, damit der Mondschein ins Wohnzimmer fiel. Sie fand den Lichtschalter und legte ihn um. Beast schlief wieder auf dem Sofa. Dann ging sie zurück zu Aidan nach draußen. Was wurde jetzt von ihr erwartet? Sollte sie ihn auf einen Kaffee hereinbitten?

»Danke für den heutigen Abend, ich hatte viel Spaß«, sagte Tori.

»Ich auch.«

Er wartete einen Moment auf ihrer Schwelle, dann neigte er den Kopf und drückte seine warmen Lippen auf ihre Wange. »Gute Nacht, Tori.«

Mit diesen Worten drehte er sich um und ging, verschwand in der Dunkelheit. Sie berührte ihre Wange, wo sein Kuss immer noch prickelte.

Dann ging sie ins Haus, schloss die Tür hinter sich und lehnte sich dagegen. Ein Lächeln breitete sich über ihr Gesicht, denn wie es aussah, hatte Aidan Jackson sie gerade in Phase zwei katapultiert.

KAPITEL 11

Tori schlürfte ihren Kamillentee aus einer Porzellantasse und blickte sich lächelnd in der kleinen Oase, Rosies Tattoostudio, um. Hier sah es ganz anders aus, als sie es sich vorgestellt hatte. Sie war von roten Wänden ausgegangen, großen Postern mit Schädeln darauf, Zeichnungen von Schlangen und verschiedenen Tattoobeispielen an der Wand, aber das stimmte alles überhaupt nicht. Der Laden war überwiegend weiß gehalten und an die Wände waren Kirschblüten gemalt, als stände man zwischen lauter Bäumen. Große silber- und goldfarbene Glühwürmchen waren dazwischen getupft, als flögen sie um die Blüten herum. Im Hintergrund spielte sanfte klassische Musik und alle Ideen für Tätowierungen wurden in einem Buch aufbewahrt. Alles war sehr geschmackvoll, und Tori konnte sich überhaupt nicht vorstellen, warum die Einheimischen etwas gegen diesen Laden haben sollten.

Sie fühlte sich müde und dieser ruhige, entspannende Ort war genau das, was sie jetzt brauchte. Sie hatte das Gefühl, sich in einem Wellnessbad zu befinden, als bekäme sie gleich eine Massage und kein Furcht einflößendes Tattoo auf den Rücken.

Sie blickte hinüber zu Eva, Rosies Frau, die sich auf einen Sessel gekuschelt hatte und ein Buch las. »Ihr habt hier einen wunderschönen Laden.«

Lächelnd sah Eva auf. »Danke. Er entspricht Rosie, alles ist so mädchenhaft und lieblich. Ich muss sagen, mir gefällt er auch, aber verrate ihr das nicht.«

Es war offensichtlich, wie sehr Eva ihre Frau liebte.

Tori sah sich gähnend um. Sie war wirklich müde. Nachdem sie am Vorabend ins Cottage zurückgekehrt war, waren ihre Gedanken mit Aidan und ihrem Beinahe-ersten-Kuss beschäftigt gewesen. Da sie wusste, dass sie sowieso nicht würde schlafen können, hatte sie stundenlang verschiedene Heartberry-Figuren gezeichnet, damit Aidan sich eine davon aussuchen konnte, und sogar schon ein Skript und ein grobes Storyboard für den Film entworfen. Aus irgendeinem Grund freute sie sich auf dieses Projekt. Manchmal passierte es, dass ein Unternehmen mit einer Idee für einen Film zu ihr kam, und sie das so sehr inspirierte, dass sie rund um die Uhr arbeitete. Gegen vier Uhr morgens war sie schließlich ins Bett gekrochen, daher freute sie sich definitiv auf ihren Mittagsschlaf später.

Sie blätterte durch ein Buch mit Tattooideen von Rosie und versuchte, sich vorzustellen, wofür sie sich entscheiden würde, sollte sie an etwas Dauerhaftem interessiert sein. Rosie war sehr talentiert. Ihre Designs waren filigran und neben den üblichen, die Tori erwartet hatte, waren auch viele einzigartige und sehr kreative dabei. Zum Beispiel war das Buch gefüllt mit wunderschönen Disney-Tattoos und aufwendigen Harry-Potter-Motiven.

Sie blickte zum Fenster hinaus, wo überall im Hof kleine Meerglasscherben aufgehängt waren und in der sanften Brise hin und her schwangen und glänzten.

Sie brauchte das heute. Morgen war Matthews Geburtstag, und sie hatte viel an ihn gedacht, seit sie hergekommen war.

Vor einem Jahr hatte er noch gelebt, gelacht, gelächelt, voller Leben und ohne die geringste Vorahnung, dass sein Leben drei Wochen später abrupt und plötzlich beendet würde. An seinem Geburtstag hatten sie geskypt. Das ging nicht oft, Matthews WLAN-Verbindung war ziemlich schlecht gewesen, aber ab und zu klappte es schon. Sie hatte ihm einen Kuchen mit dem Millennium Falcon darauf geschickt, weil er »Star Wars« liebte, und sie hatte seine Reaktion darauf sehen wollen. Beim Öffnen der Schachtel hatte er laut gelacht und den Kuchen als den besten aller Zeiten gelobt.

Gott, wie sie die Gespräche mit ihm vermisste.

Sie hatte darüber nachgedacht, während ihres Aufenthalts hier sein Grab zu besuchen, aber was sollte sie schon zu einem Grabstein sagen? Dieser Stein war kein Abbild von ihm – er war immer so voller Energie, Lachen und Glück gewesen. Und der Grabstein würde ihr auch keine Antworten geben.

Sie hatte das Bedürfnis, seinen Geburtstag irgendwie zu feiern, obwohl sie nicht die geringste Ahnung hatte, wie. Und jedes Mal, wenn sie an ihn dachte, tat es weh, daher war sie dankbar für die Ablenkung im Tattoostudio mit Agatha.

Agatha hatte sich für die Silhouette einer Giraffe vor der untergehenden Sonne entschieden und bekam das seit zwei Stunden hinter einem Vorhang auf die Schulter tätowiert. Kleine, aufgeregte Jauchzer, manchmal aus Schmerz, aber überwiegend aus Freude, drangen zu Tori heraus, und sie freute sich, dass Agatha offensichtlich Spaß an der Sache hatte. Trotz ihrer ständigen Einmischerei hatte Tori Agatha sehr gern.

Das summende Geräusch verstummte, und sie hörte Rosie sagen, sie werde jetzt einen Spiegel holen, damit Agatha das fertige Tattoo richtig betrachten konnte. Einige Momente später hörte Tori ein begeistertes Aufjuchzen.

»Oh, Rosie, meine Liebe, das ist wundervoll. Ich habe noch nie etwas so Schönes gesehen. Zeigen wir es Tori.«

Der Vorhang wurde zurückgezogen und Agatha sprang vom Stuhl und hielt Tori ihren Arm hin.

»Oh wow, das ist toll«, stimmte Tori ihr zu. Die Giraffe war zwar nur knapp acht Zentimeter groß, aber so detailliert, dass man jeden Muskel an ihrem Körper und das Fell auf ihrem Kopf erkennen konnte. »Rosie, du hast eine wunderbare Gabe.«

»Jetzt bist du dran«, erinnerte Agatha sie und stupste sie in Richtung Stuhl.

»Für ein Henna-Tattoo, kein echtes«, stellte Tori noch einmal klar und Rosie nickte.

»Agatha sagt, sie hat dir ein Motiv ausgesucht, stimmt das?«

Tori seufzte. Sie wusste nicht, was Agatha geplant hatte, aber sie hatte schließlich zugestimmt, dass sie es aussuchen durfte. Sie trug ein rückenloses Top, damit die Farbe trocknen konnte, ohne zu verschmieren, aber ab morgen konnte sie das Tattoo unter ihrer normalen Kleidung verstecken und niemand würde es zu sehen bekommen, bevor es wieder verschwand, daher war es eigentlich auch egal.

»Ich hätte gern etwas mit diesen wunderschönen Blumen«, versuchte Tori ihr Glück.

Agatha schüttelte den Kopf. »In deinem Motiv kommen keine Blumen vor.«

»Bestimmt können wir trotzdem welche einbauen«, erwiderte Rosie, die sich um einen Kompromiss zu bemühen schien. »Zeig mir erst mal das Motiv.«

Agatha fischte es aus ihrer Tasche und versuchte, es diskret an Rosie weiterzugeben, damit Tori es nicht sah.

Rosie machte große Augen und wandte sich dann an Tori. »Bist du dir sicher?«

»Warum, was ist es denn?«, wollte Tori wissen.

»Du hast zugestimmt, dass ich es aussuchen darf«, rief Agatha ihr in Erinnerung.

Tori blickte zu Rosie. »Es ist schon in Ordnung, was auch immer es ist. In zwei bis drei Wochen hat es sich sowieso abgewaschen, richtig?«

»Manchmal sogar schon schneller, je nachdem, wie fettig deine Haut ist. Wohin soll ich es zeichnen?«

»Auf meinen oberen Rücken.«

»Perfekt«, antwortete Rosie. »Dort wird es niemand sehen.«

Das erfüllte Tori nicht gerade mit Zuversicht.

»Setz dich doch schon mal auf den Stuhl, ja? Am besten rittlings, mit dem Rücken zu mir. Ich decke nur rasch Agathas Tattoo zum Schutz ab.«

Tori tat wie geheißen und hörte, wie Rosie Agatha erklärte, dass sie den Verband in einigen Stunden abnehmen und wie sie die Tätowierung reinigen sollte.

Dann kam Rosie zurück und zog ein Paar Handschuhe über. »Falls es dir wirklich nicht gefällt, komm morgen oder in einigen Tagen wieder her und ich male dir ein paar Blumen über die Stellen, die du ... äh ... nicht magst. Dafür berechne ich dir auch nichts.«

»Wird es mir wirklich nicht gefallen?«, erkundigte sich Tori leise. Sie wollte Agatha nicht beleidigen, indem sie den Entwurf ablehnte, mit dem sie sich so viel Mühe gegeben hatte.

»Es ist ... ein wenig gewöhnungsbedürftig, würde ich sagen«, entgegnete Rosie diplomatisch.

Tori fiel ein, was Leo über das Eingehen von Risiken gesagt hatte. Das hier war nicht mal ein großes, und irgendwo musste sie schließlich anfangen.

»Es ist schon okay. Was auch immer es ist, es ist nicht das Ende der Welt«, beschloss Tori.

»In Ordnung«, erwiderte Rosie.

Einige Sekunden später fühlte Tori, wie die kühle Farbe über ihrer Wirbelsäule auf die Haut aufgebracht wurde. Sie zuckte zusammen und hätte am liebsten ihre Meinung geändert. Doch sie hielt den Mund – wie schlimm konnte es schon sein?

* * *

»Was meinst du damit, ich kann es nicht sehen?«, fragte Tori und verrenkte sich beinahe den Hals, um sich über die Schulter zu spähen.

»Du musst es erst trocknen lassen«, behauptete Agatha, die mit einem pinkfarbenen Stecker in der Nase hinter dem Vorhang aufgetaucht war. »Es wird einige Stunden lang verkrustet sein, und dann siehst du es nicht im Bestzustand.«

Tori blickte hinüber zu Rosie, um zu sehen, ob die hoffentlich eine andere Antwort hätte, doch Rosie nickte.

»Agatha hat recht. Lass es trocknen, dann reibst du die Kruste mit einem Handtuch ab und kannst duschen, um die restliche Farbe abzuspülen. Anfangs wird sie ein dunkles Orange sein, aber während der nächsten ein bis zwei Tage wandelt sie sich zu Dunkelbraun und Schwarz. Und es stimmt, man erkennt es erst am besten, wenn das ganze überflüssige Henna abgespült wurde.«

Eva kam herum, um einen Blick auf Toris Tattoo zu werfen.

»Oh Rosie, das ist umwerfend!«, rief sie stolz aus. »Du bist so talentiert bei diesen Dingen. Es ist wunderschön.«

»Wirklich? Es ist wunderschön?«, hakte Tori nach.

»Ja«, bestätigte Eva, und Tori seufzte erleichtert auf. Sie hätte nicht an Agatha zweifeln dürfen. »Ich meine, es ist zum Totlachen, aber wunderschön.«

»Wie meinst du das, zum Totlachen?«

»Nun ja …« Eva deutete auf das Tattoo. »Nicht zum Totlachen. Nur …« Da ihr ganz offensichtlich nichts einfiel, womit sie es beschreiben konnte, entschloss sie sich zu einem Themenwechsel. »Was hältst du von Agathas Nasenstecker?«

155

»Der sieht toll aus«, antwortete Tori, weil er wirklich gut zu Agatha passte.

Dann konzentrierte sie sich wieder auf das wichtigere Thema. Wie konnte das Tattoo gleichzeitig wunderschön und zum Totlachen sein? Sie grübelte darüber nach, was es wohl sein konnte.

»Könnt ihr mir nicht wenigstens einen kleinen Hinweis geben?«, bat sie.

»Nein«, schritt Agatha schnell ein, bevor Rosie oder Eva antworten konnten. »Verderbt nicht die Überraschung.«

Tori seufzte, aber wie schlimm konnte es schon sein?

»Was bin ich dir schuldig?«, wollte Tori von Rosie wissen.

Rosie schüttelte den Kopf. »Wenn es dir gefällt, kommst du wieder her und bezahlst mich, und falls nicht, dann ändere ich es für dich ab.«

»Okay, danke«, erwiderte Tori. Beim Blick auf ihre Uhr wurde ihr bewusst, dass sie in wenigen Minuten mit Melody und Isla zum Mittagessen verabredet war. »Oh, ich muss los.«

»Danke für deine Begleitung«, sagte Agatha.

Tori lächelte. »Ich will nicht sagen, dass es mir ein Vergnügen war, weil ich die ganze Angelegenheit ein wenig traumatisch fand, erst recht, weil ich nicht genau weiß, was auf meinen Rücken gemalt wurde. Aber ich versuche, ab und zu auch mal meine Komfortzone zu verlassen, daher war das sicher eine gute Erfahrung für mich. Aber ich hebe mir meinen Dank auf, bis ich das Tattoo gesehen habe.«

Agatha grinste. »Du wirst es lieben. Aidan auch, denke ich.«

»Wie schade, dass er es nicht zu sehen bekommen wird. Ich habe es dir bereits gesagt, zwischen uns wird nichts passieren.«

»Trotzdem kannst du es ihm zeigen. Du musst dafür ja nicht unbedingt deine Unterwäsche ausziehen und mit ihm ins Bett springen, es ist ja auf deinem Rücken«, gab Agatha zu bedenken.

Tori verdrehte die Augen und schüttelte lächelnd den Kopf. »Bis später.«

Sie legte sich einen Schal locker um die Schultern, damit niemand das Tattoo sehen würde, falls es doch etwas Verrücktes war. Vielleicht würde sie Melody und Isla fragen, um was es sich handelte, sobald sie außerhalb von Agathas Sichtweite und ihren strengen Regeln war. Obwohl, wenn es sich wirklich um etwas Peinliches handelte, war es vielleicht besser, wenn sie es niemandem zeigte. Sie bedankte sich bei Rosie, verließ den Laden und ging geradewegs hinüber zu Melodys Geschäft, in dem es aus allen Ecken zu glitzern und zu funkeln schien, weil überall die wunderschönen Schmuckstücke präsentiert wurden, die Melody gefertigt hatte.

Isla und Elliot waren bereits da. Elliot probierte gerade eine wunderschöne Tiara mit Diamanten und Saphiren auf und kicherte darüber, dass er jetzt ein König war und sich alle vor ihm verneigen sollten.

Sofort machte Tori eine tiefe Verbeugung.

»Eure Majestät. Wie kann ich Euch dienen?«

Elliot brach in Gelächter aus.

Sie beobachtete ihn, wie er verschiedene viel zu große Ringe anprobierte, und obwohl an einem ein Preisschild von mehreren hundert Pfund hing, schien es Melody überhaupt nichts auszumachen. Isla sah ihm mit absoluter Hingabe im Blick zu. Elliot war niedlich, keck, liebenswert und schien in allem etwas Schönes entdecken zu können. Genau wie sein Dad. Es war ein so merkwürdiger Gedanke: Wenn sie mit Matthew das Risiko einer Beziehung eingegangen und daraus etwas Ernstes, vielleicht sogar eine Ehe geworden wäre, dann wäre sie Elliots Stiefmutter geworden. Diese Aussicht hatte sie nicht abgeschreckt, als sie ihre Art von Beziehung mit Matthew geführt hatte, aber im Nachhinein fragte sie sich, was für eine Mutter sie für diesen kleinen Jungen geworden wäre? Sie bezweifelte, dass sie das so gut gemacht hätte wie Isla.

»Morgen ist der Geburtstag von Daddy«, erklärte ihr Elliot fröhlich und unerwartet. Die Erwähnung von Matthew traf Tori wie ein Schlag in den Magen. »Wir feiern eine Party mit einem großen Kuchen, und anschließend besuchen wir Daddys Grab. Isla hat gesagt, ich darf ihm Kuchen mitnehmen. Ich kann zwar welchen davon essen, aber wir lassen Daddy auch ein Stück übrig, auch wenn er ihn nicht essen kann. Vielleicht sieht er ihn jedoch und freut sich, dass wir an ihn gedacht haben. Heute Nachmittag backen wir ihn und dann setzen wir ein Bild von Millennium Falcon darauf, weil Daddy ›Star Wars‹ geliebt hat. Außerdem hatte er letztes Jahr einen Kuchen mit dem Millennium Falcon drauf, der hat ihm sehr gefallen, daher möchte ich das auch für dieses Jahr. Obwohl Isla mir erklärt hat, dass sie nicht besonders gut zeichnen kann, daher wird es vielleicht nicht wirklich aussehen wie ein Raumschiff, aber wir wollen es versuchen. Kommst du auch mit uns zum Grab?«

»Ich, äh …«, stotterte Tori, weil sie sich nicht sicher war. Sie hatte das Gefühl, sich nie richtig von Matthew verabschiedet zu haben, aber sie konnte doch nicht wirklich gemeinsam mit Isla und Melody ans Grab gehen, oder? Was, wenn sie dort in Tränen ausbrach, dann würden die beiden wissen wollen, warum. Aber vielleicht sollte sie mitgehen. Vielleicht würde es einfacher sein, wenn sie in Gesellschaft ihrer Freundinnen war.

»Du bist Daddys Freundin, du solltest mitkommen«, wiederholte Elliot.

Oh Gott.

»Ja, Matthew war mein Freund«, antwortete Tori vorsichtig.

»Du solltest sogar zu der Party kommen«, mischte sich Isla ein. »Ihr standet euch nah.«

Tori schluckte. Wusste Isla Bescheid? Eine Party war womöglich einfacher als ein Besuch am Grab.

»Gern. Und wisst ihr was, meine Zeichenkünste sind gar nicht so schlecht, ich könnte euch mit dem Millennium Falcon für den Kuchen helfen«, bot sie Elliot an. »Ihr könntet den Kuchen backen und ich zeichne den Millennium Falcon auf einen Tortenaufsatz und bringe ihn mit.«

»Prima!«, rief Elliot. »Das würde Daddy gefallen. Er hatte dich sehr gern. Er würde es schön finden, wenn du morgen dabei bist.«

Oh Mist. Sie würde gleich von einem niedlichen Fünfjährigen geoutet werden, und es gab nichts, was sie dagegen tun konnte. Sie musste ganz schnell das Thema wechseln.

»Sie haben jeden Tag telefoniert«, fuhr Elliot fort. »Er hat sich gern mit ihr unterhalten. Danach hat er immer gelächelt.«

»Oh nein, Schatz, ich glaube, da verwechselst du Tori mit jemandem«, mischte sich Melody ein, während Isla Tori genau beobachtete.

»Nein, ich verwechsle das nicht«, beharrte Elliot wütend. »Er hat sie geliebt, das hat er mir gesagt.«

Tori wurde vor lauter Emotionen die Kehle eng und ihr wundes Herz pochte wie wild in ihrer Brust. Sie war sprachlos. Matthew und sie hatten einander nie diese Worte gesagt. Er war gestorben, bevor sie den Mut gefasst hatte, ihm ihre Gefühle zu gestehen. Stattdessen hatte sie ihn weggestoßen, weil sie Angst davor gehabt hatte, was er in ihr auslöste. Alle diese Monate mit unzähligen Telefonaten, und sie hatte trotzdem zu viel Angst gehabt, um ihre Beziehung von einer wunderbaren Freundschaft zu mehr werden zu lassen. Ein wundervolles Wochenende war alles, was sie vorweisen konnten, und das ließ die Sache viel unverbindlicher wirken, als sie tatsächlich gewesen war.

»Ich glaube, du hast da etwas missverstanden«, versuchte es Melody erneut.

»Nein, das habe ich nicht«, erwiderte Elliot, der jetzt ganz offensichtlich sauer wurde.

159

»Nein, das hat er nicht«, bestätigte Tori leise. »Ich weiß nichts über den Teil mit der Liebe, weil wir uns das nie gesagt haben, obwohl ich weiß, dass ich Matthew geliebt habe. Mit dem Rest hat Elliot aber recht. Wir haben vier Monate lang vor seinem Tod jeden Tag telefoniert.«

Isla nickte. »Das hat Elliot mir heute Morgen erzählt, als wir über dich gesprochen haben. Nach dem, was Leo neulich im Pub gesagt hat, dachte ich mir schon, dass zwischen euch irgendwas gewesen ist. Obwohl ich nicht wusste, was genau.«

Melody starrte sie an. »Ihr wart immer gute Freunde. Ging es darüber hinaus?«

Tori nickte. Ihr gefiel überhaupt nicht, dass sie ihren Freundinnen von dem Wochenende erzählen musste, über das sowohl Matthew als auch sie die beiden belogen hatten.

Sie schluckte nervös. Sie hatte nie gewollt, dass Isla und Melody es auf diese Weise erfuhren. »Er war der Erste, mit dem ich …« Sie blickte zu Elliot. »Eine Pyjamaparty veranstaltet habe.«

Ihre Freundinnen rissen die Augen auf.

»Als wir achtzehn waren. Danach ist viele Jahre lang nichts mehr passiert, er war im Ausland, aber einige Monate vor seinem Tod hatten wir … noch eine Pyjamaparty.«

Tori blickte hinüber zu Melody und fragte sich, ob sie wohl sauer oder wütend sein würde. Ihre Freundin traurig zu machen, war das Allerletzte, was sie wollte. Obwohl es schien, als wüsste Melody auch nicht so recht, wie sie reagieren sollte. Sie starrte Tori an, als hätte sie sie noch nie zuvor gesehen.

»Du hast mir nie etwas davon erzählt«, stellte sie dann leise fest.

»Es tut mir leid.«

Tori wünschte sich eine Chance, alles zu erklären, Melody alles zu erzählen, aber die Worte blieben ihr im Halse stecken.

Schließlich brachte sie etwas heraus. »Wollen wir zum Essen gehen? Ich verspreche, euch alles zu erzählen.«

Isla nickte und Melody schließlich auch.

»Ich will auch alles hören«, meldete sich Elliot zu Wort, der nicht ausgeschlossen werden wollte.

»Versprochen.«

Kapitel 12

Zufällig »arbeitete« gerade Marigold, Emilys Tochter und Elliots beste Freundin, hinter der Theke, und sobald sie das Cherry on Top betreten hatten, wollte Elliot auch mithelfen. Deshalb stand er jetzt hinter dem Tresen, trug eine Schürze und aß kichernd einige Plätzchen. Manchmal ließ Emily die Kinder Essen zu den Tischen tragen, aber weiter reichte ihre Hilfe eigentlich nicht.

»Ich kann nicht glauben, dass du mir das nie erzählt hast«, stellte Melody traurig fest, nachdem Tori alles über ihre Beziehung zu Matthew erklärt hatte.

»Es tut mir so leid, ich wollte dich nie verletzen oder hintergehen. Ich wusste einfach nicht, wie du darauf reagieren würdest, und wollte dich nicht verärgern. Als wir das erste Mal miteinander geschlafen hatten, war es dieses wunderbare kleine Geheimnis nur zwischen Matthew und mir. Er stand kurz davor, nach Amerika zu gehen, daher war klar, dass nichts weiter passieren würde. Und als wir später unsere Telefonate begannen, wusste ich nicht, was daraus werden würde, nur dass ich ihn wirklich sehr gern hatte. Als er mich an dem Wochenende besuchen kam, hatte ich keine Ahnung, dass er euch darüber belogen hatte, wo er hinging, erst, nachdem er es mir erzählte. Daraufhin wollte ich euch nicht die Wahrheit sagen und ihn als Lügner dastehen lassen, damit hätte ich euch alle verletzt. Es schien ja nur eine harmlose kleine Lüge zu sein. Ich konnte euch nicht erzählen, dass wir miteinander geschlafen hatten, wo er doch eigentlich beruflich in Paris sein sollte. Es tut mir wirklich leid.«

Melody schwieg und Tori hatte nicht die geringste Idee, wie sie die Situation verbessern konnte.

»Wir haben alle unsere Geheimnisse«, sagte Isla in diesem Moment und wandte sich an Melody. »Du warst auch nicht gerade offen im Hinblick auf deine Gefühle für Jamie. Und meine … *Freundschaft* mit Leo ist mehr als kompliziert, und darüber möchte ich definitiv auch nicht sprechen. Manchmal gehört die Geheimniskrämerei zu den schönsten Aspekten einer aufkeimenden Beziehung, und eine Einmischung von anderen, selbst wenn sie gut gemeint ist, kann alles verändern oder ruinieren, bevor es überhaupt richtig angefangen hat. Tori, ich mache dir keine Vorwürfe, dass du niemandem etwas erzählt hast. Ich habe Matthew während der letzten Monate seines Lebens ziemlich regelmäßig gesehen und gesprochen, und er war sehr glücklich. Falls du etwas damit zu tun hattest, dann schulde ich dir mehr Dank als alles andere. Es war schön, ihn wieder lächeln zu sehen.«

»Isla hat recht«, meldete sich Melody zu Wort. »Ich finde es schön, dass aus deiner Freundschaft zu Matthew mehr geworden ist. Ihr habt einander glücklich gemacht, und das ist alles, was wir uns von einer Beziehung wünschen. Aber ich bin auch unglaublich traurig für dich. Du hast nicht mehr erlebt, dass die Beziehung zu mehr führte, und ihr habt euch nie eingestanden, was ihr füreinander fühlt.«

»Ich fühle mich so schuldig, weil ich Schluss gemacht habe, kurz bevor er gestorben ist. Ich habe ihm wehgetan und nie mehr die Gelegenheit bekommen, das wiedergutzumachen, ihm zu sagen, was ich wirklich empfand.«

163

»Matthew war in dich vernarrt, das konnte man sehen. Als wir Kinder waren, standet ihr euch so nah, da ist es nur natürlich, dass diese Nähe sich weiterentwickelte«, fand Isla. »Du hast dich bei ihm sicher gefühlt, und er wusste über deinen Dad Bescheid und wie sehr es dich belastet hat, dass er euch verlassen hat. Er wusste von Luc und wie viel Angst du davor hattest, wieder eine Beziehung einzugehen. Er hätte ein wenig mehr Geduld mit dir haben sollen. Falls du ihn geliebt hast, hat er das garantiert gewusst oder zumindest geahnt, und ich nehme an, das war der Grund für seinen Frust, als du dich zurückgezogen hast. Aber wie ich Matthew kannte, hätte er dich, wenn er dich wirklich geliebt hat, wie Elliot sagt, nicht kampflos aufgegeben. Ich habe am Vorabend seines Todes mit ihm telefoniert. Er hatte vor, am Wochenende darauf nach London zu kommen, um uns zu besuchen. Ich nehme an, das hatte mit dir zu tun. Ich glaube nicht, dass er bei seinem Tod noch sauer auf dich war. Er hat dich geliebt, und so etwas schaltet man nicht einfach aus.«

»Hoffentlich hast du damit recht. Vielleicht hätte es zwischen uns gar nicht funktioniert, wenn ich diesen Schritt gewagt hätte. Möglicherweise hätten unsere Gewohnheiten den anderen in den Wahnsinn getrieben, sobald wir zusammen gewesen wären. Womöglich hätte er meinen Ordnungsfimmel gehasst, oder wie viel Aufmerksamkeit ich meinen Knetfiguren schenke, und dass ich es nicht ertragen kann, wenn seine Schuhe herumliegen. Aber ja, ich werde mich immer fragen, was hätte sein können. Ich werde immer bedauern, was wir nicht getan haben.«

»Wenn das nicht ein eindeutiger Wink mit dem Zaunpfahl ist, alle Gelegenheiten beim Schopfe zu packen, dann weiß ich auch nicht«, erwiderte Melody.

»Ich weiß. Das Gleiche hat Leo auch gesagt. Er meinte, es wird nie einen sicheren Pfad geben. Und damit hat er recht.

Wir können immer das Richtige essen, keinen Alkohol trinken, nicht rauchen und keine Drogen nehmen, niemals mit einem Flugzeug fliegen, damit wir nicht womöglich abstürzen, und trotzdem können wir eines Tages vom Bus überfahren werden oder an einer schrecklichen Krankheit sterben. Wir leben unser Leben vielleicht ohne jedes Risiko, stoßen die Liebe weg, damit wir nicht verletzt werden, aber am Ende werden wir es doch auf die eine oder andere Weise. Ich hatte Angst vor Schmerz, aber der Verlust von Matthew hat mir mehr wehgetan, als es jede zerbrochene Beziehung je gekonnt hätte. Vielleicht ist es an der Zeit, das Leben ein wenig mehr zu genießen, ein paar Risiken einzugehen und meine Komfortzone zu verlassen.«

»Dieser Leo ist ein kluger Mann«, stellte Isla lächelnd fest. Tori nickte. »Das ist er wirklich.«

»Wir veranstalten morgen eine kleine Gedenkfeier«, sagte Melody. »Nur wir und einige von Matthews Freunden. Es war Leos Idee. Statt Matthews Todestag zu betonen, haben wir uns dafür entschieden, seinen Geburtstag zu feiern. Du solltest auch kommen.«

»Das würde ich gern.«

Sie schwiegen eine Weile und Tori spielte mit den letzten Krümeln ihres Sandwichs. Dann wandte sie sich an Isla.

»Ich möchte mehr über deine komplizierte Beziehung zu Leo erfahren.«

Melody kicherte und Tori war erleichtert, dass die Anspannung aus dem Gespräch ein wenig nachzulassen schien.

Isla seufzte, blickte hinüber zu Elliot, um sicherzugehen, dass er beschäftigt war, und sah sich dann im Café um, ob auch niemand zuhörte. Da Melody und Tori spürten, dass es wohl um ein großes Geheimnis ging, beugten sie sich vor.

»Okay, da wir hier gerade Geheimnisse austauschen, gebe ich eins von meinen preis. Leo hat mir einen Antrag gemacht.«

»Was?«, platzte Tori heraus. Das hatte sie überhaupt nicht erwartet.

»Was?!« Melody sprang beinahe von ihrem Stuhl auf und klatschte begeistert in die Hände.

Isla verdrehte die Augen. »Ich weiß, es ist lächerlich. Ich habe natürlich abgelehnt.«

»Warum?«, fragte Melody, deren Lächeln verblasste, als deutlich wurde, dass es kein Happy End geben würde.

»Weil er mich aus irgendeiner merkwürdigen Verpflichtung gegenüber Matthew gefragt hat, weil er glaubt, dass Elliot einen Vater braucht, und weil er nicht will, dass ich mir Sorgen um Geld machen muss. Er weiß, dass ich seit Matthews Tod einige … finanzielle Schwierigkeiten hatte. Leo hat mir den Antrag nicht aus Liebe gemacht. Er will sich einfach nur um uns kümmern.«

»Oh, das ist so lieb«, fand Melody, nachdem ein Happy End jetzt doch wieder möglich schien.

»Ich weiß, aber ich werde nicht jemanden wegen finanzieller Unterstützung heiraten.«

»Hat er das wirklich als Grund für seinen Antrag genannt?«, wollte Tori wissen. Leo wirkte zwar nicht wie der große Romantiker, der auf Knien um Islas Hand anhielt und ihr seine Liebe erklärte, aber er musste etwas Schönes gesagt haben, etwas, das seine Gefühle für sie zum Ausdruck brachte.

»Es ist schon einige Monate her, obwohl er mich seither noch ein paar Mal gefragt hat. Aber ja, es gab keinen großen romantischen Antrag, obwohl ich so etwas auch gar nicht bräuchte. Ich war vorbeigekommen, um Elliot abzuholen, der die Nacht bei Leo verbracht hatte. Wir haben zusammen einen Kaffee getrunken, und er hat verkündet, dass er darüber nachgedacht hat und wir heiraten sollten. Ich wusste erst nicht, wie ich darauf reagieren sollte, aber dann habe ich ihn gefragt, warum. Er hat mir gesagt, dass er sich um mich und Elliot kümmern will und nicht möchte, dass ich mir wegen eines Jobs oder um Geld Sorgen machen muss.«

Tori seufzte. Der Mann brauchte ganz dringend einige Nachhilfestunden in Sachen Romantik. Sie hatte gesehen, wie er Isla anschaute. Ganz offensichtlich war da mehr als Freundschaft im Spiel, und sein unromantischer Antrag gründete auf mehr als nur dem Bedürfnis, sich um die beiden zu kümmern.

»Kein Mann würde sein Junggesellenleben aufgeben und eine Frau heiraten, die er nicht liebt, nur um sich um sie zu kümmern. Falls es nur um Fürsorge geht, könnte er dir auch einfach Geld geben. Hier geht es um mehr, als er zugibt«, wandte Tori ein.

»Das sehe ich genauso«, stimmte Melody ihr zu. »Diese Geste ist so süß. Ganz offensichtlich macht er sich viel aus dir.«

»Ich weiß, dass er sich etwas aus mir macht, aber ich brauche keinen Versorger. Elliot und ich kommen zurecht.«

»Aber denk doch nur an all den unglaublichen Sex, den du haben könntest«, neckte Tori sie.

Isla lachte. »Glaub mir, das habe ich, sehr viel sogar. Aber wenn wir nicht aus Liebe heiraten, stünde das dann überhaupt zur Debatte? Oder hätten wir getrennte Schlafzimmer und würden nur als Freunde zusammenleben? Würde er sich weiterhin mit anderen Frauen verabreden und sie mit nach Hause nehmen? Ich glaube, das könnte ich nicht ertragen, es würde mir das Herz brechen. Aber falls wir Sex miteinander hätten, hätte es einen ziemlichen Beigeschmack, wenn ich im Austausch für Geld und ein Dach über dem Kopf mit ihm schlafe, ganz egal, wie umwerfend der Sex wäre. Ich will aus Liebe geheiratet werden und mich nicht mit etwas anderem zufriedengeben.«

»Liebst du ihn denn?«, erkundigte sich Melody.

Isla seufzte. »Ja, nein ... vielleicht. Ich weiß es nicht. Wir sind gute Freunde, vielleicht ist das alles, was wir je sein werden.«

Elliot kam zu ihnen herübergerannt, und damit war das Gespräch vorerst beendet. »Darf ich ein Stück Banoffee-Kuchen haben?«

»Natürlich, sag Emily, dass ich es erlaubt habe.«

Elliot flitzte wieder davon.

»Okay, können wir das Thema wechseln, bevor er zurückkommt?«, bat Isla.

Tori suchte nach einem passenden Thema. Sie entdeckte Mark, der am Nachbartisch ein großes Stück Cremetorte aß, das vermutlich nicht besonders vegan war, oder falls doch, würde es Mindy sicher trotzdem nicht gefallen. Isla hatte recht. Jeder hatte seine Geheimnisse.

»Ich nehme an, ich sollte euch auch mein Geheimnis verraten, obwohl es kein besonders geheimes Geheimnis ist«, sagte Melody. »Ich bin in Jamie Jackson verliebt, und wir reden hier nicht über eine kleine Schwärmerei. Ich meine Hals über Kopf verliebt, sodass ich kaum schlafen oder essen kann, absolut vollkommen in ihn verliebt. Und er ist der Erste, für den ich so etwas fühle.«

Isla beugte sich vor. »Oh, Melody, ich wusste, dass du ihn magst, aber mir war nicht klar, dass du ihn liebst.«

»Deine erste große Liebe?«, erkundigte sich Tori sanft.

»Ja. Tut Liebe immer so weh?«, fragte Melody.

Tori und Isla nickten.

»Dann sollte man sich davon am besten fernhalten«, stellte Melody seufzend fest.

Tori wollte nicht, dass Melody so dachte. Auch wenn sie selbst die Liebe aufgegeben hatte, bedeutete das keinesfalls, dass sie nicht ihre Freunde glücklich verliebt sehen wollte.

»Hast du irgendetwas in dieser Richtung unternommen, hast du ihm gesagt, was du fühlst?«, wollte Tori wissen.

»Ich denke, er weiß es.« Sie bedeckte ihr Gesicht mit den Händen. »Ich habe ihn geküsst.«

Tori machte große Augen und blickte schnell hinüber zu Isla, für die das ganz offensichtlich ebenfalls neu war.

»Wann war das? Hat er den Kuss erwidert? Wie war's?«, fragte Tori und hatte noch tausend weitere Fragen im Kopf.

»Nach Matthews Begräbnis. Ich war am Boden zerstört, bin in den Pub gegangen und habe mich hemmungslos betrunken. Jamie hat sich um mich gekümmert. Ich kannte ihn natürlich. Jedes Mal, wenn ich herkam, um Matthew zu besuchen, waren die Jackson-Brüder bei ihm. Ich habe seit Jahren ein wenig für Jamie geschwärmt. Er ist an diesem Abend im Pub bei mir geblieben, hat dafür gesorgt, dass ich jede Menge Wasser trank und hat mich praktisch ins Hotel zurückgetragen, in dem ich gewohnt habe. Und dort habe ich ihn geküsst. Viel weiß ich nicht mehr, nur noch, dass er mich in den Armen hielt, als wäre ich etwas Besonderes. Ich erinnere mich nur noch daran, dass sich sein Griff um mich verstärkte, an seine Zunge in meinem Mund und dass ich mich noch nie zuvor bei einem Kuss so wunderbar gefühlt habe. Er schien ewig anzudauern, dabei waren es vermutlich nur wenige Sekunden, bevor er sich zurückzog. Er hat nichts gesagt, mir einfach nur in mein Zimmer geholfen, und einen wundervollen Moment lang habe ich geglaubt, er würde bei mir bleiben. Doch er hat mir nur die Schuhe ausgezogen, mich zugedeckt und ist dann gegangen. Wir haben seither nie wieder darüber gesprochen. Natürlich, jetzt, wo ich hierhergezogen bin, praktisch Tür an Tür mit ihm wohne und den Laden neben seinem gekauft habe, hält er mich vermutlich für eine Stalkerin.«

»Oh, meine Liebe«, sagte Isla. »Es klingt aber so, als hätte er den Kuss erwidert.«

»Keine Ahnung, vielleicht, vielleicht wollte er sich aber auch nur höflich von mir losmachen«, erwiderte Melody traurig.

Elliot kam in diesem Moment mit einem großen Stück Banoffee-Kuchen zurück. Auf dem Teller befand sich außerdem ein großer Klecks Schlagsahne mit bunten Streuseln.

Tori blickte ihre beiden Freundinnen an. Das Liebesleben von ihnen dreien war ein komplettes Chaos. Vielleicht würde das Love-Festival die Sache ein für alle Mal für sie klären.

* * *

Später am Nachmittag, nachdem sie sich eine Weile mit dem Millennium Falcon für den Tortenaufsatz und mit Aidans Werbeclip beschäftigt hatte, zog Tori ihren Schlafanzug mit den aufgedruckten Erdbeeren an und legte sich ins Bett. Sich für einen Mittagsschlaf hinzulegen fühlte sich ein bisschen lächerlich an. Sie war zwar müde, konnte sich aber nicht an das letzte Mal erinnern, dass sie mitten am Tag geschlafen hatte. Sie starrte einen Moment lang an die Decke, dann drehte sie sich auf die Seite und schloss die Augen, weil sie hoffte, dass die Wärme des Bettes sie einschläfern würde. Doch das klappte nicht. Vielleicht hatte Aidan recht, vielleicht war es tatsächlich deutlich besser, sich mit jemandem gemeinsam hinzulegen. In einem Anflug von Albernheit nahm sie ihr Handy vom Nachttisch, machte ein Foto von sich im Bett und schickte es an Aidan.

Fertig für den Mittagsschlaf, irgendwelche Tipps zum Einschlafen?

Zu ihrer Überraschung antwortete er sofort.

Schicker Schlafanzug.

Seine nächste Nachricht enthielt ein Foto, und als Tori es öffnete, erblickte sie darauf Aidan, im Bett, mit nur einem Laken um die Hüften, das gerade so seine Blöße bedeckte. War er darunter nackt? Gott, er sah unglaublich aus, die Haare verwuschelt, die Augen funkelnd vor Belustigung.

Er schickte eine weitere Nachricht.

Du brauchst jemanden, an den du dich ankuscheln kannst.

Sie lächelte und ignorierte absichtlich die Andeutung.

Schade, dass Beast nicht hier ist.

Ha, ich wette, mit dem kann man gut kuscheln. Wir sehen uns um 23 Uhr am Farmhaus.

Wenn wir uns ein bisschen früher treffen, kann ich dir zeigen, was mir für deine Werbung eingefallen ist.

Klingt gut. Dann komm um halb elf vorbei. Süße Träume, Tori Graham. Ich weiß, dass ich wunderbar träumen werde.

Wovon wirst du denn träumen?

Von wunderschönen Frauen in Schlafanzügen mit Erdbeeren.

Lächelnd drückte sie sich ihr Handy an die Brust. Obwohl sie nicht genau wusste, was hier vor sich ging, wünschte sie sich mehr davon. Sie schloss die Augen und stellte sich vor, wie er im Bett lag, an sie dachte, und ihr Lächeln vertiefte sich. Wenn sie jetzt mit diesem wild pochenden Herzen einschlafen konnte, würde sie garantiert besonders schön träumen.

* * *

Zu ihrer Überraschung schlief sie tatsächlich, und zwar lange. Vielleicht rächten sich jetzt die anderthalb Jahre, die sie mit dem Animationsfilm verbracht hatte, oder vielleicht lag es an der Meeresluft und daran, dass sie in der Nacht zuvor so lange auf gewesen war, um an der Werbung zu arbeiten, statt zu schlafen, oder vielleicht hatte sie so wunderbare Träume, dass sie die nicht verlassen wollte. Wie auch immer, sie hatte schließlich beinahe drei Stunden im Bett verbracht.

Sie stand auf, machte sich eine Kanne Tee und ging dann nach draußen auf die Terrasse. Dort sah sie zu, wie die Sonne allmählich in Richtung Meer wanderte und dabei pflaumenfarbene und zuckerwatterosafarbene Streifen am Himmel hinterließ. Bis zum eigentlichen Sonnenuntergang blieben jedoch noch ein bis zwei Stunden Zeit.

Sie nahm ihr Notizbuch und skizzierte noch einige weitere Ideen für Aidans Werbung und das Maskottchen. Mit ihren Finelinern fügte sie den Zeichnungen Farbe hinzu, sodass sie allmählich zum Leben erwachten. Sie freute sich über dieses Projekt und darauf, was am Ende daraus entstehen würde, und vor lauter Begeisterung begann sie sogar mit einer groben Knetfigur. Die für den Film würde zwar größer werden, aber mit einem Modell konnte sie Aidan schon einmal zeigen, wie sie aussehen würde. Damit konnte er sie sich sicher besser vorstellen als allein anhand ihrer Skizzen und des Storyboards.

Tori bemerkte plötzlich, dass mit den Zeichnungen und dem Modellieren mehrere Stunden vergangen waren. Die Sonne war längst untergegangen und die Solarlampen erleuchteten jetzt die Terrasse, ohne dass es ihr aufgefallen war. Wobei der blasse Himmel und der Vollmond den Garten immer noch beinahe so hell erleuchteten wie am Tag. Schnell stand sie auf und machte sich ein Schinkensandwich zu ihrem Tee, verteilte eine Unmenge Ketchup darauf und biss hinein. Sie hatte Beast draußen in der Nähe des Schuppens herumschnüffeln sehen, aber sie wusste nicht, ob er sich dorthin zum Schlafen zurückgezogen hatte oder wieder losgezogen war, um den Rest des Dorfes zu terrorisieren. Für alle Fälle stellte sie ihm jedoch ein wenig Fressen und frisches Wasser hin. Von den Dorfbewohnern hatte sie erfahren, dass er auch an zahlreichen anderen Orten gefüttert wurde, daher machte sie sich keine besonders großen Sorgen, ob er sein Abendessen bei ihr vermisst hatte. Vermutlich ließ er sich gerade irgendwo Steak und Pommes schmecken.

Tori beschloss, dass es an der Zeit war, sich ihr Tattoo anzusehen. Bei allem Gerede über Matthew und dem Gespräch mit Melody und Isla am Nachmittag hatte sie keine Gelegenheit gehabt, sie zu fragen, worum es sich bei ihrem Tattoo handelte, und es war ihr auch nicht wirklich wohl bei dem Gedanken, es zuerst anderen zu zeigen, bevor sie überhaupt selbst wusste, was es war.

Sie stellte sich in die Duschkabine und rieb sich mit einem Handtuch über die Schultern. Braune Schuppen fielen zu Boden. Dann drehte sie das Wasser auf und spülte alle Überreste fort, wusch sich die Haare und beendete die Dusche.

Tori versuchte, im winzigen Badezimmerspiegel einen Blick auf ihr Tattoo zu werfen, aber der Spiegel war beschlagen. Sie wischte ihn mit einem Handtuch sauber und schob ihre Haare aus dem Weg, doch sie konnte es immer noch nicht genau erkennen, weil es sich zwischen ihren Schulterblättern befand. Sie brauchte einen zweiten Spiegel, doch so etwas gab es in ihrem Bad nicht. Rasch ging sie ins Schlafzimmer und wühlte dort in ihrer Handtasche nach dem kleinen Taschenspiegel, aber da wurde ihr bewusst, dass ihr die Zeit davonlief und sie bald oben beim Farmhaus sein musste. Daher eilte sie ins Bad zurück, drehte sich mit dem Rücken zum großen Spiegel, hielt den kleinen Spiegel vor sich und drehte ihn hin und her, bis sie das Tattoo erkennen konnte. Trotzdem blieb ihr das genaue Muster immer noch verborgen. Das Licht im Bad war ziemlich schwach, und obwohl sie ausmachen konnte, dass es sich um ein Herz mit Blumen außenherum handelte, konnte sie das Motiv im Inneren des Herzens nicht erkennen. Sie bewegte den Spiegel weiter, versuchte, sich näher an den großen Spiegel zu stellen, doch das Waschbecken war im Weg. Vielleicht handelte es sich lediglich um keltische Zeichen, obwohl sie keine Ahnung hatte, was daran zum Totlachen sein sollte. Ganz sicher handelte es sich jedoch nicht um einen Schriftzug, also war es keine Liebeserklärung an Aidan. Der Gedanke, dass Agatha so etwas versucht haben könnte, war ihr schon gekommen, ganz besonders, weil sie so klar darauf bestanden hatte, dass Tori es Aidan zeigen sollte. Sie seufzte. Wenn sie das nächste Mal Isla oder Melody sah, sollten die es für sie anschauen. Jetzt musste sie jedenfalls los zur Farm. Zum Glück würde Aidan es nicht zu Gesicht bekommen, worum auch immer es sich handelte, weil sie es unter ihrem Hoodie verstecken würde.

Schnell zog sie sich an, streifte ihre Gummistiefel über, nahm ihre Zeichnungen und ihr Heartberry-Modell und verließ Blossom Cottage.

Kapitel 13

Aidan wartete vorn an der Einfahrt auf Tori, weil er nicht wollte, dass sie allein im Dunkeln den holprigen Weg entlangging. Der Vollmond schien hell und die Sterne funkelten am samtig-schwarzen Himmel. Es war warm, die Hitze des Tages lag noch in der Luft. Die perfekte Nacht, um die Heartberrys zu pflücken.

Er hatte am Nachmittag nicht besonders gut geschlafen. Sein Kopf war übervoll mit Gedanken an Tori Graham in ihrem niedlichen Erdbeerschlafanzug. Es war schon witzig, wenn er den Schlafanzug in einem Laden gesehen hätte, hätte er ihn nicht gerade als sexy eingestuft, aber Tori darin zu sehen, wie sie im Bett lag, die Haare in scharlachroten Wellen auf dem Kissen – das fand er definitiv sexy. Dieses Foto war in aller Unschuld aufgenommen worden, doch es rief so viele Emotionen in ihm wach.

Er sah das flackernde Licht einer Taschenlampe vom Blossom Cottage aus auf sich zuwandern, und als Tori um die Ecke kam, konnte er ein Lächeln nicht unterdrücken.

Sie trug kurze Jeansshorts und ihre langen Beine steckten in lilafarbenen Gummistiefeln. Dazu trug sie ein weites rotes Kapuzensweatshirt und hatte die Haare zu einem Pferdeschwanz zusammengebunden, den sie unter einer flachen Tweedmütze versteckte, ähnlich der, die er bei ihrem ersten Treffen getragen hatte.

Als sie ihn auf sie warten sah, grinste sie, zog die Mütze und deutete eine Verbeugung an.

»Mein Herr.«

Er lachte. »Meine Dame.«

Sie drehte sich im Kreis. »Wie sehe ich aus? Die Mütze habe ich im Dorf entdeckt, und ich dachte mir, wenn ich schon für einige Zeit eine Obstfarmerin bin, dann brauche ich auch die richtige Uniform dafür.«

Gott, sie war so liebenswert.

»Du siehst ganz wunderbar aus«, erwiderte Aidan sanft.

Er bot ihr seine Hand und lächelnd nahm Tori sie an.

»Wie war dein Mittagsschlaf?«, erkundigte er sich, während sie den Weg zur Farm hochgingen.

»Ich habe ganz wunderbar geträumt«, antwortete sie und sah zu ihm auf.

Aidan hoffte, dass er dabei eine Rolle gespielt hatte.

»Also, wir haben noch Zeit, um deine Ideen für die Werbung durchzugehen. Die Laternenzeremonie startet erst später.«

»Die was?«

»Viele der Dorfbewohner werden Laternen und Kerzen zum Feld bringen, um beim Beleuchten für das Beerenpflücken zu helfen.«

»Du hast kein Flutlicht oder etwas … Moderneres, um die Felder auszuleuchten?«

»Doch, natürlich, aber das gehört alles zur Tradition. So wurde es schon vor Hunderten von Jahren gemacht, also machen wir es heute auch noch so. Nur für diese Nacht, den Rest der Zeit über haben wir dann richtige Beleuchtung.«

»Oh, das ist aber süß«, fand Tori. »Und wann beginnen die Nacktänze?«

Er lachte. »Sobald du willst.«

Eine Weile lang gingen sie schweigend nebeneinander her und Tori sah zum Sternenhimmel auf.

»Gehst du morgen zur Gedenkfeier für Matthew?«, wollte Tori wissen.

»Ja. Ich wusste nicht genau, ob du hingehst, weil Isla und Melody über euch ja nicht Bescheid wissen.«

»Jetzt wissen sie es. Elliot hat mich mehr oder weniger heute Nachmittag geoutet. Wie es aussieht, hat Matthew mit ihm viel über mich gesprochen. Ich bin eigentlich hauptsächlich erleichtert. Ich wollte es den beiden schon längst erzählen, aber je mehr Zeit verging, desto schwieriger wurde es.«

Aidan dachte an Matthew und fragte sich, was sein Freund wohl von dieser zaghaften Beziehung zwischen ihm und Tori gehalten hätte. Er blickte Tori an, die leicht die Stirn runzelte und offensichtlich tief in Gedanken war. Dachte sie gerade dasselbe? War es zu früh für sie, um sich für jemand anderen zu interessieren? Es war zwar beinahe ein Jahr vergangen, aber sie hatte Matthew geliebt, und darüber kam man nur schwer hinweg, wenn überhaupt. Ihre Beziehung zu Matthew war ungewöhnlich gewesen – ein Wochenende, einige Monate voller Telefonate, aber er war sicher, dass ihre Gefühle für Matthew nicht weniger tief gewesen waren, nur weil sie nicht im konventionellen Sinne zusammen gewesen waren.

»Ist das komisch?«, fragte Tori.

»Was?«

»Dass wir über Matthew sprechen, wenn wir …« Sie verstummte, weil sie ganz offensichtlich nicht wusste, wie sie das beschreiben sollte, was zwischen ihr und Aidan war. Sie deutete auf ihre miteinander verschränkten Hände, um es klarer zu machen.

»Wenn wir … irgendwie etwas miteinander haben?«

»Ja. Wenn du ständig von deiner Ex sprechen würdest, wäre es auch komisch.«

»Bei Matthew liegt die Sache anders. Ihr habt euch nicht getrennt, er ist gestorben«, erwiderte Aidan. »Ich weiß, dass du ihn fortgestoßen hast, aber meiner Meinung nach war das eher ein Stolperstein als etwas Endgültiges. Und du redest ja nicht dauernd darüber. Matthew war mein Freund, es ist verständlich, dass du mit jemandem über ihn sprechen willst, der ihn kannte. Meine einzige Sorge ist, ob du … für etwas mit jemand anderem bereit bist.«

Einen Moment lang antwortete sie nicht, und er wartete geduldig, während er ihr sanft mit dem Daumen über den Handrücken strich und sie ihren Weg fortsetzten. Sie hatte von ihrer allerersten Begegnung an klar gemacht, dass sie nicht an einer Beziehung interessiert war, aber jetzt hatten sie eine Art Techtelmechtel begonnen. War das hauptsächlich von ihm ausgegangen? Hatte er Tori dazu gedrängt?

»Ich habe ihn geliebt und mir fehlen unsere täglichen Gespräche. Ich bedaure, dass ich unserer Beziehung nie wirklich eine Chance gegeben habe, aber wer weiß, was passiert wäre, ob es zwischen uns überhaupt funktioniert hätte. Und du hast recht, es ist etwas anderes, wenn der Ex-Partner stirbt, als wenn man sich trennt. Meine Liebe für Luc war in dem Moment beendet, als ich herausfand, dass er mich betrog. Dafür habe ich ihn gehasst. Matthew habe ich noch lange nach seinem Tod geliebt. Daher weiß ich nicht, wann der richtige Zeitpunkt gekommen ist, um etwas mit einem anderen anzufangen, nachdem ein geliebter Mensch gestorben ist. Aber ich weiß, dass diese … Sache zwischen uns sich richtig anfühlt. Was auch immer daraus wird, ob es einige Tage dauert oder einige Wochen oder vielleicht viel länger, es fühlt sich richtig an. Ich will nicht auf diese wenigen Wochen zurückblicken und bedauern, was wir nicht getan haben, und ganz sicher werde ich niemals bereuen, was wir getan haben.«

Aidan nickte. Sie erreichten jetzt die Hintertür zum Farmhaus. Er würde auch nichts bereuen.

»Und was genau werden wir deiner Meinung nach tun?«, neckte er sie.

»Nun, du hast mir bereits deine Ellbogen gezeigt, mehrmals sogar. Ab da wird die Angelegenheit heikel.«

Er lachte. Sie war schlagfertig, das gefiel ihm an ihr. Er bewunderte, wie ihr wunderschönes Lächeln ihr Gesicht erhellte. Es gab eine Menge, was ihm an Tori Graham gefiel.

Er ließ sie in die Küche, und das helle Licht zwang ihn zum Blinzeln, bevor er die Tür hinter sich schloss. Als er sich umdrehte, sah er, dass Tori bereits ihren Skizzenblock, ihr Notizbuch und eine kleine Schachtel aus ihrer Tasche holte. Ihre Haare glänzten im Küchenlicht, und er hätte am liebsten ihren Pferdeschwanz gelöst und wäre mit den Händen hindurchgefahren. Sie lächelte ihn an und das erfüllte ihn mit einem Gefühl, das er schon lange nicht mehr gehabt hatte. Es war Jahre her, seit jemand in seiner Küche gestanden hatte, doch sie schien sich hier wohlzufühlen, und er fragte sich unwillkürlich, wie es wohl wäre, wenn sie dauerhaft hierbliebe. Diesen Gedanken schob er jedoch rasch beiseite. In zwei Wochen würde sie abreisen. Was auch immer zwischen ihnen geschah, es würde vermutlich nicht über ihre Zeit hier hinausreichen. Er trat näher an sie heran und atmete ihren wundervollen Duft ein. Solange sie hier war, würde er die Zeit auf jeden Fall genießen.

»Ich habe fünf verschiedene Heartberry-Figuren, unter denen du auswählen kannst«, erklärte sie und legte fünf Blätter Papier zurecht. »Wenn wir es mit Merchandising probieren wollen, muss sie niedlich sein und auch Kinder ansprechen. Mit diesem Gedanken im Hinterkopf habe ich diese Entwürfe gezeichnet.«

Er zwang den Blick fort von der wunderschönen Frau vor sich und hin zu den Skizzen. Sie waren umwerfend detailliert, mit Schattierungen und farbig, damit sie dreidimensional wirkten, und sprangen ihm beinahe vom Papier entgegen.

»Die sind toll«, stellte Aidan fest. »Du hast unglaubliches Talent für so etwas.«

»Welche gefällt dir am besten?«

Alle Beerenfiguren waren niedlich und ansprechend, aber ihm sagte die mit der flachen Mütze und dem Funkeln in den Augen am meisten zu.

»Die hier gefällt mir«, sagte er und berührte die Skizze.

Tori grinste. »Das freut mich, denn sie ist auch mein Favorit. Ihr Name ist Max. Wir können uns auch einen anderen Namen überlegen, falls dir Max nicht gefällt, aber die Figuren werden lebendiger in meinem Kopf, wenn ich ihnen Namen gebe. Und … ich habe schon eine grobe Figur nach ihm modelliert.«

Sie öffnete die Schachtel, hob die Knetefigur vorsichtig heraus und stellte sie auf den Tisch.

»Oh, die ist hervorragend, darf ich sie anfassen?«

Auf Toris Nicken hin nahm er die Beerenfigur vorsichtig in die Hand. Sie war deutlich schwerer, als er vermutet hatte, und er drehte sie hin und her.

»Du hast die Form der Heartberry perfekt eingefangen und zum Leben erweckt«, stellte Aidan fest. »Max sieht freundlich, frech und liebenswert aus.«

»Oh, ich freue mich so, dass er dir gefällt. Ich habe mir auch Gedanken über die Geschichte für den Film gemacht. Ich dachte, es könnte eine Art Liebesgeschichte sein, weil die Heartberrys berühmt dafür sind, Paare zusammenzubringen. Unser Max könnte also auf der Suche nach Liebe sein.«

»Das gefällt mir.«

Sie nahm einen Stapel Papiere mit in Kästchen gefassten Zeichnungen in die Hand, ähnlich wie bei einem Comicheft.

»Das hier sind Storyboards, die dir die Geschichte visuell verdeutlichen. Momentan ist das noch nicht ganz ausgereift, aber ich dachte, wir könnten uns ein bisschen an die Geschichte vom hässlichen Entlein anlehnen. Max weiß nicht, dass er eine Heartberry ist, aber er weiß, dass er nicht zu den anderen Beeren gehört.« Sie deutete auf die entsprechenden Zeichnungen für diesen Abschnitt und dann auf die nächsten. »Er versucht, bei den Erdbeeren, den Himbeeren und den Äpfeln Freunde zu finden, aber er weiß, dass er nicht so ist wie sie. Die Heartberry ist so einzigartig, dass er keine andere Obstart finden kann, die ihm auch nur ähnelt. Er reist weit umher und gerät schließlich auf eine Heartberry-Farm, wo er viele andere Beeren genau wie sich entdeckt, darunter eine weibliche namens Jenny, in die er sich verliebt.«

Aidan lächelte angesichts der letzten Bilder von Max, der Jenny in einer klassischen romantischen Pose hielt, in der er sie, wie beim Tanzen, rückwärts über seinen Arm beugte und dann in die Kamera zwinkerte und seine Mütze über die Linse warf. Es war lustig und einprägsam und ihre Begeisterung für das Projekt war klar zu erkennen.

»Ich liebe es«, gestand Aidan.

»Wirklich?« Tori strahlte.

»Ja, wirklich, es ist perfekt. Ich glaube, die Leute werden es sehr mögen.«

»Wir können das auch für fantastisches Merchandising nutzen. Kuschelige Plüschfiguren von Max und Jenny herstellen lassen. Ich kann dir Kontakte zu einigen tollen Merchandise-Firmen vermitteln, die das alles für dich produzieren werden. Es ist ein bisschen knifflig, weil du schließlich nicht Tausende Pfund für Sachen ausgeben willst, die am Ende niemand kauft, aber gleichzeitig musst du auch Produkte sofort vorrätig haben, falls die Werbung ein voller Erfolg wird. Wir können uns von den Firmen einige Proben beliebter Produkte schicken lassen, wie Kuscheltiere, T-Shirts oder Kaffeetassen, und sie zu Anfang über deine Website verkaufen. Sobald die ersten Bestellungen dafür eingehen, können wir uns mit weiteren Merchandising-Produkten befassen.«

»Klingt nach einem tollen Plan«, erwiderte Aidan.

Tori klatschte begeistert in die Hände. »Ich bin so froh, dass es dir gefällt. Gibt es irgendetwas, das ich für dich verändern soll? Ich kann Max abändern oder die Geschichte oder …«

»Es ist perfekt.«

Sie lächelte, und Aidan fand bezaubernd, wie das ihr ganzes Gesicht zum Strahlen brachte. »Bist du sicher?«

Er blickte hinab auf ihre lilafarbenen Gummistiefel.

»Vielleicht könnten entweder Max oder Jenny lilafarbene Gummistiefel tragen.«

Tori grinste. »Das gefällt mir. Das kann ich ändern, überhaupt kein Problem. Ich kann es kaum erwarten, damit anzufangen. Du musst zu mir ins Blossom Cottage kommen, wenn ich anfange, und mir beim Drehen zusehen. Das ist zwar ein bisschen langwierig, weil wir die Modelle nur sehr wenig bewegen. In eine Sekunde passen vierundzwanzig Frames, und normalerweise erstellen wir vierundzwanzig bis dreißig Frames pro Tag, daher wird es für dich aussehen, als ob sich die Beeren überhaupt nicht bewegen. Aber du kannst dir wenigstens mal anschauen, wie so etwas gemacht wird.«

»Sehr gern.« Ein Blick auf die Uhr erinnerte ihn daran, dass sie zum Feld hinuntergehen mussten. Zögernd seufzte er. Er hätte noch den ganzen Abend hier sitzen und sich mit ihr unterhalten können. »Wir sollten los, die Dorfbewohner werden schon auf uns warten.«

»Okay, kein Problem.« Sie packte ihre Skizzen fort und stellte Max vorsichtig zurück in seine Schachtel. »Gehen wir, Boss.«

* * *

Tori sah zu, wie Aidan eine Thermosflasche und eine Decke in einen großen Rucksack packte, der bereits zur Hälfte mit Tupperdosen und Päckchen in Alufolie gefüllt war.

»Veranstalten wir ein Picknick im Mondschein?«, erkundigte sie sich begeistert. Der Gedanke daran war so romantisch – unter dem Sternenhimmel auf einer Decke zu liegen, umgeben von Kerzen. Vielleicht würden sie sich dabei sogar zum ersten Mal küssen.

Er hielt einen Moment inne. »Ich würde ja gern sagen, dass ich ein romantisches Mitternachtspicknick für uns geplant habe, aber eigentlich nehme ich nur etwas zu essen für unsere Pause mit.«

Das brachte ihre kleine romantische Blase zum Platzen. Sie musste aufhören, sich immer gleich so hinreißen zu lassen.

Offenbar war ihm ihre Enttäuschung aufgefallen. »Wobei es aber eigentlich eine Art Picknick ist … Ich meine, wir haben eine Decke und Essen …« Er verstummte. »Ich bin nicht so gut bei diesem romantischen Kram.«

»Eine Art Picknick klingt doch wunderbar.«

Er schwang sich den Rucksack auf den Rücken, nahm seine Taschenlampe und wieder ihre Hand, als er sie zum Farmhaus hinausführte. Sie freute sich darüber, wie richtig sich das Händchenhalten mit ihm anfühlte. Er war doch sehr gut in Sachen Romantik.

»Das Heartberry-Feld liegt direkt an der Küste, daher nehmen wir den Jeep. So können wir die Beeren gleich hinten aufladen, wenn wir fertig sind. Heute werden wir eine Menge ernten, denn die Beeren aus dieser Nacht werden für das Heartberry-Festival am Wochenende verwendet, für den berühmten Heartberry-Kuchen, für Marmeladen, Plätzchen und andere Desserts. Morgen fahre ich die Beeren zu den

183

örtlichen Läden, und ich gehe davon aus, innerhalb von ein paar Stunden alles zu verkaufen. Viele haben bereits eine große Bestellung bei mir aufgegeben.«

Er öffnete die Autotür für sie und sie schwang sich in den Sitz. Dann ging er um die Motorhaube herum und stieg auf der Fahrerseite ein. Er ließ den Motor aufheulen und sie holperten über die Straße in Richtung des mondbeschienenen Meeres.

Als sie um die Kurve bogen, lag vor ihnen ein großes Feld, auf dem hunderte Laternen ein goldfarbenes Licht in die Dunkelheit warfen.

»Oh«, staunte Tori und nahm den wunderschönen Anblick in sich auf. »Das ist ja fast wie in ›Rapunzel – neu verföhnt‹.«

Plötzlich begann er, »Endlich sehe ich das Licht«, das große romantische Lied aus diesem Disneyfilm, zu singen.

Sie lauschte beeindruckt seiner wunderschönen Stimme, die jedes Wort perfekt wiedergab.

»Du kennst die Lieder aus ›Rapunzel‹?«, fragte sie überrascht, als er fertig war.

»Die Nebenwirkungen einer fünfjährigen Nichte. Marigold hat sich den Film hunderte Male mit mir angesehen.«

Dass dieser große Mann mit seiner Nichte Disneyfilme anschaute, fand Tori absolut liebenswert.

Aidan fuhr an das Feld heran, und Tori war überrascht, wie viele Menschen am Rand standen.

»Okay, die Zeremonie funktioniert wie folgt: Wir müssen bis Mitternacht warten, um die erste Beere zu pflücken. Ich werde sie kosten, allen verkünden, wie toll sie schmeckt, und dann werden die Dorfbewohner gehen. Anschließend können wir beide anfangen, die Beeren zu ernten. Aber was auch immer du tust, iss keine.«

»Ich darf nicht mal eine probieren?« Nachdem sie so viel über die Heartberrys gehört hatte, war Tori ganz wild darauf, sie selbst einmal zu kosten.

»Doch, natürlich, aber nicht, solange noch jemand dabei ist. Die Magie der Heartberrys wirkt angeblich beim ersten Vollmond um Mitternacht am stärksten, weshalb die Früchte, die wir heute Nacht ernten, für den berühmten Kuchen beim Festival am Wochenende verwendet werden. Wenn wir zusammen davon kosten, würde zweifellos das gesamte Dorf noch vor Sonnenaufgang unsere Hochzeit planen. Warte einfach, bis alle fort sind, dann können wir sie zusammen probieren.«

»Oh, okay, wir wollen Agatha schließlich nicht noch mehr Munition liefern«, stimmte Tori ihm zu.

»Definitiv nicht. Sie braucht keine zusätzliche Ermutigung. So, wir haben beide Trolleys, die ich schon mit leeren Obststiegen ausgestattet habe. Fülle einfach jedes Körbchen, verschließe es mit dem Deckel und lege es auf den Trolley. Sobald er voll ist, laden wir die Stiegen ins Auto und nehmen uns einen neuen Stapel Körbchen.«

»Das klingt nicht so schwierig. Was ist mit dieser speziellen Pflückmethode, die du mir zeigen wolltest?«

»Ja, die kann ich dir zeigen, das ist sehr einfach.«

Er stieg aus und ging mit Tori hinunter zum Feld. Sie folgte ihm zur ersten Reihe und schmunzelte, als er freundlich Small Talk mit allen Dorfbewohnern machte, an denen er vorbeiging. Einige Leute zwinkerten ihr zu oder stießen einander belustigt an, als sie vorbeiging. Wie es aussah, waren alle der Meinung, sie und Aidan seien bereits zusammen oder die Heartberrys würden bei ihnen ihre Magie wirken lassen. Einige wurden noch deutlicher und fragten Aidan, ob Tori seine Freundin sei, woraufhin er höflich lächelte, aber nicht antwortete.

Neben dem ersten Busch blieb Aidan stehen und im Licht der Laternen erkannte Tori leuchtend rote Beeren. Die Büsche waren hüfthoch, wofür Tori dankbar war. Es bedeutete, dass sie sich nicht dauernd bücken musste, wie es zum Beispiel beim Ernten von Erdbeeren der Fall war.

185

Sie sah zu Aidan auf. »Und jetzt warten wir also?«

»Nur noch eine Minute«, erwiderte er leise nach einem Blick auf seine Uhr.

»Soll ich so lange nackt tanzen, um die Massen zu unterhalten?«

Aidan lachte. »Ich bin sicher, die wären begeistert.«

Unten im Dorf hörte Tori die Uhr Mitternacht schlagen, und es schien, als hielten die Dorfbewohner vor lauter Aufregung über die erste Beere den Atem an.

Nachdem der letzte Glockenschlag in der Dunkelheit verklungen war, pflückte Aidan eine Beere vom Busch und steckte sie sich in den Mund.

»Schmeckt hervorragend!«, rief er den wartenden Dorfbewohnern zu. »Sogar noch besser als letztes Jahr!«

Die Menge brach in Applaus und Jubelrufe aus, dann stellten die Leute ihre Laternen auf dem Boden ab und verschwanden allmählich einer nach dem anderen zurück in Richtung Dorf.

Aidan wandte sich an Tori. »Das sage ich jedes Jahr. Also, pflück die Beere nicht, indem du mitten auf die Frucht fasst, sondern lege deine Finger in die Nähe des Stängels und zieh sie dann sanft weg. So.«

Sie beobachtete, wie er die Beere vorsichtig abzupfte.

»Versuch es einmal«, ermutigte er sie.

Er nahm ihre Hand, legte seine Finger über ihre und zeigte ihr, wie man das richtige Maß an Druck auf die Beere ausübte. Ihr stockte der Atem. Noch nie zuvor hatte sie Beerenpflücken für sexy gehalten, aber mit seinen Händen auf ihren und allein mit ihm in der samtigen Dunkelheit empfand sie es plötzlich so.

Sie zupfte die Beere vom Stiel und hielt sie in der Hand.

»Koste sie«, sagte Aidan leise.

Sie warf einen Blick auf das Feld und sah, dass sie inzwischen völlig allein waren. Daher steckte sie die Beere in den

Mund, biss zu und ließ den Saft über ihre Zunge fließen. Aidan beobachtete sie dabei und aus irgendeinem Grund fand sie das verdammt sexy.

»Und, was denkst du?«

Sie war durch ihn so abgelenkt, dass sie den Geschmack bisher noch gar nicht richtig registriert hatte, aber jetzt nahm sie ihn bewusst wahr. Er war süß und frisch und herb und völlig anders als alles, was sie kannte. Sie schluckte.

»Wunderbar«, antwortete sie und schaffte es nicht, den Blick von seinem zu lösen. »Also, wenn diese Beere so magisch ist, was passiert dann jetzt? Wir küssen uns und verlieben uns Hals über Kopf ineinander?«

Einen Moment lang erwiderte er nichts, doch dann lächelte er. »Lass es uns herausfinden.«

Und dann senkte er den Kopf und küsste sie.

Kapitel 14

Der Kuss kam so unerwartet, dass Tori ein bis zwei Sekunden wie unter Schock dastand, während seine weichen Lippen ihre streiften. Doch als er merkte, dass sie den Kuss nicht erwiderte, und er sich zurückziehen wollte, packte sie ihn am Pullover, zog ihn näher an sich heran und küsste ihn ebenfalls. Er legte die Hände sanft um ihr Gesicht. Sie ließ ihre Hände um seinen Nacken gleiten, streichelte seinen Hinterkopf und spielte mit den schwarzen Locken. Er stöhnte leise an ihren Lippen, und das Wissen, dass sie diese Wirkung auf ihn hatte, erregte sie sehr.

Er strich mit den Händen hinab bis zu ihrem Rücken, um sie fester an sich zu pressen, und bat wortlos um Einlass in ihren Mund, um sie zu kosten.

Sein wunderbarer Duft umfing sie, das Kratzen seiner Bartstoppeln an ihrer Haut fühlte sich herrlich an und er schmeckte großartig.

Er schlang die Arme noch fester um sie, während er den Kuss vertiefte.

Dieser Kuss war alles. So sanft, so liebevoll. Noch nie zuvor war sie mit so viel Bewunderung geküsst worden.

Sie schob die Hände über seinen Rücken und dann unter seinen Pullover und das T-Shirt, um die nackte Haut dort zu liebkosen. Unter ihrer Berührung wurde der Kuss intensiver. Plötzlich reichte küssen nicht mehr aus, sie brauchte mehr.

Aidan zog sich leicht von ihr zurück, hielt sie zwar immer noch umfangen, doch er legte mit zittrigem Atem seine Stirn an ihre.

»Ich glaube, wenn ich dich noch länger küsse, ziehe ich dich nackt aus und nehme dich gleich hier neben den Beeren«, sagte er.

Tori lachte. »Ich glaube, ich hätte nichts dagegen.«

»Lass uns zurück zur Farm fahren«, schlug Aidan vor. »Vergessen wir die Beeren.«

Sie lächelte, war sich aber nicht hundertprozentig sicher, ob er nur scherzte. »Und was würden wir morgen früh den Dorfbewohnern erzählen, wenn wir keine Beeren haben?«

»Sie werden es verstehen. Die Leidenschaft und die Magie der Beeren sind über uns gekommen.«

Sie machte sich ein wenig von ihm los. »Ist es das, was hier gerade passiert?«

»Ich habe nicht die geringste Ahnung, was hier passiert, aber mir gefällt es. Was ist mit dir, hast du dich schon Hals über Kopf in mich verliebt?«, witzelte er.

Das versetzte ihrem Herzen einen Stich. »Ich glaube, ich könnte mich definitiv in dich verlieben, Aidan Jackson, wenn du mich auch weiterhin so küsst.«

Er lächelte. »Das werde ich mir merken. Aber wir sollten jetzt wirklich mit dem Pflücken beginnen.« Er küsste sie auf die Stirn und machte sich aus ihrer Umarmung los. »Ich nehme diese Reihe und du die dort. Ich würde heute Nacht gern sechs Reihen abernten. Auf deinem Trolley liegt eine Stirnlampe, damit du die Beeren besser sehen kannst.«

Tori wusste nicht genau, was sie von dem plötzlichen Gesprächsumschwung zu halten hatte. Sie wusste, dass die Beeren gepflückt werden mussten, und vielleicht wollte er sich lieber darauf konzentrieren statt auf das, was sie im Farmhaus hätten tun können.

»Ja, Boss«, antwortete sie.

Er lachte und nahm ihre Hand, mit der er sie wieder zu sich heranzog. »Um eins machen wir eine Pause, und ich habe vor, das hier dann noch ein wenig auszubauen.« Er gab ihr einen schnellen Kuss auf die Lippen und wartete dann einen Augenblick, als wollte er den Moment voll auskosten.

Anschließend ließ er sie los und lächelnd ging sie hinüber zur nächsten Reihe, wo sie den Trolley entdeckte, der dort für sie bereitstand. Sie zog ihre Stirnlampe über, pflückte eine Beere und betrachtete die kleine Frucht zum ersten Mal ganz genau. Sie war ungefähr so groß wie eine Blaubeere, doch die Herzform war unverkennbar. Jetzt, wo sie die Beere aus der Nähe sah, begannen die Ideen für Max in ihrem Kopf Gestalt anzunehmen. Sie wusste genau, wo sich die Augen befinden würden und auch die Hände und Füße.

»Hey, Graham, die müssen aber schneller gepflückt werden als nur eine pro Stunde!«, rief Aidan herüber und Tori lachte.

Sie legte die Beere in das Körbchen und pflückte die nächsten. Rasch füllte sich der Behälter, sie legte den Deckel darauf und machte dann mit dem nächsten weiter. Von den roten, glänzenden und saftigen Beeren in der Stiege wanderte ihr Blick hinüber zu Aidan, der sie anlächelte. Steckte in diesen Beeren wirklich etwas, wodurch Menschen sich ineinander verliebten? Denn es passierte auf jeden Fall etwas zwischen ihnen, etwas Wunderbares, und sie hatte keine Ahnung, ob sie sich darüber freuen oder davor fürchten sollte.

Sie arbeitete sich die Reihe entlang, erntete systematisch jeden Busch ab, bevor sie zum nächsten weiterging. Es hatte einen geradezu therapeutischen Effekt, etwas so Repetitives und Einfaches zu tun, um den Kopf freizubekommen. Doch jedes Mal, wenn sie zu Aidan hinübersah, schien er sie mit einem breiten Lächeln im Gesicht zu beobachten. Es verursachte ein warmes Gefühl in ihrem Inneren.

Sie hatte sich gerade vorgebeugt, um eine weitere Handvoll Beeren zu pflücken, als etwas Großes ihren Kopf streifte und geradewegs in ihre Kapuze flog. Schnell versuchte sie, die Kapuze umzustülpen, um es zu entfernen, doch das Ding wehrte sich so sehr, dass sie es nicht befreien konnte. Eine Sekunde später rutschte es ihr in den Halsausschnitt und den Rücken hinunter, und während sie herumzappelte, hörte sie das markante Kreischen einer Fledermaus.

* * *

Aidan hatte gerade das Ende seiner Reihe erreicht, als er einen Schreckensschrei von Tori hörte. Im Licht der Laternen sah er sie wie in einem merkwürdigen Tanz herumhopsen, die Arme ausgestreckt, als würde sie von unsichtbaren Gegnern angegriffen. Er ließ sein Körbchen fallen und rannte hinüber, um ihr zu helfen.

Sie versuchte verzweifelt, ihr Oberteil auszuziehen und schrie und kreischte dabei, als wäre sie besessen. Er griff nach ihrem Hoodie und riss ihn ihr herunter, wobei er ihr versehentlich auch das T-Shirt mit auszog, sodass sie nur noch in ihrem BH und den Shorts vor ihm stand. Etwas kleines Schwarzes flog aus ihrer Kleidung, und er erkannte, dass sie versehentlich von einer Fledermaus angegriffen worden war.

»Oh Gott, geht es dir gut?«, erkundigte er sich und sah zu, wie sie sich auf die Knie sinken ließ und vornüberbeugte, wie um zu Atem zu kommen. Dass sie halb nackt war, schien ihr nichts auszumachen.

»Ja, ich denke schon«, keuchte sie. »Ich hatte bisher keine Angst vor Fledermäusen, aber ich glaube, ich habe gerade eine neue Phobie entwickelt. Grundgütiger, das Ding war überall.«

»Die haben scharfe Klauen und Zähne. Hat sie dich gekratzt?«

»Vielleicht. Es tut ein bisschen weh«, gab Tori zu.

»Lass mich mal nachschauen.« Aidan stellte sich hinter sie und Tori richtete sich auf und drehte sich leicht zur Seite, damit ihr Rücken mehr Licht abbekam und Aidan besser sehen konnte. Er fuhr sanft mit den Händen über ihren Rücken. Dabei entdeckte er einige kleine Kratzer, aber keine ernsthaften Wunden.

»Alles in Ordnung.« Plötzlich fiel sein Blick auf das Tattoo und ihm blieb beinahe das Herz stehen. Was zum Teufel war das? Ja, sie hatten übers Heiraten gescherzt und gerade übers Sich-verlieben gesprochen, und wenn er ehrlich war, waren seine Gefühle für sie sehr schnell gewachsen, über etwas Unverbindliches hinaus. Aber das hier war ein bisschen gruselig.

»Du hast dir also ein Tattoo machen lassen?«, fragte er und berührte es mit den Fingerspitzen.

»Oh Gott.« Tori drehte sich um, damit er es nicht länger sehen konnte. »Ist es okay, gefällt es dir?«

»Es ist …« Er verstummte, weil ihm nicht einfiel, wie er beschreiben konnte, was er gerade gesehen hatte. »Nett.«

Es war nicht wirklich nett, obwohl man sehen konnte, dass es von einer sehr talentierten Künstlerin gemacht worden war. Allerdings konnte er Tori ja schlecht sagen, dass er es ein bisschen durchgeknallt fand. Es war ja auch irgendwie schmeichelhaft, nahm er an, auf eine stalkerische Art.

»Oh Gott, es gefällt dir nicht, oder?«

»Es ist nur … ein bisschen übertrieben. Ich meine, ich habe deine Zeichnung gesehen, als sie gestern Abend aus deinem Notizbuch auf meinen Küchenboden gefallen ist, und ich fand sie süß, aber das hier …« Er wollte sie wirklich nicht verärgern, aber sie musste doch selber ahnen, dass es ein wenig merkwürdig war. Sie kannten sich gerade mal seit drei Tagen.

Verwirrt starrte Tori ihn an. »Welche Zeichnung?«

»Die von mir.«

»Ach das. Das war nur eine Kritzelei.«

»Die sich jetzt auf deinem Rücken befindet.«

Entsetzt riss sie die Augen auf. »Was meinst du damit? Das sind doch nur Blumen und ein Herz.«

»Mit einem Bild von meinem Gesicht in der Mitte.«

Schockiert fiel ihr die Kinnlade herunter. »Dein Gesicht in einem Herz?«

»Ja.« Warum wirkte sie so überrascht? Hatte er sich geirrt? Schnell trat er wieder hinter sie, um sich das Tattoo noch einmal anzusehen. Sein Konterfei starrte ihm entgegen. Kein Zweifel, das war er. Er neigte den Kopf. War es möglich, dass sie sich eine Berühmtheit auf den Rücken hatte malen lassen wollen, und die nur zufällig so aussah wie er?

Tori drehte sich wieder zu ihm um. »Dein Gesicht ist auf meinen Rücken gemalt?«

»So sieht es jedenfalls aus«, bestätigte Aidan verwirrt.

Plötzlich kauerte sie sich hin und ballte frustriert die Hände zu Fäusten. »Ich bringe sie um, ich werde sie umbringen!«

»Wen?«

Tori sah zu ihm auf, die Wangen feuerrot vor Scham. »Deine liebenswerte Tante Agatha.«

Allmählich ergaben die Puzzleteilchen einen Sinn. »Sie hatte etwas damit zu tun?«

»Ich habe dummerweise zugestimmt, dass sie das Motiv aussuchen darf, keine Ahnung, warum. Ich dachte einfach, das macht sie glücklich. Und da es auf meinem Rücken ist, habe ich geglaubt, niemand würde es sehen und in einigen Wochen wäre es sowieso verschwunden, also könne es auch nichts schaden.

Als es fertig war, hat sie es mich nicht sehen lassen, und nach dem Duschen konnte ich es im Spiegel nicht richtig erkennen. Ich dachte, es wäre ein Herz mit einem Muster darin. Oh mein Gott, ich kann nicht fassen, dass dein Gesicht auf meinen Rücken tätowiert ist. Ich werde sie umbringen.«

Aidan brach in schallendes Gelächter aus. Dann streckte er Tori die Hand entgegen und zog sie auf die Füße. »Sie will uns wirklich mit aller Macht zusammenbringen, nicht?«

»Ja. Es würde ihr das Herz brechen, wenn wir uns nicht leiden könnten.«

»Darüber habe ich auch schon nachgedacht. Ihr gesamter Plan hängt an ihrer Vorhersage, dass wir heiraten werden. Was wäre, wenn wir uns für andere Partner interessieren würden? Du könntest dich zum Beispiel zum Schein mit Leo oder Jamie verabreden«, schlug Aidan vor, hob ihr Kapuzensweatshirt auf und reichte es ihr.

»Oh Gott, sie würde sterben, denn damit würde sich ihr sorgfältig zurechtgelegter Plan vor ihren Augen in Luft auflösen. Obwohl ich mir nicht vorstellen kann, dass Leo damit einverstanden wäre, und Melody wäre vermutlich auch nicht besonders begeistert, wenn ich mich mit Jamie verabreden würde. Obwohl mir die Idee an sich gefällt.«

»Leo ist einem Streich eigentlich nie abgeneigt, zumindest war das früher so. Seit einem Jahr ist er viel zu ernst. Vermutlich passiert das, wenn man seinen besten Freund verliert. Aber er hat immer viel Spaß daran gehabt, Agatha aufzuziehen – sogar als Kind hat er ihr schon gern Streiche gespielt. Vielleicht wäre das auch gut für ihn.«

»Okay, wir können ihn fragen. Obwohl das nicht mehr nötig sein wird, nachdem ich sie wegen dieses lächerlichen Tattoos umgebracht habe. Was hat sie sich bloß dabei gedacht? Hat sie wirklich geglaubt, damit würde ich dich beeindrucken?«

»Ehrlich gesagt, es hat mir ein wenig Angst eingejagt. Ich bin ziemlich erleichtert, dass nicht du es ausgesucht hast.«

»Glaub mir, das ist eine Million Meilen von dem entfernt, was ich ausgewählt hätte. Ich dachte eher an einen Drachen, nicht an das Gesicht eines Mannes, den ich gerade erst kennengelernt habe. Das ist gruselig. Ich gehe morgen noch mal hin und lasse es übermalen. Schließlich kann ich nicht wochenlang mit deinem Gesicht auf dem Rücken herumlaufen. Am Ende sieht es noch jemand.«

»Den Dorfbewohnern würde es gefallen.«

»Niemand darf es erfahren«, verlangte Tori mit leichter Panik im Blick.

»Wenn es nach Agatha geht, weiß es inzwischen vermutlich bereits das halbe Dorf«, gab Aidan zu bedenken.

Tori stöhnte und sie tat Aidan leid. Sie war noch nicht lange genug hier, um sich diesen Mist mit seiner Tante anzutun. Er zog sie in seine Arme.

»Hey, wenn wir heiraten, wird das eine dieser lustigen Geschichten werden, die wir unseren Kindern erzählen. Oder den Leuten, die sich erkundigen, wie wir uns kennengelernt haben.«

Lachend machte sie sich los. »Ich glaube nicht, dass ich dich jemals heiraten kann. Dann müsste ich Agathas Selbstgefälligkeit ertragen, weil sie recht behalten hat. Ich werde jetzt weiter Beeren pflücken, bevor meine Wangen die Farbe der Heartberrys annehmen. Wir werden einfach so tun, als wäre das eben nie geschehen.«

»Okay, einverstanden.«

Er sah zu, wie sie sich wieder den Büschen zuwandte. Am liebsten hätte er die Sache für sie geregelt, und er hatte da auch schon eine Idee.

* * *

»Wunderschön«, stellte Tori fest, als sie auf der Picknickdecke lag und zu den Millionen Sternen im dunklen Nachthimmel aufsah.

Nach dem Vorfall mit der Fledermaus hatten sie bis um zwei Uhr weitergepflückt und gemeinsam vier Reihen abgeerntet. Dann hatten sie eine Pause eingelegt und sie mit küssen, essen und noch mehr küssen verbracht.

»Da stimme ich dir zu«, sagte Aidan.

Sie blickte zu ihm hinüber und bemerkte, dass er sie ansah, nicht die Sterne.

»Oh, geschickt«, antwortete sie lachend und rollte sich auf ihn.

Er schlang seine Arme um sie und hielt sie fest an sich gedrückt. Sie sah auf ihn hinab. Es fühlte sich so schön und richtig an – mit ihm hier zu liegen, als hätten sie das schon viele Jahre so gemacht.

Sie runzelte die Stirn. Zwischen ihnen schien sich alles so schnell zu entwickeln, zumindest für sie. Ihre Worte nach dem Kuss hatte sie ehrlich gemeint. Sie konnte sich definitiv vorstellen, sich in Aidan Jackson zu verlieben, und das machte ihr Sorgen. Denn welche gemeinsame Zukunft konnten sie schon haben, zwei Menschen, die keine Beziehung mehr eingehen wollten, aus Angst, wieder verletzt zu werden? Konnte sie wirklich ihre Vergangenheit hinter sich lassen und sich wieder verlieben? Was, wenn er ihre Gefühle nicht erwiderte? Was, wenn er sie im Stich ließ? Liebe tat weh, und sie hatte den Großteil ihres Lebens damit verbracht, ihr aus dem Weg zu gehen. Konnte eine Beziehung mit Aidan wirklich anders sein? Und was, wenn sie es beide schafften, ihre Ängste zu überwinden, und es miteinander versuchten? Konnte das funktionieren? Sie lebte in London, er im westlichsten Winkel Englands. Es wäre verrückt gewesen, sich mit ihm einzulassen. Der vernünftige Teil von ihr verlangte, sich aus diesem Chaos zu lösen, bevor sie noch stärkere Gefühle entwickelte, aber ihrem Herzen gefiel, wie er sie gerade ansah und wie er mit der Hand über ihre Haare streichelte. Und auch sein Kuss war betörend und so ganz anders als alle anderen Küsse bisher.

Sie seufzte, denn momentan saß ihr Herz am längeren Hebel, und sie schaffte es nicht, von Aidan zu lassen.

Er strich ihr über die Wange, fuhr mit dem Daumen über ihre Lippen und blickte sie mit tiefer Bewunderung an. »Was geht in deinem hübschen Kopf vor?«

»Nichts.«

»Das bezweifle ich. Deine Gedanken drehen sich ständig im Kreis, und während der letzten paar Minuten hast du die Stirn gerunzelt und sahst traurig aus.«

»Ich … habe nur über uns nachgedacht.«

»Ah, ich verstehe. Willst du es langsamer angehen lassen?«

»Nein«, erwiderte Tori sofort, weil sie auf ihr Herz hörte. Sie küsste ihn, und er glitt mit der Hand in ihren Nacken und umfasste ihren Hinterkopf. Dann erwiderte er den Kuss – langsam, genüsslich, als hätte er alle Zeit der Welt und nicht nur zwei Wochen, bevor die Sache zwischen ihnen beendet sein würde. »Ich mache mir nur Sorgen über … morgen.«

»Ich bin ziemlich sicher, dass ich morgen noch genauso empfinden werde wie heute, dass ich dich immer noch küssen will und mir immer noch vorstelle, viele verrückte und schmutzige Dinge mit dir anzustellen.«

Tori lachte. »Ich meinte die Zukunft.«

»Oh, ich verstehe.« Er lächelte, denn er hatte sehr wohl gewusst, was sie gemeint hatte. »Meiner Erfahrung nach ist es besser, das Hier und Jetzt zu genießen und sich über das Morgen Gedanken zu machen, wenn es so weit ist.«

»Und das funktioniert für dich?«

»Momentan, ja. Es hat keinen Sinn, sich Gedanken darüber zu machen, was passieren könnte. Das wird nichts am Verlauf der Dinge ändern.«

»Ich bin gern vorbereitet.«

Er lächelte. »Wo bliebe denn da der Spaß?«

Sie grinste, denn damit hatte er absolut recht, und zumindest für diesen Urlaub hatte sie sich ja geschworen, ein wenig mehr Spaß zu haben.

»Du weißt, dass sich zwischen uns etwas ganz Besonderes abspielt«, sagte Aidan. »Und der einzige Weg, herauszufinden, ob es wert ist, darum zu kämpfen, wäre, es für die nächste Zeit einfach zu genießen. Falls es sich auf Dauer nicht bewährt, dann hatten wir trotzdem zwei tolle Wochen, und du fährst mit schönen Erinnerungen hier weg. Und falls mehr draus wird … dann sehen wir weiter, wenn es so weit ist.«

Sie blickte auf ihn hinab, und etwas verriet ihr, dass er das Risiko wert war. Vermutlich sprach da ihr dummes Herz aus ihr, aber hier in seinen Armen genoss sie viel zu sehr, wohin ihr Herz sie geführt hatte, um auf ihren Verstand zu hören. Sie küsste ihn erneut.

»Okay«, flüsterte sie an seinen Lippen.

Er rollte sich mit ihr herum, sodass sie unter ihm lag. »Gut, und jetzt zeige ich dir all meine schmutzigen Pläne für dich.«

Sie lachte. »Dummerweise haben wir Beeren zu pflücken.«

Er stöhnte. »Ich kann nicht fassen, dass du Beeren heißem Sex vorziehst.«

Beim Gedanken daran, mit ihm zu schlafen, machte ihr Herz einen Satz, aber sie war nicht sicher, ob sie dafür schon bereit war.

»Ich glaube, wir heben uns den heißen Sex für dieses schwammige Morgen auf. Wie du gesagt hast, lass uns das Heute genießen, was bedeutet, dass wir jetzt Beeren pflücken müssen und uns mit dem Morgen befassen, wenn es so weit ist.«

Sie schob ihn von sich herunter und er ließ sie aufstehen.

»Nun, uns bleiben ungefähr noch zwei Stunden bis zum Sonnenaufgang, streng genommen ist also schon Morgen.«

»Wir haben trotzdem keinen Sex.«

»Verdammt.« Aidan stand auf, und sie half ihm, die Überreste des Picknicks einzupacken.

»Was auch immer wir tun, es wird noch viel toller werden, wenn wir es uns für den richtigen Zeitpunkt aufsparen«, sagte Tori, die sich eigentlich gar nicht sicher war, ob sie wirklich glaubte, dass sie warten wollte oder wann genau dieser richtige Zeitpunkt kommen würde.

Er schlang ihr einen Arm um die Taille, zog sie zu sich heran und küsste sie kurz auf die Lippen. »Ich bezweifle nicht eine Sekunde lang, dass es toll wird. Wann auch immer du dafür bereit bist.«

Sie lächelte. »Morgen vielleicht.«

Er zog die Brauen hoch. »Das schwammige Morgen oder das echte Morgen?«

Sie wand sich aus seinen Armen und ging rückwärts auf die Heartberry-Reihen zu. »Warte es ab.«

KAPITEL 15

Aidan hatte sich nie für einen besonders romantischen Mann gehalten. Er wusste, was Frauen bei Verabredungen von ihm erwarteten, aber Romantik war nichts, was er selbst in seinem Leben brauchte. Er hatte jede Menge Sonnenaufgänge erlebt und kannte ihre Schönheit, aber aus irgendeinem Grund fand er diesen besonders schön, wie er am Ufer des kleinen Strandes neben dem Heartberry-Feld stand und Toris Hand hielt, während die Sonne über dem Meer aufstieg. War es verrückt, sich zu wünschen, er könnte jeden Sonnenaufgang mit ihr erleben?

Sie lehnte sich an ihn und er schlang ihr einen Arm um die Schultern und küsste sie auf den Kopf.

»Was für ein wunderschöner Sonnenaufgang«, stellte Tori glücklich seufzend fest.

Da Tori keine Anzeichen von Müdigkeit zeigte, hatten sie die Nacht durchgearbeitet und es geschafft, zehn Reihen abzuernten. Es war zwar erst halb sechs, doch bereits jetzt wurden sie von der Wärme des Tages umfangen.

Die Wellen schlugen sanft gegen das Ufer, aber Aidan wusste, dass es später bei Flut hier ganz anders aussehen würde; dann würde das Wasser in großen Wogen gegen die Felsen donnern.

»Du besitzt also deinen eigenen Strandabschnitt?«, fragte Tori.

»Nein, ich glaube nicht, dass der mir gehört. Wobei man ihn nur erreichen kann, wenn man mein Land durchquert oder über die Felsen am Kliff herunterklettert oder per Boot vom Wasser aus, also gehört er streng genommen vielleicht doch mir. Aber ich habe irgendwo gehört, dass alle Strände öffentliches Eigentum sind und in den Sommermonaten sehe ich hier ziemlich viele Menschen. Mir ist noch nie in den Sinn gekommen, dass die womöglich gar nicht hier sein dürften.«

»Hier ist es so friedlich. Als stünden wir am Rand der Erde.«

»Na ja, es liegt nichts zwischen uns und Kanada. Dort links befinden sich die Scilly-Inseln, aber wenn wir in einer geraden Linie von hier aus nach Westen reisen könnten, hätten wir erst in Neufundland wieder festen Boden unter den Füßen. Wir bekommen die volle Wucht aller Stürme ab, die über den Atlantik herüberkommen. Der Rest von Sandcastle Bay und der Sunshine Beach sind ein wenig besser geschützt von der Landzunge dort, aber die Stürme nehmen über dem Atlantik an Geschwindigkeit zu und toben dann hier über die Orchard Cove hinweg. Manchmal werden die Heartberry-Felder in den Herbst- und Wintermonaten aufgrund der Stürme überflutet, aber normalerweise nicht zu dieser Jahreszeit, abgesehen von der Flut aufgrund der Gezeiten Ende Juni.«

»Aber jetzt kommt doch dieser große Sturm auf uns zu, ich habe wieder in den Nachrichten davon gehört«, gab Tori zu bedenken. »Dieser Hurrikan, der angeblich Florida treffen sollte, Hurrikan Imogen. Im letzten Moment hat er seine Route geändert, und jetzt nehmen sie an, dass er über den Atlantik kommt. Angeblich soll er zum Wochenende hin mit Winden über achtzig Meilen pro Stunde hier aufschlagen.«

201

»Ich weiß. War ja klar, dass beinahe zwei Jahre, nachdem meine Ex-Verlobte Imogen mein Leben auf den Kopf gestellt hat, der Hurrikan Imogen versucht, ihre Arbeit zu vollenden.«

»Machst du dir Sorgen? Du hast gesagt, dass das Wetter zu dieser Jahreszeit normalerweise keine Überflutung bringt, aber Hurrikans sind unvorhersehbar. Wir haben noch so viele Heartberrys zu pflücken, das schaffen wir niemals alles vor dem Wochenende.«

»Es könnte ein Problem werden, ja. Bei einem Supermond wie letzte Nacht bekommen wir wirklich hohe Fluten, daher wäre nicht viel nötig, um das Meer bei einem Sturm die Felder überfluten zu lassen. Aber der Sturm könnte natürlich auch wieder die Richtung ändern und in Richtung Südeuropa abdrehen oder in Richtung Irland und Schottland oder vielleicht komplett abflauen, bevor er uns erreicht. Es hat keinen Sinn, sich jetzt schon Sorgen zu machen. Wir werden das Ausmaß seiner Schäden erst abschätzen können, wenn er hier auftrifft, falls es überhaupt dazu kommt.«

Lächelnd sah sie zu ihm auf. »Du machst dir ganz allgemein nicht allzu viele Sorgen, oder? Du wirkst immer so ruhig und entspannt.«

Er zuckte mit den Schultern. »Sich Sorgen zu machen ändert auch nichts an dem, was passieren wird. Ich kann nur das tun, was in meiner Macht steht, und mir wegen der möglichen Ergebnisse aller Situationen Stress zu machen, hilft niemandem.«

»Das ist eine tolle Charaktereigenschaft. Ich mache mir über alles Sorgen: was ich gesagt habe, was ich sagen und tun sollte. Wie andere Leute auf etwas reagieren werden, was ich sage oder tue, und ob ich etwas tun soll oder nicht.«

»Und, funktioniert das für dich?«

Sie lachte. »Nein.«

Lächelnd erwiderte er: »Vielleicht solltest du es dann mal eine Weile lang mit meiner Methode probieren. Was passiert, passiert.«

»Vielleicht.«

Er lachte, denn er wusste genau, dass es nicht so leicht war. »Dann überlass mir wenigstens die Sorgen um die Farm, damit brauchst du dich nicht zu belasten.«

»Okay.«

»Und in meiner Gegenwart brauchst du dir auch nie Gedanken darüber zu machen, was du sagst oder tust. Sei einfach du selbst.«

Sie nickte.

»Und den Rest …« Er deutete zwischen ihnen hin und her. »Den überlegen wir uns gemeinsam.«

»*Que sera, sera.*«

»Ganz genau.«

Sie nickte und lehnte sich an ihn.

Er blickte wieder hinaus aufs Meer und wünschte sich, dass er die Sache zwischen ihnen wirklich so entspannt betrachten könnte. Er wollte, dass sie genoss, was sie miteinander hatten und sich keine Sorgen darüber machte, wo es hinführte, aber tatsächlich stand er der Sache alles andere als entspannt gegenüber. Er hatte das Gefühl, dass hier etwas Wichtiges passierte, und das wollte er nicht verlieren.

* * *

Als Tori mit Aidan die Einfahrt hinunterging, fühlte sie sich energiegeladener und lebensfroher als seit Langem. Aidan hatte um vier vorgeschlagen, mit dem Pflücken aufzuhören, aber da fühlte sie sich so wach und ihr schoss wie nach einer Achterbahnfahrt das Adrenalin durch die Adern, dass sie darauf bestanden hatte, noch ein wenig weiterzumachen. Sie wusste, dass es Aidan helfen würde, wenn er mehr Beeren aus der Vollmondernte für den Verkauf hatte.

Er hielt ihre Hand und sie sah zu ihm auf. Beim Zusammensein mit ihm fühlte sie sich lebendig.

Sie erreichten die Türschwelle des Blossom Cottage und plötzlich fragte sich Tori, ob er erwartete, dass sie ihn hineinbat, und ob sie das tun sollte. Auf jeden Fall wollte sie ihn wieder küssen, so viel wusste sie. Aber es war zu früh, um den nächsten Schritt zu gehen, nicht wahr?

Er beugte sich hinab und gab ihr einen Kuss auf die Stirn.

»Hör auf, dir Sorgen zu machen«, bat er.

»Tue ich ja gar nicht«, log Tori.

»Du bekommst dann hier immer eine kleine Falte.« Er fuhr mit dem Daumen über die Stelle, die er gerade geküsst hatte. »Was beschäftigt dich denn?«

Wie gut er sie bereits kannte! Aber sie musste sich daran erinnern, dass es keinen Sinn hatte, sich Sorgen zu machen.

»Nichts, ist schon gut.«

Er zögerte, und sie fragte sich, ob er sie küssen wollte. Sie schwieg und wartete ab, ob er die Initiative ergreifen würde. Doch er tat oder sagte ebenfalls nichts.

Sie beschloss, ihn ein wenig aufzuziehen.

»Möchtest du gern reinkommen und mich zudecken?«

Er grinste. »Ist das ein Euphemismus?«

Sie lachte.

»Ich erwarte nicht, dass du mit mir schläfst. Wenn du soweit bist, wird es geschehen, und ich warte gerne solange. Und falls es nicht geschieht, ist das auch okay.«

Oh, sie mochte diesen Mann wirklich. Luc hatte sie ständig gedrängt – dazu, mit ihm auszugehen, und für ihren Geschmack dann auch ein wenig zu schnell zum Sex. Aidan war unglaublich gelassen, und das gefiel ihr an ihm.

»Das höre ich gern, aber ich habe nur einen Scherz gemacht. Du schienst ein wenig unschlüssig.«

»Oh.« Er strich sich durch die Haare. »Es klingt albern, aber ich möchte nicht, dass diese Nacht endet. Es war wunderschön.«

»Das stimmt.« Lächelnd trat sie auf die Schwelle, damit sie ihn küssen konnte. Er legte ihr die Hände um die Taille und erwiderte den Kuss. Jeder ihrer Küsse war so sexy, so gemächlich und langsam. Seine Zunge glitt in zärtlichen Bewegungen über ihre hinweg. Er war so selbstsicher, und das gefiel ihr an ihm.

Er zog sich leicht zurück und küsste sie auf die Stirn. »Das wird vielleicht der schönste Sommer meines Lebens, Tori Graham.«

Sie streichelte ihm übers Gesicht. »Meiner womöglich auch.«

»Ich rede von den Beeren, das wird eine gute Ernte.«

Sie spürte, wie Enttäuschung ihr das Herz zerriss, bevor ihr das mutwillige Funkeln in seinen Augen auffiel.

»Und ich habe über den Aufenthalt hier in Sandcastle Bay gesprochen. So ein schönes Dorf! Ganz sicher habe ich damit nicht uns gemeint.«

Er grinste. »Ich hole dich später für die Gedenkfeier ab. So gegen elf? Wir könnten erst eine Fahrt entlang der Küste machen, da gibt es einige wunderschöne Aussichtspunkte.«

Sie nickte. »Das klingt toll.«

Er gab ihr einen schnellen Kuss. »Süße Träume, Tori Graham.«

»Oh, daran habe ich keinen Zweifel.«

Lächelnd ging er davon.

Sie betrat das Cottage und schloss die Tür hinter sich. Diesmal gab es keine Anzeichen von Beasts Anwesenheit, und sie fragte sich, wo er wohl war. Sie hatte am Vorabend für ihn eine Schüssel mit Futter neben die Hintertür gestellt, und diese

Schüssel war fort. Vielleicht hatte Beast sie in den Schuppen gezerrt. Sie würde später danach suchen.

Erst einmal ging sie nach oben in ihr Schlafzimmer. Inzwischen war sie müde und spürte auch einen leichten Muskelkater. Sie zog ihr Oberteil und ihre Shorts aus und ließ sich bäuchlings aufs Bett fallen. Durchs Dachfenster schien die Sonne herein, aber sie brachte nicht die Energie auf, die Jalousie herunterzulassen.

Sie schloss die Augen und spürte, wie sie mit einem breiten Lächeln im Gesicht einschlief.

* * *

Einige Stunden später klopfte Aidan an die Tür des Blossom Cottage. Dann drehte er sich um und nahm den Anblick der Hügel und Täler in sich auf, die zur Heartberry Farm gehörten. Die Sonne schien, und die Felder wirkten wie smaragdgrüne und goldfarbene Wiesen. Der Himmel strahlte in einer herrlichen gasflammenblauen Farbe. Es war ein wunderschöner Tag für die Erinnerung an einen lieben Freund.

Er blickte wieder zur Tür, die immer noch geschlossen war. Beim Blick durch das Fenster daneben konnte er keinerlei Lebenszeichen im Inneren entdecken. Daher klopfte er erneut und wartete einige Minuten, doch es kam noch immer keine Reaktion.

Als er vorsichtig den Knauf drehte, öffnete sich die Tür. Tori hatte sie nach ihrer Rückkehr also nicht verschlossen, was bei ihm ein Stirnrunzeln hervorrief, allerdings konnte er sich auch nicht daran erinnern, wann er zum letzten Mal seine eigene Tür abgeschlossen hatte. Er ging hinein.

»Tori?«

Keine Antwort. Vielleicht war sie irgendwohin gegangen.

Einen Moment lang fragte er sich, was er tun sollte – ob er auf sie warten oder allein zur Gedenkfeier gehen sollte, obwohl ihnen immer noch genügend Zeit blieb, bevor diese begann. Er hatte geplant, zuerst mit ihr die Küste entlangzufahren, damit sie mehr vom Dorf und der Gegend sehen konnte.

Er beschloss, kurz oben nachzusehen, falls sie gerade unter der Dusche stand. Natürlich würde er das Bad nicht betreten, aber zumindest konnte er vom Schlafzimmer aus hören, ob dort das Wasser lief.

Aidan ging die Treppe hoch und schmunzelte, als er sie bäuchlings auf dem Bett liegen sah. Sie hatte eine Decke über sich gezogen, die zur Hälfte ihren Rücken und ihre Beine bedeckte, aber ansonsten trug sie nicht besonders viel. Das Morgenlicht glänzte in ihrem Haar und ließ es wie Feuer leuchten, ihre Haut war cremefarben und ihre langen Wimpern ruhten auf den mit einigen Sommersprossen besprenkelten Wangen. Sie sah wundervoll aus.

Am liebsten hätte er sich neben sie gelegt und sie in seine Arme gezogen.

Aidan grinste, als sein Blick auf das lächerliche Tattoo fiel. Er würde ihr nicht erzählen, dass mehrere Leute im Ort bereits davon wussten und ihn heute Morgen darauf angesprochen hatten. Das musste Agathas Werk gewesen sein; sie gab in dieser Sache einfach keine Ruhe.

Er setzte sich neben Tori aufs Bett und strich ihr durchs Haar.

Sie regte sich ein wenig, ein Lächeln im Gesicht, obwohl sie die Augen noch geschlossen hielt. Er streichelte sie erneut und ließ diesmal die Hand auf ihrem Rücken ruhen, wo er das Gefühl ihrer Haut genoss.

Sie streckte sich, schlug die Augen auf und schloss sie dann gleich wieder. »Was für eine wunderbare Art, geweckt zu werden«, stellte sie schläfrig fest.

Er streifte die Schuhe ab und legte sich neben sie aufs Bett. Sie zögerte keine Sekunde, sondern kuschelte sich sofort an ihn, indem sie ihren Kopf auf seine Brust legte und ihm einen Arm über den Bauch schlang.

Wie waren sie so schnell an diesen Punkt gekommen? Vor einigen Tagen hatten sie vor dem Blossom Cottage gesessen, am Tag von Toris Ankunft, und hatten sich gegenseitig versichert, nicht an einer Beziehung interessiert zu sein. Und nun kuschelten sie im Bett, als wären sie bereits seit Jahren zusammen. Er hätte nicht glücklicher darüber sein können.

Eigentlich hatte er Zweifel bei sich erwartet. Tori war die erste Frau, auf die er sich einließ, seit Imogen ihn am Altar hatte stehen lassen. Er hatte lange Zeit sein Herz aufs Äußerste geschützt, aus Angst, wieder verletzt zu werden, und jetzt schmiegte er sich hier an diese wundervolle Frau. Das konnte unmöglich zu einem Happy End führen. In weniger als zwei Wochen würde sie wieder fort sein. Mit Sicherheit würde sie nicht in Sandcastle Bay bleiben, denn sie hatte ihr gesamtes Leben in London verbracht. Was konnte ihr dieses winzige Dorf im Vergleich dazu schon bieten? Eigentlich sollte er die Sache lieber jetzt beenden, bevor sie sich noch näher kamen. Aber sich einfach von ihr abwenden konnte er auch nicht. Er würde einfach aufpassen müssen, dass er nicht sein Herz dabei verlor. Das hier war nur ein Techtelmechtel, nicht mehr, und er würde es verdammt noch mal genießen, bevor es vorbei war.

Er blickte auf sie hinab, auf die immer noch geschlossenen Augen und das Lächeln in ihrem Gesicht, und strich ihr mit einem Finger über die Wange. Was auch immer zwischen ihnen geschehen würde, er musste unbedingt dafür sorgen, Tori dabei nicht wehzutun.

Ihr Atem ging ein wenig schwer und kitzelte ihn im Nacken, und er erkannte, dass sie immer noch halb schlief.

»Gefällt es dir hier in Sandcastle Bay?«, fragte er sanft.

»Ich kann mich nicht erinnern, wann ich das letzte Mal so glücklich war«, antwortete sie kaum lauter als ein Flüstern.

Das brachte ihn zum Lächeln. Eigentlich brauchte er ihr gegenüber vermutlich gar nicht solche Beschützerinstinkte zu entwickeln. Sie war eine erwachsene Frau, die ihre eigenen Entscheidungen treffen konnte. Sie waren sich beide bewusst, dass es sich nur um eine kurzfristige Affäre handelte, und wenn die sie beide glücklich machte, mussten sie sich keine Gedanken machen.

Sie öffnete die Augen und lächelte ihn an.

»Ich habe dir etwas mitgebracht«, erklärte er und streckte ihr eine lilafarbene Papierlilie entgegen.

Ihr Lächeln vertiefte sich und dann räkelte sie sich und küsste ihn. An ihrem Kuss war etwas so Wunderbares, das ihn mit herrlicher Vorfreude erfüllte. Er spürte eine Verbindung zu ihr wie zuvor noch nie zu jemandem. Etwas zog ihn magisch zu ihr hin, doch es war keine Liebe, es war nur Lust. Er musste sich das immer wieder sagen.

Tori zog sich ein wenig zurück. »Wie spät ist es, müssen wir nicht allmählich los?«

»Wir haben noch genug Zeit.«

Sie grinste. »Genügend Zeit, um hiermit weiterzumachen?«

»Auf jeden Fall.« Er senkte den Kopf, um sie erneut zu küssen, und wusste nicht, ob er jemals damit aufhören konnte.

Irgendwann machte sich Tori los. »Ich muss duschen, bevor wir aufbrechen. Möchtest du mir Gesellschaft leisten?«

Er lachte. »Hast du gesehen, wie klein diese Dusche ist? Da passe ich nicht mal allein rein, und schon gar nicht mit dir. Außerdem ist es schon schwer genug, hier im Bett zu liegen und dich zu küssen, ohne weiter zu gehen. Ich glaube nicht, dass es meiner Zurückhaltung förderlich wäre, wenn wir beide feucht und nackt zusammen wären.«

»Das ist natürlich ein Argument.«

Sie schlüpfte aus dem Bett und ging ins Bad, nur mit Slip und BH bekleidet, und er wandte schnell den Blick ab. Obwohl sie nicht besonders schüchtern wirkte und er sie bereits am Vorabend bei ihrem Kampf mit der Fledermaus halb nackt gesehen hatte, kam es ihm nicht richtig vor, sie so zu begaffen. Er lächelte. Zumindest nicht, bevor sie nicht miteinander geschlafen hatten.

Er hörte, wie die Dusche angestellt wurde, und plötzlich kam ihr BH aus dem Bad geflogen und landete auf dem Bett, gefolgt von ihrem Slip.

Er lachte und sie spähte um die Tür herum, wobei nur ihr Gesicht und ihre nackte Schulter sichtbar waren. Sie grinste ihm schelmisch zu und verschwand dann wieder im Bad.

Vielleicht würden sie ja viel früher zusammenkommen, als er glaubte.

KAPITEL 16

Tori blickte aufs Meer hinaus, als Aidan zum Parkplatz auf dem Kliff einbog. Dort stand ein Pavillon, geschmückt mit Lichterketten und Star-Wars-Wimpeln. Tori lächelte. Sie war sich nicht sicher gewesen, was sie zu Matthews Gedenkfeier anziehen sollte, obwohl Aidan ihr versichert hatte, es werde eine lockere Veranstaltung werden. Angesichts der Jeans und Star-Wars-T-Shirts der Gäste war es eine gute Entscheidung gewesen, in Shorts und T-Shirt zu kommen und ihre Haare zu einer Prinzessin-Leia-Frisur aufzudrehen.

Sie stiegen aus und Aidan nahm ihre Hand.

Es war eine wunderbare Geste der moralischen Unterstützung, aber plötzlich machte sie sich Sorgen, was Isla und Melody davon halten würden. Sie hatten gerade erst von ihr und Matthew erfahren, und jetzt tauchte sie plötzlich bei seiner Gedenkfeier händchenhaltend mit jemand anderem auf. War das unangebracht oder gedankenlos? Würden sie glauben, dass Tori nicht wirklich Gefühle für Matthew gehabt hatte, wenn sie nur wenige Tage, nachdem sie Aidan kennengelernt hatte, etwas mit ihm anfing? Das Allerletzte, was sie wollte, war, Melody und Isla wehzutun, erst recht nicht im Zusammenhang mit Matthew.

Sie ließ Aidans Hand los und tat so, als müsste sie ihre Frisur überprüfen, damit es nicht allzu offensichtlich war. Als sie ihre Hand wieder sinken ließ, griff sie nicht mehr nach seiner und achtete darauf, ein wenig Abstand zwischen ihnen zu lassen, damit er auch nicht nach ihrer greifen konnte. Sie warf ihm einen verstohlenen Blick zu und hoffte, es wäre ihm nicht aufgefallen, doch seiner Miene nach zu urteilen, hatte er es bemerkt und war darüber nicht besonders glücklich.

Bevor sie Gelegenheit hatte, es ihm zu erklären, kam Melody den Hügel heruntergehopst, um sie zu begrüßen. Sie umarmte Tori.

»Ich bin so froh, dass du gekommen bist.«

»Ich auch. Und ich habe den Tortenaufsatz dabei.« Tori hielt die Dose hoch.

»Oh, zeig mal.«

Tori nahm den Deckel ab und präsentierte den runden Tortenaufsatz, auf den der Millennium Falcon gezeichnet war. Während Melody ihn bewunderte, bemerkte Tori, wie Aidan ihre Seite verließ und allein zur Party hinüberging. Mist, sie hatte ihn verletzt.

»Das wird Elliot gefallen. Komm mit und zeig es ihm«, schlug Melody vor, hakte Tori unter und ging mit ihr hinüber zum Pavillon.

Dort befanden sich etwa zwanzig Personen, darunter Leo, Jamie, Emily, Agatha und einige andere, die Tori nicht kannte. Alle plauderten fröhlich, aßen und tranken. Wie bei den meisten Partys hielten sich die Männer auf der einen Seite des Pavillons auf und die Frauen auf der anderen. Von Melody und Islas Mum war jedoch nirgendwo etwas zu sehen.

»Eure Mum konnte nicht kommen?«, erkundigte sich Tori vorsichtig.

»Sie hielt diese Art von Feier für nicht angebracht«, erklärte Melody. »›Ich trauere noch‹«, zitierte Melody sie mit hochnäsiger

212

Stimme. »Womit sie andeuten will, dass ich es offenbar nicht mehr tue. ›Ich bin noch nicht ganz bereit, den Tod meines Sohnes zu *feiern*.‹«

»Aber wir feiern doch sein Leben, nicht seinen Tod«, gab Tori zu bedenken.

Melody zuckte mit den Schultern. »Eigentlich bin ich froh, dass sie nicht hier ist. Sie wäre die ganze Zeit über verbittert und wütend, und darum geht es heute nicht.«

Melody ging mit Tori hinüber zu den Männern, die alle Bier tranken und gerade laut über einen Witz lachten, den einer von ihnen gemacht hatte.

Elliot saß auf Leos Schoß und Leo hatte einen Arm um ihn gelegt, während die beiden über etwas sprachen, womit Elliot spielte. Tori lächelte. Obwohl das hier die Männerecke war, schien sich niemand darüber zu wundern, dass Leo hier mit dem kleinen Elliot spielte.

Beide sahen auf, als Tori und Melody zu ihnen traten.

»Hey, wie schön, dass du hier bist«, wurde Tori von Leo begrüßt. »Ich bin sicher, Matthew hätte sich auch darüber gefreut.«

Wieder wurde sie von Schuldgefühlen übermannt. Es war Matthews Geburtstag und sie hatte den Vormittag küssend mit einem anderen Mann im Bett verbracht. Um ehrlich zu sein, sie hatte kaum an Matthew gedacht. Sie erwiderte Leos Lächeln und wandte sich dann an Elliot. »Ich habe den Tortenaufsatz dabei.«

»Mit dem Millennium Falcon drauf?« Seine Augen leuchteten.

Tori hockte sich vor ihn hin und präsentierte ihr Werk.

»Der sieht toll aus, genau wie der, den wir letztes Jahr hatten. Können wir den gleich auf die Torte legen?«

»Na klar.«

Elliot kletterte von Leos Schoß herunter, nahm Toris Hand und zog sie hinüber zu der Torte, die willkürlich mit einigen Sternen am Rand dekoriert war, die ganz eindeutig von Elliot stammten.

»Wir müssen ein bisschen Glasur auf die Torte streichen«, erklärte Tori. »Dann können wir den Millennium Falcon darauf befestigen. Ich habe Glasur dabei. Nimm einen Löffel davon und streiche sie auf die Torte, ja?«

Elliot nickte ernsthaft und befolgte genau Toris Anweisungen. Sie hob den Aufsatz aus der Dose und reichte ihn Elliot. Ehrfürchtig platzierte er ihn auf der Torte.

»Jetzt musst du vorsichtig die Mitte und die Ränder andrücken«, wies Tori ihn an.

Elliot tat wie geheißen und machte dann einen Schritt zurück, um seine Arbeit zu bewundern.

»Ich bin sicher, das hätte Dad gefallen«, sagte er leise.

»Das glaube ich auch«, antwortete Tori.

Marigold kam herübergehüpft, Aidan im Schlepptau. Sie hatte eine Unmenge blonder Locken und trug ein pinkfarbenes Glitzertop mit My Little Pony darauf, dazu pinkfarbene Glitzerleggings. Sogar auf ihren Turnschuhen war My Little Pony abgebildet.

»Marigold! Guck mal, was ich gemacht habe!«, rief Elliot stolz.

Marigold studierte einen Moment lang den Tortenaufsatz. »Wow, dieser Millennium Falcon sieht sogar noch besser aus als der, den Han Solo fliegt.«

Tori lachte. Es überraschte sie, dass dieses pinkfarbene Persönchen den Millennium Falcon kannte.

»Ihr Dad ist ein großer Fan«, erklärte Aidan trocken. »Er zwingt sie dazu, die Filme mit ihm anzusehen, und im Gegenzug schaut er mit ihr alle Disneyfilme. Das ist ein fairer Handel.«

»Daddy behauptet, dass ›Der König der Löwen‹ sein Lieblingsfilm ist, aber ich denke, insgeheim ist es ›Die Eiskönigin‹. Er kennt nämlich alle Lieder auswendig«, verkündete Marigold.

»Ich liebe ›Die Eiskönigin‹«, gestand Elliot. »Besonders Olaf, er ist so lustig.«

»Elliot, ich habe ein Geheimnis, das ich niemandem erzählen darf. Willst du es hören?«, fragte Marigold.

Elliot nickte.

»Vielleicht solltest du es niemandem erzählen, wenn es ein Geheimnis ist«, wandte Aidan ein.

Marigold verdrehte die Augen. »Elliot ist nicht niemand.«

Sie nahm Elliot bei der Hand und rannte mit ihm zur anderen Seite des Pavillons, wo sie ihm etwas ins Ohr flüsterte.

Tori blieb mit Aidan zurück, und zum ersten Mal seit ihrem Kennenlernen war die Stimmung zwischen ihnen angespannt.

»Bist du böse auf mich?«, fragte sie leise.

Sein Lächeln war traurig. »Ich bin nicht böse. Wir waren uns einig, dass wir den Dorfbewohnern keine Munition für ihren Tratsch liefern wollen und auch Agatha nicht noch weiter ermutigen.« Er nickte in Richtung seiner Tante, und Tori bemerkte, dass Agatha sie aufmerksam beobachtete. »Es ist okay.«

Bevor sie ihm erklären konnte, dass sie seine Hand aus einem ganz anderen Grund losgelassen hatte, brach Leo plötzlich in lautes Lachen aus.

Sie blickte hinüber. Elliot stand aufgeregt neben Leo und hatte ganz offensichtlich seinem Patenonkel gerade sein wunderbares Geheimnis offenbart.

Leo hob sein Glas in Richtung Emily. »Glückwunsch, Schwesterherz.«

Emily wurde plötzlich rot. Tori bemerkte das Glas Orangensaft in ihrer Hand und konnte jetzt das Geheimnis auch selbst erraten.

»Marigold Breakwater«, schimpfte Emily, die Hände in die Hüften gestützt.

»Ich habe nur Elliot verraten, dass du schwanger bist, sonst niemandem«, verteidigte sich Marigold, was Jubelrufe von den restlichen Anwesenden zur Folge hatte. Emily wirkte fassungslos, lächelte aber, als Aidan sie in seine Arme zog.

»Es ist noch sehr früh, wir wollten es noch niemandem erzählen«, erklärte Emily und lachte dann, als auch Jamie und einige andere herüberkamen, um sie zu umarmen. Sie wandte sich hilfesuchend an ihren Mann Stanley, der neben ihr stand, doch auch der lachte.

»Ich hab dir gleich gesagt, du sollst es Marigold noch nicht erzählen«, sagte Stanley.

»Ich wollte, dass sie von Anfang an daran teilhat … Oh, was soll's, ich nehme an, es ist egal.«

Tori ging ebenfalls hinüber, um zu gratulieren, und es wurden eine Menge Fragen gestellt: Wie lange wussten sie es schon, wann war der errechnete Geburtstermin und wusste Emily schon, ob es ein Junge oder ein Mädchen werden würde?

Als sich alle wieder ihren eigenen Gesprächen zuwandten, ging Tori hinüber zu Isla und Melody, immer noch unglücklich darüber, wie die Dinge mit Aidan standen. Sie musste mit ihm reden und ihm alles erklären, aber momentan sprach er gerade mit Leo und Jamie, daher war der Moment ungünstig.

»Wie war das Beerenpflücken gestern?«, erkundigte sich Isla.

Tori wurde rot, als sie sich an den ersten Kuss mit Aidan erinnerte, wie er sie im Arm gehalten hatte, wie er schmeckte, seine sanfte Berührung, wie es sich viel besser angefühlt hatte als alles, was sie je zuvor erlebt hatte. Sie erinnerte sich an die Küsse auf der Decke unter dem Sternenhimmel während ihrer Pause und an das gemeinsame Beobachten des Sonnenaufgangs. Ließ sich mit Worten überhaupt beschreiben, wie wundervoll diese

Nacht gewesen war? Und selbst dann konnte sie es ihnen nicht erzählen. Zumindest nicht jetzt. Dieser Tag gehörte Matthew, der Erinnerung an sein Leben. Da konnte sie ja wohl kaum seinen Schwestern erzählen, dass alle ihre Gedanken um Aidan Jackson kreisten.

Plötzlich wurde ihr bewusst, dass die beiden immer noch auf eine Antwort warteten.

»Es war nett«, behauptete Tori. Obwohl ihre Freundinnen ganz offensichtlich mehr von ihr hören wollten. »Äh, Beerenpflücken ist sehr therapeutisch. Und das Arbeiten bei Nacht ist auch sehr schön, nur ich allein unter den Sternen.«

»Du, Aidan und die Sterne«, korrigierte Isla.

»Das klingt sehr romantisch«, meinte Melody verträumt.

Das Gespräch nahm eine gefährliche Wendung.

»Ich wurde von einer Fledermaus angegriffen«, platzte Tori heraus, im Versuch, das Thema zu wechseln.

»Wie bitte?«, fragte Melody.

»Ja, sie hat sich in meiner Kapuze verfangen und ist dann in mein Oberteil gerutscht, es war echt traumatisch«, bauschte Tori den Vorfall auf. Er gab eine tolle Geschichte ab, obwohl er dazu geführt hatte, dass Aidan ihr die Kleidung vom Leib gerissen hatte. Vermutlich sollte sie diesen Teil auslassen.

»Oh mein Gott, das klingt nach meinem schlimmsten Albtraum.« Melody erschauderte.

»Ich habe Fledermäuse immer gemocht«, gab Isla zu. »Sie haben etwas Faszinierendes und gleichzeitig Gruseliges an sich. Ich sehe mir gern Sendungen über sie an, aber das wäre selbst für mich zu nah.«

»Was ist passiert? Hat sie dich gebissen? Wirst du jetzt zum Vampir?«, neckte Melody sie.

»Ich glaube nicht, aber beim Aufwachen heute Morgen habe ich eine plötzliche Abneigung gegen Knoblauch verspürt, also wer weiß.«

Sie lachten, und Tori war erleichtert, dass das Thema von ihr und Aidan und dem romantischen Zusammensein unter den Sternen beendet war.

Agatha gesellte sich zu ihnen, ein mutwilliges Grinsen im Gesicht. »So, hattest du einen schönen Abend?«

Sie wackelte mit den Augenbrauen. Keinesfalls konnte sie wissen, was vorgefallen war. Tori wusste, dass sich Tratsch in diesem kleinen Dorf wie ein Lauffeuer verbreitete, aber bei ihrem Kuss waren sie vollkommen allein gewesen. Zumindest hoffte sie das. Waren sie von einigen Nachzüglern beobachtet worden? Nein, sie waren definitiv allein gewesen.

»Ja, das Beerenpflücken war schön, aber dank deines verrückten Tattoos ist nichts weiter passiert.«

»Was meinst du damit? Meine Motivwahl für dich war sehr inspiriert.«

»Du hast Agatha ein Tattoo für dich aussuchen lassen?«, fragte Isla. »Bist du verrückt?«

»Wahrscheinlich, und ich wusste nicht, worum es sich handelt, bis Aidan es gesehen hat.«

»Was ist es denn?«, wollte Melody wissen.

»Aidans Gesicht in einem Herz.«

Isla verschluckte sich an ihrem Getränk, Melody starrte sie ungläubig an, und dann brachen beide in lautes Gelächter aus.

Agatha klatschte begeistert in die Hände. »Ich finde es wundervoll.«

»Und Aidan hat es gesehen?«, vergewisserte sich Isla, die wegen ihres Gelächters kaum sprechen konnte.

Mit brennenden Wangen erinnerte sich Tori an seine Reaktion. »Ja.«

Agathas Augen leuchteten auf. »Aber wie denn? Das Tattoo ist ja auf deinem Rücken. Hat er dich von hinten genommen und wurde dabei von seinem eigenen Gesicht angestarrt?«

Melody lachte noch lauter.

»Nein. Ich wurde von einer Fledermaus angegriffen, die sich in meiner Kapuze verfangen hat. Aidan …« Sie hielt kurz inne, um sich zu überlegen, wie sie die Geschichte wiedergeben konnte, ohne dass sie auch nur annähernd sexy oder romantisch klang. »Ich habe mein Oberteil ausgezogen und als Aidan herüberkam, um nachzusehen, ob alles in Ordnung bei mir ist, hat er es entdeckt. Wenn ich sagen würde, er war total entsetzt, wäre das noch eine Untertreibung. Was hast du dir bloß dabei gedacht?«

»Ach, ich bin sicher, er hat sich geschmeichelt gefühlt«, widersprach Agatha.

»Nein, definitiv nicht. Weißt du überhaupt, was Raffinesse bedeutet? Niemand will sich mit jemandem verabreden, der beim ersten Mehr-oder-weniger-Date mit einem Vibrator in der Tasche auftaucht oder sein Gesicht in einem Herzrahmen als Tattoo umherträgt. Warum gehe ich nicht jetzt sofort rüber zu ihm, lasse mich auf die Knie sinken und mache ihm einen Antrag, um ihn ein für alle Mal in die Flucht zu schlagen?«

»Ihr beide seid Seelenverwandte. Ihr werdet für immer zusammen sein. Er wird niemals vor dir davonlaufen, weil er dich liebt. Vielleicht ist ihm das noch nicht bewusst, aber so ist es. Ich helfe der Sache nur ein wenig auf die Sprünge. Mir bleibt nicht mehr lange Zeit auf diesem Planeten. Meine Knochen knirschen und das Herumlaufen fällt mir schwer. Ich glaube, ich habe mein Haltbarkeitsdatum längst überschritten, und ich möchte euch beide verheiratet sehen, bevor ich diese Erde verlasse. Es tut mir leid, wenn ich die Dinge ein wenig beschleunigen wollte. Wenn du erst mal in meinem Alter bist …«

»Hör bloß mit dieser Nummer von der schwächlichen alten Frau auf. Wir wissen doch, dass du uns alle überleben wirst«, entgegnete Tori. »Ich lasse es morgen übermalen.«

»Nein, das darfst du nicht. Es ist deine Liebeserklärung. Warum willst du es überdecken?«, protestierte Agatha.

»Weil es gruselig und peinlich ist.«

»Ach ja? Laut der Gerüchteküche war Aidan heute Morgen in Rosies Studio und hat sich selbst ein Tattoo machen lassen.«

Das beendete Toris Tirade auf einen Schlag. »Ach ja?«

»Ja, angeblich auch auf den Rücken. Einige Leute haben mir davon erzählt, es ist gerade *das* Gesprächsthema im Dorf.«

Tori zuckte beim Gedanken, im Mittelpunkt des Dorfklatsches zu stehen, sichtlich zusammen. »Was hat er sich machen lassen?«

»Das wollte Rosie nicht verraten, aber vermutlich etwas Wunderschönes und Romantisches, extra für dich.«

»Ich bin überzeugt, das ist nicht der Fall.«

»Rosie behauptet, es würde dir sicher gefallen.«

Tori wusste nicht, was sie darauf erwidern sollte. Was um alles in der Welt hatte sich Aidan auf den Rücken tätowieren lassen?

»Oh, ich muss Emily gratulieren«, sagte Agatha in diesem Moment und ging, bevor Tori ihr noch weiter die Meinung geigen konnte.

Elliot kam herübergelaufen und kletterte auf Islas Schoß.

»Das ist aufregend, das mit Emilys Baby, nicht?«, fragte er und spielte mit einem kleinen Stofftiger.

»Auf jeden Fall«, bestätigte Isla, küsste ihn auf den Kopf und schlang die Arme um ihn.

»Marigold sagt, das Baby wächst gerade in Emilys Bauch.«

»Hmmm«, machte Isla und wartete sichtbar unangenehm berührt auf die unvermeidliche Frage.

Elliot spielte mit seinem Tiger, bewegte die Beine und ließ ihn an Islas Arm hinauflaufen, wobei er Knurr- und Brüllgeräusche machte. Vielleicht kam die Frage ja doch nicht.

»Marigold wird dann eine große Schwester oder ein großer Bruder sein.«

Isla lächelte. »Eine große Schwester. Ganz egal, ob Emily ein Mädchen oder einen Jungen bekommt, Marigold wird ihre oder seine Schwester.«

»Ich hätte gern eine Schwester«, sagte Elliot.

»Ach ja?«

»Ja, dann hätte ich immer jemanden zum Spielen. Mädchen sind lustig. Marigold ist lustig.«

»Das stimmt.«

»Glaubst du, ich könnte eines Tages eine Schwester bekommen?«

Isla dachte eindeutig genau über ihre Antwort nach. Eine einhundertprozentige Schwester war unmöglich. Eine Halbschwester vielleicht, falls seine Mum, wo auch immer sie war, noch ein weiteres Kind bekam, aber da seine Mum nicht an seinem Leben teilnahm, war es unwahrscheinlich, dass er dieses Kind kennenlernen würde. Falls Isla jemals eigene Kinder haben sollte, wären die genau genommen Elliots Cousins und Cousinen.

»Ich würde mich auch freuen, wenn du eine Schwester hättest«, antwortete Isla vorsichtig.

»Ja?«

»Ja. Vielleicht bekomme ich eines Tages Kinder.«

»Wirklich?«

»Ja. Wie würde dir das gefallen?«

»Das wäre toll. Und wenn du ein Mädchen bekommen würdest, wäre das dann meine Schwester?«

»So was in der Art, ja.«

»Könnte ich diese Schwester bald bekommen?«

Isla zögerte. »Ich muss erst einen Mann finden, mit dem ich ein Baby haben kann. Ich kann allein kein Baby bekommen.«

Elliot runzelte verwirrt die Stirn und Tori und Melody sahen sich grinsend an.

»Wie ist das Baby in Emilys Bauch gekommen?«

Isla holte tief Luft. »Stanley hat Emily das Baby geschenkt.«

Elliot nickte, als ob er verstünde. »Stanley könnte dir doch auch eins schenken.«

Isla lachte erstickt auf, was sie schnell mit einem Husten zu überdecken versuchte.

»So funktioniert das nicht. Ein Mann kann einer Frau nur dann ein Baby schenken, wenn sie sich sehr lieben.«

Tori lächelte über diese sehr liebenswerte, vollkommen unwahre Behauptung.

»Stanley liebt Emily, er liebt nicht mich«, fuhr Isla fort.

»Oh, ich verstehe, du brauchst jemanden, der dich sehr liebt, um dir ein Baby zu schenken«, stellte Elliot fest.

»Ja.«

Elliot dachte einen Moment lang darüber nach. »Ich habe dich sehr lieb.«

»Ich dich auch, so sehr«, erwiderte Isla und breitete ihre Arme aus.

Elliot kicherte.

»Aber der Mann muss in meinem Alter sein.«

»Leo!«, verkündete Elliot triumphierend. »Er hat dich sehr lieb. Ich werde ihn fragen.«

»Nein, das ist …«, begann Isla, die ganz offensichtlich über diese mögliche Konversation sehr erschrocken war. Doch bevor sie Elliot aufhalten konnte, war er von ihrem Schoß geklettert und rannte durch den Pavillon zu Leo hinüber, der mit einer Gruppe Männer sprach. Sofort hob Leo ihn hoch und setzte ihn sich auf die Hüfte.

Tori hörte zwar nicht, was Elliot sagte, doch sie konnte unschwer den Moment erkennen, als er seine großen Pläne verkündete, da die ganze Gruppe in Gelächter ausbrach.

»Oh Gott«, sagte Isla, während Melody und Tori kaum ihr Lachen in den Griff bekamen. »Ich möchte am liebsten im Erdboden versinken.«

Leo blickte zu Isla herüber, ein breites Grinsen im Gesicht. Dann flüsterte er Elliot etwas ins Ohr und Elliot nickte lächelnd.

»Was sagt er denn da?«, fragte Tori.

»Keine Ahnung«, murmelte Isla. »Aber ich befürchte, nichts Gutes.«

Leo stellte Elliot ab und er kam wieder herübergerannt. »Leo sagt, ich soll dir ausrichten, wenn es das ist, was du willst, dann kommt er deiner Bitte nur allzu gern nach.«

Isla wurde feuerrot. »Das ist nett von ihm.«

»Was bedeutet ›deiner Bitte nachkommen‹«?

Isla schluckte. »Es bedeutet … ja.«

»Hurra! Ich bekomme eine Schwester! Ich erzähle Marigold, dass ich auch bald eine große Schwester sein werde.«

Er rannte fort, bevor Isla ihn aufhalten konnte, und sie vergrub den Kopf zwischen den Händen.

»In etwa einer halben Stunde wird ganz Sandcastle Bay wissen, dass Leo und ich gemeinsam ein Baby kriegen werden.«

Tori lachte.

Jamie kam zu Melody herüber, doch er wirkte verlegen und peinlich berührt. Schweigen fiel über ihre kleine Gruppe und Melody verlor ihr Lächeln.

»Hi, Melody«, sagte Jamie und sah aus, als wäre er überall lieber als hier.

»Hallo«, erwiderte Melody leise.

Schweigen.

Tori blickte zu Isla hinüber; es war beinahe schmerzhaft.

»Hey, Jamie. Warum setzt du dich nicht zu uns?«, schlug Tori vor und deutete auf den Stuhl neben Melody.

Jamie räusperte sich, fuhr sich mit der Hand durchs Haar und setzte sich.

Das Schweigen dehnte sich aus und Tori suchte hektisch nach einem angemessen neutralen, lockeren Gesprächsthema.

Auf der anderen Seite des Pavillons erklang plötzlich Musik und Tori seufzte beinahe erleichtert auf. Sie suchte nach der Quelle. Auf einer weißen Leinwand erschienen Fotos von Matthew. Schweigend betrachteten alle die Hommage, die ganz offensichtlich von einem seiner Freunde zusammengestellt worden war.

»Oh ja, das ist mein Daddy«, verkündete Elliot, der in der Mitte des Pavillons stand und die Fotos betrachtete.

Unterschiedliche Fotos von Matthew am Strand leuchteten auf, dann eins, auf dem er bei einem Grillfest ein Bier trank. Eins im Anzug. Dann eins von ihm mit Isla und Melody und eins mit Leo.

Während sie die Fotos betrachtete, wurde Tori bewusst, dass es keins von ihr und Matthew zusammen geben würde, höchstens aus ihrer Kindheit. Es gab keine Erinnerungsstücke von ihrer Fast-Beziehung, keinen Beweis, dass je etwas passiert war, abgesehen von ihren eigenen Erinnerungen. Gott, wie sie ihn vermisste, die Gespräche, den Klang seiner Stimme. Emotionen schnürten ihr die Kehle zu.

Ein Foto von Matthew und Elliot erschien.

»Hurra! Das sind ich und Daddy!«, rief Elliot und klatschte in die Hände.

Leo bemerkte es vermutlich vor allen anderen, vielleicht, weil er darauf gewartet hatte. Elliots Lächeln verblasste und seine Lippen begannen zu zittern. Seine kleine Brust hob und senkte sich, und Isla stand auf, doch Leo eilte bereits durch den Pavillon und zog Elliot an sich.

Elliot schlang die Arme um Leos Hals und schluchzte, während er das Gesicht an seiner Schulter vergrub.

Rasch ging Leo zu Isla hinüber und setzte sich neben sie auf eine Bank, dann schob er Elliot so zwischen sie, dass er bei ihnen beiden auf dem Schoß saß. Leo schlang einen Arm um Islas Schultern und küsste ihren Kopf, während sie sich an seine

Schulter lehnte, sich an Elliot kuschelte und ihm etwas ins Ohr flüsterte, das sein Schluchzen zu einem Wimmern werden ließ. Ein winziges Lächeln erschien auf seinem Gesicht.

Tori blickte hinüber zu Melody, der Tränen übers Gesicht liefen. Sie betrachtete abwechselnd ihren Neffen und die Fotos. Jamie bot ihr ein Taschentuch an. Dankbar lächelnd nahm sie es an, und einige Sekunden später griff Jamie nach ihrer Hand.

Tori war froh, dass ihre Freundinnen beide jemanden hatten, der ihnen beistand, auch wenn sie gar keine feste Beziehung zu dem jeweiligen Mann hatten.

Sie warf einen Blick hinüber zu Aidan, der sie besorgt betrachtete. Sie hätte es gern gehabt, wenn er herübergekommen wäre und ihre Hand gehalten oder einen Arm um ihre Schultern gelegt hätte, während sie weiter die Fotos von Matthew verfolgte. Aber so eine Geste wäre ziemlich seltsam gewesen. Sie hatte ihm schließlich gesagt, dass sie keine öffentlichen Zuneigungsbekundungen wollte.

Nach dem letzten Foto von Matthew gab es kein einziges trockenes Auge mehr.

Emily trat vor und wischte sich die Tränen ab, und Tori wurde bewusst, wie tief Matthews Tod alle getroffen haben musste. Marigold und Elliot waren dicke Freunde, daher war es nur natürlich, dass Matthew, Emily und Stanley ebenfalls Zeit miteinander verbracht hatten.

»Marigold und Elliot hatten die Idee, dass wir Luftballons steigen lassen. Wir haben einige vorbereitet, und jeder kann eine Nachricht für Matthew darauf schreiben, bevor wir sie gen Himmel steigen lassen.« Emily deutete auf die Ballons in verschiedenen Farben, die sich, noch festgebunden, sanft in der Meeresbrise wiegten. Dann hielt sie einige Filzstifte und Etiketten in die Höhe und viele gingen zu ihr, nahmen sich Stift und Papier und setzten sich dann wieder hin, um ihre Botschaften zu schreiben.

Ein junger Mann lachte, als ihm ein anderer seinen Zettel zeigte. Wie es aussah, hatte er Matthew eine witzige Nachricht geschrieben, und das gefiel Tori. Die Freunde hatten glückliche Erinnerungen an ihn, das zeigten auch die Fotos, und wie es aussah, bewiesen es auch die Botschaften.

Sie nahm ein Etikett und einen Stift und beobachtete, wie Isla und Leo Elliot bei seiner Botschaft und dann sich gegenseitig halfen.

Was konnte sie Matthew schreiben? Alles, was sie ihm nie gesagt hatte, alles, was sie ihm während des vergangenen Jahres hatte sagen wollen.

Ich habe dich auch geliebt.

Sie starrte die Worte an. War das ausreichend? Sie las noch einmal, was sie geschrieben hatte. »Ich habe dich geliebt«, nicht »Ich liebe dich«. Die Zeit mit Matthew würde sie nie vergessen, aber tief in ihrem Herzen wusste sie, dass sie diese inzwischen hinter sich gelassen hatte. Und nicht nur wegen Aidan, die Veränderung war schon vor einer ganzen Weile passiert. Das Einzige, was sie jetzt entscheiden musste, war die Frage, ob sie stark genug war, es noch einmal mit der Liebe zu versuchen. Was allerdings gleichzeitig auch das Risiko barg, wieder verletzt zu werden.

Sie blickte hinüber zu Aidan und lächelte ihm zu. Eigentlich stand sie längst nicht mehr vor der Wahl. Sie steckte schon viel zu tief drin, als dass sie einfach hätte gehen können.

Alle befestigten ihre Aufkleber auf den Ballons und versammelten sich dann auf dem Kliff. Während sie sich darauf vorbereiteten, die Ballons in die Luft steigen zu lassen, spürte sie eine warme Hand in ihre gleiten.

Als sie sich umsah, entdeckte sie Aidan neben sich. Er hielt ihre Hand. Da alle so dicht beieinanderstanden, würde es niemandem auffallen, und ihr Herz quoll über vor Liebe für ihn. Sie erwiderte seinen Händedruck.

Die kleine Menschenmenge begann einen Countdown, und als sie bei »eins« angekommen war, ließen alle die Ballons los, die wie ein bunter Regenbogen in den Himmel stiegen. Sie sahen zu, wie sie über das Meer trieben und dann am Horizont verschwanden.

Als die Leute zurück zum Pavillon gingen, ließ Aidan rasch Toris Hand los.

»Ich muss aufbrechen und die Beeren ausliefern, die wir gestern Nacht gepflückt haben. Jamie wird dich nach Hause fahren, wenn du soweit bist. Wir sehen uns später«, verabschiedete er sich von ihr.

Noch bevor sie etwas erwidern konnte, schenkte er ihr ein kleines Lächeln und ging. Sie kehrte zu ihrem Platz bei Melody und Isla zurück und spürte einen Stich im Herzen. Bei ihrem Versuch, Isla und Melody vor Schmerz zu schützen, hatte sie Aidan wehgetan. Sie wusste, dass sie später unbedingt mit ihm reden musste.

KAPITEL 17

Als Tori an Aidans Tür klopfte, wusste sie immer noch nicht ganz genau, was sie ihm sagen wollte. Sie dachte schon wieder viel zu viel darüber nach. Hatte sie ihn gekränkt, als sie seine Hand losgelassen hatte? War sie bereit, die Sache zwischen ihnen öffentlich zu machen und damit zum Opfer des Dorftratsches zu werden und obendrein noch Agathas Triumph auszuhalten, dass sie schon bei ihrer ersten Begegnung mit Tori recht gehabt hatte? Und all das, nachdem sie den Tag heute im Gedenken an Matthew verbracht hatte und wieder daran erinnert worden war, wie weh ihr sein Verlust getan hatte. War es da nicht besser, die Sache mit Aidan gleich abzubrechen, noch bevor einer von ihnen wieder verletzt wurde?

Aidan öffnete die Tür.

»Ich wollte mit dir reden, über …« Tori verstummte, als ihr bewusst wurde, dass Aidan nur in Jeans vor ihr stand. Er war barfuß und die Jeans war auch nicht zugeknöpft, sodass sie den Rand seiner schwarzen, eng anliegenden Boxershorts und seine Brust in all ihrer Pracht sehen konnte. Die Worte blieben ihr im Halse stecken, während sie seinen Körper anstarrte – glatt, muskulös und stark. Unmittelbar unter seinem Bauchnabel begann eine dünne Haarlinie, die in seiner Jeans verschwand.

»Schielst du wieder auf meine Ellbogen, Tori Graham?«

»Oh mein Gott, es tut mir leid. Ich wollte nur sagen, heute, bei der Gedenkfeier …«

»Wie kommst du damit zurecht? Das muss sehr emotional für dich gewesen sein. Am liebsten wäre ich rübergekommen, um dich zu umarmen, aber ich wusste, dass du das nicht wolltest.«

»Das stimmt nicht. Es tut mir leid, dass ich dich gekränkt habe, indem ich deine Hand losgelassen habe. Du warst so lieb und unterstützend, und ich habe das praktisch mit Füßen getreten, aber ich habe mir Sorgen gemacht, was Isla und Melody wohl von uns halten würden. Sie haben gerade erst erfahren, dass ich eine Quasi-Beziehung zu ihrem Bruder hatte, und ich habe mich gefragt, ob es wohl unsensibel von mir ist, mit einem anderen Mann zu seiner Gedenkfeier aufzutauchen. Ich wollte ihnen nicht wehtun, aber stattdessen habe ich dich gekränkt.«

Seine Miene wurde sanft. »Es ist schon okay, du hast mich nicht gekränkt. Um meine Gefühle zu verletzen, braucht es schon eine ganze Menge mehr. Und was du getan hast, war absolut verständlich.«

»Wirklich?«

»Ja.«

»Es ist nur … diese …« Sie verstummte, weil sie nicht die geringste Ahnung hatte, wie sie ihm sagen sollte, dass sie Angst hatte. Wie sie in Worte fassen sollte, dass sich das zwischen ihnen ganz besonders, unglaublich, anfühlte und dass sie sich deshalb noch viel mehr davor fürchtete, es zu verlieren. Sie hatte sich damals in Matthew verliebt, und sein Verlust hatte unglaublich wehgetan.

»Ich wollte mich gerade hinlegen«, erklärte er. »Möchtest du mir Gesellschaft leisten?«

Sie starrte ihn an. Die Worte blieben ihr im Halse stecken, während alle möglichen Emotionen in ihr aufwallten.

229

»Du hast gesagt, ein Mittagsschlaf ist etwas, das man nur mit ganz besonderen Menschen teilt.«

Er zuckte mit den Schultern. »Es ist nur ein Nickerchen und kann bedeuten, was immer wir es bedeuten lassen wollen. Letztendlich sind es nur zwei Menschen, die im selben Bett schlafen.«

Sie zögerte.

Er streckte die Hand aus, und ihr Körper verriet sie, indem er automatisch vortrat und seine Hand nahm. Aidan zog sie sanft ins Haus und schloss die Tür hinter ihnen.

Sie konnte nicht anders, sie streichelte ihm über die Wange. Er drückte ihr einen Kuss auf die Hand.

»Ich habe keinen Schlafanzug dabei«, brachte sie heraus.

Er lächelte. »Ich glaube, darüber müssen wir uns keine Sorgen machen.«

Aidan ging die Treppe hoch und zog sie hinter sich her. Ihr Herz pochte wie wild. Brauchten sie sich keine Sorgen über den Schlafanzug zu machen, weil sie sowieso beide nackt sein würden? Oh Gott, würden sie wirklich Sex haben? Sie war sich nicht sicher, ob sie dazu bereit war. Doch Sex mit Aidan würde wundervoll werden, daran hatte sie keinen Zweifel. Falls er das nur halb so gut konnte wie küssen, dann stand ihr ein herrliches Erlebnis bevor.

Sie betrachtete seinen kräftigen, muskulösen Rücken und bemerkte, dass er ebenfalls ein dunkelbraunes Henna-Tattoo hatte, an der gleichen Stelle wie ihres.

Sie zog an seiner Hand, damit er stehen blieb, und er drehte sich besorgt zu ihr um.

»Dein Tattoo?«

Grinsend drehte er ihr den Rücken zu, damit sie es besser erkennen konnte.

Sie trat näher und brach in lautes Lachen aus. Zwischen seinen Schulterblättern prangte ein Herz mit ihrem Gesicht darin.

»Oh Gott, das ist so lustig. Und gruselig.«

»Ich dachte, dann fühlst du dich vielleicht nicht mehr so schlecht wegen deinem.«

Tori konnte gar nicht mehr aufhören zu lachen. »Das hast du auf jeden Fall geschafft. Ich kann nicht glauben, dass du das getan hast. Du weißt, dass die Leute im Dorf darüber reden?«

»Über deins reden sie auch, insofern gleicht meins das hoffentlich wieder ein bisschen aus.«

»Es ist ganz toll und kein bisschen stalkerhaft«, erklärte sie trocken.

Lachend betrat er das Schlafzimmer und Tori war erleichtert. Die zwischen ihnen in der Luft hängende Spannung darüber, was als Nächstes passieren würde, war verschwunden. In der Mitte des Raumes stand ein riesiges Doppelbett, und im Bad nebenan sah sie eine große Dusche mit schwarzen Marmorfliesen. Sie wirkte groß genug für zwei Personen und Toris Kopf war plötzlich voll mit Bildern von ihnen beiden zusammen darin.

»Woran denkst du?«, wollte Aidan wissen.

»Dass ich noch nie Sex unter der Dusche hatte.«

Ach du liebe Zeit, hatte sie das gerade laut gesagt? Entsetzt blickte sie zu ihm auf. Er lächelte.

»Ich werde das im Hinterkopf behalten.«

»Ich wollte damit nicht sagen … Ich habe nur …«

»Ich hole dir ein T-Shirt.«

Er ging hinüber zu seiner Kommode, holte ein schwarzes T-Shirt heraus und reichte es ihr. Sie blickte ihn einen Moment lang an und er drehte sich um, ging hinüber zum Fenster und zog die Vorhänge vor. Es war lächerlich, dass er versuchte, sie nicht zu beobachten, während sie sich umzog, wo sie doch gleich ein Bett teilen würden. Rasch schlüpfte sie aus ihrem Oberteil und zog sein T-Shirt über den Kopf. Es war riesig und reichte ihr bis über den Hintern. Sie streifte auch ihre Shorts ab und beobachtete, wie er seine Jeans auszog, bis er nur noch in seinen schwarzen, engen Boxershorts vor ihr stand.

Er legte sich ins Bett und hielt die Decke für sie hoch. Es gab einen Grund, warum Paare so etwas nur in Phase vier ihrer Beziehung tun sollten, wenn sie absolut vertraut miteinander waren. Es war so intim, viel zu intim für zwei Menschen, die bisher lediglich einige Küsse getauscht hatten.

Sie glitt neben ihn und legte sich auf den Rücken, während sie die Sonnenstrahlen beobachtete, die durch einen Spalt im Vorhang an der Decke tanzten. Er lag auf der Seite, und sie wusste, dass er sie betrachtete. Wenn ihr Herz noch schneller geklopft hätte, wäre es ihr aus der Brust gesprungen. Wie konnte er mit nur einem Blick bewirken, dass sie sich so nervös, so aufgeregt und so begehrt fühlte? Es war beinahe zu viel für sie, daher drehte sie sich, das Gesicht von ihm abgewandt, auf die Seite. Kurz darauf spürte sie, wie er näher an sie heranrückte und sie mit seiner Wärme umfing. Sanft zupfte er am Ärmel ihres T-Shirts, sodass es von ihrer Schulter glitt, und drückte sofort einen Kuss auf die Stelle und dann einen weiteren auf ihren Halsansatz. Emotionen stürzten auf sie ein, als sauste sie abwärts auf einer Achterbahn. Sie schloss die Augen und er wanderte mit den Lippen über ihren Nacken.

»Oh Gott, Aidan«, flüsterte sie.

Er hielt inne. »Soll ich aufhören?«

»Um Himmels willen, nein. Ich möchte, dass du weitermachst, und genau das macht mir Angst.«

»Es ist nur ein Nickerchen, versprochen. Mehr nicht.«

Sie wusste nicht, ob sie darüber erleichtert oder enttäuscht sein sollte.

Er strich ihr mit der Hand über den Bauch und zog sie an sich heran, sodass sie fest an seine Brust gepresst lag. Am liebsten hätte sie sich herumgedreht und ihn geküsst, doch sie wusste, dass sie damit auch den letzten Rest ihrer Selbstbeherrschung verlieren würde. Und auch seine Selbstbeherrschung hing ganz offensichtlich nur noch an einem seidenen Faden.

Wäre es denn das Ende der Welt, wenn sie miteinander schlafen würden? Es lief doch sowieso gerade darauf hinaus. War er genervt, dass sie noch nicht ganz bereit war, einen Schritt weiter zu gehen? Allerdings schien er es ernst zu meinen, dass er nur vorhatte, mit ihr ein Schläfchen zu halten, weiter nichts.

Er strich ihr die Haare aus dem Nacken und drückte einen Kuss auf ihre Wirbelsäule. Und dann mit einem tiefen, zufriedenen Seufzer, den Mund beinahe auf ihrer Haut, schlief er ein.

Sie lag noch lange wach in seinen Armen und spürte seinen warmen Atem an ihrer Haut, während ihr Herz wie wild pochte. Er hatte recht gehabt, dass das hier in Phase vier einer Beziehung gehörte, denn es war der reinste Himmel auf Erden, und sie wollte, dass es nie enden würde.

Sie schloss die Augen und ließ sich von seiner Körperwärme durchdringen, bevor auch sie langsam einschlief.

* * *

Als Aidan einige Stunden später aufwachte, entdeckte er lächelnd eine schlafende Tori in seinen Armen. Er drückte ihr einen sanften Kuss auf die nackte Schulter, doch sie rührte sich nicht. Die Versuchung war groß, einfach liegen zu bleiben, aber sie mussten Beeren pflücken, und er musste ihnen etwas zu essen machen, bevor sie aufs Feld hinausgingen. Obwohl ein paar zusätzliche Minuten sicher keinen Unterschied machten.

Er hatte sich etwas vorgegaukelt, falls er wirklich geglaubt hatte, hier ginge es nur um ein Nickerchen. Das war ihm durchaus bewusst gewesen, als er sie gebeten hatte, ihm Gesellschaft zu leisten. Aber er hatte nicht erwartet, dass es so herrlich sein würde, sie in den Armen zu halten, ihre Haut zu streicheln. In diesem Moment hätte er am liebsten den Mittagsschlaf

Mittagsschlaf sein lassen und sie geliebt. Aber dafür war sie noch nicht bereit, das hatte er an der Furcht in ihrem Blick gesehen, als er ihr vorgeschlagen hatte, sich zu ihm zu legen. Sie musste es auch wollen, und obwohl das eigentlich der Fall war, wünschte er sich, dass sie bei der Vorstellung entspannt war und nicht aussah, als würde sie gleich davonlaufen. Ihre Angst vor Bindung und Beziehungen saß tief; jedes Mal, wenn sie jemandem vertraut hatte, hatte derjenige sie verlassen. Sogar für Melody galt das auf gewisse Weise, obwohl die Beziehung zu ihr natürlich eine andere war. Er war jedoch ein Narr, denn während er sie langsam dazu gebracht hatte, ihm zu vertrauen, hatte er sich in sie verliebt, obwohl es keine Möglichkeit gab, dass diese Beziehung für einen von ihnen gut ausgehen konnte. Sie würde in weniger als zwei Wochen von hier fortgehen, zurück zu ihrem rasanten Leben in London. Egal, wie viel Spaß sie zusammen hatten, sie würde nicht hierbleiben.

Er seufzte.

Sie waren beide erwachsen und in der Lage, eigene Entscheidungen zu treffen, eigene Fehler zu machen, und er beschloss, sich mit den Konsequenzen auseinanderzusetzen, wenn es so weit war.

Er zog sie näher zu sich heran und küsste ihren Nacken. Daraufhin spürte er, wie sie in seinen Armen erwachte und sich mit einem breiten Lächeln im Gesicht streckte.

»Das war das beste Nickerchen aller Zeiten«, sagte sie schläfrig. »Ich denke, ab jetzt muss ich immer mit jemandem gemeinsam Mittagsschlaf halten.«

»Dann sehen wir uns morgen um dieselbe Zeit?«

»Auf jeden Fall.«

Lächelnd drückte er ihr erneut einen Kuss auf den Hals und spürte dabei ihren rasenden Puls an seinen Lippen. Er legte eine Hand auf ihren nackten Oberschenkel und ließ sie langsam nach oben gleiten, während er eine Spur aus sanften

Küssen über ihren Hals zog. Sie drehte den Kopf, damit sie ihm in die Augen sehen konnte, und schob die Finger durch seine Nackenhaare, als er sie küsste. Ihre Lippen auf seinen war ein wunderbares Gefühl.

Sie rollte sich auf den Rücken und hielt sein Gesicht umfangen, während der Kuss andauerte.

Er zog sich leicht zurück, um aufzuhören, bevor die Sache aus dem Ruder lief, doch das Verlangen in ihrem Blick ließ ihn innehalten.

»Ich will dich so sehr«, sagte Tori.

Verdammt. Das war die Ermutigung, die er brauchte.

Er schob seine Finger bis zum Saum ihres Slips und beobachtete sie genau, um ihre Reaktion abzuschätzen. In dem Blick, den sie ihm zuwarf, war so klar zu erkennen, was sie wollte, dass sie es genauso gut laut hätte herausrufen können.

Er schob ihr den Slip die Beine hinab, und sie streichelte sein Gesicht, um ihm zu zeigen, dass sie damit einverstanden war. Er spielte mit dem Saum ihres Shirts und zog es ihr dann sanft über den Kopf, bevor er ihren Mund erneut mit einem Kuss einfing.

Er brauchte sie so sehr.

Vorsichtig öffnete er ihren BH und blickte dann auf sie hinab. »Tori Graham, nackt in meinem Bett.«

Sie lächelte, und er senkte den Kopf und küsste sie, während er mit der Hand an der Innenseite ihres Oberschenkels nach oben glitt. Unter seiner Berührung keuchte sie auf. Mit einer Hand umfasste er eine ihrer Brüste, fuhr mit dem Daumen über die Knospe und hätte sie am liebsten überall gleichzeitig berührt. Bei ihrem leisen Stöhnen zog sich sein Magen vor Verlangen zusammen.

Er spürte ihr heftiges Verlangen zuerst auf seinen Lippen, an ihrer veränderten Atmung und der verlangenden Art, wie sie ihn weiter küsste, während ihr Körper unter seinem erzitterte.

Tori fuhr ihm mit den Händen über den Rücken und schob seine Shorts bis zu seinen Oberschenkeln hinab. Schnell entledigte er sich seiner Unterwäsche und streichelte dann mit der Hand über ihren Bauch und den Oberkörper, während er genau auf mögliche Anzeichen von Angst oder Zweifel in ihren Augen achtete.

»Wir müssen das nicht tun, wenn du noch nicht soweit bist«, versicherte ihr Aidan.

»In meinem ganzen Leben habe ich noch nie etwas so sehr gewollt wie das hier«, erklärte Tori und strich zärtlich über seine Arme.

Er beugte sich zum Nachttisch, holte ein Kondom heraus und zog es sich rasch über. Dann legte er sich auf sie, und sie schlang ihre Arme und Beine um ihn, um ihm so nah wie möglich zu sein. Vorsichtig schob er sich in sie.

»Oh Gott«, seufzte sie zufrieden, als hätte sie genau das bekommen, was ihr das ganze Leben lang gefehlt hatte, und endlich hatte sie es gefunden. Er empfand heftiges Verlangen nach ihr. Sie blickte zu ihm auf und streichelte sein Gesicht.

Am liebsten hätte er diesen Moment ewig ausgedehnt.

Er küsste sie, bewegte sich langsam in ihr, berührte sie, streichelte ihre Haut und versuchte ihr zu zeigen, was er für sie empfand. Etwas Besonderes verband sie – ganz sicher spürte sie das auch.

Sie zog ihn näher an sich, bog den Rücken durch und nahm ihn tiefer in sich auf.

»Aidan.«

Sein Name war nicht mehr als ein Flüstern auf ihren Lippen. Er blickte auf ihre Augen hinab, die sie vor lauter Lust geschlossen hatte. Lust, die er ihr schenkte.

Er küsste ihren Hals und spürte die Veränderung in ihrem Körper, während er sie immer näher zum Höhepunkt führte.

Sie schlug die Augen auf und fing seinen Blick auf.

»Gott, Aidan, das ist …«, sagte sie atemlos.

»Ich weiß.«

»So war es bisher noch nie.«

»Für mich auch nicht.«

Sie streichelte seinen Hinterkopf. »Ich würde es am liebsten niemals enden lassen.«

»Ich lasse dich nie wieder fort«, sagte er. Die Worte waren ihm über die Lippen gekommen, bevor er es verhindern konnte. War das zu früh und zu viel? Aber er wusste, es war die Wahrheit. Ganz egal, wie sehr er sich davor fürchtete, wieder verletzt zu werden, er konnte nicht von ihr lassen.

Er spürte, wie sie über die Klippe fiel, wie sich ihr Körper um seinen zusammenzog, sein Name auf ihren Lippen wie ein Lied, während er gleichzeitig Erfüllung fand. Anschließend küsste er sie leidenschaftlich, hielt sie fest an sich gepresst, und Tori klammerte sich an ihn, als wäre er die Luft, die sie zum Atmen brauchte. Ihr genussvolles Stöhnen an seinen Lippen zeigte ihm, dass sie es genauso genoss wie er.

Als das Gefühl abgeklungen war, vergrub er das Gesicht an ihrem Hals, um nach Atem zu schnappen. Er spürte, wie ihr Herz wild an seinem klopfte, und hörte sie flüstern.

»Ich möchte das für immer.«

* * *

»Ich werde mich mal ums Abendessen kümmern«, sagte Aidan, nachdem er sie eine gefühlte Ewigkeit lang geküsst hatte. Sie konnte sich nicht vorstellen, Aidan Jacksons Küsse jemals sattzuhaben, er sah sie so voller Zuneigung an. »Ich befürchte, es werden meine legendären Bohnen auf Toast werden. Wir sind sehr spät dran.«

»Bohnen auf Toast klingt gut.«

Er küsste sie noch einmal, als könnte er es nicht ertragen, sich von ihr zu lösen, dann kletterte er zögerlich aus dem Bett. Der nackte Aidan war einer der schönsten Anblicke ihres Lebens. Obwohl er leider nicht besonders lange nackt blieb. Mit einem breiten Lächeln im Gesicht sah sie ihm beim Anziehen zu.

Er drehte sich um und erwischte sie dabei. »Gefällt dir, was du siehst?«

»Sehr sogar.«

»Meine Ellbogen?«

Sie lachte. »Genau.«

»Na ja, wenn wir ein paar Stunden Beerenpflücken hinter uns haben, kann ich dir sie und noch andere Körperteile zeigen, wenn du willst.«

»Schlägst du vor, dass ich hier übernachte?«

»Ganz genau.«

Tori grinste. »Ich glaube, das würde mir sehr gefallen.«

Aidan bückte sich, um die Socken anzuziehen, und sie wurde mit einem schönen Blick auf seinen Hintern belohnt. Er richtete sich auf, und als ihm klar wurde, wohin sie gestarrt hatte, schüttelte er vorwurfsvoll den Kopf.

»Da hat mir Agatha eine richtige Perverse ausgesucht. Erst tauchst du bei unserem ersten Date mit einem Paar Handschellen und einem Vibrator auf, und jetzt kannst du den Blick nicht von mir nehmen und begrapschst beim Sex dauernd meine Ellbogen.«

Sie lachte laut auf.

Er grinste. »Ist schon in Ordnung, ich mag deine perverse Art. Du kannst duschen, wenn du möchtest.«

»Du könntest mir Gesellschaft leisten«, schlug sie vor, weil sie sich in seiner Gegenwart mutig und selbstbewusst fühlte. Im Schlafzimmer hatte sie noch nie zuvor so empfunden.

»Nichts wäre mir lieber, aber dann kämen wir heute Abend überhaupt nicht mehr hier weg.«

»Diese verdammten Beeren.«

»Wir können die Dusche auf die Liste der Orte setzen, an denen wir Sex haben«, schlug er vor.

Sie machte große Augen. »Es gibt eine Liste?«

»Auf jeden Fall. Angefangen mit dem Bett, dann die Dusche, der Küchentisch, vermutlich auch das Beerenfeld draußen, das Sofa oder die Wand im Wohnzimmer. Ich bin sicher, uns fallen noch mehr ein.«

»Das klingt, als wäre das hier deutlich mehr als ein One-Night-Stand.«

»Zwischen uns beiden war von Anfang an klar, dass es dabei nicht bleiben würde.«

»Vielleicht wird sogar … etwas daraus«, meinte Tori.

Er nickte, denn er schien genau zu wissen, was sie meinte.

»Sogar eine ganze Menge mehr.«

Nach einem letzten Kuss verließ er den Raum. Sie drehte sich auf den Rücken und lächelte in sich hinein. Er hatte recht. Das zwischen ihnen war viel größer, als sie es sich je hatte vorstellen können. Mit Luc hatte es sich nie so angefühlt, sie hatte nie diese lustigen Wortgefechte mit ihm geführt, er hatte sie nie zum Lachen gebracht, dabei war das sehr wichtig in einer Beziehung, erkannte sie. Noch nie zuvor hatte sie sich bei einem Mann so selbstbewusst gefühlt. Und auch der Sex war noch nie so gewesen. Der Sex mit Luc war bestenfalls nett gewesen, etwas, wozu sie sich verpflichtet gefühlt hatte. Der Sex mit Matthew war schön gewesen, vertraut; bei ihm hatte sie sich sicher gefühlt, immerhin hatte er zu ihren engsten Freunden gehört. Doch diese Verbindung mit Aidan war anders. Der Sex war wunderbar gewesen, sanft und leidenschaftlich, als ob ihre Körper sich bereits durch und durch kannten, während gleichzeitig noch alles so aufregend neu war.

Aber was bedeutete das für sie? In zwei Wochen würde sie wieder fort sein. Natürlich konnte sie herkommen und ihn zwischendurch besuchen und er sie, aber wie Leo bereits hervorgehoben hatte, Fernbeziehungen funktionierten nur selten.

Was blieb ihr als Alternative? Hierher nach Sandcastle Bay zu ziehen? Beruflich war das machbar, solange sie ihren Laptop, das Material für ihre Knetfiguren und einige andere wichtige Dinge hatte. Freiberufliche Animationsarbeit konnte sie von praktisch überall auf der Welt aus leisten. Aber sie würde London schrecklich vermissen. Und wie würde Aidan auf dieses leicht stalkerhafte Verhalten reagieren, falls sie das plötzlich vorschlüge? Sie schüttelte den Kopf über diesen albernen Gedanken. Sie hatten einmal miteinander geschlafen und es war wunderbar gewesen, aber das bedeutete nicht, dass Aidan über Ehe, fünf Kinder und ein gemeinsames Leben nachdachte. Und sie war dumm, sich überhaupt darüber Gedanken zu machen. Sie hatte sich nie verlieben wollen, weil das nur zu Kummer führte. Doch zum ersten Mal in ihrem Leben wollte sie am liebsten ihrem Herzen folgen und schauen, wo es sie hinführte.

Kapitel 18

»Ich sollte mich auf den Weg machen, ich muss zu Hause noch duschen, bevor ich mich um elf mit Melody und Isla treffe«, sagte Tori und streichelte Aidans Gesicht, während sie gemeinsam im Bett lagen. In der Nacht hatten sie wieder fünf Stunden lang Beeren gepflückt. Dann waren sie ins Farmhaus zurückgekehrt, wo gar nicht erst zur Diskussion stand, ob sie nach Hause gehen würde, als Aidan ihr eine gemeinsame Dusche vorschlug. Erfreut stellte sie fest, dass der Sex in der Dusche mit Aidan genauso gut war wie in ihrer Vorstellung. Am Ende schliefen sie gemeinsam in Aidans Bett, einander in den Armen haltend, wachten früh auf und liebten sich erneut. Davon würde sie nie genug bekommen.

»Du könntest ja auch hier duschen«, schlug Aidan grinsend vor, dann gab er ihr einen Kuss.

Sie grinste. »Du hast einen ganz schlechten Einfluss auf mich. Deinetwegen werde ich noch zu spät kommen. Und außerdem habe ich gar keine saubere Kleidung hier, deshalb müsste ich letztendlich sowieso vorher noch nach Hause gehen.«

Aidan seufzte theatralisch. »Du hast recht. Für unseren Mittagsschlaf kommst du aber wieder her, oder?«

»Den würde ich um nichts in der Welt verpassen wollen.«

Sie verließ das Bett, bevor sie noch in Versuchung geriet, liegen zu bleiben, und zog sich rasch an.

Aidan tat es ihr nach und sie folgte ihm nach unten.

»Wann bekomme ich denn das Boot zu sehen, mit dem du am Wochenende beim Festival segeln wirst?«

»Wenn du willst, kann ich es dir sofort zeigen«, bot Aidan an, nahm einen Apfel, warf ihn ihr zu und nahm sich dann selbst einen.

»Oh ja, gern.«

Er bedeutete ihr, hinauszugehen, und sie folgte ihm zu einem Schuppen.

»Eigentlich könntest du mit mir segeln, schließlich bist du ein Teil der Heartberry Farm, selbst wenn es nur vorübergehend ist.«

»Verstößt das nicht gegen die Regeln? Ich dachte, es dürfen nur Männer segeln, damit sie anschließend der Frau ihrer Träume ihre Liebe gestehen können, indem sie ihr ein Stück des begehrten Heartberry-Kuchens präsentieren.«

»Eigentlich geht es da sehr entspannt zu. Es haben schon viele Frauen an dem Rennen teilgenommen und dann ein Stück Kuchen erhalten, das sie ihren Männern angeboten haben. Es stimmt, dass die Männer früher dieses Bootsrennen dazu genutzt haben, ihre Gefühle für das Objekt ihrer Begierde öffentlich zu machen, aber inzwischen wollen viele einfach nur ihre Segelkenntnisse unter Beweis stellen und den Kuchen selbst essen, wenn sie ihn gewinnen. Leo geht es bei seinen Booten mehr ums Extravagante, mit dem er das Publikum beeindrucken will, statt um die Hand einer Frau. Normalerweise schenkt er sein gewonnenes Kuchenstück Emily oder Marigold. Er hat es noch nie einer anderen Frau angeboten. Obwohl sich das dieses Jahr ändern könnte.«

»Oh?«

»Nun ja, vielleicht bekommt es dieses Jahr eine andere Frau von ihm.«

»Eine Blondine vielleicht?«, wollte Tori wissen.

»Möglicherweise.« Aidan grinste.

Der Gedanke an Leo und Isla erwärmte ihr das Herz. Da Isla allerdings bereits mehrere Heiratsanträge von Leo abgelehnt hatte, war womöglich mehr als nur ein Stück Kuchen notwendig, um sie davon zu überzeugen, ihm eine Chance zu geben.

Aidan legte die Hand auf den Türgriff zur Scheune. »Also, wie sieht's aus, möchtest du mein erster Maat sein?«

»Aber ich habe nicht die geringste Ahnung vom Segeln.«

»Die brauchst du auch nicht.«

»Na gut, dann könnte es Spaß machen.«

Lächelnd öffnete Aidan die Tür. Er betrat den Schuppen und schaltete das Licht ein. Tori folgte ihm.

Der Raum war zum größten Teil leer, bis auf einige Werkzeuge und Maschinen an der Wand, und es befand sich nichts darin, das auch nur annähernd an ein Boot erinnerte.

Ihr Blick fiel auf einen Haufen Holz auf dem Boden, der mit Seilen und Schnüren zusammengebunden war. Mit Erschrecken erkannte sie, dass es sich dabei um das Boot handelte. Es sah eher nach einer Art willkürlich zusammengeschustertem Floß aus, wie bei Robinson Crusoe.

»Das ist dein Boot?«, vergewisserte sie sich. Worauf hatte sie sich da gerade eingelassen? Es machte nicht einmal den Anschein, als könnte es mehr als ein paar Meter im Wasser zurücklegen, bevor es zusammenbrach. Aidan war ein großer Mann, was bedeutete, dass er auch schwer war. Das wusste sie sogar genau, nachdem sie jetzt einige Male unter ihm gelegen hatte. Dieses »Boot« wirkte nicht einmal stabil genug, um ihn zu tragen, geschweige denn sie beide.

»Ja, ich weiß, dass es nach nicht viel aussieht, aber es müsste genügen.«

»Müsste?«

Er lachte. »Darin liegt doch der Sinn des ganzen Rennens, die Leute bauen Wasserfahrzeuge, und nur die besten schaffen es sicher bis zur Insel. Die Hälfte aller Teilnehmer landet im Wasser. Es geht mehr um den Spaß als um ein ernsthaftes Rennen.«

»Ich weiß, aber trotzdem hatte ich etwas anderes erwartet. Etwas …«

»Professionelleres?«

»Bootsförmigeres.«

Er lachte erneut.

»Wie soll es sich denn fortbewegen? Oder hoffst du einfach, dass es in die richtige Richtung treiben wird?«

»Nein, ich habe ein Ruder. Ich dachte mir, ich behandle mein Boot einfach wie ein riesiges Paddelbrett.«

»Hast du sonst noch irgendeine Antriebsmöglichkeit?«

»Na ja, da kommst du ins Spiel. Ich habe diese Blasebälge umgebaut. Die Luftröhren sind kürzer und das Ende ist trichterförmig, daher strömt mehr Luft in einem V-förmigen Winkel heraus. Drei davon befestige ich hinten am Boot. Du springst abwechselnd drauf, um uns einen kleinen Vorwärtsschub im Wasser zu verschaffen. Wenn wir das Boot drehen müssen, kannst du auf den Blasebalg der jeweiligen Seite springen, je nachdem, wo wir hinwollen.«

Tori blickte ihn an und dann wieder das Boot. »Du möchtest, dass ich auf einem Floß aus Riesenstreichhölzern auf und ab springe? Das gefällt mir gar nicht.«

»Ich befestige an den Seiten auch noch Ballons, die zusätzlich für Auftrieb sorgen.«

»Ach, warum hast du das nicht gleich gesagt? Ballons, natürlich«, erwiderte Tori trocken.

»Wenn du allerdings zu viel Angst hast …« Aidan ließ die Worte im Raum stehen, weil er natürlich wusste, dass sie den Köder schlucken würde.

Immerhin wollte sie ja Dinge außerhalb ihrer Komfortzone erleben.

»Ach, was soll's«, entgegnete Tori. »Ich bin dabei. Aber falls ich ins Wasser falle, steckst du in großen Schwierigkeiten, Aidan Jackson.«

Er schlang die Arme um sie und küsste sie auf die Nase. »Solltest du fallen, werde ich dich auffangen.«

»Aalglatt.«

»Ach, das gefällt dir doch.«

Sie lächelte ihn an, denn es stimmte.

* * *

»Also, baut eine von euch ein Boot für das diesjährige Rennen?«, erkundigte sich Tori bei Melody und Isla, als sie im Aquarium herumschlenderten. Leo ging mit Elliot ein Stück voraus und Elliot deutete aufgeregt auf die verschiedenen Tiere.

»Die Boote werden alle von örtlichen Unternehmen gestellt, und da ich keinen Job habe, bin ich fein raus«, erklärte Isla. »Leo hat gesagt, ich könnte bei ihm mitfahren, aber dann würde Elliot auch mitwollen, und ich würde mir die ganze Zeit über Sorgen machen, dass er ins Wasser fallen und ertrinken könnte. Daher werden wir ihn einfach nur vom Ufer aus anfeuern. Melody, hast du ein Boot gebaut?«, fragte Isla, die sehr wohl wusste, dass das nicht der Fall war.

»Nein, du weißt doch, dass ich bei so was zwei linke Hände habe. Ich werde alle anderen anfeuern«, erklärte Melody.

»Und hoffen, dass Jamie dir sein Kuchenstück gibt«, neckte Isla.

»Das wird er nicht tun«, widersprach Melody. »Aber wenn er es mir anbieten würde, würde ich es nicht ablehnen.«

Isla lachte. »Was ist mit dir, Tori? Hoffst du, dass Aidan dir was von seinem Kuchen abgibt?«

»Ich werde bei ihm auf dem Boot sein, wir repräsentieren gemeinsam die Heartberry Farm. Es ist sehr unwahrscheinlich, dass wir die Insel erreichen. Das Boot sieht aus, als wäre es aus Streichhölzern zusammengebunden, aber falls wir es, ohne zu ertrinken, ins Ziel schaffen, werden wir uns den Kuchen teilen«, erwiderte Tori.

»Oooh, du weißt aber, was die Dorfbewohner daraus für Schlüsse ziehen werden, oder?«, frotzelte Melody. »Es kursieren bereits eine Menge Gerüchte über euch, obwohl ich annehme, dass Agatha hinter den meisten davon steckt.«

Tori lächelte. »Das ist mir egal, die können das auslegen, wie sie wollen. Wenn sie über uns reden wollen, dann bitte.«

»Das ist aber eine sehr entspannte Einstellung von dir«, fand Melody.

Tori zuckte mit den Schultern. Nichts würde ihr heute die gute Laune verderben.

»Und steckt denn in diesen Gerüchten auch ein Körnchen Wahrheit?«, hakte Isla nach, der das breite Lächeln auf Toris Gesicht nicht entgangen war.

Tori zögerte. War es richtig, ihnen davon zu erzählen, obwohl Matthews Gedenkfeier erst einen Tag her war? Sie wollte ihnen nicht wehtun. Aber sie wussten sowieso schon, dass sie Aidan mochte, und sie konnte ihre Freundinnen nicht belügen. Ihnen war Toris Zögern sicher aufgefallen, daher ahnten sie, dass etwas vorgefallen war.

»Wir haben miteinander geschlafen«, gab Tori leise zu.

Ihre Freundinnen reagierten weder mit Kritik noch Wut, nur mit ehrlicher Freude. Melody ging sogar noch einen Schritt weiter und quietschte begeistert auf, woraufhin sich Leo und Elliot interessiert umdrehten. Isla winkte ihnen zu, sie sollten weitergehen, und Leo verstand den Hinweis.

»Wann war das?«, flüsterte Isla, denn ihre Stimmen wurden von den Glaswänden des Aquariums als Echo zurückgeworfen.

»Gestern Abend.« Tori zuckte zusammen, als ihr klar wurde, dass es unmittelbar im Anschluss an Matthews Gedenkfeier geschehen war. »Und dann spät gestern Nacht nach dem Beerenpflücken und dann, äh, heute Morgen noch mal.«

»Ich freue mich so für dich«, versicherte ihr Melody. »Also … *magst* du ihn?«

Melodys Hoffnung auf ein Happy End brachte Tori zum Lächeln. »Ich mag ihn sehr.«

»Das ist fantastisch«, fand Isla und hakte sich bei Tori unter. »Du warst immer so absolut gegen jede Art von Beziehung. Ich bin froh, dass Aidan einen Weg gefunden hat, deine Mauern einzureißen.«

»Ich weiß aber nicht, ob irgendetwas daraus wird, immerhin fahre ich in zwei Wochen wieder fort«, gab Tori zu bedenken. »Und er wohnt sehr weit weg von mir. Aber momentan bin ich sehr glücklich, und falls es bei meiner Abreise etwas gibt, wofür es sich zu kämpfen lohnt, dann werden wir das schon irgendwie hinbekommen.«

»Für Aidan ist das ebenfalls eine große Sache«, stellte Isla fest. »Seit seine Verlobte ihn vor einigen Jahren am Altar stehen ließ, hat er sich mit niemandem mehr eingelassen.«

»Vielleicht könnt ihr euch ja gegenseitig helfen, eure Traumata aus der Vergangenheit zu überwinden«, sagte Melody verträumt. »Und von einem etwas egoistischeren Standpunkt aus, falls es zwischen euch beiden funktioniert, bist du öfter hier und ich bekomme dich häufiger zu Gesicht.«

»Ich habe sowieso vor, euch öfter zu besuchen. An diesem Film mitzuarbeiten war toll, aber das freiberufliche Arbeiten hat mir auch immer viel Spaß gemacht. Und falls ich in diesem Bereich mehr Projekte übernehme, kann ich von überall aus arbeiten. Egal, wie es mit Aidan weitergeht, ich verspreche euch, mich in Zukunft öfter blicken zu lassen.«

»Ihr habt also innerhalb von vierundzwanzig Stunden drei Mal miteinander geschlafen«, stellte Isla fest. »Bedeutet das, der Sex war gut?«

»Ich gebe dir ganz sicher keine Detailbeschreibung der Höhepunkte«, erwiderte Tori lachend. »Das Wortspiel war nicht beabsichtigt.«

»Ach komm«, lockte Melody und hakte sich ebenfalls bei Tori unter. »Nur ein paar Einzelheiten.«

»Okay.« Tori überlegte, wie um Himmels willen sie die richtigen Worte für das finden sollte, was zwischen Aidan und ihr geschehen war. Es war nicht nur Sex gewesen, und das wussten sie beide. »Es war toll. Genau so, wie Sex sein sollte, wie man es aus Filmen kennt.«

»Was, leidenschaftlich, intensiv, wo ihr euch die Kleider vom Leib reißt und du auf der nächsten verfügbaren Fläche mit ihm schläfst?«, fragte Isla.

»Nein, liebevoll und zärtlich und … voller Liebe.«

Sie bemerkte die überraschten Blicke ihrer Freundinnen.

»Ich weiß, ich weiß, ich sollte da nichts hineininterpretieren. Vielleicht ist es für ihn nur ein Techtelmechtel. Ich war nicht auf der Suche nach irgendwas, als ich herkam. Er weiß, dass ich bald wieder fortgehe, und er hat mir gesagt, dass er nicht auf der Suche nach etwas Ernstem ist. Ich sollte mir ebenfalls keine Illusionen machen, schließlich habe ich schon vor Ewigkeiten den Männern abgeschworen. Aber er hat etwas an sich, dem ich mich nicht entziehen kann. Was wir miteinander geteilt haben, war etwas Besonderes. Ich kann es nicht erklären, aber ich habe mich ihm verbunden gefühlt wie noch nie jemandem zuvor.«

»Ich kann sehen, dass du ihn wirklich gernhast. Deine Augen strahlen vor Glück, und ich kann mich nicht erinnern, wann du das letzte Mal so viel gelächelt hast«, antwortete Melody.

»Ich denke, es ist absolut in Ordnung, wenn du dich ein wenig amüsierst und Zeit mit ihm verbringst, ohne dass man es gleich in eine Schublade einordnen muss oder du dir Sorgen machst, wo das Ganze hinführt«, bestätigte Isla.

»Ich nehme an, ich bin immer noch auf der Hut, um nicht wieder verletzt zu werden. Als ich mit Matthew zusammen war, hatte ich solche Angst davor, und ihn zu verlieren war so schmerzhaft. Ich möchte mich nicht hinreißen lassen und es für etwas halten, das es nicht ist. Wenn ich zulasse, dass ich mich in ihn verliebe, wird es sogar noch mehr wehtun, wenn es endet«, sagte Tori und verfluchte ihr übervorsichtiges Herz, das sich immer Gehör verschaffte.

»*Falls* es endet«, korrigierte Melody.

»Ich versuche, mich zurückzuhalten, aber wenn ich mich nicht ganz einbringe, dann gebe ich dieser Beziehung keine faire Chance. Ich weiß auch nicht – es ist kompliziert«, gestand Tori seufzend.

»Nur, wenn du es kompliziert machst«, gab Melody zu bedenken.

»Das finde ich auch, entweder es funktioniert oder es funktioniert nicht«, pflichtete Isla ihrer Schwester bei. »Vielleicht verliebst du dich ja auch gar nicht in ihn. Falls du nach einigen Wochen merkst, dass es doch nicht das Richtige für dich ist, dann kannst du dich relativ unbeschadet wieder verabschieden.«

»Aber ihm möchte ich auch nicht wehtun. Das ist das Letzte, was ich will. Dann beende ich lieber jetzt, was zwischen uns ist, als ihm Schmerz zu verursachen.«

In diesem Moment kam Leo herüber, Elliot an der Hand.

»Elliot möchte gern als Nächstes zu den Haien gehen. Genauer gesagt, er möchte gern, dass du mit ihm zu den Haien gehst«, erklärte er bedeutungsvoll.

Isla verstand offensichtlich, dass Leo mit Tori sprechen wollte, ohne dass Elliot sie belauschen konnte. Sie nahm Elliots Hand.

»Mach ihr das nicht kaputt«, flüsterte sie Leo ins Ohr.

Leo schüttelte den Kopf. »Werde ich nicht, versprochen.«

Isla ging mit Elliot voran und folgte den Schildern zu den Haien. Melody schloss sich ihnen an. Tori und Leo bildeten mit ein wenig Abstand das Schlusslicht.

Tori wartete auf eine Warnung von Leo, dass sie sich von Aidan fernhalten sollte. Vielleicht wollte er auch Schuldgefühle in ihr wecken, indem er Matthew ansprach. Sie fragte sich kurz, ob sie den Streich erwähnen sollte, den sie Agatha spielen wollten, aber das schien irgendwie überflüssig geworden, jetzt, nachdem sie mit Aidan geschlafen hatte. Sie waren schließlich nun zusammen, und Agatha würde das sowieso auf jeden Fall erfahren.

»Ich konnte nicht vermeiden, euer Gespräch mit anzuhören«, begann Leo. »Hier drin hallt es ziemlich. Wie es aussieht, schuldest du mir fünfzig Pfund.«

Erleichtert lachte Tori auf. »Diesen Preis zahle ich gern.«

»Aidan lässt sich nicht leichtfertig mit Frauen ein. Er ist nicht … der Typ für Affären. Genau wie du hat er Beziehungen schon vor Jahren abgeschworen, daher geht ihr beide mit dem anderen ein Risiko ein. Wenn er sich mit dir einlässt, bedeutet das, dass er dich sehr gern hat und etwas Besonderes in dir sieht. Falls deine Bedenken also daher rühren, ob er womöglich nicht dasselbe empfindet wie du, dann bezweifle ich das. Gib ihm eine Chance, warte ab, wo es hinführt. Und falls du glaubst, dass ihr keine gemeinsame Zukunft habt, dann sag ihm das gleich und nicht erst am Ende deines Besuchs hier. Er ist schon groß, er kann das verkraften. Nichts tut so weh wie am Altar von der Frau stehen gelassen zu werden, die man liebt. Wenn die Sache zwischen euch vorbei sein sollte, wird er damit zurechtkommen. Natürlich wird es ihm wehtun, aber er wird es überleben. Er hat sich entschieden, sich auf dich einzulassen, obwohl er von deiner bevorstehenden Abreise weiß, er kennt also das Risiko.«

Sie erkannte, dass er recht hatte.

»Danke«, sagte Tori.

Leo zuckte mit den Schultern. »Ich möchte, dass er glücklich ist, und ich habe so eine Ahnung, dass du ihm das schenken kannst, selbst wenn es nur für kurze Zeit sein sollte.«

»Ich gebe dir dein Geld.«

Leo lachte. »Behalte es. Außerdem, falls aus eurer Beziehung doch etwas Ernstes wird, brauchst du das Geld nächstes Jahr, um Agatha zu bezahlen.«

»Was?«, fragte Tori verwirrt.

»Aidan hat auch eine Wette mit Agatha laufen. Sie hat darauf gesetzt, dass ihr innerhalb eines Jahres verheiratet seid.«

Tori lachte. »Innerhalb eines Jahres? Das ist sehr optimistisch, selbst wenn aus uns etwas werden sollte.«

»Behalte die fünfzig Pfund, nur für alle Fälle.«

Leo holte ein zusammengefaltetes Blatt Papier aus der Tasche. »Das hier ist die E-Mail, die Matthew dir geschrieben hat. Wie gesagt, ich habe keine Ahnung, ob er sie abschicken wollte oder nicht.«

Sie merkte, wie ihr das Lächeln aus dem Gesicht wich, und spürte bereits das Gewicht des Geschriebenen, noch bevor sie den Inhalt der E-Mail überhaupt kannte.

Sie faltete das Blatt auf und blieb stehen, um zu lesen. Leo wartete einige Schritte entfernt.

Tori,

Gott, du treibst mich in den Wahnsinn. Ständig läufst du davon und stößt Menschen weg, aus lauter Angst vor einer Beziehung. Und ich weiß

251

auch, warum. Erinnerst du dich, ich war dabei,
als dein Dad euch verlassen hat. Ich habe deine
Hand gehalten, als du geweint hast, als dein
Herz unwiederbringlich zerbrochen ist, als du
beschlossen hast, dass dein Dad dich offensichtlich
nicht geliebt hat. Der Mann, der für dich hätte
da sein sollen, der Mann, von dem du geglaubt
hast, du könntest ihm vertrauen, hat dich so
schändlich im Stich gelassen, dass du der Liebe für
den Rest deines Lebens abgeschworen hast. Und
nicht nur im Hinblick auf deine Beziehungen zu
Männern, nein, auch bei deinen Freundschaften.
Melody, Isla und ich waren immer für dich da,
und wir werden es auch immer sein. Uns hast
du nie weggestoßen, aber außer mit uns hast
du auch keine anderen engen Freundschaften
geschlossen. Du hast Kollegen, Geschäftspartner
und Bekannte, aber keine echten Freunde, denn
Leute an dich heranzulassen würde bedeuten,
dass du ihnen vertraust, und das konntest du
nicht.

Tori schluckte die Tränen hinunter, die ihr die Kehle zuschnürten. Er hatte so recht. Außer Melody und Isla hatte sie keine Freunde. Nachdem Melody London verlassen hatte, war sie vollkommen allein gewesen. Noch nie zuvor war ihr bewusst geworden, dass sie gar keine anderen Freunde hatte haben wollen, dass sie, vielleicht unterbewusst, Leute fortstieß.

Auch bei Luc hast du dich zurückgehalten. Ich
weiß, dass du dich am Ende doch in ihn verliebt
hast, und genau wie die anderen Männer in
deinem Leben hat er dich enttäuscht. Ich will

damit nicht sein Verhalten entschuldigen. Er war ein Arsch und hätte den Anstand haben sollen, mit dir zu reden und Schluss zu machen, wenn er nicht mehr länger mit dir zusammen sein wollte, statt hinter deinem Rücken mit einer anderen zu schlafen. Aber vielleicht hat es auch aus einem anderen Grund nicht zwischen euch funktioniert, nicht nur, weil er ein untreuer Idiot war. Du warst sehr lange zurückhaltend. Vielleicht hat er niemals diese Bereitschaft zu einer Verbindung bei dir gespürt, vielleicht hast du immer dieses Stück deines Herzens hinter Schloss und Riegel gehalten und vielleicht war das einer der Gründe, warum es nicht funktioniert hat.

Und dann gibt es da noch mich, deinen besten Freund. Du hast mir anvertraut, der erste Mann zu sein, mit dem du geschlafen hast, und jetzt brauche ich auch wieder dein Vertrauen. Ich habe dich zuvor gehen lassen, ich habe zugelassen, dass du mich fortgestoßen hast, nachdem wir uns das erste Mal geliebt hatten, weil ich wusste, dass du diesen Raum brauchtest, nachdem wir miteinander so intim geworden waren. Ich wusste, dass du schreckliche Angst vor der Liebe hattest, und mit achtzehn habe ich keinen Ausweg daraus gesehen.

Aber diesmal lasse ich dich nicht gehen.

Ich liebe dich, und wenn ich ehrlich bin, war ich schon immer in dich verliebt.

Bei der Liebe gibt es keine Garantien. Im Leben gibt es keine Garantien. Das Leben ist kein rosaroter Ort voll mit glücklichem Lachen, es ist ein verrücktes, chaotisches, wunderbares

Unterfangen. Es wird immer Dinge geben, die uns wehtun, körperlich, geistig, emotional, egal wie sehr man sich davor zu schützen versucht. Das Leben ist hart, aber es ist so viel schöner, wenn man jemanden an seiner Seite hat, mit dem man die Höhepunkte genießen und die Tiefpunkte gemeinsam durchstehen kann. Manchmal muss man ein Risiko eingehen, seinem Herzen folgen, mutig sein und aufhören, sich über alle möglichen Szenarien Sorgen zu machen.

Ich komme nächstes Wochenende nach London und dann besprechen wir das noch einmal in Ruhe. Diesmal wird nicht mehr fortgelaufen.

Ich liebe dich.

Matthew xx

Als Tori das Ende der E-Mail erreicht hatte, schluchzte sie. Ihr gesamtes Leben lang hatte sie sich von ihrer Angst hemmen lassen und zugelassen, dass dadurch diese wundervolle Beziehung zu ihrem besten Freund zerstört wurde, dem Mann, den sie geliebt hatte. Sie hatte ihre Chance mit ihm verpasst, weil sie sich nicht völlig öffnen konnte, genau wie bei Luc.

Ihr Dad hatte sie verlassen, als sie noch ein Kind gewesen war. Der erste und einzige Mann, den sie aus ganzem Herzen geliebt hatte, und das hatte riesige Auswirkungen auf den Rest ihres Lebens gehabt. Doch nun wusste sie, dass sie sich davon nicht mehr beeinflussen lassen durfte.

»Ach komm, bitte weine nicht«, bat Leo verlegen. »Isla wird mir die Hölle heiß machen, weil sie glauben wird, ich habe etwas gesagt, was dich traurig gemacht hat. Und wie du weißt, will man es sich mit Isla nicht verscherzen.«

Tori lachte trotz der Tränen. »Ich werde behaupten, ich hätte Heuschnupfen.«

»Das durchschaut sie sofort. In einem Aquarium gibt es nicht allzu viele Blumen.«

Sie lachte erneut und wischte sich die Tränen ab. »Dann setze ich meine Sonnenbrille auf, sie wird gar nichts bemerken.«

»Klar, weil das Tragen einer Sonnenbrille in diesem Gebäude überhaupt nicht auffällig ist«, beschwerte sich Leo, aber es gab keinen Zweifel, dass er sie nur aufziehen wollte. Er ging neben ihr her, während sie sich langsam auf die Haie zubewegten. »War es richtig, dir die E-Mail zu zeigen?«, fragte er leise.

Sie nickte.

»Und hat es etwas daran geändert, wie du zu deiner Beziehung mit Aidan stehst?«

»Ja.«

Leo zuckte zusammen. »Oh nein, das wollte ich nicht.«

»Nein, Matthew hatte recht. Es ist an der Zeit, mit dem Wegrennen aufzuhören, und ausnahmsweise mal mutig zu sein.«

Leo stieß einen erleichterten Seufzer aus.

KAPITEL 19

Am nächsten Tag klopfte Aidan an die Tür zum Blossom Cottage und lächelte, als Tori mit schwingenden roten Locken praktisch zur Tür gehüpft kam, ein breites Grinsen im Gesicht. Es war verrückt, sie hatte sein Bett erst vor wenigen Stunden verlassen, und trotzdem hatte er ihre Gegenwart bereits vermisst.

»Ich bin so froh, dass du hier bist«, sagte sie. »Da bekommst du gleich zu sehen, wie dein Werbefilm gemacht wird, zumindest ein winziger Ausschnitt davon. Nicht vielen Kunden ist das vergönnt, daher finde ich es aufregend, dass es bei dir klappt.« Tori sprühte geradezu vor Glück. Am liebsten hätte er sie geküsst.

»Ich freue mich auch, das mitzuerleben«, antwortete Aidan, obwohl er sich am meisten darauf freute, Tori bei der Arbeit zuzusehen. Wie unschwer zu erkennen war, liebte sie ihren Job und war vollkommen in ihrem Element. Es war ein wunderbarer Anblick.

Sie nahm seine Hand und zog ihn ins Cottage. An der hinteren Wand im Wohnzimmer war ein Greenscreen aufgebaut und den Couchtisch hatte sie in eine Ecke geschoben. Er entdeckte Beleuchtung, einen Laptop, eine daran angeschlossene Kamera und mittendrin Max, bereit für seine Hauptrolle.

Bevor sie dorthin zurückgehen konnte, schlang Aidan Tori die Arme um die Taille und zog sie zu sich heran.

»Hallo.« Er neigte den Kopf und küsste sie, wobei er ihr Lächeln an den Lippen spürte.

»Ebenfalls hallo.«

Diesmal küsste sie ihn und fuhr ihm mit den Händen über den Nacken. Er zog sie noch näher und hätte sie am liebsten überall gleichzeitig gestreichelt. Er spürte ihre Zunge an seiner und hörte ihr leises Stöhnen an seinen Lippen, bevor sie sich ihm sanft entzog.

»Das nenne ich eine richtige Begrüßung«, sagte er.

»Tut mir leid, ich werde dich in Zukunft immer so begrüßen.«

Er grinste. Dagegen hatte er überhaupt nichts.

»Hast du die neuesten Nachrichten über den Hurrikan Imogen gehört?«, fragte Tori und rieb ihm beruhigend über die Schultern. »Wie es aussieht, wurde er inzwischen auf einen schlimmen Sturm herabgestuft, aber es werden trotzdem noch extrem starke Winde und hohe Wellen für diesen Teil des Landes vorhergesagt.«

»Ich weiß.« Aidan hatte absichtlich jeden Tag die Nachrichten gehört, um sich über den Kurs von Hurrikan Imogen zu informieren. Er gab sich größte Mühe, sich wegen des Sturms nicht verrückt zu machen, vielleicht flaute er ja vollständig ab, bevor er das Ufer hier erreichte. Sandcastle Bay hatte schon früher schlimmen Stürmen widerstanden und auch die Heartberry Farm hatte überlebt. Daher brauchte er sich nicht allzu viele Sorgen zu machen, obwohl er wusste, er musste die Sache im Auge behalten. Er betrachtete Toris besorgtes Gesicht und wollte ihr diese Last nehmen, damit er sie wieder fröhlich sehen konnte. »*Que sera, sera*, schon vergessen?«

Sie zwang sich zu einem Lächeln und nickte.

Er griff in die Tasche und holte die Papierrose heraus, mit der er sich am Morgen beschäftigt hatte. Diesmal leuchtete echte Freude in ihrem Gesicht auf.

»Das ist so lieb. Ich finde es schön, dass das unser Ritual geworden ist«, stellte Tori fest.

»Und mir gefällt, dass wir ein Ritual haben.«

»Mir auch. Und du hast mich sogar inspiriert. Ich habe einen Auftrag für einen Werbefilm für einen Zoo angenommen, und ich dachte, den könnte ich mit Origami-Tieren drehen. Ich muss es noch mit dem Kunden besprechen, aber ich habe heute Morgen schon eine Origamischildkröte gemacht, einen Pinguin, eine Giraffe und mit einer Fledermaus bin ich halb fertig. Ich mache später davon einige Fotos und schicke sie als Teil meines Konzeptvorschlags mit, also vielen Dank für die Idee. Und ich habe auch etwas für dich«, fügte Tori hinzu. »Obwohl es leider keine Origamifigur ist.«

Sie ging hinüber zum Kaminsims und holte einen weißen Umschlag, den sie ihm aufgeregt entgegenhielt.

Er öffnete ihn. Darin befanden sich ein Gutschein und eine bunte Broschüre.

Als er den Gutschein las, füllte sich sein Herz mit Liebe zu ihr. Er galt für einen dreitägigen Kurs im nahe gelegenen College, wo man ihm beibringen würde, wie man verschiedene Kuchen, Pies und Desserts herstellte.

»Ich bin neulich am College vorbeigekommen und habe kurz hineingeschaut«, erklärte Tori. »Das klingt doch, als wäre dieses Programm perfekt für dich. Ich habe den Gutschein genommen, damit du dir selbst einen Kurs buchen kannst, wann immer er dir zeitlich passt. Ich weiß, dass du momentan mit dem Obst viel zu tun hast, aber vielleicht hast du später ein wenig mehr Freizeit. Sie halten den Kurs zweimal pro Monat ab, und er dauert nur drei Tage.«

»Das ist das perfekte Geschenk«, erwiderte Aidan leise.

»Ja?«

Er nickte. »Und du hast das für mich gekauft?«

»Ja. Denn ich weiß, dass es viel einfacher klingt, als es ist, dein eigenes Dessertgeschäft aufzumachen und Pies und Kuchen überall in Großbritannien zu vertreiben. Aber selbst falls du den Plan später einmal nicht umsetzen möchtest oder dir die Zeit dazu fehlt, dachte ich, es würde dir trotzdem Spaß machen, dich ein paar Tage lang deiner Leidenschaft hinzugeben, auch wenn es nur für den Eigenbedarf ist.«

»Das ist …« Er schluckte. »Niemand hat mich je gefragt, was ich mit meinem Leben anfangen will. Du hast recht, es wurde von mir erwartet, dass ich die Farm übernehme, und ich habe es einfach akzeptiert. Das ist ein sehr aufmerksames Geschenk. Vielen Dank.«

Tori lächelte. »Ah, ich bin so froh, dass es dir gefällt, ich war mir nicht sicher, ob du das als Einmischung empfinden würdest. Immerhin habe ich dich schon zu dem Werbefilm überredet, und jetzt …«

Er zog sie wieder in die Arme. »Ich habe dir doch gesagt, bei mir musst du dir keine Gedanken darüber machen, was du sagst oder tust. Das ist wirklich lieb von dir, vielen Dank.«

Tori schenkte ihm einen Kuss.

»Übrigens, was ich dich noch fragen wollte, ich habe Beast schon seit einigen Tagen nicht mehr gesehen. Ist es normal, dass er einfach so verschwindet?«

Aidan nickt. »Ja, aber er kommt immer wieder.«

»Sein Futter ist immer weg, aber das könnten auch Füchse oder Dachse oder andere Tiere gefressen haben. Auch die Schüsseln sind fort.«

»Wenn die Schüsseln weg sind, war es vermutlich Beast. Mach dir nicht zu viele Gedanken. Ich höre mich mal um, ob ihn jemand gesehen hat, aber manchmal verschwindet er auch mit seiner Freundin, daher ist vermutlich alles in Ordnung.«

Tori nickte, bevor sie sich wieder ihrer kleinen, improvisierten Drehkulisse zuwandte.

»Okay, bist du bereit für ein paar aufregende Stunden? Dieser Animationskram verläuft äußerst rasant.«

Aidan lachte, denn aus ihren früheren Kommentaren hatte er längst geschlossen, dass genau das Gegenteil der Fall war.

Sie zog ihn hinüber zum Set, und er konnte sehen, dass Max bereit war: Schirmmütze, ein Funkeln im Blick, ein keckes Lächeln und …

»Grüne Gummistiefel?«

»Jenny trägt lilafarbene«, erklärte ihm Tori. »Es erschien mir passender.«

Er lächelte. »Das gefällt mir.«

»So, wir sind bereit für die erste Aufnahme. Hättest du gern die Ehre?«

»Was? Nein. Ich weiß doch gar nichts über Animation oder …«

»Das brauchst du auch nicht. Sieh einfach auf den Laptop und überleg dir, ob du mit der Aufnahme zufrieden bist, und falls ja, drückst du die Enter-Taste.«

»Das ist alles?«

»Ja, in dieser Phase passiert nichts Kompliziertes, wir machen einfach nur Fotos. Falls irgendetwas schiefgeht, können wir das später herausschneiden. Den Landschaftshintergrund füge ich später ein, damit wir uns jetzt ausschließlich auf Max konzentrieren können. Gefällt dir diese Einstellung?«

Er betrachtete den Bildschirm. Max wirkte glänzend und saftig, wie eine richtige Beere, und sein Lächeln war frech und einladend. Es war perfekt.

»Ja, sieht für mich gut aus.«

Tori deutete auf die Enter-Taste und Aidan drückte sie.

»Herzlichen Glückwunsch, du bist jetzt mein Assistent.«

* * *

»Genau so wird's gemacht!«

Tori sah den Kindern zu, die im Sand saßen und laut über Punchs Kaspereien in der rot-weiß gestreiften Theaterkabine lachten. Sie selbst betrachtete das Schauspiel von ihrem Platz in einer der Stuhlreihen ganz hinten, wo die Eltern sich eine wohlverdiente Pause gönnten, während ihre Kinder eine halbe Stunde lang bespaßt wurden. Jetzt trat Judy wieder auf und schimpfte Punch wegen seiner mangelnden Fähigkeiten im Babysitten aus. Die Kinder fanden das zum Brüllen komisch. In der Woche vor ihrem Besuch in Sandcastle Bay hatte Tori in letzter Minute noch eine Karte für »Wicked« im West End bekommen. Weil sie allein gewesen war, hatte sie einen Platz in der dritten Reihe ergattert, und das Musical war umwerfend gewesen. Und jetzt war sie hier und sah Judy und Punch.

Der Puppenspieler hatte bereits einen Teller fallen gelassen, den Punch eigentlich drehen sollte. Und Judys Stimme, die anfangs hoch und feminin gewesen war, klang inzwischen deutlich barscher, als könnte er die Verstellung nicht länger durchhalten. Das Krokodil war aufgetaucht und hatte während eines Kampfes mit Punch ein Auge verloren, was Tori nicht wie beabsichtigt vorgekommen war. Die ganze Inszenierung wirkte unprofessionell und altbacken, und die Bühne wackelte so sehr, dass es aussah, als würde sie jeden Moment zusammenbrechen. Wenn das als qualitativ hochwertige Unterhaltung galt, war das Leben hier in dieser Gegend wirklich ganz anders.

»Was für ein Mist«, seufzte Isla, und Tori war erleichtert, dass sie nicht die Einzige war, die so dachte.

Sie beugte sich vor und betrachtete Elliot, der mit Marigold, Emilys Tochter, Händchen hielt, während die beiden sich halb totlachten. »Den Kindern scheint es zu gefallen.«

Emily, die vor ihnen saß, drehte sich um. »Ich weiß, dass es sich nur um harmlose Kinderunterhaltung handelt, und da wir am Meer wohnen, gehört das zu unserem kulturellen Erbe. Marigold wollte es sich ansehen und ich wollte es ihr nicht abschlagen. Aber gleichzeitig möchte ich am liebsten Judy zurufen, dass sie jemand viel Besseren als Punch finden kann, dass er ein sexistischer, frauenverachtender Tyrann ist und als Babysitter völlig ungeeignet. Judy wäre als alleinerziehende Mutter besser dran, statt bei diesem Schwachkopf zu bleiben. Ich möchte nicht, dass Marigold glaubt, dieses Verhalten wäre akzeptabel oder lustig.«

Agatha, die neben ihr saß, nickte. »Da hast du absolut recht, meine Liebe, du musst meiner Großnichte den allerhöchsten Standard in Bezug auf Männer beibringen. Ich will nicht, dass sie sich mit irgendeinem alten Lumpen zufriedengibt.«

Eine junge Mutter in der Reihe vor Emily und Agatha drehte sich um. »Um Himmels willen, Punch ist eine Marionette, nicht der nächste Premierministerkandidat. Kommt mal von eurem hohen Ross herunter.«

Dann setzte sie sich wieder gerade hin, um die Vorstellung weiter zu verfolgen, und Tori sah, wie sich Agatha auf ihrem Platz für einen Streit bereit machte.

Emily legte ihr jedoch eine Hand auf den Arm und schüttelte den Kopf. »Lass gut sein, Agatha. Nur weil ich das Beste für mein Kind will, bedeutet das nicht, dass alle so über die Erziehung ihrer Kinder denken.«

Tori unterdrückte ein Lächeln. Ihr gefiel diese kämpferische Seite an Emily.

Melody kicherte neben Emily und wandte sich an Isla. »Schulhofpolitik. Darauf kannst du dich schon freuen, wenn Elliot erst älter ist.«

»Es hat schon in der Kinderkrippe angefangen«, widersprach Isla. »Und jetzt im Kindergarten ist es noch schlimmer geworden. Ich versuche, mich so gut wie möglich da rauszuhalten, aber Emily hat recht.«

Als Punch auf der improvisierten Bühne Judy zwang, ihn zu küssen, buhte Isla laut. Die junge Mum, die sich vorher mit Emily angelegt hatte, drehte sich um und starrte sie böse an. Isla schien das jedoch kaltzulassen.

Agatha gab die Vorführung komplett auf und drehte sich ganz zu Isla herum. »Siehst du, es könnte dich viel schlimmer treffen, als Leo Jackson zu heiraten. Du könntest bei jemandem wie diesem Mr Punch landen.«

Tori zog die Brauen hoch. Das war alles andere als eine subtile Bemerkung gewesen.

Isla schüttelte den Kopf. »Emily hat recht, ich wäre lieber für den Rest meines Lebens allein, wenn die einzige Alternative Mr Punch wäre. So einen Vater braucht Elliot nicht. Und hör auf, es so klingen zu lassen, als würde ich glauben, mit Leo einen schlechten Fang zu machen, oder als ob ich mich für was Besseres halte. Das stimmt nämlich nicht. Er würde einen wunderbaren Vater für Elliot abgeben.«

»Wo liegt dann das Problem?«, wollte Agatha wissen.

»Das Problem ist, dass er mich nicht liebt. Er hat mich gern und er betet Elliot an, aber er liebt mich nicht.«

»Wie ich feststelle, behauptest du nicht, dass das Problem deine mangelnde Liebe für ihn ist.«

Isla seufzte übertrieben. Agatha gab einfach nicht auf. Tori blickte hinüber zu Melody und fragte sich, ob sie dazwischengehen und Agatha auffordern sollte, damit aufzuhören. Melody war bei Agathas Frage zusammengezuckt. Allerdings war es höchst wahrscheinlich, dass sie jetzt, wo Agathas Aufmerksamkeit nicht mehr von dieser qualitativ hochwertigen Unterhaltung gefesselt wurde, alle einem Verhör unterzogen würden.

»Um Himmels willen, der Junge hat dich gebeten, ihn zu heiraten!«, ereiferte sich Agatha. »Natürlich liebt er dich.«

Isla wirkte bestürzt. »Woher weißt du das?«

»Wenn du ein Gespräch geheim halten willst, musst du es bei dir zu Hause führen«, antwortete Agatha unverblümt. »Ich habe meine Spione überall. Wie man mir sagt, hat er dir sogar schon mehrmals einen Antrag gemacht.«

»Wie bitte, Leo hat dir einen Heiratsantrag gemacht?«, fragte Emily, drehte sich herum und schenkte dem Gespräch nun ihre volle Aufmerksamkeit.

»Weil er sich um mich kümmern will. Matthew hat ihm bei Elliots Taufe das Versprechen abgenommen, sich um mich und Elliot zu kümmern, sollte ihm etwas zustoßen. Mehr steckt nicht dahinter, nur ein Versprechen seinem besten Freund gegenüber«, erklärte Isla.

»Dieser Junge ist ganz verrückt vor Liebe nach dir. Du wirst schon sehen, er wird dir am Samstag sein Stück des berühmten Heartberry-Kuchens als Zeichen seiner Liebe anbieten.«

»Laut Aidan hat Leo noch nie seinen Kuchen einer Frau gegeben, die nicht zu seiner Familie gehört.« Tori nickte in Emilys Richtung. »Vielleicht ist es ein bisschen optimistisch zu glauben, dass sich das jetzt plötzlich ändern wird.«

»Es wird nicht geschehen«, behauptete Isla lachend. »Okay, wie wäre es damit? Wenn er mir am Samstag seinen Kuchen gibt, sage ich vielleicht Ja zu einem seiner verrückten Anträge. Das wird ihm einen schönen Schreck einjagen, wenn ich den tatsächlich annehme.«

»Ich finde nur, dass man Leo und Isla lieber allein zusammenkommen lassen sollte, statt sie mit aller Gewalt einander aufzudrängen«, warf Melody mutig ein.

»Und was ist mit dir und Jamie?«, wandte Agatha nun ihre Aufmerksamkeit Melody zu. »Wann wirst du ihn denn um eine Verabredung bitten?«

»Agatha, hast du denn schon Stefano um eine Verabredung gebeten?«, erkundigte sich Tori in dem verzweifelten Versuch, Melody zu retten.

»Ich habe ihm erklärt, dass ich erwarte, am Samstag ein Stück von seinem Heartberry-Kuchen abzubekommen, wir werden also sehen, was passiert. Melody, was ist mit dir? Wenn man einen Mann wie Jamie Jackson haben will, muss man ihn meiner Erfahrung nach selbst einfangen. Er ist nicht wie seine Brüder, ihm fehlt dieses Selbstbewusstsein, nicht wahr, Emily?«

»Ja, er war schon immer ein wenig schüchtern in Bezug auf Frauen«, gab Emily zu.

»Ich kann ihn nicht um eine Verabredung bitten«, wandte Melody ein.

»Warum nicht? Weil er nein sagen könnte? Weil die Stimmung zwischen euch dann komisch wäre? Auch nicht komischer als jetzt. Es ist schon beinahe schmerzhaft, sich in eurer Nähe aufzuhalten, wenn ihr zusammen seid. Eine Verabredung kann das unmöglich verschlimmern.«

Melody wusste ganz offensichtlich nicht, was sie darauf erwidern sollte. »Aber …«

»Aber es wird wehtun, falls er ablehnt?«, mutmaßte Agatha. »Ja, das weiß ich, Schätzchen, aber es wird dich nicht umbringen. Dann reißt du dich zusammen und suchst dir jemanden, der clever genug ist, zu erkennen, wie wundervoll du bist. Und ich gebe Jamie einen Klaps hinter die Ohren, weil er so dumm war.«

Darüber musste Melody trotz Agathas Einmischung lächeln.

»Okay, ich werde es versuchen«, willigte sie ein, was Tori überraschte. Sie war selbst nicht gerade besonders mitteilsam, wenn es um Männer ging. »Aber nicht sofort. Du musst mir ein bisschen Zeit geben, um Mut zu sammeln und mir einen Plan zu überlegen, und mich nicht dauernd bedrängen.«

»In meinem Alter ist Zeit etwas, von dem ich nicht mehr viel habe. Ich gebe dir drei Monate, ansonsten mische ich mich ein.«

»Was bedeutet das?«, wollte Melody wissen.

»Vertrau mir, das willst du nicht herausfinden«, versicherte ihr Emily. »Was glaubst du, wie Stanley und ich zusammengekommen sind?«

»Na schön, drei Monate, aber mach mir keine Vorwürfe, wenn ihn meine Frage in die Flucht schlägt«, erwiderte Melody.

»Ich bezweifle, dass das passieren wird«, entgegnete Agatha und wandte ihre Aufmerksamkeit jetzt Tori zu. »Und wie steht's zwischen dir und Aidan? Bei Matthews Gedenkfeier neulich schient ihr sehr vertraut miteinander. Ich habe gesehen, wie er deine Hand gehalten hat, als ihr die Ballons habt steigen lassen.«

Tori lächelte. Diese Frau hatte ihre Augen wirklich überall. »Uns geht es gut.«

»Nach allem, was ich höre, habt ihr jede Menge Sex.«

»Wenn du nicht gerade Spione in Aidans Farmhaus postiert hast, kannst du das unmöglich wissen«, antwortete Tori und bereute es sofort.

»Ich wusste es auch nicht, aber jetzt schon«, stellte Agatha triumphierend fest. »Schau an. Nun, ich habe fünfzig Pfund darauf gewettet, dass ihr beiden innerhalb eines Jahres verheiratet seid. Wenn du die Sache also ein wenig beschleunigen könntest, wäre ich dir sehr dankbar.«

»Ich werde nicht heiraten, nur damit du fünfzig Pfund gewinnst«, empörte sich Tori.

»Nein, du hast recht«, pflichtete Agatha ihr bei. »Eine Ehe muss man ernst nehmen. Aber wenn du noch diese fünf Kinder kriegen willst, solltest du dich ranhalten. Du wirst auch nicht jünger.«

Tori fiel die Kinnlade herunter.

»Nun ja, jetzt, wo ich das Liebesleben meiner Neffen geregelt habe, mache ich mich auf den Weg. Ganz sicher werde

266

ich mir nicht weiter diesen veralteten Blödsinn ansehen«, verkündete Agatha, stand auf und ging über den Strand davon.

Entsetzt blickte Tori hinter ihr her.

»Ist sie immer so?«, wollte sie von Emily wissen.

»Ja, leider, so kenne ich sie schon mein ganzes Leben lang. Es ist einfacher, das zu machen, was sie will, statt mit ihr zu diskutieren. Sie gewinnt sowieso immer«, sagte Emily.

Seufzend schüttelte Tori den Kopf. »Dann werden wir wohl nächstes Jahr eine Dreifachhochzeit feiern.«

Melody und Isla lachten.

Die Vorstellung war immer noch in vollem Gange: Das Baby war vom Krokodil gestohlen worden, und die Polizei war gekommen, obwohl Mr Punch die Angelegenheit kein bisschen ernst nahm.

Marigold kam zu Emily herüber und Elliot folgte ihr.

»Mummy, ich mag Mr Punch nicht«, sagte Marigold und Elliot kletterte auf Islas Schoß.

Emily drehte sich mit einem zufriedenen Lächeln zu Tori um. »Ja, Schätzchen, ich mag ihn auch nicht. Männer dürfen Frauen nicht so behandeln, niemals«, sagte sie laut genug, damit die Mum vor ihr es auch hörte.

Marigold nickte ernsthaft.

»Wollen wir uns irgendwo ein Eis kaufen?«

»Jaaaa!«

Emily stand auf, nahm Marigolds Hand und verabschiedete sich mit einem Winken von Tori, Isla und Melody.

»Was hältst du denn von Mr Punch?«, wollte Isla wissen und küsste Elliot auf die Wange.

»Er ist ein Mistkerl«, erwiderte Elliot lapidar.

Melody prustete los, weil Elliot dieses Wort ganz eindeutig bei ihrem Gespräch neulich im Pub aufgeschnappt hatte.

»Oh ja, das ist er«, stimmte Isla ihm stolz zu.

* * *

Tori zog sich ihr T-Shirt über den Kopf und stellte sich an Aidans Schlafzimmerfenster. Es war vom Rest des Raumes durch eine kleine Nische abgetrennt und bot einen Ausblick auf die Felder und Hügel und in der Ferne auf die glitzernde Orchard Cove.

Sie hatte noch nie zuvor halb nackt an einem Fenster gestanden, aber soweit das Auge reichte, gehörte das Land Aidan. Niemand würde sie hier sehen.

Sie zog sich fertig aus und streckte die Arme über den Kopf, wobei sie sich kühn und selbstbewusst fühlte. Aidan hatte ihr eins von seinen T-Shirts aufs Bett herausgelegt, damit sie etwas hatte, worin sie schlafen konnte. Doch da er bereits deutlich gemacht hatte, dass er erst schlafen wollte, nachdem er sie geliebt hatte, erschien es ihr wenig sinnvoll, es jetzt schon anzu-ziehen. Er hatte sie sowieso schon mehrere Male nackt gesehen.

Sie lächelte. Bei ihm fühlte sie sich so lebendig.

Sex mit Luc hatte immer nur in dunklen Räumen statt-gefunden. Dabei war sie sich nie ganz sicher gewesen, ob Luc nicht wollte, dass sie seinen Körper sah, oder er ihren nicht sehen wollte. Sie war immer zu befangen gewesen, sich ihm zu zeigen. Natürlich hatte er sie nackt gesehen, doch dabei hatte sie sich unwohl gefühlt, auch wenn sie nicht wusste, warum. Bei Aidan gab es das nicht. Bei seinem Blick fühlte sie sich weder schüchtern noch gehemmt, sie liebte das Feuer in seinen Augen, wenn er sie mit seinen Blicken verschlang.

Sie hatten einige Stunden damit verbracht, Aidans Werbefilm zu schießen, und bisher hatten sie Max nur wenige Millimeter bewegt. Sie war sich sicher gewesen, dass Aidan vom fehlenden sichtbaren Fortschritt gelangweilt sein würde, aber er hatte jede Minute genossen.

Sie verbrachte unheimlich gern Zeit mit ihm, plaudernd und lachend, und es war egal, ob sie den Sonnenaufgang beobachteten, Obst ernteten oder gemeinsam aßen, bei ihm fühlte sie sich so glücklich. Jeder Moment, den sie mit ihm verbrachte, ließ ihre Ängste und Zweifel immer weiter schwinden.

Sie hörte ein Geräusch hinter sich und drehte sich um.

Aidan stand in der Schlafzimmertür, nur mit den engen schwarzen Boxershorts bekleidet, die sie an ihm so liebte. Sein Körper war geradezu makellos, und es juckte sie in den Fingern, ihn zu berühren.

Sie hob den Blick und stellte fest, dass er sie betrachtete, als wäre sie ein seltener und wunderschöner Schatz, den er in den Händen halten wollte.

Langsam kam er auf sie zu, nahm ihren Anblick tief in sich auf und blieb nur kurz stehen, um ein Kondom aus dem Nachttisch zu nehmen.

»Du siehst wunderschön aus«, hauchte er, als er die letzte Distanz zwischen ihnen überwand. Er streichelte ihr über die Schulter und ihren Arm hinab, so sanft, dass er sie kaum berührte. »So, wie das Sonnenlicht deine Haut liebkost, siehst du geradezu magisch aus. Ich möchte dich überall dort küssen, wo die Sonne dich berührt.«

Er legte das Kondom auf der Fensterbank ab, und Tori stellte beim Hinabsehen fest, dass ihr ganzer Körper in goldenes Sonnenlicht getaucht war. Sie erschauerte wohlig beim Gedanken daran, wie er sie überall mit Küssen bedeckte.

»Ich glaube, ich hätte nichts dagegen.«

Lächelnd drückte er ihr einen sanften Kuss auf das Schlüsselbein und dann auf ihre Schulter, streichelte liebevoll über ihren Körper, während sein Mund eine Spur aus Küssen ihren Arm hinab bis zu ihrem Handgelenk zog, bis zu ihrer Handfläche und dann zu jedem einzelnen ihrer Finger. Dann kniete er sich hin und drückte ihr sanfte Küsse auf die Hüfte und ihren Bauch. Er leckte über ihren Bauchnabel und sie

269

schob ihre Finger in sein Haar. Obwohl er sie kaum berührte, war es unglaublich sexy.

Während er sich zu ihrer anderen Hüfte vorarbeitete, hob er den Blick, und in seinen Augen las sie so viel Bewunderung, dass es sie beinahe in die Knie zwang.

Er strich ihr über die Rippen, während er mit dem Mund über ihren Bauch fuhr und dann um ihre Brüste herum. Alles, was er tat, sollte ihr Vergnügen bereiten, nicht ihm, und sie erkannte, wie sehr er das genoss.

Als er mit der Zunge über ihren Nippel fuhr, schob er die Finger zwischen ihre Beine, und plötzlich konnte sie nicht mehr klar denken.

»Ich glaube nicht, dass die Sonne dorthin scheint«, hauchte Tori. Ihr ganzer Körper wand sich vor köstlichem Verlangen. Sie spürte ihn an ihrer Brust lächeln und dann verlor sie jegliche Kontrolle, warf den Kopf zurück und rief seinen Namen. Ihr Körper reagierte so bereitwillig auf ihn. Es war ihr beinahe peinlich, wie schnell er sie zum Höhepunkt bringen konnte, wohingegen Luc es häufig einige Minuten lang erfolglos versucht hatte und dann zum Hauptteil übergegangen war.

Er fuhr mit den Lippen über ihre Brust, langsam ihren Hals hinauf, während er sich gleichzeitig wieder aufrichtete, und dann küsste er sie leidenschaftlich, die Hände um ihre Taille gelegt.

Tori glitt mit den Händen seinen nackten Rücken hinauf, erspürte die Muskeln in seinen Schultern, ertastete das Tattoo, das er sich nur für sie hatte machen lassen, bevor sie an seiner Wirbelsäule wieder hinunterglitt und ihm die Shorts über den Hintern schob.

Er trat einen Schritt zurück, um sie vollständig auszuziehen, und nahm dann wieder ihr Gesicht für einen Kuss zwischen seine Hände.

Sie löste sich sanft und fuhr ihm mit den Fingern über die Brust. Bewundernd blickte er auf sie hinab.

»Ich bin noch nie zuvor mit so viel … Ehrfurcht berührt oder geküsst worden.«

Sie strich ihm über den Oberkörper, den Bauch hinab und umfasste ihn fest, sodass er heftig den Atem einsog. Er war bereits sehr erregt, und sie genoss das Gefühl seines harten Körpers an ihrem. Sie streichelte ihn und er nahm das Kondom von der Fensterbank und reichte es ihr.

Sie riss die Verpackung auf, zog ihm den Schutz über und er stöhnte leise. Dann hob er sie an, und sie schlang ihm die Beine um die Hüften, als er sie gegen die Wand presste.

Mit einem tiefen Kuss glitt er in sie, und sie atmete an seinen Lippen. Er hob sie höher, nahm sie tiefer. Sie klammerte sich noch fester an ihn, küsste ihn, schmeckte ihn, spürte sein Herz unter ihrem schlagen, während er sich in ihr bewegte, härter und mit einer Dringlichkeit, die sie so zuvor noch nicht bei ihm gespürt hatte.

Er zog sich weit genug zurück, um ihr etwas zuflüstern zu können.

»Wenn du mich lässt, werde ich dich für alle Ewigkeit so küssen.«

Der Gedanke daran ließ sie in ihrem Orgasmus erbeben.

KAPITEL 20

Am folgenden Morgen schloss Tori das Blossom Cottage auf. Sie hatte am Abend zuvor wieder mehrere Stunden lang Beeren gepflückt und anschließend eine weitere wundervolle Nacht in Aidans Bett verbracht. Am liebsten wäre sie den ganzen Tag bei ihm geblieben, aber sie wollte auch gern mit Max weitermachen. Aidan hatte auf der Farm zu tun und musste noch vor dem großen Rennen am Folgetag sein Boot fertigstellen. Tori wollte sich später mit Melody, Isla und Elliot treffen, somit blieben ihr jetzt noch einige Stunden für den Film.

Voller Vorfreude blickte sie hinüber zu Max, der auf sie wartete. Dann stellte sie in der Küche den Wasserkocher an, um sich eine Tasse Tee zu machen. Ein Bellen von draußen weckte ihre Aufmerksamkeit, und sie entdeckte Beast, der die Schuppentür bewachte, und Dobby, den Truthahn, der mit den Flügeln schlug. Es sah beinahe aus, als ob die beiden miteinander stritten.

Sie eilte nach draußen, und sofort wandten sich die Tiere ihr zu. Beast bellte sie an, ohne aber seinen Platz an der Tür zu verlassen, und Dobby rannte auf sie zu, wobei er seine merkwürdigen Kollerlaute von sich gab und mit den Flügeln schlug.

Diesmal blieb sie jedoch stehen und wollte sich von dem Vogel nicht einschüchtern lassen. Doch als sie versuchte, an ihm vorbeizugehen, um nach Beast zu sehen, blockierte ihr Dobby jedes Mal den Weg und ließ sie gar nicht erst in die Nähe des Schuppens. Beast bellte immer noch, und sie beschloss, ein wenig Futter zu holen. Vielleicht würde das den verrückten Hund beruhigen.

Sie kehrte in die Küche zurück, schüttete Trockenfutter in eine Schüssel und gab noch eine halbe Dose von dem Nassfutter obendrauf, das er zu mögen schien, dann ging sie damit und mit einer Schüssel Wasser wieder nach draußen.

Der Anblick des Fressens hatte zumindest den Effekt, dass Beast mit dem Bellen aufhörte, aber er schien immer noch nicht den Eingang des Schuppens freimachen zu wollen, zumindest nicht, solange sie da war.

Tori ging zurück ins Haus und schloss die Tür. Durchs Fenster beobachtete sie, wie Beast herausrannte, einige Bissen fraß und die Schüssel dann in den Schuppen zerrte.

Was war da los? Was auch immer dort vor sich ging, Jamie suchte vermutlich bereits nach Dobby.

Tori schickte Aidan eine SMS und fragte nach Jamies Nummer. Einige Minuten später tauchte sie auf ihrem Handy auf, gefolgt von einer zweiten Nachricht:

Ziehst du jetzt weiter zum nächsten Jackson-Bruder?

Lachend schickte sie ihre Antwort.

Er hat schönere Ellbogen als du.

Das stimmt. Alles in Ordnung bei dir?

Es geht nur um Beast und Dobby, die hier einen kleinen Aufruhr veranstalten. Mach dir keine Sorgen.

273

Sie wählte Jamies Nummer und er nahm den Anruf beinahe sofort an.

»Hallo?«

»Jamie, hier spricht Tori.«

»Hey, Tori, wie geht es dir?«, fragte Jamie, und wieder einmal bemerkte Tori, wie locker er im Gespräch mit ihr war. Kein Vergleich zu seiner Befangenheit, wenn er mit Melody redete.

»Mir geht's gut. Ich wollte dir nur Bescheid sagen, dass Dobby zum Spielen mit Beast vorbeigekommen ist, allerdings scheint Beast darüber nicht besonders glücklich zu sein.«

»Das ist aber merkwürdig.«

»Dass dein Truthahn wieder ausgebüxt ist und dass er, weil es ihm nicht gereicht hat, mich einen Hügel hinabzujagen, jetzt auch noch bei mir zu Hause auftaucht, um mich weiter zu verfolgen?«

Er lachte. »Nein, dass Beast sich daran stört. Normalerweise sind die beiden dicke Freunde. Beast kommt oft hierher, um Dobby zu besuchen, obwohl ich ihn jetzt schon mehrere Tage lang nicht gesehen habe. Ich komme mal vorbei und schaue mir an, was da los ist.«

»Und dann nimmst du deinen Truthahn mit nach Hause?«

Jamie lachte erneut. »Das auch. In fünf Minuten bin ich bei dir.«

»Ich setze schon mal Wasser auf.«

»Ich nehme meinen Kaffee mit viel Milch und drei Stück Zucker, bitte«, antwortete Jamie frech.

Tori lächelte. »Er wird hier bereitstehen.«

Sie legte auf, machte sich selbst einen Kamillentee und Jamies Kaffee genau nach seinen Wünschen. Bevor sie den ersten Schluck von ihrem Tee trinken konnte, klopfte es an der Tür. Sandcastle Bay war wirklich sehr klein.

Sie öffnete und ein grinsender Jamie stand auf ihrer Türschwelle. Sie reichte ihm seine Tasse und ließ ihn herein.

Er betrat das Haus und nahm einen großen Schluck. Wie es aussah, hatte er es nicht eilig, die Angelegenheit mit dem Truthahn zu klären. Sein Blick fiel auf Max und er ging zum Couchtisch.

»Nicht anfassen!«, rief Tori schnell. »Tut mir leid, ich wollte nicht so barsch klingen, aber wir sind gerade zwischen zwei Einstellungen, und wenn du Max berührst, könnte das die Aufnahme ruinieren.«

»Oh, ich hatte nicht vor, ihn anzufassen. Ich würde ausflippen, wenn jemand meine Skulpturen berührt, bevor sie fertig sind«, erwiderte Jamie und hockte sich hin, um die Figur besser betrachten zu können. »Aidan hat mir erzählt, dass du Animationsfilme machst. Das ist faszinierend. Welchen Rohstoff verwendest du?«

»Die Figur hier besteht überwiegend aus Knete. Ich habe noch einige andere Substanzen hinzugemischt, damit ich die richtigen Farben erhalte und die unter dem heißen Scheinwerferlicht nicht verblassen.«

»Ich verstehe. Ich musste das bei einigen von meinen Skulpturen auch machen.«

»Welches Material verwendest du?«, wollte Tori wissen.

»Eigentlich alles, aber hauptsächlich Ton. Ich liebe Porzellan, aber das ist teuer. Knete habe ich auch schon verwendet und auch Play-Doh, Fimo, alles, was weich und verformbar ist, und dann etwas anderes beigemischt, um es zu konservieren.«

»Ich würde liebend gern einige meiner Figuren behalten, aber am Ende der Aufnahmen sind sie meistens nicht mehr in allerbester Verfassung. Aber du verkaufst deine Skulpturen, wenn sie fertig sind. Das muss auch schwierig sein.«

»Manche behalte ich auch. Gerade habe ich mit einer begonnen, die ich bestimmt niemals verkaufen werde.«

»Oh, was denn für eine?«

Jamie nahm einen großen Schluck von seinem Kaffee und deutete dann wieder auf Max. »Benutzt du für das gesamte Projekt dasselbe Modell?«

Der abrupte Themenwechsel weg von seinen eigenen Arbeiten entging Tori nicht. Sie wusste, dass einige Künstler nicht über ihre Arbeiten sprachen oder sie zeigten, bevor sie komplett fertig waren.

»Nein, ich werde vermutlich fünf bis zehn unterschiedliche Modelle anfertigen – einige für Nahaufnahmen, ein paar kleinere für Ferneinstellungen. Normalerweise würde ich für so etwas eine Form herstellen, damit die Modelle alle gleich aussehen, aber dafür habe ich nicht die richtige Ausrüstung dabei. Max hier ist allerdings nicht allzu schwierig, und weil er ja auch läuft und spricht, werden kleine Abweichungen nicht besonders auffallen. Nun ja, mir schon, aber allen anderen vermutlich nicht.«

»Du drehst also einen Werbefilm für die Heartberry Farm? Das hat Aidan auch erwähnt.«

»Ja, für Social Media, was bedeutet, ich kann ein wenig witziger an die Sache herangehen.«

Er richtete sich wieder auf und trank von seinem Kaffee. »Ich kann mir gar nicht vorstellen, eine Skulptur zu erschaffen und dann mehrere Tage damit zu verbringen, sie aus ihrer ursprünglichen Form zu bewegen. Bitte sag nicht, dass Max am Ende des Films zerdrückt wird. Ich glaube, das könnte ich nicht ertragen.«

Tori lachte. »Nein, er verliebt sich.«

Jamie drehte sich mit einem frechen Grinsen auf den Lippen zu ihr um. »Ach, und wie läuft es so mit meinem Bruder?«

Sie lächelte über die schwache Überleitung und beschloss, ihn aufzuziehen. »Also, er ist ganz toll im Bett. Und was er erst alles mit seiner Zunge anstellen kann …«

»Hoppla, das muss ich nun wirklich nicht wissen!«, rief Jamie entsetzt.

»Dann frag halt nicht.«

Er lachte. »Gutes Argument. Es ist schön, zu sehen, dass er ein bisschen Spaß hat. Seit Imogen ihn verlassen hat, war er mit niemandem mehr zusammen, und ich habe mir schon Sorgen gemacht, dass er nie wieder jemanden finden würde. Jetzt ist er mit dir zusammen und ich freue mich für ihn.« Jamie musste etwas in Toris Miene bemerkt haben, denn er ruderte sofort zurück. »Ich meine, natürlich ist das zwischen euch nicht ernst, das wollte ich damit nicht gesagt haben. Es wird selbstverständlich nicht mit einer Hochzeit und Kindern enden. Es geht für ihn nicht um Liebe, mach dir deshalb keine Sorgen. Ich meinte nur, eine unverbindliche, bedeutungslose Affäre ist genau das, was er braucht, um sich wieder zu fangen.«

Tori spürte, wie ihr das Lächeln aus dem Gesicht wich. Während der vergangenen paar Tage hatte sie ihre Zweifel verdrängt, so wie Matthew es ihr geraten hatte, und die Möglichkeit einer ernsthaften Beziehung in Erwägung gezogen, aber Jamie schien das vollkommen anders zu sehen. Hielt Aidan sie etwa auch für eine unverbindliche Affäre?

»Oh Gott, so habe ich das nicht gemeint, das klang schrecklich, oder? Nicht bedeutungslos. Ich weiß, dass er dich gernhat, ich meinte nur, dass es nie über Sex hinausgehen wird. Natürlich würde Agatha es am liebsten sehen, wenn ihr beide heiratet, aber das wird nicht passieren, richtig?«

Tori schluckte. »Ich weiß nicht genau, was zwischen uns passieren wird.«

»Aber du gehst bald nach London zurück«, rief Jamie ihr in Erinnerung.

»Ja, aber wir könnten …« Sie verstummte. Was würden sie tun, wenn ihre Zeit hier zu Ende ging? Zwischen hier und London hin- und herpendeln, um einander zu besuchen? Sie arbeitete unter der Woche, und Aidan war am Wochenende mit den Kunden beschäftigt, die auf die Farm kamen, um selbst Obst zu pflücken. Konnte es wirklich funktionieren? Wollte Aidan das überhaupt, oder war es für ihn wirklich nicht mehr als eine lockere, bedeutungslose Affäre?

»Oh Mist, jetzt habe ich dich traurig gemacht. Was zum Teufel weiß ich schon, was zwischen dir und Aidan vorgeht? Vielleicht plant er ja sogar, dir am Wochenende beim Liebesfestival einen Antrag zu machen. Hör gar nicht auf mich. Ich sage sowieso immer das Falsche.« Er trank seinen Kaffee aus. »Holen wir diesen Truthahn.«

Er ging an ihr vorbei, doch sie griff nach seinem Arm. »Warum glaubst du, dass es für ihn nichts Ernstes ist?«

»Das glaube ich nicht, ich dachte einfach nur, dass es für euch beide nur etwas Unverbindliches ist, ein bisschen Spaß. Mir war nicht bewusst, dass mehr daraus geworden ist. Imogen stammte aus London, und die beiden haben sich kennengelernt, als sie beruflich für einige Wochen hier war. Er hat sich sehr schnell in sie verliebt, und nach ihrer Trennung hat er sich geschworen, sich zukünftig mehr Zeit zu lassen, um eine Frau besser kennenzulernen und herauszufinden, ob er ihr trauen kann. Er wusste, dass Imogen niemals in Sandcastle Bay bleiben würde und hatte immer das Gefühl, ihr nichts bieten zu können. Am Ende hat sie ihn verlassen, weil ein Leben mit ihm ihr nicht gereicht hat. Er hat mir gesagt, er würde sich nie wieder in so jemanden wie sie verlieben.«

»Du findest, ich bin wie Imogen?«

»Oh Gott nein, du bist überhaupt nicht wie sie. Ich konnte sie überhaupt nicht leiden. Ich meinte nur, dass Aidan weiß, dass du bald nach London zurückkehrst, und ich hätte erwartet, dass er nach der Sache mit Imogen ein bisschen vorsichtiger mit seinem Herzen umgeht. Hör zu, ignorier einfach alles, was ich gesagt habe. Wir haben bisher gar nicht wirklich über eure Beziehung gesprochen, was weiß ich also schon?«

Aidan und Jamie hatten nicht über sie gesprochen. War das gut oder schlecht? Es hatte lange gedauert, bevor Luc sie seinen Freunden vorgestellt hatte. Die meisten von ihnen hatten vorher nicht mal von ihrer Existenz gewusst. Luc hatte behauptet, dass er ihre Beziehung zu etwas Besonderem nur zwischen ihnen hatte machen wollen. Oder hatte er das in Wirklichkeit nur getan, weil sie ihm überhaupt nichts bedeutete und er sich weiterhin umsehen wollte? Hatte Aidan nicht mit Jamie über sie gesprochen, weil er sowieso keine Zukunft für sie beide sah? Und warum zweifelte sie plötzlich an der Sache zwischen ihnen? Sie war glücklich, warum konnte sie das nicht einfach genießen und aufhören, sich über die Zukunft Gedanken zu machen?

»Gehen wir und holen Dobby, bevor ich noch etwas anderes sage, was dich traurig macht«, schlug Jamie vor.

Er ging in die Küche und sie folgte ihm. Dass ihr das Gespräch einen Stich ins Herz versetzt hatte, gefiel ihr gar nicht.

Sie musste mit Aidan reden, bisher hatte sie mit ihm nicht über die Zukunft gesprochen. Vielleicht dachte er nach wie vor, sie sei nur auf der Suche nach etwas Unverbindlichem.

Verdammt! Beziehungen waren so kompliziert und so schwer zu durchschauen. Es war unvermeidlich, dass einer oder beide verletzt wurden, und genau deshalb hatte sie so lange keine mehr gehabt.

Beast war zu seinem Platz in der Nähe der Schuppentür zurückgekehrt, und Dobby patrouillierte durch den Garten, als stünde er ebenfalls Wache.

Als Jamie nach draußen trat, begann Beast sofort, ihn anzubellen. Dobby kam auf Jamie zugerannt, und Tori fragte sich, wie er auf den Truthahn reagieren würde, aber zu ihrer Überraschung hockte sich Jamie sofort hin und umarmte den

Vogel – er *umarmte* ihn. Dobby legte die Flügel auf Jamies Rücken. Es war das Liebenswerteste, was sie je gesehen hatte.

»Hey, du«, sagte Jamie leise.

Kein Wunder, dass sich Melody Hals über Kopf in diesen Mann verliebt hatte. Wenn man davon absah, dass er jedes Mal ins Fettnäpfchen trat, sobald er den Mund aufmachte, war er wirklich sehr liebenswert.

Beast bellte immer weiter, als Jamie den Truthahn auf die Arme nahm und mit ihm zurück zum Haus ging.

»Ich bringe Dobby rasch ins Auto und komme gleich wieder her, um nachzusehen, was mit Beast los ist.«

»Okay.«

Er verschwand im Cottage, und Tori hörte, wie die Haustür geschlossen wurde. Einige Minuten später erschien er wieder und holte eine Packung mit Würstchen aus der Tasche.

»Dann wollen wir mal schauen, weshalb Beast sich so aufregt, obwohl ich es mir fast denken kann.« Jamie ging hinüber zum Schuppen. Beast bellte weiter, obwohl Tori sehen konnte, dass auch die Würstchen seine Aufmerksamkeit geweckt hatten.

Sie folgte Jamie. »Ach ja?«

»Hm, wenn er in Sandcastle Bay umherzieht, hat er oft eine Hündin namens Beauty dabei. Keine Ahnung, woher sie kam, vielleicht ist sie einem der Touristen weggelaufen, die immer hierherkommen. Beauty ist sehr scheu und lässt niemanden in ihre Nähe, deshalb kümmert sich Beast sozusagen um sie.«

»Du glaubst, Beauty hält sich im Schuppen auf?«

»Ja, Beast bewacht irgendwas, und ich habe Beauty schon einige Tage lang nicht mehr gesehen.« Er hielt Beast ein Stück Wurst entgegen, und der Hund stellte das Bellen ein und schlang es hinunter. Jamie spähte in den Schuppen. »Ah ja, wie es aussieht, hatte ich recht. Ich dachte neulich noch, dass Beauty ganz schön dick geworden ist, wobei man das unter dem dichten Fell nicht besonders gut erkennen konnte.«

Tori blickte um die Tür herum und sah eine große, abgemagerte graue Hündin auf der Matratze liegen. Neben ihr befand sich ein ganzes Rudel aus kleinen schwarzen Welpen.

»Oh, Beast ist ein Daddy.«

Jamie grinste sie an. »Sieht so aus. Kein Wunder, dass er sie beschützen wollte. Mal sehen, ob er uns reinlässt, um nach ihnen zu sehen, auch wenn das Beauty nicht besonders freuen wird.«

»Ich hole ihr noch etwas zu fressen und Wasser. Wenn sie so viele Welpen säugt, muss sie am Verhungern sein.«

Jamie nickte. »Gute Idee.«

Tori eilte zurück ins Cottage, füllte zwei Schüsseln mit Futter und trug sie wieder hinaus zum Schuppen.

Jamie hockte sich hin, damit er auf einer Höhe mit Beast war, und hielt ihm ein weiteres Stück Wurst hin. »Hey, Beastie, dürfen wir reinkommen und uns deine Welpen ansehen?«

Beast nahm das Stück und trug es nach innen, wo er es vor Beauty hinlegte. Es war so goldig, wie er sich um sie kümmerte.

Jamie betrat vorsichtig den Schuppen und Tori folgte ihm. Dann hockte er sich langsam vor Beauty hin und bot ihr noch etwas von der Wurst an. Die Hündin zögerte und Beast stupste sie sanft seitlich an den Kopf. Es war, als wollte er ihr bestätigen, dass es in Ordnung war, denn schließlich nahm sie das Stück Wurst von Jamie an. Ob sie nun zu erschöpft von den Welpen war oder beschlossen hatte, dass Jamie keine Gefahr darstellte, sie stand jedenfalls nicht auf oder versuchte zu flüchten. Tori machte ein paar Schritte nach vorn, hockte sich neben Jamie und streckte ihre Hand aus, damit Beauty daran schnüffeln konnte.

»Okay, dann wollen wir doch mal sehen, was wir hier haben«, sagte Jamie leise und nahm eins der kleinen schwarzen Fellbündel in die Hand. »Das hier ist ein Rüde.« Der Welpe schnüffelte und gähnte in seiner Hand und Jamie reichte ihn an

Tori weiter. Sie spürte, wie die Wärme des Kleinen sie durchdrang. »Diese beiden sind Hündinnen«, fuhr Jamie fort und legte sie sanft auf die Matratze, während er sich den anderen zuwandte.

Tori streichelte weiter das winzige Fellbündel. Alle ihre Sorgen und Zweifel wegen Aidan verschwanden. Die Macht des Welpen, dachte sie lächelnd.

»Okay, wir haben fünf Rüden und sechs Hündinnen.« Jamies Stimme klang besorgt.

»Oh, das ist eine Menge.«

»Ja. Normalerweise werfen Hunde in Beautys Größe nur zwischen sechs und acht Welpen. Zehn oder zwölf hat es auch schon gegeben, aber nicht allzu oft.« Er betrachtete Beauty, die sich seit ihrer Ankunft kaum gerührt hatte. »Ich glaube, sie bekommen nicht genügend Milch. Ich schätze ihr Alter auf drei bis vier Tage, und ich nehme an, dass sie inzwischen größer sein sollten. Einige von ihnen sind wirklich klein. Womöglich sind sie unterernährt. Falls Beauty nicht nach draußen gehen und sich Nahrung suchen konnte, sondern nur auf das angewiesen war, was Beast ihr gebracht hat, dann wird sie selbst hungrig sein. Und bei elf hungrigen Mäulern bedeutet mangelndes Futter zu wenig Milch.«

»Oh nein, ich fühle mich schrecklich. Wenn ich gewusst hätte, dass sie hier drin ist, hätte ich mehr Futter rausgestellt.«

»Jetzt weißt du, was es bedeutet. Wir können sie während der kommenden Tage ein wenig aufpäppeln, und dann wird es ihr bestimmt besser gehen. Aber ich vermute, sie braucht ein wenig Hilfe bei den Welpen. Sie kann nicht alle säugen. Allerdings kenne ich mich damit nicht gut genug aus, ich weiß nicht, ob normale Milch aus dem Laden dafür ausreicht.«

Da kam Tori ein Gedanke.

»Aber ich kenne jemanden, der es weiß. Melody.«

Bei der Erwähnung des Namens ihrer Freundin wurde Jamie rot. »Ich weiß nicht …«, begann er unbeholfen. Es war kaum mit anzusehen.

»Doch, sie würde das wissen. Ihre Mum hat früher Labradore gezüchtet. Ziemlich oft waren ein oder zwei Welpen dabei, die die Milch nicht angenommen haben oder von den stärkeren im Wurf zur Seite geschoben wurden. Melody und Isla haben ihrer Mutter dabei geholfen, sie von Hand aufzupäppeln. Sie weiß genau, was in so einem Fall zu tun ist. Ich rufe sie an.«

Jamie nickte und beobachtete, wie Beauty das Futter fraß, das Tori ihr hingestellt hatte. »Das ist ein gutes Zeichen, immerhin ist sie kräftig genug, um selbst zu fressen. Ich hole noch ein bisschen Huhn. Dann kann ich gleich den Tierarzt anrufen, damit er sie alle untersucht, falls die Hunde das überhaupt zulassen. Wenn du mit Melody sprichst, sag ihr, ich kann alles besorgen, was sie braucht.«

»Wenn du sowieso in den Laden gehst, warum rufst du Melody dann nicht selbst an, statt dir von mir ausrichten zu lassen, was sie sagt? Brauchst du ihre Nummer?«, fragte Tori und zuckte innerlich ein wenig zusammen, dass sie sich da einmischte. Aber es war ja nur ein bisschen und diente dem Wohl der Welpen.

»Ich habe ihre Nummer«, antwortete Jamie. »Ich, äh … rufe sie an. Ich bin bald zurück.«

Er ging in Richtung Haus. Der Gedanke an den Anruf bei Melody schien ihn regelrecht zu bedrücken. Tori musste darüber lächeln. Sie legte den Welpen neben Beauty und ging ins Cottage zurück, um nachzusehen, ob sie noch mehr Fleisch hatte, das sie Beauty und Beast geben konnte, bis Jamie zurückkehrte.

Gerade hatte sie den Hunden noch mal frisches Wasser gegeben und ihnen zwei große Teller mit sämtlichem Schinken hingestellt, den sie für ihre Sandwiches gekauft hatte, als es an der Tür klopfte.

Sie machte auf und erwartete Jamie, doch stattdessen stand Aidan vor der Tür.

»Oh, hallo.« Bei seinem Anblick wurde sie von Wärme durchflutet.

Er beugte sich herab, küsste sie auf die Wange und wollte sich dann wieder aufrichten, überlegte es sich jedoch anders und küsste sie sanft auf den Mund. Alle ihre wunderbaren Gefühle für ihn stiegen an die Oberfläche. Es musste einfach mehr als ein Verlangen nach Sex für ihn sein, daran musste sie fest glauben.

»Wie ich höre, hast du ein Tierproblem«, sagte er.

»Mehrere sogar.«

Verwirrt runzelte er die Stirn und sie bat ihn herein.

»Wir haben Welpen«, erklärte Tori und führte ihn durch die Hintertür hinaus zum Schuppen.

»Beast hat Welpen? Mit Beauty?«

»So sieht es jedenfalls aus.«

Sie spähte zur Schuppentür hinein und Aidan tat es ihr nach. Beast lag neben Beauty, ganz der liebevolle Vater, und bewunderte seine Kinder.

»Oh wow«, sagte Aidan leise.

»Es sind elf. Jamie glaubt, dass Beauty Schwierigkeiten hat, sie alle zu säugen, selbst wenn wir sie gut füttern. Er will den Tierarzt und Melody anrufen. Sie hat früher beim Züchten von Hunden geholfen und wird wissen, was zu tun ist.«

Aidan betrat langsam den Schuppen und ließ Beast und Beauty an sich schnüffeln, bevor er sich hinhockte, um die Welpen zu betrachten.

»Wow, Beastie, schau dir an, was du getan hast«, sagte Aidan und kraulte den Rüden hinter den Ohren. Tori stellte die Teller mit dem Schinken neben ihre Köpfe und Beauty und Beast machten sich darüber her.

»Sollten wir sie nicht besser ins Cottage bringen?«, fragte Tori.

»Wenn es dir nichts ausmacht …«

»Nein, ich verbringe sowieso jede Nacht bei dir. Wir sind im Prinzip schon verheiratet«, witzelte Tori und fragte sich, ob sie mit ihm über ihre Beziehung reden sollte. War es zu früh, um ihre Zukunft anzusprechen?

»Ja, abgesehen vom Ehering und dem Happy End«, antwortete Aidan.

Tori wusste nicht, was sie darauf erwidern sollte. Es lag etwas in seiner Stimme, das sie einfach nicht zuordnen konnte. Ärger, Enttäuschung? Oder etwas ganz anderes?

»Und das willst du nicht, oder?«, fragte Tori leise. »Bei unserem Kennenlernen hast du gesagt, du willst keine Beziehung.«

Er drehte sich zu ihr um. »Genau wie du. Oder hast du deine Meinung geändert?«

Oh Gott, sie konnte ihm ja schlecht sagen, dass sie bereits über eine Ehe mit ihm nachdachte, schließlich kannten sie sich erst wenige Tage.

Sie schluckte. »Siehst du denn eine Entwicklung in diese Richtung?«

Er konzentrierte sich auf einen der Welpen und nahm ihn sanft in die Hand. »Ich habe keine Ahnung, wohin wir uns entwickeln. Wahrscheinlich wollen wir ganz unterschiedliche Dinge.«

»Was möchtest du denn?«, wollte Tori wissen.

Sie beobachtete, wie er den Welpen im Arm hielt, und fragte sich plötzlich, wie er wohl mit seinem eigenen Kind auf dem Arm aussehen würde. Eine stechende Sehnsucht durchzuckte sie, als sie sich ein winziges dunkelhaariges Baby vorstellte, das zu gleichen Teilen von ihr und von ihm stammte. Schnell schob sie diesen Gedanken beiseite. Was war denn nur los mit ihr? Sie hatte bisher noch nie sonderlich den Wunsch nach einem Kind verspürt, aber das lag daran, dass sie so entschieden gegen Beziehungen eingestellt war. Sich vor einer Beziehung zu verschließen bedeutete gleichzeitig auch, sich vor der Möglichkeit einer eigenen Familie zu verschließen. Aber jetzt, wo sie diesen wunderbaren Mann betrachtete, wollte sie am liebsten all das: Ehe, Kinder, das Happy End mit ihm.

Er blickte zu ihr hinüber.

»Ich will ...« Er griff nach ihrem Gesicht. »Ich will genauso weitermachen wie bisher, mit viel Spaß und tollem Sex, und das nicht mit Gesprächen über die Zukunft ruinieren. Denn wenn wir jetzt darüber sprechen, wird einer von uns verletzt werden, und dann ist es vorbei, bevor es überhaupt angefangen hat.«

Sie schluckte die riesige Enttäuschung hinunter, die von ihr Besitz ergriffen hatte.

»Wir lassen also alles unverbindlich?«, fragte sie nach und bemühte sich, alle Emotionen aus ihrer Stimme herauszuhalten.

»Ja«, bestätigte er beinahe eindringlich.

»Dann ist es also bedeutungslos?«, fragte sie.

Er zuckte zusammen. »Was auch immer zwischen uns ist, für bedeutungslos habe ich es nie gehalten. Denkst du das etwa? Falls ja, dann lass es uns lieber jetzt gleich beenden.«

Sie hörten ein Geräusch von der Tür her, und als Tori sich umdrehte, sah sie Jamie.

»Ich habe Verstärkung dabei«, erklärte er breit grinsend. Ganz offensichtlich hatte er nicht die geringste Ahnung, was für ein Gespräch er gerade unterbrochen hatte. Einige Sekunden später kam Melody herein, ebenfalls ein breites Lächeln im Gesicht.

Tori freute sich über den Anblick der beiden zusammen.

»Oh, schaut nur, die Welpen!«, rief Melody und betrat vorsichtig den Schuppen. Sie streichelte Beauty und Beast und nahm dann einen der Welpen hoch. Beauty schien zu erschöpft, um etwas dagegen zu haben. »Herrje, dieser hier ist so klein.«

»Kannst du ihnen helfen?«, wollte Tori wissen.

»Ja, auf jeden Fall. Wir können die drei kleinsten mit der Flasche füttern und bei den anderen zufüttern, bis Beauty wieder auf dem Posten ist. Wir waren bereits beim Tierarzt, und er hat uns besondere Milch für Welpen, Flaschen und Spritzen mitgegeben, falls die Flaschen zu groß sind. Der Tierarzt kommt später vorbei, um sich alle anzusehen. Wir haben auch ein paar extra Welpendecken dabei, auf die sie pinkeln können, und zwar Unmengen, damit sind wir erst mal eine Weile versorgt. Jamie hat alles bezahlt«, erklärte Melody und sah Jamie bewundernd an.

»Wir verlegen sie ins Cottage, damit wir sie besser im Auge behalten können«, erklärte Tori.

Aidan setzte seinen Welpen ab. »Ich habe hinten im Auto eine Plane. Die lege ich ins Wohnzimmer und bedecke sie dann mit ein paar alten Laken und Decken. Sobald die Welpen ein bisschen größer sind, müssen wir eine Art Gehege bauen, sonst laufen sie überall hin, aber im Moment wirken sie noch nicht besonders mobil.«

Er verließ den Schuppen und Tori fragte sich einen Augenblick, ob sie ihm folgen solle, aber sie wollte allein mit ihm reden, ohne dass Jamie oder Melody womöglich mithörten. Sie beobachtete die beiden, wie sie die Welpen streichelten. Vielleicht würde ihnen ein winziges bisschen Einmischung doch guttun.

»Wäre es irgendwie möglich, dass ihr heute Nacht hierbleiben könntet, um die Welpen zu füttern und ein Auge auf Beauty zu haben? Ich muss Aidan mit den Heartberrys helfen. Er macht sich Sorgen wegen des Sturms, der vermutlich morgen oder übermorgen hier auftreffen wird. Er denkt, das Heartberry-Feld könnte womöglich zu früh geflutet werden, und damit würden wir die halbe Ernte verlieren, deshalb versuchen wir, nachts so viel wie möglich abzuernten. Ich werde wahrscheinlich nicht vor neun oder zehn Uhr morgen früh zurück sein, aber dann kann ich die Tagesschicht übernehmen«, legte Tori ihren Köder aus und hoffte, dass die beiden ihn schlucken würden.

»Ich kann hierbleiben«, bestätigte Melody.

»Ich auch, wir können uns abwechseln«, bot Jamie an.

»Ihr könnt in meinem Bett schlafen«, erklärte Tori und unterdrückte ein Lächeln, als beide rot wurden. Das überschritt eindeutig eine Grenze. »Ich meine, ihr könnt abwechselnd in meinem Bett schlafen.«

Sie nickten, und Tori freute sich, dass ihr Plan aufgegangen war. Vielleicht wurde nichts draus, aber es konnte nicht schaden, die beiden zu einer gemeinsamen Nacht zu zwingen, selbst wenn es nur eine rein platonische war.

Jetzt musste sie sich nur noch um ihr eigenes Liebesleben kümmern.

Kapitel 21

Später am Nachmittag ging Tori den Weg zu Aidans Farmhaus.

Gemeinsam mit Aidan, Jamie und Melody hatte sie vorsichtig Beauty und die Welpen ins Wohnzimmer des Cottages gebracht. Beast war zwischen dem Schuppen und Blossom Cottage hin und her gelaufen, um sicherzugehen, dass wirklich alle Welpen ins Haus gebracht wurden, bevor er sich neben Beauty niederließ. Doch sobald die Hunde ihren Platz gefunden hatten, war Aidan gegangen. Als Grund hatte er Arbeit vorgeschoben. Obwohl Tori wusste, dass er tatsächlich viel zu tun hatte, spürte sie, dass es zum Großteil an ihrem Gespräch zuvor lag.

Statt sich wie geplant mit ihr am Strand zu treffen, waren Isla und Elliot zu ihr gekommen. Elliot freute sich wie verrückt und spielte mit allen Welpen. Tori hatte ein paar Stunden mit ihnen verbracht und die ganze Zeit über Aidan nachgedacht und darüber, was sie zu ihm sagen wollte. Sie hatte immer noch keine Ahnung.

Sie klopfte an seine Tür und einige Sekunden später machte er auf. Bei ihrem Anblick wurden seine Züge weich, und er streckte kurz die Hand nach ihr aus, bevor er sie wieder sinken ließ.

»Ich habe nie gesagt, dass ich das zwischen uns für bedeutungslos halte, ich habe *dich* gefragt, ob es bedeutungslos für *dich* ist«, sagte Tori schnell.

Er starrte sie an. »Oh.«

»Hör mal, ich habe nicht die geringste Ahnung, was passieren wird, wenn ich wieder fortfahre, und ich verstehe, dass du nicht darüber reden möchtest. Aber du hast mich während der vergangenen Tage unwahrscheinlich glücklich gemacht, und daran ist garantiert nichts bedeutungslos.«

Er nahm ihre Hand. »Es tut mir leid.«

»Das muss es nicht.«

»Das hier ist etwas Besonderes, und ich weiß, dass es vermutlich nicht mit einer Hochzeit und zwei Kindern enden wird …«

»Fünf«, korrigierte ihn Tori.

»Fünf Kinder?«

»Das hat Agatha zumindest vorhergesagt«, versuchte Tori, die Stimmung ein wenig aufzulockern, obwohl ihr bewusst war, dass sie damit die Spannung nur überdeckte, statt sie aufzulösen.

Aidan lachte. »Okay, es wird vermutlich nicht mit einer Hochzeit und fünf Kindern enden, aber du sollst auf jeden Fall wissen, dass es mir … etwas bedeutet.«

»Das weiß ich.«

Sie blickte hinab auf seine Hand um ihre und seufzte erleichtert. Dann entdeckte sie einen roten Fleck auf seiner Brust.

»Du hast Marmelade auf deinem Hemd«, sagte sie und versuchte, sie abzuwischen, verschmierte sie jedoch nur noch mehr.

Aufmerksam betrachtete er, wie sie mit der Hand über seine Brust fuhr. Er war so kräftig und plötzlich war der Gedanke ans Marmeladenfleckentfernen aus ihrem Kopf verflogen. Sie glitt mit der Hand über seine Muskeln und langsam den Bauch hinab bis zu seiner Jeans. Dann gesellte sich ihre andere Hand hinzu und streichelte ihn durch das Hemd hindurch.

Er räusperte sich. »Was machst du da?«

»Keine Ahnung, aber ich amüsiere mich«, erwiderte Tori.

Während sie ihn weiterhin streichelte, seine Muskeln unter dem Hemd nachfuhr, zog Aidan sie ins Haus und schloss die Tür.

»Was machst du denn da?«, wollte Tori wissen.

»Ich will mich auch amüsieren«, erklärte Aidan. Dann hob er sie über seine Schulter.

Sie quiekte, als er sie die Treppe hoch in sein Schlafzimmer trug. Dort warf er sie aufs Bett.

Als er sich über sie beugte, lachte sie. »Was machst du denn da? Glaubst du, du kannst mich einfach über deine Schulter werfen, mich in dein Schlafzimmer schleppen und dann mit mir schlafen?«

»Genau das denke ich.« Er drückte ihr einen sanften Kuss auf den Nacken, von dem sie überall auf dem Körper Gänsehaut bekam.

»Ich schlafe nicht mit dir«, behauptete Tori und knöpfte sein Hemd auf. »Ich finde dich kein bisschen attraktiv. Deine Ellbogen sind zu rau und von deinen Knien will ich lieber gar nicht erst sprechen.« Sie strich ihm mit den Händen über seine wunderbar warme Brust und schob ihm das Hemd ganz herunter. Gott, er sah toll aus.

»Wenn wir nicht zusammen schlafen, warum ziehst du mich dann aus?«, wollte Aidan wissen und küsste sie auf ihren Halsansatz, anscheinend völlig unbeeindruckt von ihrer Kritik an seinem Aussehen.

»Du hast Marmelade auf dem Hemd, ich helfe dir nur, es auszuziehen. Schließlich willst du ja nicht, dass Marmelade auf deine schöne, saubere Bettwäsche gerät.«

»Nein, natürlich nicht«, bestätigte Aidan, knöpfte ihre Shorts auf und zog den Reißverschluss herunter. »Du hast auch Marmelade auf deinen Shorts.«

»Ach ja? Das war aber unvorsichtig von mir«, antwortete Tori und hob den Hintern an, damit er ihr die Shorts abstreifen konnte. Wie es aussah, war auch Marmelade auf ihren Slip gelangt, denn er wurde ihr genauso schnell ausgezogen. »Ich bin mir ziemlich sicher, dass ich auch am BH Marmelade habe.«

»Lass mich nachsehen«, bot Aidan an, zog ihr das T-Shirt über den Kopf und warf es auf den Boden, während sie ihm die Jeans bis auf die Oberschenkel hinabschob. »Ah ja, das stimmt.« Schnell befreite er sie von ihrem BH, sodass sie jetzt nackt unter ihm lag. »Und auf deinen Brüsten auch.«

Er küsste sie, leckte über ihre Nippel und löste damit eine Lustwelle in ihrem Körper aus. Sie keuchte auf, hielt sich an seinem Hinterkopf fest und bog sich ihm entgegen. Er schob eine Hand zwischen ihre Beine und streichelte sie dort. Ihr Orgasmus kam schnell und heftig und ließ sie atemlos zurück. Er küsste sie und fing ihr Seufzen mit seinen Lippen auf.

Anschließend kämpfte er sich aus seinen Jeans und den schwarzen Boxershorts.

»Kondome«, hauchte sie.

»Oberste Schublade.«

Sie riss die Schublade auf, nahm sich eine Handvoll und warf sie aufs Bett.

»Obwohl ich mich natürlich frage, wofür wir Kondome brauchen, wenn wir nicht miteinander schlafen«, bemerkte Aidan und nahm sich eins.

»Na ja, nur zur Sicherheit, wo wir beide jetzt nackt sind. Ich will nicht, dass du versehentlich in mich reinrutschst.«

Aidan lachte. »Das wäre sehr fahrlässig. Aber sieben Kondome?«

»Nur für den Fall, dass du heute besonders tollpatschig bist und es womöglich immer wieder passiert.«

»Das wäre schrecklich.«

»Oh ja, ganz fürchterlich.«

Sie sah zu, wie er es sich überzog, und ihre Augen wurden groß, als sie bemerkte, wie bereit er war.

Sie setzte sich auf, schob ihn auf den Rücken und hockte sich über ihn. Eine Sekunde später befand er sich tief in ihr.

Stöhnend legte er ihr die Hände auf die Hüften. »Fahrlässig.«

»Ups«, machte Tori und stützte sich mit den Händen auf seiner Brust ab. Er fühlte sich unglaublich an. Sie begann, sich zu bewegen, doch er hielt sie fest.

»Warte einen Moment, lass mich dich erst ansehen«, bat Aidan. Er fuhr mit den Händen über ihren Brustkorb und strich mit dem Daumen über ihren Bauch. Dann ließ er die Hände über ihre Brüste und ihre Haarsträhnen durch seine Finger gleiten. »Was auch immer zwischen uns geschieht, ich möchte mich so an dich erinnern – wie du auf mir sitzt wie eine Göttin. Ich möchte mich an die Sonnenstrahlen in deinem Haar erinnern, an jede wundervolle Sommersprosse auf deiner Haut, die Wangen gerötet von dem Orgasmus, den ich dir geschenkt habe, und an den Blick in deinen Augen, der sagt, dass du nirgendwo lieber wärst als hier. Was auch immer passiert, ich möchte mich für immer an diesen Augenblick erinnern.«

»Oh«, machte Tori leise. Alles Albern und Witzeln war verflogen und es gab nur noch sie beide, gefangen in dem Moment. Und es stimmte, sie wollte nirgendwo lieber sein. Tief im Herzen wusste sie, dass sie ihn nicht verlassen konnte.

Er streichelte sie wieder hinab bis zu ihren Hüften und ermutigte sie sanft, sich zu bewegen, doch sie war wie erstarrt. Sie hatte sich in diesen wunderbaren, freundlichen und lustigen Mann verliebt. Was zum Teufel sollte sie jetzt tun? Der Gedanke war gleichzeitig schrecklich und wunderbar. Sie musste auf die

Bremse treten, die Stimmung irgendwie auflockern, damit sie das verarbeiten konnte.

»Wenn wir verheiratet sind, wenn mein Schnarchen dich die ganze Nacht lang wachhält, wenn ich mit schlechtem Atem aufwache und meine Haare in alle Himmelsrichtungen abstehen, wenn sich dir bei meinem Gesang in der Dusche die Fußnägel aufrollen und meine Ordnungsliebe und mein Talent, selbst die einfachsten Gerichte anbrennen zu lassen, dich in den Wahnsinn treiben, dann kannst du dich an diesen Moment erinnern.«

Sie ging davon aus, dass er darüber lachen oder zumindest damit aufhören würde, sie anzusehen wie eine Königin. Doch stattdessen setzte er sich auf und küsste sie sanft.

»Ich freue mich schon darauf«, flüsterte er an ihren Lippen. Dann bewegte er sich und übernahm die Kontrolle, wofür sie dankbar war, denn plötzlich fühlte sie sich dazu nicht mehr in der Lage. »Du machst mir keine Angst, Tori Graham.«

»Dann werde ich einfach Angst für uns beide haben«, erwiderte Tori.

»Du sorgst dich um morgen und ich kümmere mich um das Heute«, entgegnete Aidan.

Emotionen stiegen in ihr auf, ihr Verlangen nach ihm, die Angst davor, was geschehen würde, Lust, die ihren Körper durchzuckte – es war eine völlige Überlastung ihrer Sinne. Ihr Körper begann, sich zu bewegen, schwang sich in seinen Rhythmus ein, und eine Weile war sie in der Lage, ihre Sorgen und Zweifel beiseitezuschieben und einfach den Moment zu genießen.

Er schlang die Arme um sie, zog sie nah an sich heran, bis er sich tief in ihr befand, und dann küsste er sie sanft auf die Stirn.

»Ich kümmere mich um dich«, flüsterte er, und es war seine Zärtlichkeit, dieses Gefühl der Sicherheit bei ihm, das sie über die Klippe schickte.

* * *

Der Tag des Bootsrennens begann mit starkem Wind und gelegentlichen Regenschauern. Als Tori und Aidan den Weg zum Blossom Cottage hinuntergingen, wehten ihr die Haare ins Gesicht. Der Sturm war für später am Abend angekündigt und sollte sich bis zu den frühen Morgenstunden noch verstärken. Aufgrund des Supermonds war die Flut zu dieser Jahreszeit höher als sonst. Sie wusste, dass Aidan sich Sorgen machte, ganz egal, was er behauptete.

Sie hatten beschlossen, dass sie sofort nach Sonnenuntergang mit dem Beerenernten beginnen und die Nacht durcharbeiten würden, um so viele Heartberrys wie möglich zu pflücken. Mehr als die Hälfte des Feldes hatten sie bereits abgeerntet, aber das bedeutete, dass sie auch beinahe ein halbes Feld verlieren konnten, falls der Sturm in der Nacht wirklich schlimm tobte.

Traurigerweise hieß das aber auch, dass ihnen der Großteil der festlichen Aktivitäten am Abend entgehen würde. Aidan hatte ihr angeboten, dass sie auch das Festival besuchen konnte, aber die Heartberrys waren wichtig für ihn und die Dorfbewohner, und sie konnte ihn nicht beim Pflücken allein lassen, nur um sich ein Feuerwerk anzusehen.

Sie blickte zu ihm hinüber und bemerkte seine gerunzelte Stirn. Es gab nichts, was sie jetzt tun konnten. Sie hatte vorgeschlagen, die Beeren ausnahmsweise schon tagsüber zu pflücken, statt zum Bootsrennen zu gehen, aber Aidan hatte darauf bestanden, dass sie nachts geerntet werden sollten. Also würde sie ihn einfach ablenken müssen, bis sie später aufs Feld gingen.

»Ich frage mich, wie das Welpensitting gestern Abend mit Jamie und Melody geklappt hat«, sagte Tori. »Melody meinte, die Kleinen müssten alle zwei bis drei Stunden gefüttert werden, daher haben die beiden wohl nicht besonders viel geschlafen.«

Aidan lächelte. »Versuchst du, Jamie und Melody zu verkuppeln, indem du sie gemeinsam zur Welpenbetreuung bestellst?«

Tori grinste. »Vielleicht.«

»Man kann zwei Menschen nicht künstlich zusammenbringen. Entweder es soll so sein oder nicht. Eine Einmischung kann da eher hinderlich als hilfreich wirken.«

»Ich weiß nicht, der kleine Schubs in die richtige Richtung scheint uns nicht geschadet zu haben«, widersprach ihm Tori und drückte seine Hand. Wären sie wohl zusammengekommen, wenn seine Tante nicht so hartnäckig geblieben wäre? Vielleicht sollte sie Agatha gegenüber mehr Dankbarkeit zeigen. »Du kennst deinen Bruder besser als ich, hegt er Gefühle für Melody?«

Aidan schwieg einen Moment lang. »Ich möchte mich lieber auf mein Recht zu schweigen berufen.«

Tori lachte.

»Empfindet Melody denn etwas für Jamie?«, drehte Aidan den Spieß um.

»Oh, schau mal, ein Eichhörnchen!« Tori deutete lachend auf einen Baum.

»Netter Themenwechsel.«

»Schauen wir mal, wie sie gestern Nacht zurechtgekommen sind.«

Sie öffnete leise die Tür, weil sie weder Beauty noch die Welpen erschrecken wollte, und auch Jamie oder Melody nicht, falls sie schliefen.

Sie betrat das Wohnzimmer und lächelte. Aidan folgte ihr.

Jamie und Melody saßen tief schlafend auf dem Sofa. Er hatte ihr einen Arm um die Schulter gelegt und sie hatte den Kopf an seine Brust geschmiegt. In ihrem Schoß lagen drei kleine Fellknäuel.

»Wie es aussieht, war ihre gemeinsame Nacht sehr schön«, flüsterte Tori. Vielleicht war das genau der Schubs gewesen, den die beiden gebraucht hatten, oder er hatte zumindest den Stein ins Rollen gebracht.

»Wir sollten die Morgenfütterung übernehmen, damit die beiden sich noch ein wenig ausruhen können«, wisperte Aidan.

Tori nickte.

Sie blickte hinüber zu Beauty, die jeden Tag munterer wirkte. Alle Welpen schliefen momentan und Beast döste, wobei er trotzdem ein Auge auf seine Jungen hatte.

Tori nahm vorsichtig die leeren Flaschen und Aidan folgte ihr in die Küche. Er machte zwei Schüsseln Futter für Beauty und Beast fertig, während Tori sich um die Milchfläschchen für die drei kleinsten Welpen kümmerte.

Sie ging zurück ins Wohnzimmer und nahm eines der winzigen Wesen in die Hand. Aidan stellte das Futter und zwei Wasserschüsseln auf den Boden und nahm dann den zweiten Welpen hoch.

Da Jamie und Melody das Sofa in Beschlag genommen hatten, setzten sich Tori und Aidan auf den Fußboden zu den Welpen. Die neugeborenen Hunde zu füttern, damit sie warme Milch in ihre winzigen Bäuche bekamen, hatte etwas sehr Rührendes und Liebenswertes an sich.

Melody rührte sich im Schlaf und Jamie zog sie instinktiv näher zu sich heran, während er selbst nicht aufwachte. Tori grinste und auch Aidan lächelte darüber.

»Okay, ein kleines bisschen Einmischung schadet vermutlich nicht«, gab er flüsternd zu.

Melody regte sich und öffnete verschlafen die Augen. Sie blickte zu Jamie auf, der im gleichen Moment erwachte und auf sie hinabsah. Einen Moment lang sahen sie nur einander, und der bewundernde Ausdruck in ihren beiden Mienen war unübersehbar, bevor sie plötzlich registrierten, wo sie waren und dass sie beobachtet wurden.

Jamie richtete sich auf und nahm schnell den Arm von Melodys Schulter.

Melody wirkte peinlich berührt und stand auf.

Tori reichte ihr das dritte Fläschchen, um den unangenehmen Moment zu überspielen.

»Wir haben bisher nur diese beiden hier gefüttert. Little Spike da drüben muss seine Flasche noch kriegen«, erklärte sie und deutete auf den winzigen Welpen, bei dem das Fell um die Ohren herum abstand.

Rasch konzentrierte Melody ihre Aufmerksamkeit darauf, ihn zu füttern, und Jamie ging hinüber zu den anderen Welpen, um nach dem Rechten zu sehen.

Seufzend sah Tori zu, wie die beiden beinahe so taten, als existierte der andere nicht. Vielleicht war ein Nachmittag beim Love-Festival genau das, was sie brauchten.

KAPITEL 22

Tori blickte sich um, als alle ihre Boote zu Wasser ließen. Sie entdeckte zwischen dreißig und vierzig Boote, alle in unterschiedlichen Formen, Größen und Farben. Auf dem gegenüberliegenden Ufer des Flusses erkannte sie weitere dreißig Boote, die ebenfalls alle unterschiedlich gestaltet waren. Bei manchen hatte man Flügel oder Fischschuppen auf die Seiten gemalt und eins hatte hunderte von Gummienten an die Ränder gebunden. Lächelnd erkannte sie Marks und Mindys Boot in Neongrün, auf dessen Seite der Schriftzug »Mindy's Algenshakes« prangte. Einige Leute hatten einfach aufblasbare Haie oder Krokodile als Wasserfahrzeuge mitgebracht, was Tori eigentlich als Schummeln empfand. Schließlich hatten sie ihre Boote nicht selbst gebaut. Da sie sich jedoch vorstellen konnte, wie schwierig es sein musste, diese Gummitiere schnell über das Wasser zu bewegen, ärgerte sie sich nicht darüber.

Einige der Wasserfahrzeuge waren wirklich eindrucksvoll, andere hingegen sahen aus, als würden sie kaum zusammenhalten. Und dann war da noch Leos Boot, ein großer Wasserdrache mit Schuppen, die in der Mittagssonne glitzerten und funkelten. Er hatte sogar bewegliche Augen und konnte Feuer spucken. Aidan hatte erwähnt, dass sein Bruder jedes Jahr versuchte, noch eins draufzusetzen, und die Dorfbewohner inzwischen etwas Extravagantes von Leo erwarteten.

Nun überprüfte Aidan noch einmal, ob die Ballons an der Seite seines Bootes sicher befestigt waren, und Tori half ihm dabei.

»Wir müssen es also bis zur Insel und wieder zurück schaffen?«, erkundigte sie sich und betrachtete die Insel in der Mitte des breiten Flusses. Bis dorthin waren es vermutlich höchstens zwanzig oder dreißig Meter, aber das entsprach Toris Meinung nach einem ganzen Ozean, wenn sie an ihr kleines Boot aus Streichhölzern dachte.

»Theoretisch müssen wir es nur bis zur Insel schaffen, um ein Stück vom Heartberry-Kuchen zu gewinnen, aber natürlich müssen wir auch irgendwie zurückkommen. Allerdings macht es nichts, falls unser Boot auf dem Rückweg kaputtgeht.«

»Abgesehen davon, dass wir nass werden«, wandte Tori ein.

»Ja, das stimmt.«

Der Wind jagte den Fluss hinauf und ließ die Boote hüpfen und gegeneinanderstoßen.

»Und wir müssen auch noch den Wind bekämpfen«, stellte sie fest, immer noch nicht vollkommen davon überzeugt, dass dieses Bootsrennen eine gute Idee war.

Aidan blickte dorthin, wo der Fluss ins Meer überging. Die weißen Bojen waren deutlich sichtbar, als der Meeresspiegel stieg und aufs Dorf zuschwappte. Er runzelte besorgt die Stirn, und sie wusste, dass es nichts mit dem Rennen zu tun hatte, sondern mit dem Heartberry-Feld.

»Wir müssen also Leo und seinen lächerlichen Drachen schlagen«, stellte Tori fest und versuchte, damit Aidan von dem Sturm abzulenken. »Zeig ihm, dass größer nicht immer besser bedeutet.«

Leo, der neben ihnen gerade letzte Hand an sein Boot legte, drehte sich um. »Keine Chance.«

»Hey, mein kleines Schiffchen sieht vielleicht nicht nach viel aus, aber das Gewicht und die Größe sind unser Vorteil. Es ist klein und flink. Dein Boot ist zu groß, um schnell zu sein«, erwiderte Aidan.

»Flink ist leicht übertrieben«, murmelte Tori.

»Ich brauche keine Geschwindigkeit, ich habe Stil«, parierte Leo.

Da musste Tori ihm recht geben, das Boot war wunderschön.

»Außerdem habe ich eine Geheimwaffe«, fügte Leo hinzu.

»Wenn du einen Außenbordmotor unter dem Drachenschwanz versteckt hast, gibt es Ärger«, drohte Tori, die wusste, dass die einzige Regel darin bestand, dass die Boote keine Motoren haben durften. Die Vorwärtsbewegung musste aus eigener Anstrengung und einer Menge Glück resultieren.

»Wartet ab«, verkündete Leo kryptisch. »Aber es besteht kein Zweifel daran, dass mein Boot eures schlagen wird.«

»Woher willst du denn wissen, dass nicht mein Boot gewinnt?«, protestierte Jamie.

Tori blickte zu ihm hinüber. Jamies Boot war ein beeindruckender Anblick. Es bestand überwiegend aus Treibholz und war wunderschön, etwas, das in einem Museum ausgestellt werden sollte oder in einer riesigen Kunstausstellung. An den Seiten waren Tonwellen in wunderschön metallischem Grün und Blau befestigt. Am Bug befand sich eine kleine Meerjungfrau, die aussah, als bestünde sie aus Seeglas. Doch das Boot wirkte nicht, als wäre es für den Fluss gemacht. Aufgrund seines Gewichts lag es schwer im Wasser. Tatsächlich wirkte es, als wäre momentan das Einzige, was es vom Sinken abhielt, Jamies Geschäftspartner Klaus, ein riesiger Mann, der am Ufer stand und das Seil festhielt, das ans Heck des Bootes gebunden war. Mit seinem langen roten Bart und dem Lederstirnband sah er aus wie ein Wikinger. Tori hoffte nur, dass Klaus etwas von den Bootsbauergenen seiner Vorfahren geerbt hatte, denn sie schätzte ihre eigenen

Chancen, die Insel zu erreichen, momentan sogar noch größer ein als Jamies.

Melody trat zu Jamie, und er schenkte ihr seine volle Aufmerksamkeit, während sie ihm vermutlich Glück wünschte.

»Oha, das ist ein Fortschritt«, stellte Leo leise fest.

Zu viert hatten sie den Vormittag damit verbracht, dafür zu sorgen, dass alle Welpen, Beauty und Beast gut versorgt waren, bevor sie zum Bootsrennen gingen. Trotz der etwas peinlichen Stellung, in der sie aufgewacht waren, hatten sich Jamie und Melody fröhlich unterhalten und beim Füttern der Welpen nebeneinandergesessen. Das war eine deutliche Verbesserung gegenüber den sehnsuchtsvollen Blicken und dem unangenehmen Schweigen, das offenbar während des vergangenen Jahres zwischen ihnen geherrscht hatte.

Der Bürgermeister betrat ein Podium auf der Insel und dankte allen für ihr Kommen, bevor er noch einmal die Regeln erläuterte. Im Prinzip gab es keine, und dann erklärte er die Legende des Heartberry-Bootsrennens, vermutlich für die Touristen oder Neuankömmlinge, die sie nicht kannten.

»Vor Hunderten von Jahren ruderte Alfred Jackson mit seiner Ernte der bei Vollmond gepflückten Heartberrys hinüber zur Insel, und Mathilda Loveheart ruderte ihm von ihrem kleinen Cottage auf der anderen Seite des Flusses in Meadow Bay entgegen, um sie abzuholen. Eine Woche später kehrte sie mit dem begehrten Heartberry-Kuchen zurück, den sie sich unter den Sternen teilten. Sogar damals kannten die Menschen schon die Legende der Heartberrys – teilte man den Kuchen, reichte die Liebe bis in alle Ewigkeit. Und dieses Glück hatten sie auch bitter nötig. Wie viele von euch wissen, herrschte eine große Fehde zwischen den Familien in Meadow Bay und Sandcastle Bay, und jeglicher Handel zwischen den beiden Dörfern war verboten, ganz zu schweigen von irgendwelchen romantischen Verbindungen. Deshalb trafen sich unsere Liebenden auch bei

Nacht, hier auf der Insel, die als neutrales Gebiet galt. Hier erfüllte sich zum ersten Mal ihre Liebe, sie zeugten ihr erstes Kind, und als die Ankunft dieses Kindes nicht mehr zu verbergen war, heirateten sie hier und beendeten damit ein für alle Mal die Fehde zwischen den Familien. Wir feiern das jedes Jahr mit einem Bootsrennen von Sandcastle Bay und Meadow Bay zur Insel, wo die Menschen aus beiden Dörfern sich gemeinsam den Heartberry-Kuchen schmecken lassen. Teilt einer der Gewinner den Kuchen mit einem geliebten Menschen, dann bleiben die beiden der Legende nach für immer zusammen.«

Wie zu erwarten johlte und jubelte die Menge.

»Also, ohne weitere Umschweife: Legen wir los!«

Die Leute klatschten und jauchzten.

»Zehn, neun …«

Plötzlich entstand ein dichtes Gedränge, als alle Besitzer hektisch begannen, ihr Boot fürs Ablegen vorzubereiten. Aidan löste das Seil, mit dem sein Boot am Ufer festgebunden war, und nahm das Ruder. Tori ging zum Heck und bereitete sich darauf vor, auf die Blasebälge zu springen.

»… zwei, eins. Los!«

Aidan schob ihr Boot vom Ufer ab und begann, hektisch auf einer Seite zu paddeln, bevor er die Seite wechselte und dort dasselbe machte. Tori hielt den Atem an, denn das Boot schwankte und trieb vom Ufer weg, sodass sie sich kurz darauf in tiefem Wasser befanden. Doch wie durch Zauberhand schien es tatsächlich zu schwimmen. Sie sprang auf einen der Blasebälge, allerdings schien das keine Auswirkungen auf die Geschwindigkeit und die Vorwärtsbewegung des Bootes zu haben.

Lachend beobachtete sie, wie die beiden Männer auf dem aufblasbaren Krokodil und dem Hai an ihr vorbeitrieben, und zwar flussabwärts, weg von der Insel und hin zum Meer. Glücklicherweise waren zwei Rettungsboote an der

Flussmündung stationiert, um solche Versprengten aufzusammeln. Die beiden Bootsfahrer fanden die ganze Sache jedoch offensichtlich zum Brüllen komisch, während sie versuchten, nur mit den Händen wieder zurück zur Insel zu paddeln.

Auch ein sehr kleines Piratenschiff, komplett mit Segel und Piratenflagge und bemannt mit Piraten, nahm am Rennen teil. Als sie gegen Marks und Mindys Boot stießen, enterten sie es, schwangen ihre Säbel und riefen laut etwas von Übernahme des Kommandos, was vor allem Mindy zu nerven schien. Tori spähte hinüber zu Leos Meeresdrachen, der sich rasch auf die Insel zubewegte und mit Leichtigkeit durch das Wasser schoss. Jamies Boot hatte große Mühe und lief am Heck mit Wasser voll, doch Jamie und Klaus machten sich nichts draus und versuchten lachend, das Wasser aus dem Boot zu schöpfen und gleichzeitig auf die Insel zuzupaddeln.

»Mach mit den Blasebälgen weiter!«, rief ihr Aidan zu.

Tori tat, wie geheißen.

An Leos Boot, das inzwischen die Führung übernommen hatte, hoben sich die Flügel, und darunter kamen zwei Kanonen zum Vorschein, die literweise Wasser auf alle Boote in der Nähe spritzten. Aidan wurde direkt an der Brust getroffen, bevor er ausweichen konnte, und er lachte über dieses hinterhältige Manöver. Ein weiteres Boot wurde durchweicht, und Jamies, das sich dahinter vorwärtskämpfte, bekam einen Strahl direkt in den Bug und begann, sich gefährlich zu neigen.

Jamie und Klaus gaben sich alle Mühe, doch am Ende kippte das Boot zur Seite und beide Männer fielen ins Wasser. Tori lachte.

Leo jubelte und führte einen kleinen Siegestanz auf. Aidan paddelte immer noch wie wild und sie blickte hinüber zu Jamie und Klaus. Das Boot lag jetzt umgedreht auf dem Wasser und Klaus watete zum Ufer, doch von Jamie war nichts zu sehen.

Ihr blieb beinahe das Herz stehen. Steckte er unter dem Boot fest?

Panisch sah sie sich um, konnte ihn jedoch nirgendwo entdecken. Und außer ihr schien das niemandem aufgefallen zu sein.

Ohne darüber nachzudenken, sprang sie ins Wasser. Die eisige Kälte traf sie wie eine Mauer, als sie wieder auftauchte und auf das Boot zuschwamm. Hinter sich hörte sie andere ins Wasser springen, und als sie sich umdrehte, erkannte sie Leo und Aidan, die durch das Wasser pflügten. Ganz offensichtlich hatten sie ebenfalls das Problem erkannt.

Etwas regte sich auf der Uferseite des Bootes und Tori sah, dass Melody auf Jamies Boot zuwatete und es noch vor Tori, Aidan und Leo erreichte. Mit nahezu übermenschlicher Kraft hob Melody das Boot an und Jamie strauchelte im Wasser auf die Beine, hustend und spuckend.

Tori sah zu, wie Melody einen Arm um Jamies Schultern legte und ihm ans Ufer half, während er sich auf sie stützte. Sanitäter kamen ans Ufer gerannt, um ihn zu untersuchen, aber Jamie wirkte relativ unbeschadet.

»Das ist definitiv ein Fortschritt«, bemerkte Leo, der neben ihr Wasser trat.

»Wie es aussieht, kümmert sich Melody gut um ihn«, bestätigte Tori und beobachtete, wie ihre Freundin nicht von Jamies Seite wich.

Aidan verpasste Leo einen Klaps auf den Hinterkopf. »Blödmann.«

Leo nickte. »Das habe ich verdient.«

»Nun, wie es aussieht, ist nun keinem von uns ewige Liebe vergönnt«, kommentierte Tori, die sich umsah und feststellte, dass Aidans Streichholzboot auf einen Felsen aufgelaufen war.

Auch Leo blickte sich um, doch er lächelte. Tori folgte seinem Blick und stellte fest, dass sein spektakulärer Drache auf mysteriöse Weise am Ufer angekommen war.

»Sprich für dich selbst«, sagte er. Dann schwamm er durch den Fluss hinüber zu seinem Boot, kletterte an Bord und ging dann an Land, um sein Stück Kuchen abzuholen, begleitet von einigen anderen, die es von beiden Seiten des Flusses erfolgreich auf die Insel geschafft hatten.

Tori drehte sich wieder zu Aidan um, der ihr die Hände um die Taille legte, während sie beide Wasser traten, damit sie nicht untergingen.

»Wir haben schon von den magischen Beeren gegessen«, rief Aidan ihr in Erinnerung.

»Das stimmt, und wir wissen beide, wie akkurat Agathas Vorhersagen sind.«

»Also, wer braucht schon irgendeinen dummen Kuchen«, sagte Aidan, schwamm mit ihr zum Ufer und half ihr dann dort hinauf.

»Ganz genau«, pflichtete Tori ihm bei, obwohl sie auch Enttäuschung empfand. Sie bemerkte, wie Aidan sehnsüchtig zur Insel hinübersah, wo der Kuchen ausgeteilt wurde. Wie es aussah, war er ebenfalls ein wenig enttäuscht.

* * *

Der Sturm traf früh am Abend ein.

Dunkle Wolken waren schon den ganzen Tag lang über den Himmel gejagt und die Festivitäten des Love-Festivals hatten um einige Regenschauer herumverlegt werden müssen.

Im Gemeinschaftssaal des Dorfes war die Feier in vollem Gange. Es wurde getanzt, gegessen, gesungen und im Laufe des Abends wurden verschiedene Spiele gespielt. Obwohl auch für den Großteil der Nacht Regen vorausgesagt worden war, hatte Leo darauf bestanden, trotzdem später das extravagante Feuerwerk zu zünden, auf das sich alle Dorfbewohner bereits freuten. Aidan tat es leid, dass Tori nichts davon mitbekommen würde – das Love-Festival war immer eine schöne Veranstaltung.

Nach Jamies Sturz ins Wasser hatten er und Melody beschlossen, dass ein ruhiger Abend mit den Welpen genau das war, was sie brauchten. Daher konnten Aidan und Tori jederzeit mit dem Beerenpflücken beginnen.

Die Wettervorhersage war nicht gut. In den Nachrichten wurde von dreißig Zentimeter Regen gesprochen, die über Nacht im südwestlichen Teil von England fallen würden. Aidan machte sich inzwischen sogar Sorgen, dass der Fluss auf der anderen Seite des Heartberry-Feldes über die Ufer treten würde.

Aidan beobachtete durchs Fenster des Farmhauses, wie der Wind über das Land tobte und die Bäume sich in einem merkwürdigen Winkel bogen. Regen trommelte gegen das Fenster, und der Himmel hatte eine düstere, lilagraue Farbe angenommen. Dadurch war es beinahe so dunkel wie in der Nacht, obwohl die Sonne erst in einigen Stunden untergehen würde.

Tori stellte sich hinter ihn, schlang ihm die Arme um den Bauch und drückte ihm einen Kuss zwischen die Schulterblätter.

Er umschloss ihre Hand mit seiner und legte sie auf sein Herz. Er war froh, dass sie hier war. Nicht nur, weil sie ihm beim Beerenpflücken half, sondern auch wegen der emotionalen Unterstützung. Sie hatte dieses Leuchten an sich, das Wärme und Glück ausstrahlte, wo auch immer sie hinging, und er wollte das für immer behalten. Aber er wusste, dass es nicht so kommen würde. Er wusste, dass sie ihn sehr gern hatte, aber es war ein großer Unterschied, ob man jemanden mochte oder sein ganzes Leben aufgab, um den Rest seiner Tage mit ihm zu verbringen. Sie würde keinesfalls London verlassen, um hier zu leben, in Sandcastle Bay gab es nichts für sie. Und er hatte ihr ebenfalls nichts zu bieten. Das Leben auf einer Obstplantage war nicht gerade rasant oder aufregend. Imogen hatte es hier gehasst und Tori würde es auch hassen, und dann ihn.

Konnte er zu ihr nach London ziehen? Das Leben dort wäre so anders – schnell, laut und voller Menschen. Und was würde mit seiner Farm passieren? Er glaubte nicht, dass einer seiner Brüder diese Verantwortung übernehmen wollte, und Emily hatte mit ihrem Café zu tun. Jemandem außerhalb der Familie konnte er sie nicht verkaufen. Immobilienmakler waren zwar verzweifelt auf der Suche nach Grundstücken am Meer, um dort Häuser und Wohnungen zu errichten, und sein Land bot viele Möglichkeiten dafür – einen Fluss, den Blick aufs Meer, auf Felder und Hügel. Ihm war schon häufig eine große Summe dafür geboten worden, sein Land zu verkaufen, aber er hatte immer abgelehnt. Das konnte er dem Erbe seiner Familie nicht antun und auch nicht den Einwohnern von Sandcastle Bay. Dafür waren die Heartberrys zu wichtig.

Letztendlich war es sowieso egal, sie hatten sich beide auf eine lockere Beziehung geeinigt. Tori wäre vermutlich entsetzt gewesen, hätte sie gewusst, dass er darüber nachdachte, seinen gesamten Besitz zu verkaufen, um mit ihr nach London zu ziehen.

Nein, sie hatten lediglich ein wenig Spaß miteinander und das ging für ihn in Ordnung. In einer Woche würde sie zurück nach Hause fahren und das war okay. Er hatte sich schließlich nicht in sie verliebt. Überhaupt nicht. Kein bisschen.

Er drehte sich um, zog sie in die Arme und küsste sie liebevoll. Er konnte es sich noch so oft sagen, aber sein Herz ließ sich einfach nicht davon überzeugen, dass er keine Gefühle für sie hegte.

Er seufzte. Da hatte er ihr geraten, sich keine Gedanken über die Zukunft zu machen, und jetzt tat er genau dasselbe. Anfangs hatte er der Sache zwischen ihnen sehr locker gegenübergestanden, doch je tiefer seine Gefühle für sie geworden waren, desto größer waren nun auch seine Ängste und Zweifel.

Sie streichelte ihm über die Wange und küsste ihn, und er war versucht, sie nackt auszuziehen und sie hier im Wohnzimmer auf dem Fußboden zu lieben. Nicht nur wegen Sex, sondern weil er die enge Verbindung mit ihr ersehnte, egal in welcher Form. Er konnte sich problemlos stundenlang in ihr verlieren, doch dann würden die Heartberrys bald unter den unbarmherzigen Wassermassen zerstört werden.

Gerade, als sie den Kuss vertiefen wollte, zog er sich zurück.

»Wir müssen los und nach den Heartberrys sehen. Bis zur Flut sind es noch zwei Stunden, daher werden wir gut einschätzen können, inwieweit der Sturm Auswirkungen auf uns hat«, erklärte Aidan.

»Du sagst immer so romantische Sachen«, antwortete Tori.

Er fluchte innerlich. Sie hatte ihn geküsst, gestreichelt, und er redete über die dummen Beeren. Er war einfach kein romantischer Typ. Das war es, was sie wollte und was sie verdiente. Doch das würde sie von ihm nicht bekommen. Er dachte an den Moment zurück, als sie geglaubt hatte, er plane ein romantisches Picknick für ihre erste Nacht beim Beerenpflücken, und an ihre Enttäuschung, als er ihr erklärt hatte, dass er immer etwas zu essen mitnahm. Bei ihm musste sie sich wirklich auf ein Leben voller Enttäuschungen einstellen. Imogen hatte auch immer wegen seines fehlenden Sinnes für Romantik geschimpft. Gut, wenn er sich wirklich Mühe gab, konnte er einen Spaziergang bei Sonnenuntergang arrangieren oder daran denken, ihr von Zeit zu Zeit Blumen zu schenken, aber solche Dinge tat er nicht instinktiv.

»Es tut mir leid«, entschuldigte sich Aidan.

Sie runzelte die Stirn. »Das muss es nicht. Ich weiß, dass du dir Sorgen machst. Wir können los.«

»Ich verspreche dir auch eine Nacht voller Romantik, sobald wir zurück sind.«

»Ha, mit Romantik meinst du heißen Sex? Ich bin dabei.«

War das wirklich alles, was er ihr zu bieten hatte? Eine tolle Nacht im Bett?

»Na ja, das kann ich auf jeden Fall leisten«, antwortete er und bemühte sich, alle Emotionen aus seiner Stimme herauszuhalten.

»Das tust du immer.« Sie fuhr ihm mit der Hand über die Brust bis hinunter zum Bauch. Er fing sie auf und küsste jeden ihrer Finger einzeln, dann drehte er sie um und küsste ihr Handgelenk. Er spürte ihren Puls an seinen Lippen rasen.

»Na los, gehen wir«, sagte Tori zögernd. »Wenn du mich weiterhin so küsst, schaffen wir es nie hier raus.«

Er ließ sie gehen und reichte ihr einen Regenmantel, dann nahm er sich seinen und gemeinsam gingen sie hinaus zum Jeep.

Sie fuhren zum nahe gelegenen Heartberry-Feld.

»Hast du gesehen, dass Leo seinen Kuchen mit Isla und Elliot geteilt hat?«, fragte Tori, und Aidan wusste, dass sie ihn ablenken wollte.

»Gesehen habe ich es nicht, aber definitiv davon gehört.«

»Die Dorfbewohner haben praktisch alle gemeinsam den Atem angehalten, als er das getan hat«, berichtete Tori lachend.

»Das ist eine große Sache; er hat noch nie zuvor mit jemandem seinen Kuchen geteilt. In den Augen der Dorfbewohner hat er damit öffentlich seine Liebe zu ihr bekundet, und sie hat die Geste akzeptiert, als sie vom Kuchen gegessen hat. Ich weiß nicht, ob dir diese Bedeutung bewusst war, aber ganz sicher werden die Dorfbewohner jetzt damit anfangen, auf ihr Hochzeitsdatum zu wetten.«

»Ich denke, es wird mehr als ein Stück Kuchen nötig sein, um Isla davon zu überzeugen, mit ihm vor den Altar zu treten.«

Er runzelte die Stirn. »Hat sie denn keine Gefühle für ihn?«

»Oh, ich bin mir ziemlich sicher, dass sie verrückt nach ihm ist, doch wenn er sie wirklich liebt, muss er ihr das mit mehr als nur einem Stück Kuchen sagen. Aber wenn er die eigentlich wichtigen Worte ausspricht, müsste das ausreichen.«

»Das ist nicht Leos Stil.«

»Dann muss er seinen Stil eben ändern«, stellte Tori fest.

Aidan dachte darüber nach. Leo wusste genau, was er tat, und wenn er seinen Kuchen mit Isla teilte, hatte er mit Sicherheit echte Gefühle für sie. Vielleicht sollte er mal mit ihm darüber reden, seinen Wunsch ein bisschen deutlicher auszudrücken. Obwohl, so wie er Leo kannte, würde der ihm sagen, wo sich Aidan seinen Ratschlag hinstecken konnte.

Tori seufzte zufrieden. Er blickte zu ihr hinüber und sah sie lächelnd zur Windschutzscheibe hinausblicken.

»Alles in Ordnung bei dir?«

»Dieser Anblick. Ich könnte mir das bis in alle Ewigkeit anschauen.«

Er versuchte, die Szenerie mit ihren Augen zu sehen. Der Himmel war grau mit zwetschgenblauen Wolken, das Meer unter ihnen eine wogende blaue Masse mit weißen Wellenkämmen. Sonnenschein gab es keinen.

Sie musste seine Skepsis gespürt haben.

»Ich weiß, dass es dir nicht mehr auffällt, weil du es jeden Tag siehst, aber dieser Ausblick über die Obstfelder und das Meer dahinter ist wunderschön. Das Meer verändert sich jeden Tag – unterschiedliche Farben, unterschiedliche Bedingungen. Es ist einfach unglaublich. Der Ausblick aus meiner Wohnung in London ist jeden Tag gleich. Ja, das Wetter ändert sich, aber es sind dieselben Gebäude und jeden Tag der gleiche hektische Verkehr. Das hier ist toll.«

Konnte dieser Ausblick wirklich ausreichen, um sie zum Bleiben zu bewegen? Er schüttelte den Kopf. Er war nicht so naiv zu glauben, es könnte so einfach sein.

»Dieser Urlaub ist der Wahnsinn«, fuhr Tori fort. »Der Strand, das Beerenpflücken, deine wunderbar verrückte Familie. Du.«

Er legte ihr eine Hand auf den Oberschenkel. »Wir haben Spaß, nicht wahr?«

Sie blickte ihn unsicher an. »Oh ja. Ist bei dir alles in Ordnung? Du wirkst distanziert.«

Er zögerte und beschloss dann, wenigstens einige seiner Gefühle preiszugeben. »Ich mache mir nur Sorgen.«

»Über die Beeren?«

»Das auch. Über uns. Die Zukunft.«

»Ich dachte, das ist meine Aufgabe«, witzelte Tori.

Lächelnd fuhr er um eine Kurve.

»Wenn ich dich manchmal reden höre, klingt es, als könntest du dir eine Zukunft vorstellen, die über zwei Wochen Urlaub hinausgeht. Ich mache mir Sorgen, dass …« Er verstummte. Er machte sich Sorgen, dass er Dinge sah, die nicht da waren, dass er sich Hoffnung machte und dann bitterlich enttäuscht sein würde, wenn sie ging, ohne sich umzudrehen. Doch nichts davon konnte er ihr sagen.

»Du machst dir Sorgen, dass ich den falschen Eindruck bekomme, was zwischen uns ist«, beendete Tori seinen Satz, wenn auch vollkommen falsch. »Du brauchst dir keine Gedanken zu machen, dass ich zu einer gruseligen Stalkerin mutiere und am Ende meines Urlaubs mit all meinen Koffern beim Farmhaus auftauche, um dort einzuziehen. Du hast gesagt, du willst etwas Unverbindliches, das habe ich verstanden.«

Er zuckte zusammen und bedauerte dieses Gespräch. Er hatte die Sache ganz falsch angefangen. Sie hatte reden wollen und er hatte sie ausgeschlossen.

»Obwohl, eigentlich verstehe ich es nicht«, fuhr Tori fort. »So, wie du mich hältst, wenn wir uns lieben, wie du mich küsst und mich ansiehst, das ist alles mehr als unverbindlich.

Gleichzeitig behauptest du aber, nichts Ernstes zu wollen, und ich kann diese beiden Tatsachen einfach nicht vereinbaren. In ein paar Tagen gehe ich fort – war es das dann? Wir beenden die Sache einfach und sehen uns nie wieder?«

»Du wirst wieder herkommen, um Isla und Melody zu besuchen, dann sehen wir uns«, widersprach Aidan. Ihm war klar, dass er zwar schreckliche Angst davor hatte, sie zu verlieren, aber noch mehr davor, sie zum Bleiben zu überreden, sich in sie zu verlieben und sie dann in einigen Monaten zu verlieren, wenn es zwischen ihnen endete.

»Das ist es dann also?«, hakte Tori nach. »Unverbindlicher Sex jedes Mal, wenn ich hier bin?«

»Was kann ich dir denn sonst bieten? Wie soll es deiner Meinung nach mit uns funktionieren? Du würdest niemals dein Leben in London aufgeben und hierherziehen. Hier gibt es nichts für dich – keine Kinos, keine glamourösen Klubs oder Partys, keine großen Kaufhäuser oder Designerläden. Das Leben in Sandcastle Bay wäre nie genug für dich. Es würde niemals funktionieren«, behauptete Aidan.

»Du projizierst die Geister deiner Vergangenheit auf mich«, widersprach Tori. »Vielleicht wollte Imogen das alles, aber ich bin anders. Wenn du wirklich glaubst, dass mir diese Dinge wichtig sind, dann kennst du mich überhaupt nicht. Ich lebe vielleicht in London, aber das definiert mich nicht.«

»Du würdest wirklich hierherziehen wollen? Am Ende würdest du mich dafür hassen.«

»Warum sollte ich dich hassen? Wenn ich hierherzöge, wäre es meine Entscheidung.«

»Weil ich nicht genug für dich bin. Ich würde nie genug sein. Nachdem Imogen mich verlassen hat, hat sie mir eine SMS geschickt, dass sie mehr verdient als das hier. Und sie hatte recht. Ich kann dir niemals all das geben, was du verdienst. Ich bin ein Farmer aus einem winzigen Dorf im Nirgendwo. Du warst schon in Hollywood. In einigen Monaten fliegst du nach New York. Du führst in London ein glamouröses Leben. Da kann ich nicht mithalten.«

»Ich habe mich noch nie für ein glamouröses Leben interessiert, und es macht mich traurig, dass du das von mir glaubst. Mein Leben besteht viel eher darin, im Schlafanzug in meiner Wohnung zu sitzen, zu lesen, dumme Origamitiere zu basteln und an den meisten Abenden esse ich Take-away. Das ist eher das genaue Gegenteil eines glamourösen Lebens. Ich liebe meine Arbeit als Animatorin, aber es ist kein glamouröses Leben, wenn man jeden Tag mit Knetmodellen arbeitet, ich kann meinen Job von überall aus machen, ich muss dafür nicht in London sein. Was Imogen zu dir gesagt hat, war schrecklich, du bist ein wundervoller und liebenswerter Mann, und jede Frau könnte sich unglaublich glücklich schätzen, dich für den Rest ihres Lebens an der Seite zu haben. Es tut mir sehr leid, dass dir so wehgetan wurde, aber auch mein Herz hat Blessuren. Der Unterschied zwischen uns besteht darin, dass ich bereit bin, wieder ein Risiko einzugehen, uns eine Chance zu geben. Vielleicht können wir gemeinsam über die Verletzungen aus der Vergangenheit hinwegkommen. In der Liebe gibt es keine Garantien und ich kann dir kein ewiges Glück versprechen. Das Schicksal hat die hässliche Angewohnheit, immer dann zuzuschlagen, wenn man glaubt, alles läuft gut. Aber ganz sicher ist es einen Versuch wert. Wir verdienen es, glücklich zu sein, du machst mich glücklich und mehr erwarte ich gar nicht von dir. Du reichst mir vollkommen. Du. Nicht Sandcastle Bay.«

»Was schlägst du hier vor? Dass wir heiraten und du hier einziehst? Wir kennen uns kaum.«

Die Lüge kam ihm nur schwer über die Lippen. Er kannte sie gut genug, um zu wissen, dass er für immer mit ihr zusammenbleiben wollte. Beim Gedanken daran schüttelte er den Kopf.

»Ich habe mich in dem glücklichen Moment verloren und mich sehr schnell in Imogen verliebt. Ein halbes Jahr nach unserem Kennenlernen wollten wir schon heiraten. Ich habe mir nie die Zeit genommen, sie richtig kennenzulernen, und dann habe ich mir geschworen, dass mir das niemals wieder passiert.«

»Ich erwarte ja keinen Heiratsantrag von dir. Darum bitte ich dich ja gar nicht. Wenn die Sache zwischen uns etwas Besonderes ist, dann kriegen wir das auch hin. Ich kann dich besuchen, du kannst mich besuchen. Ich kann hier in Sandcastle Bay für ein halbes Jahr ein Haus mieten, damit wir in Ruhe herausfinden können, ob zwischen uns wirklich etwas ist. Ich frage dich lediglich, ob du glaubst, dass wir hier eine Chance haben.«

Er starrte zum Fenster hinaus. Gott, wie sehr er sich das wünschte, sich hier mit ihr ein Leben aufzubauen. Er hätte gelogen, wenn er behauptet hätte, dass er das zwischen ihnen unverbindlich fand. Aber konnte er wirklich darauf vertrauen? Konnte er sein Herz riskieren?

»Bin ich das Risiko nicht wert?«, fragte Tori leise. Stöhnend vergrub sie den Kopf zwischen den Händen. »Es war nie etwas Ernstes für dich. Ich habe es schon wieder getan, oder? Ich habe mich glauben lassen, hier ginge es um mehr, und auf mein Herz gehört. Ich bin so eine Idiotin. Jedes Mal, wenn ich glaube, ich könnte jemandem vertrauen, stellt es sich als Irrtum heraus.«

Jetzt war es an ihm, sauer zu werden. »Ich bin nicht wie Luc oder dein Dad. Aber du trägst diese Angst, dass ich dich enttäusche, schon seit unserem Kennenlernen mit dir herum und wartest nur darauf, dass es passiert. Du hast mir nie vertraut, und wie soll ich an unsere Beziehung glauben, wenn du es selbst nicht tust?«

»Du hast mir nichts gegeben, worauf ich vertrauen kann«, verteidigte sich Tori.

»Wie kannst du so was behaupten? Ich habe mir ein ver-
dammtes Tattoo auf den Rücken machen lassen, nur damit du
dich wegen deines eigenen lächerlichen Tattoos nicht schlecht
fühlen musst. Diese Beziehung war von Anfang an viel mehr
als nur etwas Lockeres, das weißt du genau. Wir hatten etwas
Besonderes. Diese Verbindung zwischen uns, wenn wir uns lieben – das habe ich noch bei keiner anderen gespürt.«

»Aber du bist nicht bereit, diesen letzten Schritt mit mir zu
gehen.«

Er wandte seine Aufmerksamkeit wieder dem Fenster zu
und schwieg, während er sich mit den Wenns und Abers quälte.
Als er schließlich sprach, war seine Stimme belegt.

»Wenn wir hiermit weitermachen, wird mindestens einer
von uns verletzt werden. Keiner von uns wollte das riskieren.
Liebe hält nicht an, das wissen wir.«

Er fuhr um die Ecke und sah das Heartberry-Feld unter
ihnen liegen. Das Herz wurde ihm schwer. Eine Ecke, wo der
Fluss am Feld vorbeiführte, stand komplett unter Wasser. Es
war nicht viel, vielleicht knapp zehn Meter, aber das waren
Hunderte von Beeren, und die Lage würde sich nur noch verschlimmern, sobald die Flut kam.

Er blickte hinüber zur Orchard Cove und sah die Wellen
dort gegen die Grenze zum Feld schlagen. Bei Flut würden
große Teile des Feldes dort auch verloren sein.

»*Shit.*«

»Oh nein«, keuchte Tori, als sie das Problem ebenfalls
erkannte.

Schnell legte er den Rest des Weges zurück, parkte den
Jeep hinter dem Feld und stieg aus. Tori eilte bereits hinüber.
Der Regen peitschte auf sie ein und durchweichte ihre Haare
innerhalb von Sekunden. Sie würden sofort mit dem Pflücken
beginnen müssen. Sie hätten viel früher herkommen sollen,

statt auf den Sonnenuntergang zu warten. Jetzt waren sie zu spät losgefahren.

Sie eilten hinüber zum Feld und wurden dabei bis auf die Haut durchnässt. Hier in Meeresnähe blies der Wind stärker. Rasch eilten sie zur Küstenseite des Feldes, die an die Orchard Cove grenzte. Die Wellen schlugen dort wild gegen den Rand des Feldes, bissen in die Blätter der Büsche, und es war nur eine Frage der Zeit, bevor die Flut das Wasser direkt auf das Feld katapultierte. Aidan wusste, dass es weit zwischen den Beeren hindurchfließen würde.

Er wurde mutlos. Vor Sonnenaufgang würde der Großteil des Feldes dem Meer zum Opfer gefallen sein.

»Wir müssen sofort mit dem Pflücken anfangen«, sagte Tori, die den Ernst der Lage erkannte.

Er starrte sie an, überrascht, dass sie ihren Streit um der Beeren willen zur Seite schob.

»Uns bleiben zwei Stunden, bevor dieses Feld unter Wasser steht«, erklärte Aidan. »Wir werden nicht alle schaffen.«

»Wir können aber einige pflücken. Manche werden wir verlieren, aber wir können auch einige retten.«

»Dafür bleibt uns nicht genügend Zeit«, widersprach er niedergeschlagen.

»Also geben wir einfach auf?«, fragte Tori. »Das entspricht nicht meiner Art. Ich kämpfe um die Dinge, die mir wichtig sind, und das hier ist wichtig.«

Er sah sie bewundernd an, weil sie sich so viel aus diesen verdammten Beeren machte, und er wusste, sie hatte recht.

Dann ließ er den Blick wieder übers Feld schweifen. Wenn sie sich beeilten, würden sie vielleicht eine oder zwei Reihen schaffen. Aber das reichte nicht.

Er drehte sich wieder zu ihr um. »Wir brauchen Hilfe.«

Sie nickte. »Fang an zu pflücken, ich schaue mal, ob ich einige Freiwillige finde.«

317

»Die werden alle im Festsaal sein und das Love-Festival feiern.«

»Keine Sorge, ich finde schon jemanden. Das verspreche ich dir.«

Das glaubte er zwar nicht, aber falls sie ein bis zwei Leute auftrieben, konnten sie noch einige Beeren mehr retten.

Tori rannte auf das Tor am Ende des Feldes zu, das sie zu der kleinen Straße in Richtung Dorfzentrum führen würde.

In all den Hunderten von Jahren, in denen die Farm schon im Besitz seiner Familie war, hatten sie niemals eine Ernte verloren, und er würde auch jetzt nicht aufgeben. Er ging hinüber zu den nahe gelegenen Büschen und begann, die Beeren zu pflücken. Er musste darauf vertrauen, dass Tori Hilfe beschaffte.

Kapitel 23

Tori rannte so schnell sie konnte zum Festsaal. Lautes Lachen und fröhliche Rufe übertönten den Sturm. Sie musste nur ein paar Leute finden, die helfen würden. Aber wer würde schon die Wärme und den Spaß im Gemeindezentrum gegen den Wind und den Regen eintauschen, um ein paar Beeren zu pflücken?

Sie öffnete die Tür und die Geräusche wurden lauter. Das ganze Dorf war hier, und alle lachten, plauderten, aßen und tranken. Der Abend gehörte zu den größten Veranstaltungen im gesellschaftlichen Kalender von Sandcastle Bay und die meisten Einwohner genossen ihn daher in vollen Zügen. Die Tanzfläche war voll und die Dorfbewohner zeigten ihre besten Moves, während eine Band ein paar tolle Lieder aus den Siebzigern spielte, bei denen alle den Text kannten. Familien, Paare, Freunde, alle tanzten zusammen.

Tori blickte sich verzweifelt nach einem bekannten Gesicht um, allerdings kannte sie in Sandcastle Bay nicht wirklich viele Menschen. Vermutlich war Leo irgendwo hier mit Isla, aber womöglich war er bereits draußen, um das Feuerwerk für später vorzubereiten. Jamie und Melody waren bei den Welpen im Blossom Cottage. Emily war hier irgendwo, aber sie war schwanger. Tori konnte sie nicht bitten, mit hinaus in den

Regen und die Kälte zu kommen, um die Beeren zu pflücken. Wen konnte sie sonst noch fragen?

Aber sie konnte Aidan auch nicht im Stich lassen.

Sie schob sich durch die Massen und eilte zur Bühne. Dort stieg sie die kleine Treppe hoch und machte der Band ein Zeichen, dass sie mit Spielen aufhören sollte, was sie auch tat. Die Menge wurde leise und Tori blickte in ein Meer aus Gesichtern. Oh Gott, was tat sie denn hier? Niemanden würde das interessieren.

Eins der Bandmitglieder reichte ihr ein Mikrofon und sie nahm es mit zittrigen Händen entgegen.

»Äh, hallo. Ich bin Tori Graham, ich helfe Aidan mit der Obsternte auf der Heartberry Farm, und …«

»Wir wissen, wer du bist, Liebes!«, rief ein älterer Mann ziemlich weit vorne.

»Du bist Aidans Freundin«, meldete sich eine Stimme aus dem hinteren Teil zu Wort und die Menge kicherte ein wenig.

»Was ist denn passiert?«, wollte der Mann wissen.

»Der Sturm hat einen Teil des Heartberry-Feldes überflutet und während der nächsten Stunden wird sich die Lage noch verschlimmern, dabei ist noch nicht mal Flut. Wir werden heute Abend den Rest der Heartberry-Ernte verlieren.«

Sie blickte hinab in die Gesichter. Niemand rührte sich, niemand sagte etwas.

»Wir brauchen eure Hilfe«, erklärte Tori.

Sofort begannen alle, untereinander zu reden, und dann wandten sich alle von ihr ab. Sie würden sie einfach ignorieren und mit ihrer Feier weitermachen. Niemand würde ihnen helfen, keine einzige Person. Tori wurde die Kehle eng. Sie hatte Aidan im Stich gelassen. Sie hatte Zeit damit verschwendet, hierherzukommen, statt bei ihm zu bleiben und ihm beim Pflücken zu helfen.

Sie beobachtete die Menge, und plötzlich erkannte sie, dass alle in Richtung Tür gingen. Ihr fiel die Kinnlade herab – jeder

Einzelne, egal ob alt oder jung, ging hinaus. Sogar die Band stellte rasch ihre Instrumente ab und eilte ebenfalls hinaus in den Regen. Alle würden ihnen helfen. Beinahe hätte sie vor Erleichterung geweint. Schnell legte sie das Mikrofon hin und lief hinter den anderen her.

* * *

Aidan warf eine weitere Handvoll Beeren in das Körbchen, als er eine Bewegung am Tor bemerkte. Er sah einige Leute das Feld betreten und seufzte erleichtert auf, dass Tori es geschafft hatte, einige Hilfskräfte zu besorgen. Sie würden zwar trotzdem nicht alles retten können, aber zumindest konnten sie jetzt mehr pflücken.

Er ging zu seinem Jeep, um weitere Körbe zu holen, doch als er sich wieder umdrehte, blieb er überrascht stehen. Das gesamte Dorf war aufs Feld gekommen. Einige hatten bereits begonnen, Beeren zu pflücken, und legten sie in mitgebrachte Schachteln oder Behälter. Andere kamen zu ihm herüber, um sich bei ihm ein Obstkörbchen abzuholen.

Er lächelte. Eigentlich hätte er sich denken können, dass das gesamte Dorf herkommen würde, um zu helfen. Die Heartberrys waren ihnen wichtig, aber darum allein ging es nicht. Er lebte in einem Teil der Welt, wo die Menschen sich umeinander kümmerten und einander helfen wollten. Ihm gefiel es hier, und so sehr er sich auch anstrengte, er konnte sich nicht vorstellen, jemals irgendwo anders zu wohnen.

Er verteilte Körbe und Schachteln und dankte allen für ihr Kommen. Tori trat zu ihm.

»Ist das zu glauben?«, fragte sie und blickte sich um, wie die Dorfbewohner sich durch die Reihen arbeiteten und die Büsche von den Beeren befreiten.

»Ja, eigentlich schon«, antwortete Aidan. »Danke.«

»Noch sind wir nicht aus dem Schneider«, erinnerte ihn Tori und nahm eine Kiste von ihm entgegen.

Als der Wind um sie herum peitschte und der Regen scheinbar sogar noch stärker wurde, wusste Aidan, dass sie recht hatte. Es würde eine lange Nacht werden.

* * *

Tori lehnte den Kopf ans Fenster, während der Jeep über den Weg zum Farmhaus hüpfte, nachdem sie alle Beeren im Kühlraum in einer der Scheunen abgeladen hatten. Sie konnte kaum noch die Augen offenhalten.

Es war ein Wettrennen gegen die Zeit gewesen. Von Minute zu Minute waren die Wellen höher über die westliche Ecke des Feldes in der Nähe der Orchard Cove geschlagen und auch in der nördlichen Ecke war das Wasser vom Fluss übergetreten. Am Ende der Nacht hatte das halbe Feld unter Wasser gestanden. Doch obwohl es mehrere Stunden gedauert hatte, hatten sie jede einzelne Beere von allen Büschen gepflückt.

Sie war bis auf die Haut durchnässt, ihr tat alles weh und sie fühlte sich erschöpft von dem Adrenalin, das wegen der Dringlichkeit der Situation durch ihren Körper geschossen war. Jetzt wollte sie nichts weiter als sich ins Bett legen und schlafen.

Vor dem Farmhaus hielt Aidan an und stieg aus. Sie versuchte, genügend Energie aufzubringen, um ebenfalls auszusteigen, doch nicht einmal dazu konnte sie sich aufraffen.

Er öffnete ihre Tür und zu ihrer Überraschung hob er sie auf die Arme und trug sie ins Haus. Sie schlang ihm die Arme um den Hals, während er der Tür hinter sich einen Tritt versetzte, um sie zu schließen, und sie nach oben trug. Dort setzte er sie auf dem Bett ab und zog ihr dann die Gummistiefel und Socken aus, die vollkommen durchweicht waren. Schnell streifte er ihr auch die restlichen Kleidungsstücke ab und zog dann sich selbst aus.

»Lass uns duschen«, schlug er vor und streckte ihr die Hand entgegen.

Sie blickte auf das Bett – es wirkte so warm und einladend.

»Wir müssen dich erst aufwärmen«, erklärte Aidan.

Sie nickte. Er hatte recht, sie war vollkommen durchgefroren.

Sie nahm seine Hand, und er führte sie ins Bad, wo er das Wasser aufdrehte. Als es heiß genug war, zog er sie mit sich unter die Dusche, schlang seine Arme um sie und hielt sie fest an seine Brust gedrückt, den Kopf auf ihren gelegt, während heißes Wasser über sie rann.

So hielt er sie eine ganze Weile im Arm. Wie sehr sie ihn vermissen würde!

Während des Beerenpflückens hatte sie beschlossen, die Sache jetzt zu beenden, bevor sie sich noch mehr in ihn verliebte. Aber wenn es schon enden musste, dann wollte sie auf jeden Fall noch einmal das Zusammensein mit ihm genießen.

Aidan griff um sie herum und drehte das Wasser ab. Dann wickelte er sie in ein Handtuch, trocknete sich selbst ab und trug sie dann auf den Armen zurück zum Bett.

»Ich fahre morgen nach Hause«, sagte Tori leise. »Die Beeren sind jetzt alle gepflückt, es gibt keinen Grund mehr für mich, hierzubleiben.«

Er blickte sie einen Moment lang an, beugte sich dann herüber und küsste sie.

Sie schloss die Augen und erwiderte den Kuss. Er rollte sie auf den Rücken und küsste sie sanft und liebevoll. Dann streichelte er ihren Körper, bewundernd und zärtlich. Sie konnte nicht verhindern, dass ihr Tränen in die Augen stiegen. Er küsste sie ihr von den Wangen.

Aidan holte ein Kondom aus dem Nachttisch und einige Sekunden später war er in ihr. Er legte beide Arme neben ihrem

Kopf ab und hielt sie in diesem wunderbaren Moment gefangen, nur sie beide. Die Welt um sie herum verschwand. Sie schlang Arme und Beine um ihn und presste sich dicht an ihn. Er begann, sich langsam zu bewegen.

Sie legte ihm eine Hand an die Wange. »Ich liebe dich.«

Er hielt inne, Sorge im Blick.

Sie fuhr ihm mit den Fingern über die Lippen und er küsste ihre Fingerspitzen. »Ich weiß, dass du nicht genauso empfindest, und das macht nichts, aber ich liebe dich.«

Sein Kuss war intensiv, und gemeinsam erreichten sie ihren Höhepunkt.

Er ließ sich auf sie sinken, den Kopf an ihren Hals gelegt, und versuchte, wieder zu Atem zu kommen. Sie streichelte ihm den Nacken und schloss die Augen, sicher in seinen Armen, zumindest für den Augenblick, und dann schlief sie ein.

Kapitel 24

Tori blickte auf den schlafenden Aidan hinab und knöpfte ihre Bluse zu. Es war noch früh, aber sie wollte verschwunden sein, bevor er aufwachte. Sie hatten viel Spaß miteinander gehabt, und das würde sie nie bereuen. Sie konnte nicht sauer auf ihn sein, nur weil er ihre Gefühle nicht erwiderte. Doch es war besser, jetzt zu gehen, statt sich noch länger zu quälen, indem sie es hinauszögerte. Obwohl sie sich nicht vorstellen konnte, dass der Schmerz in ihrer Brust noch stärker sein könnte.

Sie bemerkte das Buntpapier auf seiner Kommode, aus dem er die Papierblumen für sie gefaltet hatte.

Sie nahm ein rotes Blatt, faltete ein Papierherz daraus und legte es neben ihm aufs Kissen, dann küsste sie ihn sanft auf die Wange. Er lächelte im Schlaf und ihr tat das Herz weh.

Noch einmal blickte sie sich im Raum um, um sicherzugehen, dass sie alles mitgenommen hatte, dann verließ sie nach einem letzten Blick auf Aidan das Zimmer. Sie schaffte es nur bis zur Haustür, bevor ihr Tränen über die Wangen liefen.

Tori ging den Weg hinunter zum Blossom Cottage. Melody und Jamie saßen zusammen auf dem Sofa, fütterten die Welpen und lachten und plauderten miteinander. Tori stand momentan nicht der Sinn nach reden, doch sie musste packen. Sie würde Melody erklären müssen, warum sie vorzeitig abreiste.

Melody sah bei ihrem Eintreten auf, ein breites Lächeln im Gesicht, das jedoch schnell erstarb.

»Oh Gott, was ist passiert?«, wollte sie wissen.

Tori deutete hilflos über ihre Schulter und suchte nach Worten. »Es ist vorbei zwischen mir und Aidan.«

Die Worte schnürten ihr die Kehle zu und ließen wieder Tränen in ihre Augen steigen.

Melody sprang auf, reichte Jamie ihren Welpen und zog Tori in eine feste Umarmung.

Tori schlang die Arme um sie und weinte an ihrer Schulter.

Melody ging mit ihr zum Sofa und setzte Tori zwischen sich und Jamie.

»Was ist passiert?«, wollte Jamie wissen.

»Er hat Angst davor, wieder verletzt zu werden«, erklärte Tori und wischte sich die Tränen ab, die jedoch sofort durch neue ersetzt wurden. »Er macht sich etwas aus mir, aber er ist nicht bereit, ein Risiko einzugehen.«

Sie schwiegen einen Moment, und Jamie, der ganz offensichtlich nicht wusste, was er sagen oder tun sollte, um die Situation zu verbessern, reichte ihr einen Welpen, was in gewisser Weise ein wenig half. Tori kuschelte ihn an ihre Brust und vergrub das Gesicht in seinem warmen Fell.

»Hat das etwas mit dem zu tun, was ich gesagt habe?«, fragte Jamie.

»Nein, wir sind absolut in der Lage, das selbst zu versauen, dabei brauchen wir keine Hilfe«, entgegnete Tori.

»Er ist verrückt nach dir, das kann jeder sehen. In dieser Beziehung habe ich mich geirrt. Es liegt nichts Unverbindliches darin, wie er dich ansieht«, fuhr Jamie fort.

»Aber es reicht nicht.«

»Magst du ihn?«, erkundigte sich Melody.

Tori nickte. »Ich habe mich in ihn verliebt.«

Melody sog scharf den Atem ein und ließ trotz allem einen kleinen Juchzer hören. Sie konnte einfach nicht anders.

»Und hast du ihm das auch gesagt?«

»Ja, aber er hat es nicht erwidert.«

»Vielleicht braucht er einfach noch ein wenig Zeit. Ihr beide kennt euch noch nicht besonders lang«, gab Jamie zu bedenken.

»Ich erwarte ja keine Hochzeit und kein Happy End. Ich dachte nur, ich könnte mir hier für ein paar Monate ein Haus mieten, um herauszufinden, ob uns wirklich etwas verbindet. Nicht mal das wollte er.«

Es laut auszusprechen brach ihr das Herz. Aidan hatte nicht mehr von ihr gewollt als Sex. Die ganze Zeit über war da nichts anderes gewesen.

Sie schwiegen, denn was gab es da noch groß zu sagen?

»Der Mann ist ein Idiot«, verkündete Jamie, und Tori musste trotz allem lächeln. »Du hast ihn während der vergangenen Tage glücklicher gemacht, als ich ihn jemals gesehen habe. Ich kann nicht glauben, dass er das einfach so wegwerfen will.«

»Ich verstehe es ja, er hat Angst. Mir ging es genauso. Liebe tut weh, und er versucht, sich zu schützen. Ich bin ihm das Risiko einfach nicht wert.«

»Idiot«, murmelte Jamie loyal.

Tori wandte sich seufzend an Melody. »Tut mir leid, aber ich muss fort. Ich weiß, dass ich eigentlich noch eine Woche bleiben wollte, aber ich kann nicht mehr hier sein und ihn jeden Tag sehen. Das würde mir viel zu sehr wehtun.«

Zu ihrer Überraschung nickte Melody verständnisvoll. »Ich weiß, ist schon gut.«

»Warum planen wir nicht irgendwo demnächst eine Urlaubswoche? Wir könnten uns ein Cottage in den Cotswolds mieten – nur du, ich, Isla und Elliot.«

»Das wäre schön.«

Tori umarmte sie und ging dann nach oben, um zu packen.

Sie hatte gerade den Koffer auf das Bett gehoben, als sie von unten einen Knall hörte. Es klang, als wäre die Haustür aufgerissen worden.

Sie hörte erregte Stimmen und donnernde Schritte auf der Treppe und plötzlich stand Aidan in ihrem Schlafzimmer.

Sein Blick fiel auf den Koffer.

»Du fährst wirklich heim?«

»Ja.«

Seine Miene wirkte gequält. »Warum?«

Ungläubig starrte sie ihn an. »Du weißt, warum.«

»Du hast gesagt, du liebst mich.«

»Ja, und du hast nichts darauf erwidert.« Ihre Stimme klang erstickt.

»Oh doch. Ich habe dir gesagt, dass ich dich liebe, sofort nachdem wir uns geliebt hatten. Ich habe dir gesagt, dass ich dich liebe und noch nie für jemanden so etwas empfunden habe. Das hat es so Furcht einflößend gemacht, denn ich wusste, dich zu verlieren würde sogar noch mehr wehtun.«

Das Herz drohte ihr zu zerspringen. »Moment, wie bitte? Das hast du nie gesagt.«

»Doch. Du bist eingeschlafen. Ich habe das gar nicht gemerkt, weil ich viel zu beschäftigt damit war, dich überall zu küssen und dir meine große Rede zu halten. Ich hatte gehofft, du hättest zumindest einen Teil davon gehört, weil du mit einem breiten Lächeln im Gesicht eingeschlafen bist. Aber als ich heute Morgen aufgewacht bin, warst du fort. Du hattest nur dein Herz zurückgelassen.« Er hielt das Papierherz in der Hand.

»Ich …« Tränen füllten Toris Augen, und sie hatte keine Ahnung, was sie sagen sollte. »Du liebst mich?«

Seufzend kam er näher und umfasste ihr Gesicht mit seinen großen, sanften Händen.

»Ich liebe dich. Ich habe mich Hals über Kopf in dich verliebt – in deine Freundlichkeit, deine Leidenschaft, in die Art, wie du mich zum Lachen bringst. Ich liebe all das an dir. Ich wünsche mir eine gemeinsame Zukunft.«

»Oh«, machte Tori nur, während ihr Tränen über die Wangen strömten.

»Es tut mir leid, dass ich so ein Idiot war. Ich hatte Angst, und ich weiß, wie schwierig es für dich war, dich zu öffnen. Abgewiesen zu werden war noch viel schlimmer.« Er reichte ihr das Papierherz, und sie bemerkte, dass überall darauf Pflaster klebten. Sie lachte. »Ich möchte mich ab jetzt um dein Herz kümmern und alle seine Wunden heilen«, fuhr er fort.

»Und ich mich um deins«, erwiderte Tori, beugte sich vor und drückte ihm einen Kuss auf sein Herz. »Wir lassen es langsam angehen. Ich kann mir hier ein Cottage mieten. Wir müssen nichts überstürzen.«

Er lächelte. »Ich liebe dich, ich möchte dich bei mir auf der Heartberry Farm haben, dort gehörst du hin. Das ist mir letzte Nacht klar geworden, als du dich so ins Zeug gelegt hast, die Beeren im strömenden Regen zu retten. Du bist immer hin und her gerannt, hast den Leuten die vollen Körbe abgenommen und sie durch leere ersetzt, du hast so wunderbar mit den Dorfbewohnern zusammengearbeitet. Du gehörst hierher, und ich war ein Idiot, dass ich daran gezweifelt habe.«

Ihr wurde das Herz weit. »Ich gehöre zu dir, ich liebe dich. Wo auch immer du bist, da gehöre auch ich hin.«

Er küsste sie, schlang seine Arme um sie und hob sie hoch. Lächelnd erwiderte sie seinen Kuss.

Er ließ sie aufs Bett sinken, ohne die Lippen von ihrem Mund zu lösen.

»Äh, Aidan, Tori. Wir gehen jetzt!«, rief Jamie verlegen die Treppe hoch. Tori lachte an Aidans Lippen und Aidan seufzte.

329

Sie hatten beide vergessen, dass Jamie und Melody noch da waren.

»Okay«, antwortete Aidan.

Dann küsste er Tori.

»Wir haben die Welpen gefüttert«, sagte Jamie, und Tori hörte Melody kichern.

»Okay, danke«, erwiderte Aidan und drückte Tori einen weiteren Kuss auf den Mund.

»Und, äh, in zwei Stunden müssen sie wieder gefüttert werden, also äh, lasst euch nicht zu viel Zeit bei … äh, was auch immer ihr tut«, setzte er hinzu und Melodys Kichern wurde lauter.

»Okay!«, rief Aidan. Seine Stimme wurde lauter und gereizter.

»Beauty und Beast haben wir auch schon gefüttert«, fuhr Jamie fort, und Tori bekam allmählich den Eindruck, dass er das absichtlich machte.

»Verschwindet!«, rief Aidan und Tori lachte.

Sie hörten, wie unten die Tür geschlossen wurde, und Aidan seufzte erleichtert auf.

»Ich hasse meinen Bruder.«

»Ich liebe ihn. So wie ich deine ganze verrückte Familie liebe.«

»Das ist gut, denn bald wird das auch deine verrückte Familie sein.«

Dieser Gedanke brachte sie zum Lächeln. »Bei unserer Hochzeit kann Dobby der Ringträger sein.«

Er lachte. »Agatha hatte ausnahmsweise mal recht, sie hat unser Schicksal schon erkannt, noch bevor wir etwas davon geahnt haben.«

»Ich muss mich bei ihr für den Schubs bedanken«, sagte Tori.

»Oh, bitte nicht, sie wird schon selbstgefällig genug sein, wenn sie erfährt, dass wir zusammen sind.«

Tori lachte, und er küsste sie. Sie schlang die Arme um ihn und erwiderte den Kuss.

Während er eine Spur aus Küssen über ihren Hals zog, blickte sie durchs Fenster hinaus auf das glitzernde Meer von Sandcastle Bay.

Es war schon seltsam, wie das Schicksal arbeitete. Manchmal wirkte es, als arbeite es gegen sie, doch manchmal gab es ihr auch genau das, was sie brauchte. Das Schicksal hatte ihr Matthew geschenkt, der ihr die Kraft und den Mut verliehen hatte, der Liebe noch eine Chance zu geben, nachdem ihr Herz so gelitten hatte. Es hatte sie zu Leo geführt, der sie ermutigt hatte, Spaß zu haben und Risiken einzugehen. Und dieser Pfad hatte sie wiederum zu Aidan geführt, dem Mann, den sie aus ganzem Herzen liebte. In diesem Moment konnte sie kaum glücklicher mit dem Schicksal sein. Von jetzt an würde sie definitiv immer Spaß haben und wie es aussah, würde sie auf dieser Reise wundervolle Gesellschaft bekommen.

Brief der Autorin

Vielen Dank, dass Sie »Liebeszauber in Sandcastle Bay« gelesen haben. Ich hatte beim Schreiben der Geschichte viel Freude und hoffe, dass sie Ihnen beim Lesen genauso viel Spaß gemacht hat.

Einer der schönsten Aspekte des Schreibens sind die Reaktionen der Leser. Hat das Buch Sie zum Lächeln oder Lachen gebracht, oder zum Weinen? Falls ja, dann waren das hoffentlich Glückstränen! Haben Sie sich genauso in Aidan und Tori verliebt wie ich? Hat Ihnen das wunderschöne Sandcastle Bay gefallen? Falls Sie die Geschichte mochten, würde ich mich sehr freuen, wenn Sie eine kurze Rezension schreiben. Das Feedback von den Lesern ist etwas Tolles und hilft auch, andere Leser davon zu überzeugen, sich für dieses Buch zu entscheiden.

Falls Sie immer auf dem Laufenden über meine Bücher sein wollen, können Sie sich für meinen Newsletter registrieren. Ich verspreche, Sie nur zu kontaktieren, wenn ein neues Buch erscheint, und Ihre E-Mail-Adresse nicht weiterzugeben.

Falls Ihnen die anderen Charaktere in diesem Buch gefallen haben, dann lesen Sie mit »Herzgeflüster in Sandcastle Bay«, der Geschichte von Jamie und Melody, weiter.

Danke für Ihr Interesse. Ich wünsche Ihnen einen wunderbaren, funkelnden Sommer!

Alles Liebe, Holly

Danksagung

Für meine Familie und meine Mum, die mein größter Fan ist und alles, was ich schreibe, hundert Mal liest und der es jedes Mal wieder gefällt. Für meinen Dad, meinen Bruder Lee und meine Schwägerin Julie – danke für eure Unterstützung, Liebe, Ermutigung und eure Begeisterung für meine Geschichten.

Für die bezaubernde Aven Ellis, weil sie eine wunderbare Freundin ist. Danke für deine unendliche Unterstützung, den Ansporn, weil du meine Geschichten liest und mir sagst, was funktioniert und was nicht. Und danke dafür, dass du mich mit wunderbaren Geschichten und Fotos von heißen Männern bespaßt. Ich habe dich sehr gern.

Für meine Freunde Gareth, Mandie, Angie, Jac, Verity und Jodie, die den endlosen Berichten über meine Bücher lauschen und sich jedes Mal mit mir darüber freuen können.

Für Sharon Sant, weil sie eine wunderbare Freundin und immer da ist.

Großer Dank gilt auch meinen großartigen Agenten Madeleine Milburn und Hayley Steed, weil sie sich immer für mich einsetzen und meine vielen Fragen mit endloser Geduld beantworten.

Danke an meine liebe Lektorin Natasha Harding für ihre Unterstützung. Die Arbeit mit ihr ist das reinste Vergnügen. Bei meiner Plotlektorin Celine Kelly möchte ich mich dafür bedanken, dass sie mir dabei geholfen hat, dieses Buch zu verbessern, bei meiner Korrektorin Rhian fürs Aufspüren aller Tippfehler und bei Loma für das finale Durchlesen. Mein Dank geht auch an Kim Nash, weil sie unablässig alle meine Bücher bewirbt, darüber twittert und mich immer anspornt. Danke auch an all die anderen wunderbaren Menschen bei Bookouture; Oliver Rhodes, das Lektorenteam und die wunderbaren Designer, die dieses absolut herrliche Cover für die englische Originalausgabe geschaffen haben.

Ein dickes Dankeschön geht an die CASG, die beste Schreibgruppe der Welt, eine fantastische Autorengruppe mit viel Talent, die großartige Unterstützung bietet. Ich fühle mich sehr geehrt, euch zu kennen; ihr seid die Besten.

Danke an die wunderbaren Autoren bei Bookouture für eure Unterstützung und eure Ermutigung.

Mein Dank gilt auch all den wundervollen Bloggern, die kontinuierlich twittern, retweeten, auf Facebook posten. Danke für eure Unterstützung, Ermutigung und eure endlose Begeisterung. Ihr seid toll und ohne euch könnte ich es niemals schaffen.

Großer Dank geht auch an Andy Symanowski, der mir viele Informationen zur Animation gegeben und geduldig alle meine Fragen beantwortet hat.

Danke auch an die liebenswerte Tori Graham, die den Namen einer Romanfigur für eine großzügige Spende bei einer Wohltätigkeitsauktion gewonnen hat. Ich hoffe, dir gefällt deine Namensvetterin.

Für alle, die mein Buch gelesen haben und sich die Zeit nehmen, mir zu sagen, dass es ihnen gefallen hat, oder die eine Rezension geschrieben haben – vielen Dank.

Ich danke euch allen.

Zeitfracht Medien GmbH
Ferdinand-Jühlke-Straße 7
99095 Erfurt, Deutschland
produktsicherheit@kolibri360.de

Druck:
CPI Druckdienstleistungen GmbH
im Auftrag der
Zeitfracht Medien GmbH
Ein Unternehmen der Zeitfracht - Gruppe
Ferdinand-Jühlke-Str. 7
99095 Erfurt